迷阳

王宏图 著

北京出版集团公司
北京十月文艺出版社

迷阳迷阳，无伤吾行。吾行郤曲，无伤吾足。

——《庄子·人间世》

迷阳，谓荆棘也。生于山野，践之伤足，至今吾楚舆夫遇之，犹呼迷阳。

——王先谦注

目　录

1

2

一、春夜芬芳

　　硕大笨重的机轮粗鲁地碰触到跑道的水泥地面上，发出吱吱嘎嘎的喧响，舱体连同两侧伸展而出的机翼在深邃的夜色里勾画出同步跳荡的弧线，晶亮，鬼气阴森。此时季希翔昂起头，挺直了身子，下意识地摸了摸紧箍在腹部上的安全带，咧了咧嘴，一抹苍白的微笑在嘴角铺展开来，僵滞，瘫软，悄然散发着病人弥留之际的气息。随后，他转过身，从大腿下侧抽出那本封皮已微微翘折的波德莱尔的诗集《恶之花》，脑海中还浮现出方才读过的诗句：

　　　　是啊，你胸乳的芳馥将我引导，

　　　　驶向这拥挤的港湾，于是我明白：

　　　　水手为什么无畏地投身于波涛……

也真是奇了！以前他在欧洲留学时从法语和意大利语读过这首诗，都没留下多少印象。然而就在这次从悉尼返回上海的航程中，这段汉语译文竟然在他心头催生了魔法般的磁力，应和着肩膀、膝盖和手指时不时地痉挛抖颤：

　　任凭它带向天外天、海中海，
　　那里总是美好的世界：芬芳
　　四处飘溢，浪潮不停地哼唱。

拖着沉甸甸的黑色拉杆箱，季希翔倦意重重地步入绵长曲折的长廊过道（不计其数的幽灵满腹冤屈，影影绰绰地在此盘桓游荡），穿过敞亮熙攘的大厅，最终走出候机楼，坐上了出租车，其间他那纤长的食指不停地抚弄着那本《恶之花》的封面：米黄的底色，四周围镶嵌着不规则的紫色花纹，正中是一幅镶着边框的印象派风格的西洋油画，一个全裸的年轻女人亭亭玉立，柔滑粉嫩的肌肤沉落在一团耀眼的白光之中；她两眼闭合，双臂交叉，覆压在额头上，仿佛超拔于污浊的尘世之上，而两名男子，一卧一坐，背转着身子，茫然无措地凝视着她娇媚不俗的仪容。

快十一点了。季希翔豁开嘴唇，打了个深长的哈欠，左侧的下巴微微歪斜，仿佛随时都会脱落下来。车轮在高架桥、快速干道上急速往前奔驰。虽然历经十多个小时的旅程，他还是不无兴奋地瞪视着车窗外方（幸好他没有瘪缩下来），惊诧、近乎痴迷地捕捉着这座城市初春时节的气息：数十年来置身其间，它已沉落到他的血脉深处，冬去春来后的每一次复活，都会在心头激发起难以抑制的新生的喜悦。前方弥漫开来的浓稠的夜幕抹去了楼厦纵横交错，或杂乱或规整的轮廓线，将它们化为混沌难辨的团团块块。PM2.5浓度超标，日复一日的警示，晦暗阴涩的雾霾沉降下来，重浊的颗粒围困着整座城市，将其浸润其中；它们向各个角落挺进，融解、侵蚀着层层坚固的支架，最终在繁华艳丽的外衣剥落干净后，呈露出废墟荒芜颓败的真容，凸现出太古洪荒年代的冷漠与死寂。

车轮有节奏地颠动着，高架路面两侧铺展而开的稠密错落的绿化带上方嗖嗖飘掠过缕缕轻风，在季希翔的脑海中激起一阵阵共鸣。过分鲜明强烈的对比：灰霾重重的上海，阳光明媚空气澄净的悉尼。秋天的澳大利亚，走在街上，披着夹克衫都感到胳肢窝下凉飕飕的，但绚烂的阳光又如此刺眼，变成了一长串疯狂的舞蹈，他不得不戴上墨镜：身体受得了，眼睛受不了，连月亮都耀眼得难以长时间正视。

也正是这种两极化的对峙比照，在他脆薄的脑海中引发了抑郁的震颤，危险的光焰在跳荡，午夜时分太阳在浩渺的冰山上方红彤彤地升起。在这壮丽的北极光里，衍生出一股股狂躁的漩涡，霎时间便能把周围的世界活生生地烤焦，化作阴惨无比的地狱。每一分钟都成了不堪忍受的苦刑，他急切地想从中突围而出。

季希翔睁开眼，双手托腮，好像奋力从睡意深重的河流中攀爬上来。稀疏的树丛后方的灯光渐渐密集起来，高悬的大型广告牌接连扑入眼帘，快到市区了。猝然间，他在清凉微潮的空气中嗅闻到一股香味，它先是浅浅的，随后累积叠加，直冲鼻孔，将其他气味剔除得干干净净。他精神顿时振奋起来，神清气爽，所有的倦意、烦恼一扫而空。似曾相识的情景和氛围，他竭力在记忆的库存中搜索着它飘忽不定的轨迹。倏忽间，它又人间蒸发，无影无踪，沉落到由汽油、尘埃及其他劣迹斑斑的颗粒悬浮物构成的大杂烩之中。

记忆常常诡谲得让人捉摸不透，活像个淘气捣蛋的顽童。拿旅游为例，他原本以为在参观一个景点时，通过观察、辨析，将零散杂乱的景物储存在脑海深处——他以为这样就牢牢地占有了它。然而，时光不仅侵蚀易朽的肉身，而且吞食脆薄的神经元。等他多少年后力图复原当年的情景时，绝大多数已化为乌有，只剩下几根森森的白骨，残损不全。而当故地重游之际，他竟然浑然不觉，滋生不出物是人非的感喟，而像是到了一个全新的地方，仿佛以前他从未涉足过，昔日的影像与眼前的所闻所见之间竟然找不到一丝一毫匹配、吻合的地方。

此刻，波德莱尔这首诗起首的两句又一次跃入他的脑海：

我的双眼已笼罩秋日的迟暮，
才呼吸到你烈焰般内心的馨香……

季希翔仿佛又一次置身于悉尼郊外的蓝山公园中，黄昏时分，和子熙肩并肩，手挽着手，悠闲地行进在山间小径上，高大挺拔的桉树密密匝匝地环绕四周，散溢出林林总总油性十足的微粒，几经澄澈的阳光折射，在半空涂抹上一片清幽浅淡的蓝色光晕。他还精心拍摄了一组照片，传帖到了网页上，赢得一片喝彩，有人甚至赞它美得令人窒息。

他又回到上海来了。又回来了，这次离开了还不到三个月。当然，老爸过六十五岁生日，要赶回来祝寿。岂有此理！车窗外幽暗静谧的空气，霎时间凝固起来，筑起了一道透明的幕墙，扑闪起严峻、沉重的光焰。呼哧呼哧地喘息，诡谲的红晕，血脉偾张，胸口的气流汹涌回荡，淙淙作响，将最后一点余热挥发殆尽。季希翔又一次闭上眼睛：就这样，但愿明天永远不要到来。就让时光凝固，停滞在这一刻，成为永恒。

早已不是第一次。这突如其来的抑郁的狂潮，仿佛是蛰伏在体内的病毒，每过一段时间便会周期性地发作。阴郁黏腻的汁液，吸吮干了残余的所有生趣和精力。他会好多天锁闭在屋里，关掉手机，拔掉电话，并发了狠话，谁要是硬闯进来，他立马就从窗口跳下去；要么索性跑出去，寄身于陌生人熙来攘往的旅店中。但愿姐姐不要太过热心，不要那么急切地去报案，将他从茫茫人海中打捞出来。

越过宽阔幽暗的黄浦江，出租车在迂曲盘旋的引桥上七转八弯，最终驶下匝道，融入了前方整片寂寥的街区。临近午夜时分，空无一人的十字路口，红绿灯在万人酣睡的深谷中诡异地扑闪腾跳。四周围高低错落的院墙后方，散缀着迷宫般的老式弄堂院落，茂密丰饶的绿枝翠叶一簇簇一丛丛地披垂下来，喷吐出大团温润柔湿的气息，呵护着一扇扇滞重的乌漆大门，雕花的石头门框，生锈的铜质门环，坡形屋顶下的老虎窗，挑出的阳台——那些与通衢大道迥然不同的景致、风采与气象。它们分分合合，似断实连，沧桑的岁月将它们无情地切割、粘连、翻转，打上累累的褶皱，并在市民平实庸常的甜腻腻气息上方镀上一层高雅脱俗的镶边，好似偶一为之的纵夜狂欢并没有使战战兢兢循规蹈矩严丝合缝的日常生活破绽百出，反而增加了些许弹性与张力，使其愈加稳固，难以摇撼。

季希翔伸了个懒腰，快到家了。

很多时候，好多人们自以为早已剔除、沉没在忘川底部层层淤泥中的记忆，不经意间竟会栩栩如生地涌现在眼前：时光的流逝非但没有减损它们的鲜亮度，反而以前所未有之势增添了其尖锐感，时不时成为一束导火索，随时能引发一场骇人的爆炸。霎时间，辰樱的脸蛋闪电般地浮现在他脑海灰暗的底板上：肥厚的嘴唇在灿烂的笑容中优雅地张开，弯折起伏的线条勾勒出遒劲奔放的节奏；瀑布般披垂而下的长发在腮部烘染出几只莫测高深的阴影，却依旧散发出难以抵御的妩媚。三个多月前的夜晚，他们一前一后走出西区的一家酒吧，身后嘈杂的人声乐声捶击着耳鼓，季希翔垂头丧气地抓搔着头皮，辰樱矜持的脸上挂着暧昧的微笑，在拒绝的同时又低低地发出野猫叫春般的召唤。

一个急刹车猛地将季希翔从深长的幻梦中拽了出来，一个骑着助动车的男子从右侧小路上横穿而出，司机恶狠狠地捶了几下方向盘。"寻死啊！"他摇下车窗，探出头去，"有病啊，要死还没这样子的，想死就爬上十楼二十楼上面去跳好了，直接跳黄浦江，这样害人做啥！"季希翔苦笑了笑，手掌轻轻蒙住了双眼，另一个女人的形象从记忆混沌的海面上脱颖而出。那是刚分手不久的子熙——不知什么时候能再见上一面：身材娇小，梳着齐耳的短发，十九岁的皮肤光洁如水，可惜硕大的鼻子破坏了脸部的造型均衡。她不时眯缝着眼睛，神情专注地听他讲述，稚嫩的脸上洋溢着不可遏制的朝气。

伤感的潮水霎时间涌上心头，季希翔眼眶里噙满了酸软的泪水。他垂下头，强烈的羞愧扑面而来：自己什么时候变得这么容易动情，都快三十五岁了。也正是这么容易躁动不安，元旦前后姐姐晓菁还专门雇了个人高马大的看护，二十四小时寸步不离："这事姐姐不能不管。你千万别糊涂，得想开点，为了那么个贱女人搭上一条命值得吗？活着什么都好商量，你要什么姐姐我就给你什么！再不行就只能直接送精神病院了。"等他沸腾的情绪稍稍平复，姐姐便订好了飞赴悉尼的机票：她的一个老朋友，现在也是生意上的伙伴在那边，希翔到他空着的别墅里住上一段时间，彻底调养一下。反正他可以为各大网站写旅游日志，上传生猛鲜活的照片，工作和爱好在此严丝合缝得找不到丝毫破绽。

几个月来，季希翔栖身在悉尼近郊一幢三层乡间民舍里，从二楼西侧的窗户望出去，众多白色的粉墙、黑灰色屋脊错落点缀在四周围翁郁丰茂的树林之中。一条之字形的小径通向不远处一汪澄澈光鲜的湖泊。他置身于大自然近乎原初的怀抱中，一切都是那么轻盈透明，没有悠远的历史投射下来的阴影和累累叠叠的重负，阳光、沙滩、海水——无法再简化的元素，像是浮浅、慵懒、悠长至极的梦境，渐渐抹去了他胸海深处恼人的记忆和伤痕的褶皱。他经常东跑西颠，回来便趴在电脑前写些精巧、小资味十足的文字。那些平常之至的文字，到了他手中，几经揉捏，便点铁成金。它不是

7

注水的文章，不是泛泛而谈；它镀上了一层高雅的镶边，将撩人的调味羼杂添加其中，博得一片喝彩。

季希翔是在当地一个华人画家的晚宴上认识周子熙的。宽敞的墙面上挂满了他近期的画作，蓝天白云之下翠绿的草地，苍茫的沙漠中孤零零倒伏在地的枯枝烂根，迂曲的山谷中跌宕而下、欢畅奔流的瀑布，山坡上鲜艳的红枫叶——乍看之下有着照片准确的质感和高分辨率，然而整个画面之上浮动着一层神秘的氤氲，将它们的外表淘漉干净，直抵幽暗的内核。长久地注目这些画作，人变得轻飘起来，自我渐渐消泯，融化于亘古长在的大千世界之中。

子熙从上海来悉尼读工商管理才半年，她开朗活泼的性情与澳大利亚的山山水水契合无间。渐渐地，他们熟悉了。女孩虽称不上美艳，但青春迷人的芳香依旧让季希翔沉醉其间。他不知不觉地陷入了情感的泥沼——这是他曾经力图战战兢兢避开的雷区。一时间，她占据了他的心灵。他们俩手挽着手，戴着彩色边框的墨镜，走过阳光耀眼的达令港，穿过横跨湾口的贝蒙桥，再沿着人迹稀少的街区，走过海德公园和皇家植物园，直到贝壳形的白色歌剧院在海湾口娇媚可人地铺展开来。

然而，他们的关系要往更深处拓展却变得困难重重。子熙允许他亲吻她，从额头到下巴，允许他抚搓肿胀硕大的乳房，允许他摸索壮实、曲线毕突的大腿，但还是不折不挠地坚守着下体温柔甜蜜、令人心醉神迷的三角区最后一道防线，尽管他不止一次娴熟地将开口处撑拉成了 V 字形。季希翔有些遗憾，失落，因自尊受挫乃致愤懑，但并没有感受到辰樱在他身上激发的那种灼人的苦痛。它更像是猫捉老鼠的游戏，即便得逞了也不会有真正的满足。他心底明白，这是没有终点的跑道，他只是乘兴一路滑行。他愿意等待。子熙只是一个替代品，他暗自希望借此可忘却痛苦，然而却无功而返。尽管这样，它的猝然中止还是让他心头感到被狠狠地刺戳了一下。那天晚上，一个电话打过去，竟然是她从上海赶来的母亲接的电话，随即一顿臭骂泼溅到了他头上：你还是个人吗？都结婚成家多少年了，连儿子都不小了，还来引诱我女儿，头昏掉了，你到底想干什么？天底下有你这么无耻不要脸的吗？一切到此为止，不来找你混蛋算账算便宜了你！要是不识相，再来骚扰她，看我做老娘的不打断你的腿！

霎时间，风速增大，不一会，淅淅沥沥地下起小雨来。雨珠响亮地叩击着前窗玻璃，掀起一簇刺眼的反光。再往左拐个弯，开过两条小路，就到家了。然而，季希翔心中却滋生出几许畏怯：慢些，再慢些。他只是感到，自己生命中最珍贵的宝物，带着忧伤、逆来顺受的神情，正纷纷扬扬地脱卸、坠落，就像那中途流产的恋情，在迷蒙的细雨中飘然而去，沉入时光幽暗斑驳、难以重溯的沟壑谷地：那一去不复返、旋涡般交错迷乱的时光，那浮漾着林林总总晶亮美艳泡沫的时光。

二、回家

四月十三日　后半夜——凌晨

我是过了半夜才回到家的，准确地说已经是今天，十三日，零点过后。所以我在这儿注明是十三日而不是十二日。我并不是对任何事情都如此严谨。而对于时间，我一向非常敏感，甚至苛刻，容不得一丝一毫的差错。我自小就有这样的天赋，能把熟人的电话号码，他们的出生年月，历史上皇帝年号的起始终末，重要事件的节点，毫厘不爽地记下来，而且是不费一点力气，仿佛它们自然而然地储存我脑海中。所以父亲说我具备了从商的基本素质。如果愿意，我真可以到交易所当个红马甲。其实，在人事部门当个职员也未尝不可。只有时间标示准确，一天的生活才有可能井井有条，才具备让我们活下去的基本美感与动力。我们生活在时间之中，任何人拽着头皮都逃不出时间。我们是时间永恒的囚徒。切记，在这点上千万不要抱任何幻想。

在出租车上傻坐了整整一小时，而且几乎是一刻不停地穿桥过路，才到了位于西区的这个高档住宅小区，我在此拥有一套二百多平方米的顶层公寓。我疲惫地钻出后车座，情不自禁地连连打着哈欠。司机下车，殷勤地帮着我从后备厢中拎出大行李箱。车费刚过二百。结账时，我多给了他十块钱。小费是省不了的。这事关尊严。他龇露出一口白牙，连声道谢。

我没有忘记给琳姗发消息，她总算没有上保险，我便顺利地开了门。当初父亲给我准备婚房时，我没有要郊外的别墅，也没有要风行一时的复式、错层，我只想要一套顶层的公寓，简简单单地平铺开来，现在不少房地产商美其名曰大平层，成了引领新潮的宠儿。其实我并没有先见之明，只是懒，不想在房里再爬楼梯，只是怕，怕喝醉了酒像皮球一样从楼梯上滚落下来。

离开了七八十天，就感到这么陌生，好像一个窃贼，每闯入一个新的作案地点，涌上心头的是恐惧，还羼杂着隐隐的亢奋。的确，和第一天搬进来时一模一样，每个角落都要慢慢熟悉，每样物品都要慢慢找寻一番。我轻轻拧开了顶灯，弧形的门厅顿时沐浴在金黄色的光晕中。前方横亘着的是占据套房中央部位的长方形大客厅，右侧虚掩着的那扇门的后方则是餐厅：陈设都没有什么改变，至少暂时看不出。

我拎起旅行包，将深黑色的大行李箱拖过暗红色的羊毛地毯，往左一拐，走进了客房。自从和琳姗实行"户内分居"之后，我便栖身在这间十来平方米的房里。反正平时根本没有客人会来。虽然有时会觉得空间逼仄，但毕竟位置朝南，冬天阳光充足；相比之下，紧邻的那间书房虽然面积大过它一倍，但窗户临东，一到傍晚便寒意逼人。不过，我也在书架的转角处放置了一张沙发床。有时候晚上看书看得累了，会情不自禁地躺倒下来，迷迷糊糊一直睡到天明。

我先将重要的文稿证件粗粗分好类，锁进抽屉，随后匆匆洗漱一番，换上睡衣。但上床之后，却睡意全无。或许是过度疲劳，就像有人抱怨的那样，累得睡不着，或许是过了午夜，错过了最佳的睡眠时间，生物钟的节奏全乱掉了。我辗转反侧了大半夜。慢慢地，我只觉得前胸一颗圆纽扣不停地扎戳着皮肤，痒痒的，皮肤上还泛出一团潮红。我的衣服，平时都是琳姗放置的，这次大概是粗心，搞错了，它是一件粉白的棉 T 恤，还远未到穿的时节。

我不知何时又沉入了梦乡，但为时不久，睁开眼来，已是曙色微明。还不到五点，又是周日。要想再次入睡，舒舒服服地眯个回笼觉，已绝无可能。我突然想去套房右侧的主卧室，想把那件合身的睡衣找出来。

我有点惶恐，这个时候溜进主卧室，在琳姗眼里活像个强盗。尤其不要在过道上碰上保姆钱阿姨，她在这个家里待了足足有两三年了。我每次回家，往往只是和她打个照面，寒暄上几句。只要一搭上话，她便会叽叽喳喳地说个不停，想刹都刹不住。

最终我没有能够抵挡住诱惑，蹑手蹑脚地穿过客厅，那尊不大不小的古铜色弥勒佛笑容可掬地凝视着我，目光里带着轻微的嘲讽，而香炉里的灰屑满满当当的，一些已经撒落到了暗红色的案几上。我走到了主卧房门前。棕红色的门合上了，但并没有上锁，将古铜色的把手轻轻一拧，门便吱地豁张开来。依旧是深墨绿色的窗帘，透过中间那道细窄的缝隙，一束惨白的光线洒落在暗幽幽的地板上，借着微光，我又依稀瞥见沿墙摆设的那套意大利风格家具模糊的轮廓，那些百合花、带翅的天使、太阳的雕饰。最终，我的目光移到那张宽敞的胡桃木大床上。雪白的幔帐拢束起来，扎成两股，一股悬在半空，另一股疲沓地悬垂到床头的铜柱上。床脚边上是揉成皱巴巴一团的金黄色绣花床罩，右侧的小型梳妆台（那儿原本摆放着我的床头柜）上杂乱堆放着各式各样的化妆品，蒙着灰尘的小圆镜中反射出我苍白的脸容。右侧床面上堆叠着数十个毛绒玩具，维尼熊袋鼠考拉熊狮子老虎小猪小狗小猫，还有猴子，它们姿态各异，憨态可掬，或立或卧或滚爬打转自得其乐。

屋内的空气略微有些憋闷，一股熟悉而又陌生的气味在鼻孔前方萦回盘绕。我默默站立了一会，爬上床，在占据了近半个床面的玩具中清理出一块狭长的空地，屈身蜷伏下来。一股潮湿的芳香隐隐袭来，像是隔夜里的洗发露。琳姗似睡非睡，翻了个身，张开胳膊，一只手搭到了我的胸口，壮实的手指慢慢摸搓着丛生的胸毛。随后她的身子挪近，但我感到了一阵强烈的恶心，对她日渐肥硕起来的肉体的恶心，对一个久未碰触的躯体的抗拒。我推开了她，翻了个身，面朝窗户。光线渐渐增强起来，我闭上了眼。

长时间的静寂。琳姗的气息依旧均匀、平缓，没有一丝一毫激动的迹象。我望着天花板上游动的大小不一的暗影，玩味着涂抹在

13

家具上的深沉古雅、不无沉闷的色调，一时间想就此溜下床，折回到客房去。但此时我的身体已处于瘫痪麻痹状态，根本不听神经中枢的指挥。迷糊了半晌，我那调皮的玩意儿竟然违背自己的意愿不知羞耻地坚挺起来，像洲际导弹翘伸着，跃跃欲射。我转过身，一寸寸向她靠近，最后将她搂抱在怀里。那一刻，我抱住的是昔日热情的残骸。她的身体颤抖了一会，随后从我手臂中滑脱开去，坚决，有力，将一个虚无的空壳留给了我。

自然，她完全清醒，她知道我是谁。

四月十三日　白天……

单就家具式样而言，我这套公寓简直就是个无所不包的大杂烩：客厅的一角做成了半个佛堂，其余的橱柜摆设大多是明代风格的红木家具，主卧室是意大利威尼斯现代风格的（尽管我起先更为青睐佛罗伦萨那边的式样，但由于琳姗的坚持便将就了），餐厅是法国式的，客房也是传统中国式的，只不过风格换成了清朝的样式，繁文缛节得让人起腻——它起先是为父亲小住预备的，书房则是简约明快的丹麦式；最后说到儿子小俊的房间，则全盘拷贝了迪士尼卡通风格。而一踏进右侧走道尽头、紧挨着厨房的那间十平方米的保姆房，油光锃亮的合成板家具散溢出千篇一律、时髦浮夸、张扬自得、浅薄粗劣的气息。我们似乎刻意将各种可口、宜人、带点刺激性的风格集于一体：和许许多多人一样，我们都是那么贪心，一样都不肯放弃。

时钟敲过了九点半，我才坐到椭圆形的奶白色长餐桌前，屁股下方衬垫着的是暗红色的锦缎面子，轻盈华丽、富于动感的花纹让人眼花缭乱，玲珑起伏的椅背上饰有 S 形的涡卷纹，手指摸在上面滑溜溜的，指下生风：洛可可风格就是这种味道。

琳姗坐在我右侧，隔开了足足两个座位的距离。她飘逸的长发依旧像瀑布般滚滚披垂而下，上身穿着一件深紫色的羊毛衫，与餐厅明亮欢快的色调形成了极为鲜明的反差。这副打扮恰好介于恣意洒脱与邋遢马虎之间。几个月不见，她的体形略微胖了些，但还没有到失控的地步，虽然神情举止还像以往那样僵硬、冷漠，但三十刚出头的女人成熟的魅力还是不可抑制地涌流出来。只可惜左额上的那道疤痕尽管早已痊愈（一次我们俩吵架失控，我掀着她的肩膀，用力一推，她重重地撞在了多门大衣橱装饰着凹凸起伏旋涡纹的边角上），但无法彻底祛除，它成了我们那几年在意大利共同生活的苦涩见证。我们随口闲聊了几句，喝着牛奶（我照例是掺了点咖啡），嚼着新鲜出炉的烤面包，涂上花生酱和一层厚实的奶酪，她还倒了一小杯蜂蜜。厨房那边传来一阵阵噔噔噔哗啦啦的喧响，钱阿姨正忙于洗切煮炖，调配各式锅碗瓢盆，准备午餐。吃完两片面包，我望着奶黄色瓷盆中的面包，皱了皱眉，欠起身，往小碗中倒进燕麦片，再提起银灰色的牛奶壶，缓缓将浓稠的奶汁注入。

我和琳姗又一次陷入了长时间的沉默之中，相对无言。我们夫妻俩互相间能说什么呢？即便硬性启动，交谈也会变得十分困难，犹如针尖对麦芒。直到此时，我还为早晨床榻上的事感到几分尴尬，几分愧疚，这构成了千疮百孔的婚姻阴惨的底色。但她面不改色，见怪不怪，津津有味地呷舔着蜂蜜。其实，我心里一直等待着那个致命瞬间的到来——她终于果断地张开嘴，义正词严地宣告，"不想再这样了，我们还是分手吧!"但她没有说，至少暂时还没有这样说的意图。但我隐隐觉得她会有什么话要对我说，一切尽在不言中了。

突然间，她瞟了一眼墙上的挂钟，仿佛从深长的梦境里醒来，急忙跳起身，拉开门，半个身子探身在走道中，"小俊——快起来!"

我吃了一惊。今天是星期天，六岁的儿子照例不用上幼儿园，睡个底朝天也是天经地义。琳姗喊了几声，没有丝毫的回应。她咒骂了几句，气哼哼地推门而出；此刻，客厅正对面转角处悬挂着的那口长方形鱼缸映入眼帘，十几尾金黄、嫩黄、大红、深蓝的热带观赏鱼正悠然自得地穿过丛丛簇簇的水草，四处游弋，无拘无束地享受着春日的大好时光，尽管楼外还是阴霾沉沉。

不一会，小俊耷拉着脑袋，像只小鸡被琳姗拎进了餐室。他满脸沮丧，头发蓬乱，仿佛一个被活捉的现行犯，敢怒而不敢言。他瞥见了我，先是愣了愣，随后侧转过头去，迷糊惺忪的眼神里照例流露出冷漠和隐秘的敌意。琳姗双手抄在背后，"跟你说好九点就起来的，还偏要睡懒觉，看看现在都快十点了——你还像个人吗?以后要再这样，给我滚出去，滚到马路上去睡。"

没料到小俊索性耍懒，竟然呜呜大哭起来。时而尖啸、时而低回的哭腔像一曲回肠荡气的咏叹调，诉说着悲悲戚戚的往事。琳姗一时间也变得手足无措。此刻，钱阿姨急匆匆地推门而入，她系着粉白色的围兜，顾不上收拾桌面上散乱的碗筷盆碟，一把抱住小俊，在他额头上亲了一大口，"别哭，我的小宝贝，别哭，都怪我不好，没来叫醒你——我带你去洗脸刷牙，好不好？我给你做了小笼包、春卷，都是你最爱吃的。"小俊偎依在她的怀抱里，那种亲密无间的模样着实让做父亲的生出妒意。

我开始细细端详着小俊——他活脱是我忠实无比的复制品，比任何一张照片上的影像都要逼真。顿时，我幼年的记忆大面积地复活过来，寄寓在眼前这个血肉之躯中，所有的可爱天真，所有的顽劣狡黠，所有的怪癖执拗，所有的梦想希冀，一同复活过来，而且成几何级数地膨胀。我穿越时光隧道，又一次目睹了童年的自我，一时间竟有些羞愧难当。

我心头涌起了一股柔情，"听妈妈的话，快点吃了早饭，爸爸带你去游乐场玩——"琳姗眉头一挑，狠命地跺了跺脚，"放什么屁！都什么时候了，还要带他出去野！下午一点还要去上英语课。下星期你爸过生日，他还要脱一次课，等会送他去学校时我还得问问能不能补上那一课。哼，真是你的乖儿子，只想玩，一点都没有上进心。"

琳姗自生下小俊后，便从公司辞职，在一家女性家庭杂志做编辑，从周一到周五，早九晚五，工作节奏不紧不慢。她肚子里满载着不计其数的育儿宝典，分门别类各就其位，供她得心应手地用来调教小俊。

我好似被兜头泼了一盆冷水，霎时便沉下脸来。心底黝黑的潮水被激活，喉管中一股气流飞快地来回窜动，"小俊，快点跟钱阿姨去洗了脸来吃，爸爸等会给你看新买的礼物——哎，小孩才几岁，少上一次课有什么关系？"琳姗虎起脸，凝神盯视了我半晌，"你嫌我还不够忙是吗？你几个月在外面逍遥自在，一甩手什么事都不操心。好，现在一回来就净说风凉话，不帮忙也罢了，还一个劲地添乱！只知道瞎宠儿子，你还算是个当爸爸的吗，有你这样当爸的吗？"

真见鬼！我是该去报名参加个辅导班，训练一下自己如何当父亲。

四月十四日

只过了一天略显清闲的日子，整个生活又开始变得一塌糊涂。如今的世道，就是根本不让人定下心来。从早到晚，总有那么多的鸟事糨事冒出来，死皮赖脸地缠住你，真是没完没了。

昨天小俊乖乖地被琳姗牵到课堂里，足足上了两小时的英语课，晚饭后就断断续续地咳嗽，半夜里开始发烧，大呼小叫，搞得我们俩一惊一炸的，都没睡好。今天是周一，琳姗要去编辑部发稿，还要开业务例会——其实在我眼里，她去上班原本也只是散散心，不要整天宅在家里闷出病来，但看上去她竟然上了瘾，太当真了。于是，送儿子去看急诊就成了我义不容辞的责任。

我并不是不乐意去，只是没想到一回来就摊上这烂事儿。加上睡眠被糟蹋了，只能撑着浮肿的眼皮，匆匆吃完早饭，便开着那辆八成新的黑色别克君威上路了。琳姗比我出门早了刻把钟，抢先把那辆白色宝马开走了——那是父亲在我结婚时送的。即便在车身颜色上，我们俩也是一对好搭档：黑白配对，永恒的色调，虽然缺乏沸腾的朝气与活力，但雍容大方，沉稳自在，开上一百年都不会厌倦。

然而，不幸的是，我竟然稀里糊涂地迷了路。车内装有 GPS，我没启动，不是节约，而是觉得没必要，土生土长的上海人，在家门口还得用导航仪？这些年来，我们的生活越来越陷入了自动化的陷阱，就像楼内出入都用 IC 卡，连乘坐电梯也得在楼层数字屏板下的圆形感应区上轻轻一刷。我们浑身都被裹上了电子紧身衣，进出门都这么累赘、烦琐，好像时刻有强盗在邻近的灌木丛中潜伏着，伺机作案。我们已经不相信任何人，将全部的信赖寄托在这些精密而脆弱的机器设备之上。

我明明是开往这家儿童医院，但在滚滚的车流中辗转冲刺了半晌，到了门口发现这儿竟是一家部队医院。这时，我才猛然想起，像头脑中一个软件不知不觉间被涂改了，记忆霎时间出了故障，张冠李戴，还足足差着三四公里路呢！沮丧之余，我心头还一阵惊惶，还不到四十，头脑就这么糊涂了。不是早发性痴呆吧？自从两年前，头脑一发热愤然从大学辞职后，我的智力水平便直线下降。对稍许复杂一些的问题，我常常是黔驴技穷，疲于应付。唉，还想得起来你半途而废的课题"意大利文艺复兴时期文化与现代中国文化的塑造与成形"吗？幸亏还想得起来，这表明我的脑力还未衰退到无药可救的境地。

离开了这几个月，这座城市的面目在我眼里竟显得如此陌生，如此疏远，熟悉的地标似乎在一夜间不翼而飞，整个上海被大规模地整了容，熟悉的地盘上尽是崭新的建筑，就像一个老熟人做了面部表皮移植手术，换上了别人的额头、眼睛、鼻子、嘴巴，最重要的是，别人的表情，原先的音容笑貌已难以寻觅。还好，小俊已长到六岁了，和他在意大利出生时完全不一样了，幸好我也认得出他，他也认得我，不会像有些大把赚人眼泪、恶俗煽情的电视剧中父子相隔数十年才得以重逢相认。他瘫坐在我身边的副驾驶座上，系好了安全带，时不时挺直上身，目光时而亢奋时而迷惘地扫视着依次闪掠而过的纷乱嘈杂的街景。看上去病情没有想象的那么严重，大概高潮期已过，其实还可以待在家里观察一下？保险起见，还是挂个急诊，发展成肺炎就晚了，后悔都来不及。

无论如何，小俊今天总算不用再上幼儿园去了。琳姗出门前已经和老师打电话请了假。想到此，我扭过头，目光正好和他对接，碰擦出心领神会的微笑。他昨天拿到我带给他的那两只毛茸茸的棕灰色小袋鼠时，嘴角边浮现出来的就是这同一种微笑。好聪明的孩子，不会是装病吧？我心中浮起一股强烈的爱怜之情，噘了噘嘴，反正出来了，不管有没有病——没病更好，就带他在外边多逛逛吧，你不是一直为找不到这样的机会而发愁吗？

和后来在医院里发生的事相比，找错路只是区区小菜一碟。好久不到医院了，带着小俊一头扎进去，就像不会游泳的旱鸭子，顿时发蒙发傻，手足无措，差点溺水而死。急诊大厅里人山人海，每一个人的脸上都带着惊惶、焦灼的神情，手推床、轮椅占据了大半个空间，年轻小夫妻双双搀着抱着宝贝孩子在其间迂曲前行，勉勉强强地杀出一条血路，而花甲老人则颤颤巍巍地尾随殿后。这简直就是一个难民营，一个手忙脚乱间搭建起来的战地救护室。

一阵阵哭泣吵闹声海潮般此起彼伏，猛烈地刺戳着耳膜，差点赶得上但丁描绘的阴惨的地狱场景了。小俊一时间也吓傻了眼，紧紧贴靠在我怀里，不敢离开半步。我们俩在诊室外昏暗的长廊上等候了大半个小时，诊室门口围满了人，心急如焚的父亲们不顾护士的呵斥，急不可耐、分秒必争地等候着自己宝贝孩子获得拯救的那一刻的降临。我的心开始抽搐，疲惫和厌烦层层累集着，最后化为一腔无名的怒火；而从小就养成的少爷脾气开始沸腾，冒着厚实的气泡，似乎整个世界都在和我作对。

好不容易轮到了小俊。那中年医生头顶半秃，骄横自得而又凶蛮的目光透过墨黑色的眼镜边框衍射出来，让人联想起原始密林中的野狼。他漫不经心地听完病情陈述，草草瞟了小俊一眼，伸出粗短肥硕的手指，在他额头上轻轻捋了捋，搭了搭脉搏，望了望舌苔，自言自语地哼唧了几声，随后嗒嗒敲着键盘，快速调配出处方（那些深奥玄秘的字符通过网络传送到楼下的收费处，纸质处方早已销声匿迹）。最后，他挺直身子，漠然地朝我点点头，睨视了一眼离他仅有一步之遥的那个怀抱小女孩的年轻女人——她先是倚靠在门框上，后来索性站到了白色的诊桌旁，随时准备冲上来填补空缺——双手在膝盖上一摊，"没事，配点药吃几次就好了。当心了，不要再受冷！"

等候了大半天，只看了几分钟，换来的就是这几句轻描淡写不痛不痒的话。我早就知道。我将小俊往他面前重重一推，"医生，你再仔细看看，会不会是肺炎啊？他后半夜里闹得挺凶的，咳嗽个不停——要不要拍个片看一下？"

那医师惊愕地盯视着我，像观赏着一头珍稀动物，"他才几岁，多拍片透视对身体没好处。真的没事，就是发烧了，马上会好的！""你能保证？""保证什么？不是说过了，回去休息休息，观察一下，要是真不行再来！"那时我心中窝着的火苗霎时间喷发出来，"你就这样做医生的，对病人什么态度？""你说什么态度？我说错了什么？""你以为我这么空，光排队就等了这么久，你还不好好看？""火气不要这么大——不跟你啰唆了，你不看看后面那么多人等着！""你不给我一个明确的说法，我就和你没完！""你哪根筋搭错了？我哪点还讲得不清楚？快点走吧，否则我要叫保安了！""算你狠！看看今天到底啥人结棍（上海方言，形容厉害）。"我随手一拳潇洒地挥上去，啪嚓一声，他的黑色边框镜架滚落到地上。

我不想详述当时四周围掀起的骚动。我只记得拉着小俊的手，众目睽睽下大摇大摆地拐出了诊室，笃笃定定地付完费配好药，随后在急诊大楼外的露天停车场里登上了车，扬长而去。我心中自然不无惊惶，到底是出手打了人，但没有人跑出来拦截我，更没有人来追捕我。他们到底也是问心有愧。

别克君威车雄赳赳地驶上早高峰过后变得疏朗开阔的街面，像被施了魔法，小俊的脸色霍然间褪去了所有的病态，仿佛一头刚从动物园笼子中放出来的猴子，在座位上不停地手舞足蹈。他贪婪地注视着繁华喧闹的街市，双手不是咔嗒咔嗒拔出、插入安全带，便是狠狠地按着按键，将右侧的窗玻璃上上下下开关了好多次。我从怀里掏出一颗口香糖，塞在他口里，后来索性从后车座上拎了一只憨态可掬的小猪，搁在他膝盖上，"别乱动，这样影响爸爸开车，你知道有多危险吗?"他望了望我，垂下头，一脸委屈。那一刻，我心里滋生出几许内疚。琳姗的指责不是没有道理，我就是这么一个唯我独尊、自私自利的人，没有多少责任感可言。要是有，就不会是现在这副鬼样子了!

小俊咕哝着说想吃麦当劳，但兜了五六条马路，就是找不到。恰巧前方十字路口拐角有家新开的汉堡王，他以前没尝过——琳姗严格限制他吃垃圾食品的次数。在我的印象中，在众多垃圾食品店里，汉堡王还算是品级最高的。店堂中人流熙攘，除了一个三层牛肉汉堡包，小俊还要了一大杯可乐。他得意扬扬地在白净的人造石方形桌面上啜饮着蓝黑色的可乐，脸上浮现出难以言喻的满足感。每当我问他幼儿园和补习课程的事，他都避而不答。好在他的话也一点点多了起来。

我觉察到他在脸部弥漫的欢乐的潮水中夹带着某种傻相。这不是天真无邪，而是真正的傻，像是某种智力发育不全。还有更要不得的，他的目光鬼鬼祟祟的，很少正视我。琳姗严苛的管教扼杀了他作为一个男人应有的胆量，他的精神就像一根被牢牢捆绑住的树干，已呈现出畸形生长的趋势。莫非双重人格的雏形已在他身上悄然浇铸?

随后，我带着他开到了一个新辟不久的大公园——这个高歌凯旋、以骄奢显摆为荣的时代的产儿。用大把大把钞票堆垒出来的硕大平整的人工大草坪，宽阔的湖泊，功能分明的区域，但一切都显得过分崭新，像从烤箱中出炉的面包，但总缺少一点沧桑感，没有百年老公园中那派翁郁沉着的气象。从门口摊贩的玩具手推车上买了一把绿色的水枪，他不停地往空中喷射，大大小小的气泡晶莹闪烁，若隐若现幻化出各种神奇莫测的图案，旋即陨灭沉落。不要笑，千万不要轻看这种小孩子的把戏，它蕴含了人世宇宙间的全部真理：人生如朝露，无物可常在。但我们不是照常迷恋沉醉在这无常浅薄的表象中吗？在尼采眼里，古希腊的日神精神就体现在此，体现在小俊玩的水枪之中，那么多盛装美艳的少女在阿波罗神庙前载歌载舞，新鲜的橄榄枝随风起伏波动：人世间的美轮美奂，莫过于此。迷恋它吧，就像小俊这会源源不断地喷射出气泡，不要把脸朝向虚无的深渊。在这点上，孔老夫子倒是和古希腊哲人异曲同工：未知生，焉知死？

玩够了水枪，我带着小俊跨上了一艘双人电动船，到湖面上四处游弋漂流。右侧有一方狭长的岛屿，林木繁茂葳蕤，遮天蔽日；一缕缕细软的阳光冲破浓淡不一的云层，投射在粼粼的水面上，将原本投映其上的小俊的身影映染得金光熠熠。他左顾右盼，攥着水枪指指点点。船身在突突的声波中向前挺进，微微摇晃，我仿佛沉浸在摇篮曲的旋律中，凝视着望不到底的水面，浑身酥软，乐而忘返。然而，我并没感到恬然安适，那只是一种无所用心的懒散罢了，用拉丁语说，便是陷落在浩荡无边的 depressive torpor（昏昏沉沉的抑郁）当中了。

的确，从悉尼回来已经两天了。一直拖延着不愿打电话，实在是没有心绪。到了中午，还是姐姐晓菁主动打了过来。她让我有空时到公司一起吃个便饭。我自然是一口答应，但过了一天还是拖着。要拖到什么时候，我不知道。还不仅仅是这个，姐姐那边好对付，将就着就过去了，关键是父亲。直到此时，我还没给父亲打过电话。昨天下午好几次下定决心，甚至有一次号码拨了大半，最后一刻还是放弃了。具体什么原因，我不知道，仿佛线路另一头是一个漆黑的深坑，一不小心就会栽进去。要么就现在打吧，心情轻松点，逃得了初一跑不了十五。

手机里传出一阵吱吱嘎嘎刺耳的尖啸——大概是船的马达与电磁波撞击而引发的，父亲的声音倒还清晰，依旧那么沉着，威严，总抹不掉公事公办的意味。我告诉他带小俊看病，等会就回家。他声音变高了些，问了几句小俊的病情，随后又恢复到正常的语速和音高。随后是一阵沉默。他似乎是犹豫了一下，问我晚上过去吃饭吗？我愣了愣，说今天累了，明后天再说。他轻轻"嗯"了一声，说随我方便，语调依旧是中性化的，滤去了所有的喜怒哀乐。

我还得好好想一想。

电动船掉转头驶向岸边，但小俊还不尽兴，吵嚷地说要去附近的游乐场，秋千滑梯自然已不过瘾，他想坐上摩天大转盘，在高空里窝上半天，体会飞翔的感觉，但对于疯狂过山车、峡谷漂流一时间还心存畏惧。时间不早了，不能让他玩得太疯！我正左右为难，恰好琳姗打来电话，闻讯后狠狠地训斥了他几句，他才恋恋不舍地跟着我回家。

然而，有些事总得好好想一想。

三、奇思异想/谵言妄语?

1

不哭也不笑,只要理解。

斯宾诺莎的格言?真是他说的,还是狗嘴里吐出的象牙?

没有爱,也没有恨,远离尘世的喧哗,沉思冥想吧!

然而,我却不能够,有时候真还得长歌当哭!

我不知道。

2

滚开去吧,那些杂七杂八、让人眼花缭乱的幻影!

只是,我信笔涂抹下来的这一堆博文也是影子,鬼魂般的影子,影子的影子在千百亿个比特横冲直撞的空间中飘浮挪移,微不足道的纤尘。

它们在诉说什么？你在倾诉什么？

我不相信。

3

只是，我每念及此，便会合上眼睛，情不自禁地号啕大哭上一阵，歇斯底里地叫嚷，浑身抽搐。一个口吐白沫的羊痫风病人，还是厚颜无耻的伪君子，老奸巨猾、演技超群的骗子？

真是天晓得！

4

像是梦魇，更像是涂抹、添注了毒液的诅咒，永生永世也无法祛除。

你还想在其中流连盘桓多久？

5

那是个八月的下午，阳光灼人酷烈，我窝在父亲那幢郊外别墅三层楼的一间房里，电视屏幕上晃荡而过的舞刀弄枪、拿腔拿调的花旦老生，绿茵场上来来往往的足球争抢，让人弹眼落睛（上海方言，指眼睛睁得很大）的专家鉴宝，都是那么无聊、寡淡。但谁又让你在父亲这边待那么长时间的？总要等憋出病来才后悔莫及。我每周必来一次，和父亲吃顿饭，略表孝心；况且今天辰樱也来了，父亲说是要跟她商讨一下一个地产项目的宣传策划。

我盯视着屏幕，上面纷乱的影像渐渐消隐而去，取而代之的是我挽着辰樱的手，在金光灿灿的舞池中翩翩起舞。人脑就有这样的致幻能力，无中生有到这种境界，让脑海中盘旋的一切变得栩栩如生。吸过毒的人也有这种体验吧？过了一会，背景全换，我和她在苍翠的密林中，沿着一条迂曲的小径，朝着幽秘的深处款款前行。

等我醒转过来后，方觉这全是梦境在捉弄人。屏幕上乐此不疲地播放汽车广告，我坐起身，想下楼去喝杯水，别的也行。

我蹑手蹑脚地走过奶奶和叔叔的卧房，走下盘旋的楼梯，来到二楼。尽管开着空调，被热浪灼烤的房屋依旧沉落在悠长的梦境中不可自拔。我走过父亲的卧室，它从东到西，占了一个楼面的大半，门上镶着磨砂小方玻璃，这全是辰樱的主意。她尽力想把父亲这座私人城堡打造成最时髦的生态建筑，阳光通透，不留死角，与自然融为一体。

不会是幻听，我只觉得窃窃的私语声花絮般飘浮，钻进耳朵，上下震颤。在四周深不可测的死寂中显得格外真切。不会错，那咯咯的笑声，只有辰樱才发得出。我屏住呼吸，稍稍迟疑了一下，便踮着脚慢慢走到门前，透过小方玻璃往里探视。

虽然有些模糊，但一切都简简单单，明明白白。父亲倚靠在大沙发上，歪着头，一个女人跪伏在他的膝盖前，长发遮没了肩背，头深深埋在他的肚腹部，正哼哼唧唧地吮吸着老当益壮的阳物，老头间歇性地发出哼哧，像春天里发情的猫。

我转过身，脑中一片空白，勉力挪动脚步，在楼梯转角处趔趄了几下，嘭地摔倒在地。周围照旧是一片沉寂。我不顾臂肘的剧痛，疾速起身，轻手轻脚地一口气跑到底层大客厅旁的厨房里，从四门大冰箱中抓出了一罐冰凉的可乐，揪开盖子猛喝起来。

有时候，垃圾饮料还是要喝点的。这叫以毒攻毒。

6

其实，这样的噩梦并不陌生，至少我已不是第一次领教了。

所有的噩梦都一样，那令人生厌的怀疑、跟踪、试探、窥视、定点侦查、取证直至现场逮个正着。那时我和琳姗带着小俊正住在佛罗伦萨，她在罗马这座永恒之城待了三年后感到难以忍受的憋闷，硬要迁往托斯卡那住上一段时间，换换空气。对这座光辉璀璨的文化名城，我一向抱着敬而远之的态度，那儿弥漫的浓重的阴气不时侵蚀我的肌肤，直至头脑，虽然我手头的博士论文正是围绕但丁这个佛罗伦萨哺育的巨人而展开。

尽管有着种种现成的事例，人们有时候实在还是难以想象一个好朋友会成为势不两立的死敌。卡萨诺瓦是人见人爱的帅哥，金黄色的头发，地中海阳光般灿烂的笑容，清澈透明、时时蹿动着火焰的目光，实在让人难以抗拒。他的主业是汉学，我们一同选过几门课，我曾辅导他汉语，随后他便成了我们家的常客。他和18世纪大名鼎鼎的花花公子卡萨诺瓦同名，每念及此，一种诙谐的意趣油然而生；然而，我没有料到的是，姓名会成为一个致命的魔咒，悄然渗入他的血液，腐蚀、败坏他貌似一览无遗、单纯之至的性情。

我可算是十足的傻瓜。我对琳姗和卡萨诺瓦的交往（究竟从哪一刻变得密切起来，我已全然回忆不起来）抱着漫不经心、极度疏忽大意的态度，说出来大家都不会相信。这怎么可能，你难道没察觉到一点蛛丝马迹？其实那种眉目间的传情难以掩饰难以长久地隐藏，但我纯然是视而不见，是否他们从中得到某种暗示，甚至鼓励，我不清楚。

其实，那是一种根深蒂固、无可动摇的自信，一种难以理喻、近乎狂妄的自傲自大，似乎自己和琳姗是一对无懈可击的金童玉女。我们两人可谓门当户对，强强联手，一旦分手切割财产如割肉般疼痛，谁也舍不得。其实我有着致命的盲点，至少我还没把女人，特别是琳姗捉摸透。

我自认还不算是最蠢笨的男人。撕去一层层围裹着的面纱，戳破那厚实的褶皱，剖析一下真实的内心，我其实并不在乎她！只是把她当作一尊珍贵而无用的玩具，供奉在家庭的神龛中（尤其在生下了小俊之后），定期履行某种仪式来敷衍一下——她其实被我抹擦去了，压瘪了，简化了，抽象为一个空洞的符号，不再是一个有血有肉的女人。我其实明明知道这背后潜藏着的危险，明明知道卡萨诺瓦一次次上门向她求教练习汉语只是一种笨拙无比的圈套，还说要教她意大利语呢，互帮互惠嘛。

即便有着种种铺垫，有着种种可疑的征兆，真相大白对我还是像晴天霹雳。我一下子蒙了，剧烈的晕眩，地球加快了自转的速度，地面开裂大幅度倾斜，我站立不稳。琳姗跑了，跟着卡萨诺瓦跑了，抛开才三岁的小俊跑了。这种私奔一点都不新鲜，从古到今层见叠出，净是老套陈腐的情节。她给我留了条短消息：不要来找我。我不值得你爱。

其实这一切都无关紧要。我并没有真正受到深重的伤害，并没有一蹶不振。上帝保佑！要把伤痛完全抹杀也是在作秀。被撕毁的并不是爱（它早已在空气中氧化，消耗殆尽），而是可怜的自尊，或者用中国人的话说就是面子，一张在别人面前硬撑着的皮。有时候人就靠这张皮活着，否则还不如顺手挖个洞，钻到地底下面去。

　　然而，更让人备受煎熬羞辱的是过了两个月她竟然好意思跑回来。好一个不要脸的婊子！在她离去后猝不及防的迷乱中，我急匆匆带着小俊搬回了罗马，在波波洛广场附近一幢阴森森的老大楼里找了个套二房的小公寓，争分夺秒地把博士论文做完，好早点启程回国。有几个星期，仿佛有神灵在护佑，我工作得极为顺畅，小俊也成了我每日工作后不可缺少的安慰。早春寒意中，台伯河畔，带着那么丁点忧郁的伤感做着"但丁作品与中世纪晚期知识构型的转换"这样的题目，是再合适不过了。但琳姗一回来，把我的好心绪全糟蹋了。她和卡萨诺瓦分手了，要回来破镜重圆，至少要回到儿子小俊的身边。

　　那段时间里，她默默而执拗地央求我原谅，宽恕，不达目的誓不罢休。我慢慢才体味到赎罪是怎样一种滋味。自己犯下了过错，向对方讨饶是一回事，勉力接受对方的忏悔，将撕裂开来的伤口重新缝合，并等待它慢慢痊愈是种更大更无法忍受的折磨和苦刑。我和琳姗被捆绑在了一起，再不分开。我实在是高估了自己的实力。我宁可自己是作恶者。再说一遍，我情愿自己是罪孽深重的恶棍，也不愿当惹人同情、哂笑的所谓清清白白的无辜者。在神的面前，有谁真是那么无辜、一尘不染？

所谓的白头偕老是一件说有多无聊就有多无聊的事，它是可以想象的最严苛的酷刑：看，把两个人钉在永恒的刑柱上，让他们无休止地向公众做着道德表演，一丝不苟到了锱铢必较的境地，容不得半点差错。

7

长时间坐在悉尼近郊荒僻的海滩上，凝视着苍茫无际的海水，岸边铺展着累累叠叠、不规则的岩石，我感到前所未有的轻松。在欧洲从来没有这般轻松惬意的时光。意大利的每个城镇，繁富混杂的历史把人压垮了，气都喘不过来。这儿，没有历史的威压，只有赤裸的大自然，简简单单，海就是海，一棵树就是一棵树，没有必要花费脑筋去多加思忖。

就这样待着，从早晨到黄昏，与风声海涛相伴为伍。万籁俱寂中花叶舒张开来，又悄然闭合。不远处原始森林时不时飘掠而过的永恒的战栗直入胸际，展露出宇宙轮回运转的节律、图式，并喃喃地诉说着升沉荣辱、悲喜离合的所有秘密。

8

莱布尼茨曾信口胡诌，"人们应该与我一起 ab effectu（依据效果）来做出判断：因为上帝选择了这个如其所是的世界，所以这个世界便是最好的世界。"

他这番话一定是喝醉了酒之后信笔涂抹出来的。但细究之下，其实也没错，我们从没见过更好的世界，也创造不出来。硬是捏弄出来的，比原来的那个要坏上一千倍，恐惧上一万倍。

9

记得雄辩家西塞罗说过，如果有一座花园和一屋子图书相伴，他就别无所求了。这明摆着是作秀嘛！如果他真是心满意足的话，后来就不会枉死在刀剑之下。

要诚实地做一个人，说有多难就有多难。

10

我憎厌透了，便放弃了。老子不干了，说不干就不干了。

你们会指指戳戳地说我太轻率太鲁莽太不负责任，但我的确是不想干了。近两年混下来，心身俱疲。也该歇歇了，反正也不缺这点钱花。不干了，不仅放弃了"意大利文艺复兴时期文化在 20 世纪中国现代文化发展中的建构功能"这个国家课题，而且放弃了意大利语、拉丁语等入门课程，还有"拉丁语与意大利俗语文学""意大利文学与绘画"等诸多课程，放弃了苦心搭建的"拉丁与罗曼语文化研究中心"（正是依托着这块金字招牌，招摇撞骗弄到了一大笔经费，开全国意大利和拉丁文化研讨会及会后编辑出版两大本砖头般厚实的论文集烧掉了其中的一大半），放弃了重新翻译但丁《神曲》的宏大计划，它本来已有了好几个译本，你何苦再来以"焚膏油以继晷，恒兀兀以穷年"的劲头添上一本，不要把老命都赔上了，真不值啊！我曾经试译过几段，在为运用散文体还是诗体而反复犹疑纠结，用散文体心有不甘，用诗体则对如何移植原文的格律节奏韵脚实在没把握。我似乎天生对诗体缺乏应有的敏感，因而不时琢磨，到底该采取哪种诗体好？

我还放弃了把邓南遮《玫瑰三部曲》重新翻译一遍的计划，他是我最喜爱的意大利近代作家。我放弃了那些学生，其实他们绝大多数在我离去时未必有多大的遗憾，在我被这所大学作为领军人才引进(安家费五十万，研究启动经费一百万)时，他们抱着近乎浪漫的憧憬，慕名而来，出于好奇，像在动物园中观赏珍稀的大熊猫，并没有对我的事业有多大的热情。即便选了课，到了第三周就跑掉了一大半，单是拉丁语名词形容词代词的变格就让他们娇软的头脑瘫痪了，更遑论动词的变位。而在课程结束后能勉力坚持下去的几乎为零——悉数归零。

最主要的是我放弃了教职，从这所大学挂冠而去。我本来也不稀罕，乐得自由逍遥。这两年紧张的工作搞得我心力交瘁，没有幸福感，更没有成就感。这样也好，也远离了同事们的忌妒中伤的目光。他们不时在私下里嘀咕，这世道太不公平了，损不足而补有余，引进了一个富二代，他原本就是玩票的，什么都有了，凭什么学校还给他那么多？公平，公平，这年代人人嘴角上都挂着这个词，人们相信只要把世界抹平了，便万事大吉。

总有一个由头，一个引爆点，俗话说骆驼也是被最后一根稻草压垮的。自从我两年多前进了这所大学后，与周围同事们的关系一直如紧绷的弦，嘎吱作响，随时会有暗箭射来：这富二代有什么学问，连文凭是不是真的都难说！这世道，什么事都会发生。除去他们眼红不说(情有可原)，我心高气傲也是一大主因，它使原本就不和睦的同事关系更趋恶化。但我能不高傲？面对这帮要学问没学问（搞外国文化研究的，成天靠零星贩卖翻译材料混日子，那点英语水平让人笑痛肚皮）、要气质没气质、要风度没风度要魅力没魅力的家伙，我就不能高高昂起头颅吗？难道我还得成天低三下四低眉顺眼地求宠卖乖曲意承欢，当年陶渊明不愿为五斗米折腰，现在就为了他们的一丁点好脸色，我就该夹起尾巴、战战兢兢地做人吗？想都不要想！

你们禁不住要问，究竟出了什么事，莫非又是风流韵事桃色丑闻，尤其是和妙龄女生间的？没有，我还没有蠢到这种程度。我掂量得出自己的分量。在女人身上我这些年够累了，与琳姗的关系并没有圆满地修复，也修复不了，至今还是疤痕累累，摇摇欲坠，一阵风吹过来便会哗啦啦散架。从罗马回上海后，婚姻就成了一种僵化的外壳，被掏空了内涵的仪式，一种奢侈而无奈的摆设。我对那些精怪的女生一概敬而远之，不时有人来套近乎，说要跟我读研究生要请我吃饭还奉上些小礼品，我彬彬有礼地说饭局暂免了，还是等你考上后我请你吧。我没兴趣往那方面多想，勉力维持着起码的师道尊严，像孔老夫子说的那样不逾矩。

那到底是什么事，还是痛痛快快地说出来，不要再卖关子了！其实，这很简单，还是祸从口出。在一次全校学术报告会上，我被刘院长钦定代表文学院发言。毕竟是年轻气盛，我当着校长和大大小小一屋子大教授小官僚的面，从介绍国内拉丁文化研究现状说起，呼吁尽快建立西方古典学研究学科——这不碍事，一点都不要紧。关键是后来我如脱了缰的野马，痛快淋漓地抨击了时下盛行的浮浅虚夸的学风，以及学校管理层从下到上笼罩着的那股子浓得化脓发臭的官僚气息。问题不仅仅出在院长系主任或者处长主任，校长书记们都脱不了干系。反正是国家的大学，谁都不是深谋远虑的教育家，谁都没有长远规划打算，谁都要在任期内捞个够把花架子搭足，一味追求媒体曝光率出镜率，根本不顾及有无实际成效，而无权无势的教师则是十足的犬儒作风，和太监差不了多少，两袖清风一脸猥琐，心甘情愿地做奴才而不自知。从他们的手中，你能希望培养出怎么样的新一代学子？要么是失势时满腹怨愤的愤青暴民，要么是春风得意时颐指气使的小暴君。

我只记得发完言后全场死一般静寂，刘院长宽边眼镜下平时笑嘻嘻的胖脸变得煞白，如丧考妣。他当初将我引进时力排众议，平日里对我一直关爱有加，此刻竟如此面目可憎。自己这般剑拔弩张，也无怪乎别人将我视为怪物异类，我本来就没有好人缘，这下被彻底孤立了。但这还不是最后一根稻草，我们的书记校长院长这点雅量还是有的，千万别太低估了他们。有一次上课谈到国与国之间的纷争时，我振振有词地说，在领土归属问题上，从来没有自古以来就属于谁一说。如果这种说法成立，那今天的意大利完全可以把古罗马帝国的疆域范围作为依据，将法国西班牙葡萄牙英国半个德国瑞士都划入它的版图之内。我别无他意，只是想说明欧洲人的国家概念的演变，以及它们与中国间的巨大差异。不料竟有学生在背后打小报告，说我从学理上为分裂国家正名。于是校方派人找我郑重其事地谈话，要我详细说明情况，并做出深刻检查，以消除不良影响。

就这样，最后一根稻草掉落了下来……

11

贺拉斯有理由自豪地写下这样的诗句："我的工作已完成，比铜更持久的纪念碑。"我迄今可谓一事无成，悻悻然离去，只有羞愧难当的份。

12

这同一个贺拉斯，他又曾写下忧郁中羼杂进了些许轻浮的诗句：

> 为什么因为洞察永恒之谜
> 而折磨你可怜的灵魂？
> 为什么不躺在高高的梧桐树下
> 或松树下休憩——

我是要休息一番，清静一番。我要离开上海。时不时，隔三岔五地离开。

13

那些破事，大会上的发言，学生的告发，其实无伤大雅，只是借口、托词，傻瓜都能糊弄过去。最多是根导火索。

愤世嫉俗的拉罗什富科对此看得再清楚不过了，"世人称为德行的东西，通常只不过是由我们的激情形成的一个影子，我们赋予了它一个合适的名称，以便为所欲为，逍遥法外（可以心安理得地为所欲为）。"

14

我不能再待在上海，我必须走，必须离开。

我不能待在一座满目悲戚的城市，我没这个能耐、勇气。我万万没有料到的是，年过三十，还会再次遭遇青春期狂躁不宁的爱情。

15

一步走错，步步皆错。

而我沉沦的速度比预想得要快上一百倍，一千倍。

16

随后我便浪迹天涯，漫游天下，想去哪里就去哪里。我又一次回到了意大利，长时间在庞贝古城的街巷间徜徉，它们在火山灰烬中沉睡了将近两千年。随处可见往日熙来攘往的集贸市场，空留断壁残垣的神庙，风采犹存的别墅，宏伟壮观的斗兽场，舒适奢华的公共浴场，斑驳的壁画，多立斯立柱环绕的回廊。那些个被火山灰固化了的男女，依旧保持着吐纳最后一股气息时的音容笑貌，并凝固为近乎雕像般的永恒。这不禁让人扼腕长叹。恍然间，我察觉到成群结队的幽灵从四面八方聚拢过来，窃窃私语，抓搔拍打，默默地渗入我的肌体，腐蚀我的血肉，渐渐地将我从头到脚俘获。稍等一等，别太急！终有一天，我将加入你们的庞大队列。

我从索伦托海滩边待了几天才赶到这儿，照例是拍照，做些零星的笔记，再到网上谷歌百度一下背景材料，一篇篇图文并茂、精巧别致的旅行日志便新鲜出炉了，网站的点击量猛增。"这太惊人了！你得加紧更新！"刘伟强好几次在电话中对着我高声嚷嚷。他是我的大学同学，现在正管理着一个庞大的旅游交通网站，点击量交易量正火箭般上蹿。当他知道我要长时间外出晃荡，便约我写网络旅行志，每月付给我固定的报酬——姑且就当零花钱吧。他一开始也没想到我的人气会如此火爆。

从意大利、希腊到法国，再到瑞士，后又到美国、澳大利亚，我每隔两三个月就会回一趟上海。那是习惯性的厌倦，需要更换一下空气。我只是个玩票的，难以把旅游记者作为长久的职业。

我已失去了很多东西。自从辞去大学教职后，随之埋葬的还有致力打造全球公民社会的理想——那当然不是我的独创，康德早在两百年前就提出了"普遍法治的公民社会"的蓝图。我管不了那么多，尤其是虚无渺茫的东西，我连自己都应付不了。对，我为什么不从现在做起，从力所能及的小事做起，自己策划一套旅游丛书，就叫"逍遥游天下"丛书，让每个热爱梦想旅游的中国人人手一册：先分国内国外两大系列，国内每个省区搞上一本，每个颇有名气的城市搞上一本，国外分欧洲亚洲北美中美南美，还有非洲澳大利亚，再细分到国家、地区和城市；或者索性按地中海、北海、环大西洋、环太平洋、环印度洋分类编写，再按商务购物文化教育不同向度，量身打造不同的个性化旅游书，可大可小可厚可薄可详可略，一个旅游信息的大超市，任何人都可以找到他想要的便携式手册。更重要的是相关信息要时时更新，每半年，不，每三个月更新一次，再版一次。这是一个多么宏大的计划，做上十辈子都做不完。对，什么时候去说服老爸投下一大笔资金，做得有点起色后再到外面去融资，要做就做大。

要是真能静下心来搞这套书，那就不是你了！呜呼哀哉！

17

爸爸，这封邮件将永远不会发送出去，永远到不了你的手里。这在我敲打出第一个字符时便已悄然注定，仿佛早已被烙上了命运阴森歹毒的封印。

你将永远没有机会读到它——这一长串支离破碎的语词自顾自地在幽森无边的空间中滑翔、滚动，直至化为乌有，但我还是要写，这是绝望中的自白，短暂生命里的一抹印记，尽管是那么微不足道。

爸爸，长时间以来，我们间的关系并不融洽、和谐——准确地说并不亲密。我在这儿并不是要责备你。自小时候起，在我的眼里你便是一个高高在上的巨人，一个近乎神灵的人物，我和姐姐，加上妈妈，都仰仗着你，在你高大身影的庇荫下过着衣食无忧的日子。你代表了财富，权力，总之这个世界上一切最为美好最强有力的东西。你可以说是赤手空拳，运筹帷幄，转战南北，硬是在貌似不可能的地方杀出了一条血路，绝处逢生，化险为夷，在新世纪到来的前夜，重新垒造起了一个商业王国，使我们衰败的家族得以复兴，光宗耀祖，并重新积攒起了大笔财富。有时候，我甚至觉得，全世界都仰仗着你，没有你，就像被抽去了擎天大柱，天真的会在顷刻间坍塌下来。

在发生了这一切之后，我将如何面对你？我最好是远远地躲开，没什么好解释、好辩解的。一旦发生了，就没法抹去。

其实这并不是主因，我对你的第一次幻灭（或者说是醒悟）远在这之前很久就发生了。要把这种感受恰如其分地表现出来，其困难程度远远超出了我的想象。语词常常会歪曲、玷污人们真切的感受。

你在妈妈患胰腺癌去世前后反差鲜明的表现让人不寒而栗，你在她病床前不加掩饰地表露出来的深重的焦虑、哀痛，那种少有的软弱无助，让旁人有充分理由相信：你为了拯救她的生命，不惜任何代价，甚至甘愿赔上自己的性命，但在她过世之后没多久，甚至还未断七，你就搭识上了别的女人，接二连三、走马灯般地更换女人，她们只是你一时兴起而中意的甜点心，嚼烂即扔。你开始在我和姐姐面前还有所顾忌，后来变得无所忌惮，带着女人招摇过市。这让我（包括姐姐）一时间无法接受，你那么快就忘记了妈妈，尸骨未寒就背叛了她。那更是对我明目张胆的伤害，因为你明白我和妈妈间深挚、纠结难解的感情。在我年幼时，当你滔天的怒气滚滚袭来之际，妈妈是我唯一的避风港，尽管她神经质的性情使得母爱有时候并不坚固牢靠。正是在那一刻，你的高大形象顿时破损崩塌——但你依然是父亲，像荒原上一座久经风化剥蚀的纪念碑，独一无二、无可替代的父亲。我相信(尽管你事后并不承认)，你和其中的一位已达到了谈婚论嫁的最后阶段，但后来为何戛然而止我就不得而知了。

爸爸，我不时感受到你射来的蔑视的目光。我明白我不合你的意，你看不惯我，左看右看，发觉总缺了点什么，好像我不是你的亲生儿子，好像你在赋予我生命时不经意间犯下了致命的错误，导致从你身上传递过来的基因大面积出错、倒置、流失、缩小，将我造成了怪胎，为此你也一直懊恼不已。姐姐才是你的掌上明珠，你方方面面都和我作对，无论是专业选择、工作还是婚姻。

的确，我迄今可谓一事无成，但这不正是你并非有意，但又持久不懈的干预、嘲笑、按照你的心愿塑造我不成便恼羞成怒后结出的恶果？我不知从什么时候起得罪了你，但我猜想(我能猜得出)你对我的恶感最早便是从那一刻萌生的：因为我直截了当、不留余地、一点不给你面子地拒绝了你的好意(它寄寓了你一生的期望)，我不想接公司的班，不想在自己肩头压上一大堆枯燥无味的责任，我要走我自己的路。这无疑被你看作忘恩负义，不仁不孝。

事后证明我踏上的是一条崎岖不平的道路。仿佛你的愤怒变成了饱含毒汁的诅咒，它弥漫在空气中，侵蚀着周边的环境。的确，我的一切都不太顺心。你说我不成器，我也真够不成器的。也许我不该把责任推诿给你，将你变成替罪羊，当成发泄自己失意的靶子。我当然明白应该多从自身寻找原因。

在你眼里那全是我的错。报考大学前我一度想填报宗教专业，那时你真以为我脑子搭错筋了，该送到精神病院里去了，然而那只不过是我少年时期富足、无忧无虑生活的副产品。好长一段时间内，我沉溺在对宇宙、生死等玄奥命题的冥想中，对宗教的兴趣从中自然而然地衍生而出，那种春江花月夜式的惆怅常常被人视为不知愁滋味的少年"为赋新词强说愁"的作秀和无病呻吟。在我们俩几经拉锯争吵怒目而视之后，终于有了妥协，我选读了外语，而且选的是法语，在我眼里，英语因为学习者过多而早已成了令人反胃的公共情人，此外，我还辅修了意大利语，一头扎在拉丁文化的海洋中而不可自拔。可以想象，如果我锲而不舍地努力，也能成为这方面屈指可数的专家。但我正缺乏父亲你孜孜上进的野心和魄力，在学术的园地上东飘西荡，居无定所，十足像个流浪汉。一样东西接触久了，我便感到腻烦。在把法语和意大利语的经典作品横扫过一遍后，我突然感到一种极度的空虚，一下失去了精神上的支柱。此时，高中时期对宗教的兴趣便又趁势复活，报考研究生时便转到西方哲学史专业，这下可以尽情地饱览先贤的智慧，探寻人生的真谛了。碰巧不久又顺利申请到了意大利政府的奖学金，到罗马大学攻读中世纪和文艺复兴时期的意大利文学。要没有这笔奖学金，我不可能在欧洲待上那么多年。我从来不奢望你会心甘情愿地掏出这一大笔钱供我挥霍，尽管后来发生的事表明你并不吝啬，尤其在我结婚那会儿。

　　说到和琳姗的这段婚姻，我不知应该感谢你还是诅咒你。当然应该感谢你，你赠送了一套西区的豪宅（随着价格的暴涨，它的价值早已超过了千万），一辆白色的宝马车，出手不可谓不阔绰。更关键的是，在职业选择上百般挑剔、犟头倔脑的我在婚姻上对你竟是如此一反常态，俯首听命。琳姗的父亲是你多年生意上的伙伴，她的不少亲戚在官场里混，是不折不扣的位居要职手掌大权的黑领人士。我从一开始就心知肚明，我的婚姻是你宏伟事业规划中的一部分。但奇怪的是我并不感到屈辱。我也并不是找不到女朋友，虽然我并不是人见人爱的万人迷。我交过好几个女友，感情深浅不一，但她们只是性伴侣，分手时并没有肝胆俱裂的痛楚，最多像割除了阑尾。我似乎是从来没有体验过真正的爱，否则也不会像如今这样狼狈、措手不及。在婚姻这件人生大事上，既然没有我不可舍弃的所爱，我便遵从了你的意愿(那更多是出于懒惰)，你不禁喜出望外，父子间往昔的隔阂、怨怼一笔勾销。我得到了你丰厚的大礼，小俊出生后你也欣喜异常，对他疼爱倍加。当然你并不了解日后我婚姻生活的真面目(一旦得悉真情，会不会吐血?)，你总是习惯于从正常的目光看待这一切，这是你的优势，也是你成功的法宝。利益毕竟是头等大事，有什么虚无缥缈的感情能在与它的竞争中胜出呢?

有些话只有在反复思考后才可以说出。说出的话就像射出的箭，无法回收。电子邮件和短消息至今也没有可让发出的信息废弃的功能。

爸爸，我本来不想写下这些话，它们太扎人太刺眼，像居心叵测的恶魔的咒语。但我又不得不说，实在是忍不住，像喉管中充满了气，不吐不快。

偏偏选在这个时候来祝什么寿，亏你想得出来! 真是一个老混蛋，老色鬼，老不要脸的! 也不在镜子里细细照照嘴脸，也不嫌脏。

好意思！这把年纪了，包养着一个三十岁不到的女人，和儿子争抢女人，脸面丧尽。你就是这样做父亲的，什么父慈子孝，长幼有序，都飞到天上去了。

她明明是喜欢我的，但就是鬼迷了心窍，与你不停地周旋。你说什么？你得意什么呢？一点都不害臊。你真以为她会迷上你，她无非瞄准的就是你手中攥着的万贯家财罢了！

18

辰樱，我的爱，我本不该写下这封信，出于羞愧、惶恐，也出于根深蒂固的循规蹈矩的教养，但我还是情不自禁地写了下来。自从第一次见到你，我已不是自己的主宰；我只是一条通道，一个中介，汹涌的语流借此喷涌而出。

可以确定的是，在我瞑目之前你将永远不会有机会读到这封信，我本可以肆无忌惮地袒露自己的全部感受。但我还是时不时犹疑，你的目光仿佛从天花板上悬垂下来，久久地盯视着我。它的光焰是如此强烈，灼伤了我的手，将我通体上下炙烤，恍如置身于滚烫沸腾的地狱之火中。

然而，我内心深处还隐隐感到一丝醇美的甘甜。它像是迷幻剂，将我引向虚渺璀璨的乐园。我还是执迷不悟，一往情深地写。就像我曾试着合上眼帘，想把你遮蔽，把你从身边赶开，想把你忘却，把你的音容笑貌一笔抹去，但却一次次地徒劳无功。你老是在不经意间蹦蹿到眼前，像调皮任性的孩子，一次次地占据着我的整个视野。

那还得回溯到很久以前我第一次见到你的时候。对此你自然不会有像我这般清晰的记忆，我对此从无奢望。无论如何，那是一笔储藏在我脑海深处的财富，随时可以尽情地取用挥霍。

那是五月初夏的一个傍晚，你坐在我父亲新买的别墅顶层宽敞的凉台上，右侧隔了几排式样雷同单调的房屋便是欧式豪华会所，左侧则通向芊绵蓊郁的高尔夫球场。那正是房地产业高歌猛进的黄金时期，手头略有闲钱的人们纷纷置业买房，抢占这座大都市的优质上好的地段。我父亲也不例外，房产买了一套又一套，多多益善。那天你穿着橘黄色的上装，下身配着浅黑色的裙裤，优雅的姿态里透出不可抗拒的撩人气息。半敞的胸部悬着一枚华贵的吊坠胸针，它在微风中翻转晃荡，从上到下，蓝宝石、钻石、铂金掀起的一缕缕有着细微亮度色调差异的光焰腾挪波动，与你脸部几抹阴涩生硬的暗影形成了鲜明的对照。

在红白双色遮阳伞下，你时不时趴伏在那张深蓝的桌面上（肩胛间或突耸而起），在那台小巧的笔记本电脑上演示着众多缤纷绚丽的设计图案，有绿油油田园小清新风格，也有带着冰凉的金属质感的虚拟城市色调的，看得我老爸口水都顺着歪斜凹陷的嘴角滴淌下来。他嫌这座别墅的装修过于俗气，才把你请来将它从里到外从卫生间阳台到露台外立面脱胎换骨地修理一番。我静静地在一边的藤椅上坐了下来，你轻轻地朝我点了点头，我顿时便沉陷到惶恐自卑的旋涡之中，一个黑漆漆的窟窿在我心中咔嚓一声迸裂开来：我活到这把岁数，还从来没见过像你这么美的女人——人生的缺陷从来没有像在那一刻那么醒目地豁露出来。

我长时间地沉溺在你的美艳引发的震撼之中。可以说我是被你灼伤了，这毫不夸张矫情。你赋有的似乎是从天而降、非人世间所能有的美，我搜肠刮肚、近乎徒劳地追索着它的蛛丝马迹，最后无奈地认定，它至多是对于前世情缘隐约迷离的记忆。我的头越垂越低，变得像一个不知廉耻恶习难改的偷窥者，瞟视着你的一颦一笑，贪婪地想把它吸纳无遗。最后，所有的一切都融化在初夏时节疏旷的市郊暖洋洋的空气中了，连同你的声音也沉落消退在这无边的空漠之中，留下的只是一长串起伏蠕动轻摇细颤的性感十足的嘴形，亢奋地诉说着天外梦幻世界的幽闻秘事。

我只记得后来我们仨一同出门，父亲开着那辆黑色林肯车，耀武扬威地驶往临近镇上的一家新近开张的大饭店。那时已是华灯初上，街上满是喧闹的人流，但我对此视而不见，眼中只有你。落座之后，一杯杯啤酒不加节制地往肚子里猛灌，目光直愣愣地盯视着你，一刻都不舍得偏离。渐渐连父亲都觉得我有些失态了，我只得解释说最近学校里杂务烦冗，搞得心力交瘁，但我又不肯早点回家。席间我不得不去了一趟卫生间，门口闪掠而过的是老态毕露的清洁女工不无嫌弃厌憎的目光，随后我将一泡深黄的尿液汩汩泻注在洁白的便池中。当我束好裤带，正前方镀金边框的镜面里闪现的那苍白的脸容让我大吃一惊：这真是我吗？随后便是一阵突如其来的呕吐，污物混着脏水涌流着，蔓延着，将周边的黑色的瓷砖地面搞得狼藉不堪。我佝偻着腰，差点孤身一人瘫倒下来。但我竟然又像一个欲念初萌的中学生，兴奋地在隔壁女厕所哗哗奔流的水声的陪伴下，迷醉地撸弄着自己，以渐强的节奏搓揉出一朵朵艳丽淫邪的花朵，它们会在午夜的星光下悄然绽放。

我不知道自己为什么会滋蔓出如此浓烈、挥之不去的自卑感。我年轻时浑身散发着青涩的气息，人不矮也不丑，虽然称不上人见人爱的白马王子，若是说清秀则绰绰有余。然而，我一站到漂亮女人面前，还是会手足无措。

我们家里不缺女人，也不乏姿色出众的女人。像姐姐晓菁，美貌指数在平均值之上，这点资本足够让她在男人圈里折腾上几年。妈妈年轻时够得上是一个美人——即便老了也葆有令人目眩眼花的美艳的遗迹。有一阵子她会觉得嫁给父亲是她一生中不能算是最大，但也是致命的过失。她在美术学院当教师，但教的不是绘画，而是美术史课。"文革"期间几次下放劳动改造，使她充满了憎厌乖戾之气。"职员"的家庭出身已给她自己的人生蒙上了一层命中注定抹不去的荫翳，与父亲（资本家出身）的联姻更是黑上加黑，丑上加丑，一丝光亮都寻觅不到。父亲将他坚强的神经遗传给了姐姐，我则秉承了母亲神经质的敏感脾性。随着年龄的增长，她常常会无缘无故地发脾气，骂脏话，时而热情似火，时而又冷若冰霜。在那一刻，她不再是平日里慈爱的母亲，而成了一个十足的陌生人，一个不折不扣的女魔头。

当我被父亲训斥时，母亲便是我孱弱心灵和身体的避风港。如果她在场，会毫不犹豫地出来阻挡，以免我受到进一步的伤害。好多次，她会叫辆车去城隍庙（那儿狭窄纠结的街巷使她打消了开车的想头），在九曲桥边溜达上半天，将南翔小笼虾肉馄饨生煎汤包酒酿圆子烧卖吃个遍，舌苔上爆出的高强度快感将腹腔里累聚的郁悒伤心一扫而空。

从 80 年代起，妈妈在单位受到重用，心情也比以往舒畅得多，但她依旧会周期性地陷入郁郁寡欢的心绪中。那是她无法言说的隐情，它位于家庭的屋檐之外，是不为我们目力所及的领地。我刚进大学那会，曾贸然给一个心仪的女孩写情书，结果自然是石沉大海。那段日子我如癫似狂，几次想向母亲一吐为快。但她心不在焉的冷淡表情使我储备了多日的话语瞬间化为一串气泡。看得出她做了非同寻常的精心装扮，四十多岁的身躯里还留存着少妇的全部娇媚，仿佛它因没有合适的氛围尽情展露而长年累月地被囚禁在阴湿的地牢中。我不应太苛责母亲，她不是没有察觉到我的失望，走过来亲了亲我的额头，在耳畔柔声细气地说妈妈这些天忙于组织一个全国性的学术会议，场里场外焦头烂额，等过了这阵，我再带你出去好好逛逛。

我至今都无法忘怀母亲弥留之际在病房中陪伴她度过的那段时光。那是深秋初冬季节的交替时节，我常常是一小时一小时地枯坐在阴暗沉寂的病室中，翻读着邓南遮《死的胜利》、兰佩杜萨《豹》的意语原版书。我揉揉眼皮，望着天上白衣苍扬般变幻的流云，在沿街一字排开的浓密繁茂的香樟树叶摇曳而出的轻微、浅淡到若有若无的芳香中，在从额角眉心向下扩散的纤尘般细碎的晕眩里，感受着生命的气息正大面积地从她身上流失，聆听着她的声音一点点减弱变得嘶哑干涩直至吐出一串空洞的音符，凝视着她昔日光彩夺目的脸蛋在癌细胞的咬啮啃蚀下变得干瘪枯瘦，仿佛手指稍一碰触那脆薄的表皮，它们刹那间便会哗啦啦脱落下来化为一抹抹尘土。这里不是一个肉体衰朽行将结束尘世之旅时灵魂可以稍事憩息的乐园，恰恰相反，它是风暴的中心：街面上高高低低经久不息的喧嚷，杂沓细碎的脚步声，走道尽头暴涨开来的哭泣、号叫，手推车在幽黑破损的地面上磨砺而出的撕心裂肺的嘎吱咔嚓，行色匆匆神经末梢绷到噗的一声炸裂的极限点的医生护士，悄然游走的恶臭（它从众多病人的口中排出，与裹在黑色塑料袋中的泔脚厨余在离电梯门不远的拐角相遇）混杂着一簇簇一团团湿嗒嗒、发酵的霉菌，如阴鸷的大鸟，整日盘桓在母亲饱经折磨、听天由命但又心有不甘地贪恋滚滚红尘、即将被上帝回收的脸容上。

亲爱的（我不知道你允许不允许我这样称呼你，但我就要这样称呼你，直到我咽下此生此世最后一口气），许多年后，直到游遍欧洲各地大教堂后，我才解开了长年盘缠的心结。那么多金碧辉煌、精雕细琢的圣母画像和雕像，尤其是梵蒂冈圣彼得大教堂正殿光芒四射的穹顶下出自米开朗琪罗之手的《圣母怜子》，上面浮现的不正是我朝思暮想的母亲形象吗？那么年轻、热情、亲切，允诺了无条件的爱，又是那么超然世外，完美无缺。我心里的母亲就是那样，而在那一瞬间，我也明白了对你的爱：你和她也同出一胎。辰樱，你就是我的圣母，我的爱，我真正的母亲。

亲爱的，你要原谅我，不管那次表白有多笨拙，是在错误的地方说出了正确的话。无论终局如何，我永远不后悔对你的爱，永远不放弃对你的爱！

在父亲的新居见了几次面后，我终于鼓足勇气约你出来，出乎意料的是你惊人地爽快。我记得你曾提过喜欢吃生鱼片，傍晚时分我们在福州路、西藏路附近碰面后，便去邻近的一家日式回转寿司店。这一点上我们分明是那么默契，自然随意，不去刻意摆阔炫耀。那天我们俩到店的时间早，便惬意地找了个靠窗的小桌，透过宽敞的玻璃立面，湿漉漉的广场绿地、交错熙攘的街市尽收眼底。我记得那天天很热，刚过了黄梅天，下午有过一场短暂的雷暴雨。我们点了天妇罗、生鱼片、米饭团子，暮色渐渐降临，我当时觉得和你是如此亲近，一伸手便可以把你揽在怀里，但又分明是异常遥远，你像是被抽去了血肉的幽灵，在店堂明暗交错、光晕摇晃不定的背景面上飘浮，随时会消失得无影无踪。

酒足饭饱之后，我们漫无目的地沿着广场前行，似乎该分手告别，又似乎还有大把的时间可供挥霍。不久，十字路口一个十来岁的小女孩拦住了我们，硬生生往我手中塞了一束暗红色的玫瑰。我有些尴尬，但望着你笑意盈盈的脸，便掏出十块钱买下了它。当时我头脑中一片空白，我不知哪里来的胆量，果断地将花束往你怀中一塞。你一再推辞，我起先以为你是客气，或者说有些害羞，后来发现你是真的恼了。但我还是那么傻，竟把心里话和盘托出——收下吧，我爱你！

在随后的日子里，直至今天——我们的关系如此暧昧、微妙，祸根便是在那时候埋下的。真谢谢你没有当场回绝我，没有一口回绝我（我其实是配不上你，虽然那么爱你），但这种迂回、隐晦、模棱两可的态度使我进退失据，忽忽如狂。

自此之后，我的生命仿佛跨过了一个醒目的分水岭：我似乎是沉溺在一个长眠不醒的梦境里，周围的一切虚化、失焦模糊以致隐遁无形，有的只是我梦呓不无失真的外化，幽暗的梦境长廊上的独白，没有观众喝彩的一个人的戏剧，那种火焰般的激情，血脉偾张，慷慨陈词，一长串旋即陨灭的鬼火。但在我的视域内，它是唯一的光，唯一可以触摸到的实体。

与此同时，我沉睡的灵性被唤醒。顿时，我觉得先前芜杂纷乱、灰暗晦暝、暗无天日的世界变得清朗如水，万事万物井然有序，层次分明清晰，一目了然。所有的荣辱得失都无关紧要，只要有了你的爱。那一刻，失明的人重新睁开了眼睛，暗夜中长途跋涉的人瞥见了地平线上浮跃而出的曙色，冰原上冬眠的动物感触到了太阳的热力。

我不仅从未见到过你这么美的女人，而且我从来没有如此深情、如此刻骨铭心地爱过一个女人。你既无意识地在鼓励我追求，又暗示在眼下这种复杂纠结的情形下（尤其是你和我父亲间的关系），要发展我们的关系无异于痴人说梦。我并不怨你，我也没有任何权利来怨你。只是，我请求你，不要那么狠心地转过头，给我一点机会，你是我的圣母，我的救星，没有你，我又会重新陷入虚无之中。你能理解、想象吗？以前我和女人（包括琳姗）的关系都是蜻蜓点水，心不在焉，都是一种可有可无的点缀，用过即甩即扔的一夜情、露水情，现在你简直就是空气、阳光，不可或缺的食物养料。

一点都不夸张：如果没有你，我的生活寻觅不到一点意义。的确，我早已过着安稳富足衣食无忧的生活，每每想到此，便会情不自禁地滋生出强烈的羞愧感：我一无所能一无所长，却侥幸靠着有钱的老爸坐享其成，拥有了其他人梦寐以求、要经过几十年拼死拼活奋斗才能获取的一切。我何德何能，拥有那么多财富，过着如此逍遥自在的日子，富足而没有意义的生活？家庭，妻子、儿子，我通通都不挂在心上，通通放任自流，混到哪里算哪里。我是一个不负责任的男人，一个不折不扣的傀儡演员。现在你出现了，一切都立马改观。相信我，我将全身心地爱你宠你，将爱你作为一生最壮丽的事业，作为自己脆弱人生的支撑点。

你还是发点慈悲，给我一条生路吧！

四、老树繁花

在那个时刻，他踏上的是一条幽秘晦暗的长廊。细细打量，像是博物馆里最为时髦尖新的 3D 展示厅，排列铺叠着林林总总的仿真物品：从时光的阴沟中筛挑捡拾而起的支离破碎的部件，装配组合成昔日街市绚丽的表皮，一股似真却虚的氤氲盘桓其间；又像是一个布景堂皇豪华的摄影棚，虽然此刻萦回盘绕的只是从众多人物体内汩汩分泌而出的荷尔蒙的残渣碎屑。一座寂默无声、遗弃多时的废墟。

一股隐隐约约的骚动、喧响从背景的最深处升腾而起，如旋转楼梯向目力不可及的高处弥漫、膨胀，旋即垂落下来，纷纷聚集到他的耳膜下方。一转眼工夫，他拐进了另一处晦暗的空间，从里到外尽是酒吧/工作坊的装潢风格，天顶上纵横杂乱的粗硬钢筋檩条赤裸裸、纤毫毕现地呈露出内在的经脉肌理。四周拱围着的圆弧形墙壁，缀满了繁复的图案，色调时不时变幻更替，迂曲盘绕的轮廓线随之移位赋形。

她，一个年轻的女人正踮直脚尖，翩然起舞。一袭雪白色的连衣裙，烦琐累叠的多层褶皱，连同束缀其上的光鲜的金属装饰片，在疾速、悠缓交替的舞步中掀起一阵阵光焰的暴风骤雨。他血管中蛰伏多时的欲念霍然间被唤醒，鲁莽地快步上前，与她跳起了双人舞。他勉力用僵硬笨拙的动作应和着她四肢、关节、脚踝、手腕的甩动起伏，掌声、嘘声此起彼伏，夹杂着歇斯底里的狂笑与尖叫。恍然间，他发现自己已站立在一根摇摆颤晃的钢丝上，全然没有退路。他只有让自己身体最深处的花蕊在这与死亡擦肩而过的缝隙间灿然绽放，在陡直坠落与悠然空翻的模糊边际线上与对方交合纠结撕扯覆压扭旋，浸渍在母胎温暖的羊水中，成就出一种闪烁着凛凛寒光的极限之美。

突如其来的虚脱，他双肩剧烈摇晃，亢奋贲张的神经漏气般地瘫塌下来，失去了平衡……

季云林浑身抽搐了一下，睁开了双眼。

五点半。一阵发冷，黑森森的寒意从下朝上飕飕蹿涌：脚底心竟裸露在了松塌塌的藏青色棉被外侧。他缩紧了身子，将日趋衰弱的双腿拱勾在腹部上方，想将散缀在被面凹凸处点点滴滴的残余热量聚拢过来。虽然是四月了，晚上还是该开空调的，好驱一驱多日积存下来的寒气。

只要有那么一丁点温暖。此刻，季云林渴望拥搂着女人柔软丰满的身体，沉溺在由气味、目光、神情、姿态等构缀而成的全息图散溢出来的馥郁芳香中，它混合了献媚取悦、佯装伪善、恣肆狂放、忍耐等元素，衍化成一幅淫邪味十足、青春气十足的浮世绘。

霎时间尿意盎然。真该死，又来了！他叹了口气，霍地坐起身，从床边的椅背上抓起那件半新不旧的黄棕色花呢夹克，披裹在脖子肩背上，疾步迈入右侧的洗手间。完事后又一次滚入七皱八褶的被窝，像惊醒后的婴儿，一阵歇斯底里的号哭后，叼噙着奶头，再次沉降到甜美温柔的梦乡。

六点。往昔岁月斑驳绚烂的影像如混沌的潮水蜂拥而至，季云林沉陷其间，全身松脆的筋骨在浪花持久的冲蚀下融化分解开来。对这一切他并不陌生。要是蓓兰还在，将她搂在怀里，或者单单背靠着背，即便皱斑累累的肌肤再也激发不起灼热的情欲，各自身上渗溢出存放在阁楼角落里陈年干货浓烈的霉味，也比独自一人要多出一份暖意。如今，他们俩之间隔着一大片浩渺空阔的水域，难以泅渡而过。掐指算来，她离世已有十三年了。

他们俩结婚成家时正值"文革"高潮。一个是往日资本家的公子、一家化工厂的技术员，一个是国画家的闺秀、美院的教师，气质性情并不相同，但都是被主流社会排斥的边缘人。他们不事声张地办了婚事，还悄悄去杭州、南京游玩了几天。蜜月旅行后不久，两人便各自下放到了远郊的干校锻炼，数年内别多聚少。除了新婚初期的陶醉外，季云林很少在床榻间汲取到多少快乐，至多是例行公事般的生理需求的满足。两人在教育、习惯、性情脾气上坑坑洼洼的差异随着时间的推移被放大，随着儿女的成长而加深，最后成了无法逾越的沟堑。她那架势，好像受了天大的冤屈，重重累累郁结在心底，你用十辈子的工夫都无法补赎。好多次，他试图穿透她书香人家大小姐矜持的盔甲，但终无果而终。

　　鉴于长年累月冷淡、不甚和谐的关系，他的心头总飘浮着一层抹不去的疑云：蓓兰她在外面究竟有没有相好的男人。其实季云林对此并没有多少忌妒——如果这一猜测属实，正好可以抵消他由于自己暗地里偷鸡摸狗不规矩的双重生活所引发的或显或隐的愧疚。他明白迈出这一步对她并不轻松，但她并不是恪守妇德的贤妻良母，绝对不是，而她置身的校园并不是世外桃源，况且又是艺术学院，浪漫放纵的气息渗透在每一个角落。80年代起，蓓兰一夜间成为众目睽睽的明星教师，每次外出前，她都要做一番精心的梳妆打扮：虽然微微高耸的鼻梁在周边颧骨、眼睑、双唇的映衬下显得有些突兀、比例失调，但面部精细美艳的线条却在舒卷如云的长发的烘托下不可遏制地喷薄而出，犹如海面上升腾而起的太阳。然而，谁也没有料到她最后竟会患上绝症：凶险的胰腺癌将一切提前打上了厚重的休止符，蛰伏在内心深处与她重修旧好的期盼（多少有点自欺欺人）也随之化为伤感的泡影。

　　然而，只要一想到辰樱，他脑海中铺衍而出的则是另一番光景。她会长久地趴伏在他骨节嶙峋的胸口，舌头如竹林深处粼光闪烁的蛇，缓缓探伸出来，翻卷打旋，东舔西咬，洒下星星点点的口水；她的头在哼哼哈哈中摇晃着，满头长发如热带繁茂的花叶披垂下来。他兴奋地捧住她的脸，用手轻轻抚按着上面那一层浅玫瑰色的光晕，久久地凝望那一双微微眯起的亮晶晶的眼睛。与此同时，他枯瘦的大腿犹如贪婪无耻的攀缘植物，和她牢牢绞缠成一团。

这样的镜头不停地重演、回放，比他往年拈花惹草的放荡岁月中众多销魂迷醉的时刻更为持久，更富于扣人心弦的魔力和韵味，也更让人心旷神怡。那时，季云林感到自己年轻了足足有三十岁，血气旺盛丰沛，厌世的情愫顿时消减了大半。他只有一个心愿，要让她躺在自己的身边，陪伴他度过一个个漫长的夜晚。然而，辰樱却不乐意：她不肯来和他同居。

六点三刻。时候不早了。季云林腾地坐起身，迈入左侧不带浴缸的小卫生间，推开淋浴房锃亮的玻璃门，剥光衣裤，用白色的浴巾前前后后用劲擦拭肩背关节，随后一股温热的水流便倾泻下来。一股清淡的花香从悬在天蓝色瓷砖墙面上的铝合金架上的花盆里游走而出，弥漫盘桓；他慢慢吮吸着，正前方的长方形大镜面上映现出来的人影骨架虽然已慢慢瘪缩下来，零零碎碎的老年斑随处可见，但仍阔大坚挺，保持着威武的气势。尽管已经六十五岁了，他并不服老。也正是在奔流直下的水流激越的冲击声中，他的精神变得亢奋起来：他要和辰樱结婚。不能再拖了，今天晚上就向她求婚，不管她接受不接受。

这貌似心血来潮的决定，其实是长久深思熟虑和超出常人的胆略、魄力孕育而出的果实。季云林擅长在别人眼里看似一团乱麻无法着手的情形中破局而出，将一切打理得井井有条，主次分明，组缀成难以找到瑕疵的行为艺术杰作。没有什么好商量好犹豫的，他一贯是我行我素。他的信条是只有偏执狂才会成功才会成大器，多年来转战商场的经验无可辩驳地证实了这一点。要不是他当年孤注一掷，像个赌徒那样将身家性命通通押在上面，准备好脱底棺材输个精光，最后连裤衩都留不下，那块地皮根本到不了手，而那滚滚而来的财源，更是想都不要想！

他擦干湿淋淋的身子，穿好便服。平常到了五点多他便睡意全无，在明暗交织的曙色中步入隔壁的工作室兼书房里，在早餐前处理邮件，浏览网站，还时不时倾注心力多处留言回帖。他超人的毅力、自制力和精力在此体现得淋漓尽致——这是他全部事业的基石。然而，今天他起得晚了，他感到了疲惫——它从筋骨的深处攀爬而出，牢牢攫住了他的四肢。得抓紧了，像摩天大楼格子间那般密密匝匝挨贴着的日程：上午九点是业务规划会议，重点讨论金河湾住宅区工程开发规划，那片地刚落锤成交；中午宴请区城建规划部门的负责人；下午还要赶到国际会议中心参加房地产与中国经济发展的论坛——尽管是个务虚的会议，但他能见到一大帮熟人；晚上则是和辰樱的约会，那堪称是一天里臻于完美的终点：在自己六十五岁盛大的寿宴之前，他要和她单独聚在一起，并郑重地向她求婚。

对于季云林，金河湾住宅区开发可是桩生死攸关的生意。做成了，千疮百孔、摇摇欲坠的资金链顿时就理顺了，财源滚滚——只许成功不许失败。前些年他与朋友合作，在云南投资了一个金三角游乐场，临近还附加上一个高尔夫球场，为此向几家金融公司融贷了好几亿资金。没想到功亏一篑，项目最终没通过环保审评，加上征地拆迁引起村民聚众抗议，惊动了省政府，最后只能草草收场。但先期资金已投进了那么多，全部化为乌有，还欠下了那么多债。

债总是要还的，这些年不时有人到公司来追讨债款，而且是越讨越勤。东挪西借，还了一部分，但还是剩下一个短时间里难以弥补的大窟窿。

季云林倚靠在棕黑色皮椅背上，合上了眼帘。他撇了撇嘴角，露出一丝微笑。金河湾住宅项目只是自己公司重整旗鼓的第一步：在游乐场项目折戟沉沙之际，他便已谋划起更为宏大的蓝图，召集几家公司，优化资金结构，借壳上市，逆袭而归。到时让人大跌眼镜吧！初步方案已由一家证券咨询公司做好了，还得充实点材料，敲定伙伴。他搓了搓手背(几个黑黝黝的老人斑分外醒目)，哈了一口气，时不我待，最最关键的还是要派人去北京活动游说，搞定证监会的那班人马。

一切都得从早餐开始，套用最时兴的话，没有最早，只有更早。但季云林得先上三楼，到母亲房里请安问好——既是表达孝心的义务，也是强化血缘纽带的仪式。他拐过转角处的电梯门(只有在半身偏瘫的母亲坐着轮椅外出散心才开启使用)，登上三楼，推门进入母亲宽大的卧房(它占据了这层楼面的近三分之二)。天气毕竟是转暖了，母亲已经起床，身着染印着深蓝底色雪白团花的薄呢罩衫，正襟危坐在那张棕黑色的扶手椅中，沈阿姨正神情专注地为她梳理打扮。四十多年来，她忠实勤勉地服侍着母亲，母亲中风后，她更是须臾不离左右。

他习惯性地向母亲问了声好，母亲抬眼瞥了他两眼，轻轻"嗯"了一声，便转过脸去，望着窗外早春时分清澈澄碧的天空。沈阿姨虽年过七十，但腰板还是异常硬朗，她笑眯眯地将母亲乌黑发亮的头发(到了她这个年龄算不上过分稀疏，每周有理发师定时上门烫染)梳齐拢整，箍上缀有深红蝴蝶结的发簪，"今天天气好，我特意给你换上了新衣裳，等歇吃好早饭我推你出去散散心——前段辰光外头一直下雨，实在没办法出去。"

母亲依旧闷闷不乐，沈阿姨弯下腰，捋搓着她右侧僵滞的手臂，"太太福气真好，有这么孝顺的儿子，年纪虽然这么大了，头发一点不少，我现在头发剩下来连你的一半都没有，再讲你风度好，标致，现在年纪轻的小姑娘也没法和你比……"母亲抬起头，一副似笑非笑的模样，在屋里明暗错落不匀的光线下，九十年沧桑的潮水将那张原本纤巧娇小的脸庞蚀刻得支离破碎，深褐色的斑块散缀在浮肿的表层，如一片过度开发以致生态系统濒于衰竭崩解的土地，只有那尖削、洁白的下巴，还依稀留存着昔日的端庄和威严。

母亲缓缓抬起左手，费劲地摆了摆，"快点去吃早饭吧!"她的目光迷离恍惚，越过了季云林，越过了周遭富丽华贵的家具摆设，执着地投向那如烟似梦的民国晚期：舞池里锃亮光滑的镶木地板，似乎是在无边无际地伸展开去；窸窸窣窣曳地而过的裙纱，觥筹交错时的嬉笑喧哗，还有就是外表优雅从容、内里却狂野恣肆动人心魄的舞曲——它们跨越时空，上天入地，在她头脑中唑唑震响、回旋了几十个春秋。如今它裹挟着弥留之际的垂死气息，咿咿唧唧地哼唱起一阕阕凄恻美艳的天鹅之歌。

沈阿姨连声附和，"先生快点下去吃吧，等会要去公司忙呢，我早点晚点没啥关系的!"她蹙了蹙眉头，瘪缩的下巴抖动了几下，

"不晓得丽丽都弄好了吗，这小姑娘做起事体来还是有点投五投六的(上海方言，形容人冒冒失失，不稳重、莽撞的样子)……"这女孩来了快半年了，手脚虽说不上麻利，但大体上还过得去。季云林转身出了门，瞧见走道另一侧弟弟云亭的房门竟然半开着：这真是稀罕事，他深更半夜入睡，常常到十一二点钟还懒在床上，今天额角头真碰到天花板上了？

其实，他平时很少到弟弟屋里来，一旦早出晚归，有时一个月也见不上几面。云亭不到一岁时罹患上了一种奇特的脑炎，高热久烧不退，脑组织神经大面积受损，语言功能就此失去了正常发展的机会，母亲为此一直感到歉疚。到了五十九岁，他还只能勉强呜里哇啦说一些简单而破碎的词句。虽然被世人视为白痴，他对天文和古文字一直葆有强烈的爱好。

季云林走到门口，丽丽正坐在床沿上，俯身专注地看着搁在云亭膝盖上的那本厚实的收藏册。季云林对此并不陌生，厚硬的封套上，一组世界各地的风景名胜照片交错叠合：巍峨的教堂，热带金光灿烂的海滩，高山森林，冰原。听见脚步声，丽丽抬起头，不无尴尬地站起身来，"老板你来了！嗯，我该下去了，把牛奶热一下，就可以吃了——刚才是叔叔打铃，我以为发生了什么事，原来叫我看他收集的图片……"

季云林"嗯"了一声，目送着她疾步走出门去。她的年龄在二十二岁左右，黑黝黝的皮肤配上微微泛红的脸蛋，给人精力丰沛、活力四射的印象。她个子虽然不高，但臀部却异常肥大，高高突耸而起，一颤一晃，连他都情不自禁地心生遐想：一旦将她揽在怀里，该有多么新鲜、刺激！又在瞎想了。然而，凭借从屋里弥漫而出的暧昧气息，游走飘荡的种种流言蜚语的阴影，他可以毫不费力地抽绎、组接、拼贴出一幅完整的画面，淫邪，香艳，一点点腻味，羼杂着恶心，仿佛踩上了一摊令人羞愧的污迹。

丽丽离开后，云亭的脸色顿时变得灰暗下来，颓唐萎靡又一次占据了上风。哥哥走到床头，瞥了眼皱巴巴的床单上凌乱的被褥，叹了口气，在他身边坐下，有意无意地翻看着收藏册：好几页都是星系的照片，有从报刊上剪下的，也有用从网上下载后打印出来的，将它们并置在一个平面上，活像一个微型的星系乐园。白底黑字的标签上一一注明：旋涡星系，椭圆星系……

突然间，云亭撇了撇嘴唇，双手紧握，浮现出一缕怪异的笑容。云林记得，那是弟弟用天文望远镜凝望苍穹时的表情，也是他在书桌旁翻阅《说文解字》《尔雅》《康熙字典》时流露的表情：在那些瞬间，他神思专注不二，似乎遗忘了自身的存在，有朝一日终将朽烂、化为尘土灰烬的肉身如老旧的蛇皮哗啦啦蜕落在地面上，灵魂轻盈地飞翔起来，穿梭在浩瀚、渺无涯际的宇宙中，出入于众多星系稠厚的水流中，沉浮于混沌斑斓的弧圈间，体味着天穹的深邃、无常和神秘。

从他抱捧着那一大簇鲜花，推开黄铜镶边的旋转玻璃门，踏过大堂纵深处洇开的狭长光影，拐过曲折盘旋而上的铸铁楼梯，那一束束狐疑而猜忌的目光便如影随形，不离左右。季云林走出空间逼仄的电梯轿厢，瞥了眼从拱形楼顶悬垂而下的多层玻璃吊灯，在服务生的引领下，沿着昏暗的环形走廊迈入惬意的包间。正中央的圆桌上铺展着猩红色的缎子桌布，天花板绿色的藻井面上缀满了林林总总的龙凤浮雕，一股不无做作的富贵气息油然而生。他将湿漉漉的花束搁在茶几上，顿时红玫瑰、百合、杨兰馨香刺鼻，撩动着周围沉滞的空气。他在褐色皮沙发上坐下，双手懒洋洋地摸搓着臀部下方用织锦缎做成的坐垫，深黄色的面子形成了柔软起伏的山丘，里子里却横亘着难以拗断的韧性。服务生殷勤地泡上了一杯西湖龙井，又恭敬地将厚厚的两大本菜单递上，随后便蹑手蹑脚地退出门去。

他重重地喘了口气。进饭店前已打发司机小刘将黑灰色的凯迪拉克开到邻近办公楼的停车场，随后便是几小时的放风，只等手机召唤。他站起身，走到老旧的拱顶窗前，望着下方峡谷般深邃、细部模糊不清的街道，汽车的轰鸣混合着杂乱的市声，源源不断地涌升上来，分贝放大了好多倍。他回转身，走进嵌套在角落里的卫生间，俯身在大理石洗面台上，让白花花的水流冲刷着手指手背手掌，最好是一尘不染。

黄昏时分，半空中飘浮着大团晦暗沉浊的雾气。室外走道中间或有杂沓的脚步声响起，屋里则是宁静异常，滤去了所有的杂质异物，纯粹、透明中弥散着无形的凝重。他用湿纸巾擦干手，摊开沉甸甸的菜单，瞟视了几眼四周拱立着的柚木护壁板（他那件深黑色西服悬挂在隐身其后的壁橱里）。往昔的悲欢离合积聚沉淀在饱经沧桑的线条肌理中，烙上了层层圈圈的年轮，流泌出苍凉萧瑟的寒意，汩汩注入他的体内，上下蹿动抖颤，将往事的残渣碎屑全搅动起来了。猛然间，他打了个寒噤。

两个人的生日晚会，简简单单，到了清澈见底的境地。前两天辰樱就说了，他不用劳驾去接，她会直接从办公室赶过来，生日蛋糕和蜡烛她都会一一准备好，不必操心。

离约定的时间还有二十分钟，他静静地等候着。时间分分秒秒地在流淌，那么缓慢、沉重，最后竟然成了难以忍受的酷刑。渐渐地，他心里滋生出点点滴滴的怨愤，怪她不早点过来，他无法早点将她搂在怀里，拉着她柔腻细滑的手指，左捏右摸，与他枯瘦的手指对贴合十。在阵阵悸动的震颤中，十指弯垂而下，紧紧地绞缠成一体。

对他季云林而言，这是少有的意志松懈。他木然盯视着暮色中显得阴气森森的黑色窗框。还不到中午，他便感到了疲倦，能量供应不足，仿佛猝然间车辆熄了火，船舰搁浅在荒芜的礁滩上。会议开场不久，围坐在桌子四周公司高管同僚们壮硕的身躯在他视网膜上仿佛都被抽去了细密的血肉骨骼，成为一串单薄的影子，在周围雪白的墙壁上手舞足蹈。

中午宴请时情况变得更为糟糕，他竟然一时间叫不出那些熟悉到堪称是酒肉朋友的局长处长主任的姓名，它们在舌苔上游走飘荡，呼之欲出，然而都披上了隐身衣，经过一番搜肠刮肚，露出的只是模糊的轮廓线，厚实的形体骨架已不知去向。他只得隐去其名，哼哼哈哈，频频以你相称。这些大权在握、独据要路津的官员照例是满脸堆笑，蛋白质胆固醇脂肪巨量超标过剩，但依旧毫无节制地狼吞虎咽，一醉方休。

席间他曾瞅着空隙独自躲到了卫生间，坐在便桶上，捋了捋脸膛，狠狠抽打了几下，默默祈祷：不能做刘阿斗，要振作起来。不能就这样倒下。然而，此刻他实在是撑不住了，半倚半躺在沙发上，扑通一声，菜单滑落到棕红色的地板上。

路灯渐次亮起，在灰蒙蒙的天幕上投上众多苍黄细碎的光影。手机铃在幽暗的包间中呜呜响起，他兴奋地坐起身：不是辰樱，是自己的助理周菡婷打来的。她的声音青春阳光，虽然时不时会嗲腔嗲调地奉承讨好一下，但总体上仍是清脆明快中带着谨慎和节制。本来约好下周去建行，和他们谈如何筹措贷款，用于建设项目开发中配套设施。刚刚银行那边来电话，信贷部主任临时要出差，最好他们改在明天下午就赶过去。季云林叹了口气，改就改吧！这帮家伙想钱也是想疯了，多少家公司投塞了多少个红包——喂不饱的饿狼！

还在通话时，信息的提示音便已嘟嘟作响。这回是辰樱发来的，她正堵在半路上，要晚几分钟到。唉，她为什么不直接打电话过来呢？与电磁波传递过来的精准、亮丽、闪烁着金属合成物光泽的数码符号相比，他更想听到她肉感多汁的声音。

就是和别人不一样。从两年前在一次装潢企业年会时遇见辰樱后，季云林就完全被她迷住了。单从长相上说，她算不上特别漂亮出挑，高耸的颧骨与深陷的眼窝隐隐间有些不和谐；上身一件浅绿色的低领开衫，映衬着下身一袭深黑色的丝绸长裙。然而，那种风韵气质，是他这辈子从未见识过的。它散溢出一股神秘的气息，仿佛来自另一个邈远的世界。她的目光有种拒人于千里之外的震慑力，沾满了极富杀伤力的嘲谑意味：它既用媚态暗暗挑逗你，又布

66

下了深不可测的陷阱和圈套，既有孩童的淘气，又有刻骨铭心的敌意。不愧是从西北来的野姑娘！她的皮肤尽管微微泛黑，但却出人意料地细洁柔嫩。在人们的传言中，她的家世笼罩在扑朔迷离的雾气里，据说她是个弃婴，后被人收养，家附近就是一座劳改农场，她童年便是在与劳改犯做伴中度过的。

几经周折之后，他才勉力和她攀拉上关系。随即他邀请她为自己新近买下的别墅做整体设计。她拟定了完整详尽的方案，最大限度地消除视觉上的阻隔，使得通透灿烂的阳光、丰茂葳蕤的花草树木与居室融为一体，并将周边开阔的高尔夫球场、多层喷水池作为陪衬的远景，竭力将它打造成精美宜人的生态住宅：无论是居室结构的区隔分布，玻璃在天顶、墙面、门扉上的配置运用，多种色彩的错落组合，还是家具、装饰品的选购安放，她都无所不用其极，目标似乎是要它做成价值不菲的艺术品，跻身于顶级的收藏名录之中。

季云林抹了抹眼睛，颓然瞪视着四周。还有十分钟她才会赶到。光洁的护壁板上模模糊糊地映现出他的脸容，下巴瘦削，干涩、遍布斑点的皮肤，眼眶中满是血丝——仍是一头贪婪的狼。如今他孤身一人从尘世的扰攘中逃脱出来，安坐在这座好似耸立在喧嚣不息的大海中的城堡里。他还是得静静心，弄清自己究竟是怎样一个人。

大半年里他活脱脱完全变了一个人。他仿佛已分裂成了两半，一半冷静超然，审视追想着自己另一半的所作所为，苛刻地评判着那近乎疯魔的痴情。让人心悸的莫过于大半辈子遵循的准则、定力竟然在刹那间灰飞烟灭。他还有点惧怕辰樱，怕一不小心亵渎了她。

最具杀伤力的自然还是性感的魔力。在幽暗的私密空间里，仿佛有一股妖邪放肆的强光照射过来，温煦的暖风吹过他僵滞的躯体，他的下腹部咯咯爆裂开来，枯槁的器官尽情地舒展开来，从种种有形无形的绳索中解脱出来——虽然初次尝试便因疲软草草收场，但她的耐心体贴将他久已荒废的肉身拯救出来，一步步引入凝神屏息的陶醉。在那一刻，她高高骑跨在他胸口，困扰多时的阳痿霍然而愈，它一下变得强硬、遒劲。他有种哭泣的冲动，但分明又很快乐。他再一次觉得人没白活，心跳急剧加速，像在高速路上一无遮拦地飙车，随时会猝然而止。死了算了，他也正渴望在那勾魂摄魄的巅峰时刻死去，死了也值。

毕竟有六十五岁了！掐指算来，一生已活过了三分之二。嘿嘿，依此算法，你足足可活到九十七岁半。你太乐观了，你真以为自己可以长命百岁：这只是中千万亿万大奖的运气，要修行多少世代才能功德圆满。还是现实一点，活过了四分之三，最多活到八十七岁。那还在情理之中。别人到这个年龄，早退休在家抱孙子哄孙女了，你还整天在外劳碌奔波。你真需要那么多钱吗？更不可思议的是，到了这个年龄，他又一次感受到幸福。辰樱年轻鲜活的身体，是神仙送来的大礼，多少人看得眼馋，哗啦啦流出口水来。但这并不是一切，你还得承受连带的一切，承受她街舞般热辣的活力。她带给你血脉震颤的陶醉狂喜，但你的心脏能支撑多久？你想天天占有她，你有这个力量吗？你还没有老到乖乖地举手投降这一步吧？你每周还抽时间到健身房的跑步机上锻炼。像是运动强迫症，动动对身体总会有好处。心脏间歇性早搏，还有就是血脂、胆固醇指标偏高。跑是不行了，最多将速度设定在快走的区间里。信息面板上的红色数字闪烁跳跃，你弯曲着胳膊，前后摆动，双腿在滚动的黑色履带上持续前行：其实你并没有动，飘移挪位的只是那循环往复的履带。心跳在加速，卡路里在消耗，细胞在更新再生，自我感觉在升级完善，就像你映现在玻璃镜面中的自我影像：现代都市中处处上演的盛大的健身弥撒。你是如此衰老，如此无能为力，所以你想出了结婚这一招，想用一捆绳子将她牢牢地拴起来，用一座镀金的房子将她关在里面。将宝物锁在加了密码、坚不可摧的箱笼中。你可以缓解蹿动的忌妒的火焰，不让自己沉溺于绝望的深渊中。然而，她能心满意足吗？如今，他的动机都变得如此简单明了：他只想在早晨——不，更早点，是半夜里——醒来时好搂住一个热气腾腾的身体。

他抬起左腕，瞥了眼白底黑针色调分明的表面：已过了三分钟。她就会来的，随时会推门而入。他站起身，伸了个懒腰，双手抄在背后，在屋里踱着方步。晦暗的夜色涌流进来，淹没了他枯瘦的身影。不久，服务生进门拧开了开关：顿时，雪亮的灯光将室内照射得金光熠熠，就像《圣经》开头说上帝说要有光就有了光。他心里一时间也变得暖烘烘起来。

还是得好好想一想。一旦甩出结婚这张牌，就要和晓菁、希翔为敌了。他们一定会全力反击。没有回头路可走。来吧，他早已拟定了多套应急方案：孩子们，如果你们不知天高地厚，想来领教我拳头的厉害，过来吧！他就是要她，不能放弃，不管对手是谁！别痴心妄想，别太贪心！他早已为财产继承做好了安排，拟定了合情合理的分配方案。该是你们的，谁都抢不走；命中不是你的东西，一分钱也拿不到。

关键是他到底还有多少日子？他真的相信可以活到八十七岁？其实，到了这个年龄，每时每刻他都可能永远闭上眼睛。每天早晨醒来，他就该庆幸，老天又多赏给他一天。对，他得把每一天都当成生命中的最后一天来品尝，来珍惜。对死神他并不陌生。它会在夜半时分悄然走到床头，歪扭着嘴角，发出一阵阵狞笑：你准备好了吗？他一动不动，从容地回答：来，我准备好了。

他已用手枪造型的打火机做过无数次模拟射击：休息的间歇，他会从办公桌角落中抓起这支枪，细细端详一番褐红色枪柄上那条盘曲匍匐的金色小龙，再抚摩几下铁灰色的枪膛。对，就这样，抬起手，瞄准太阳穴，扣动扳机——啪，一簇电火花闪烁，滚热的气息擦掠而过。

近乎自虐的游戏。世界就是这样，生活就是这样：在不间断的自虐中源源不断地掠取快乐。

直到上床就寝，失望依旧隐隐约约地萦回在他的心头：它从辰樱步入包房后便开始萌生、抽芽，如细小的水流透过肉眼难以觉察的道道缝隙，滴滴答答地渗入扎实密致的物体内部，前后左右漫溢开来，致使原有的体态外貌程度不一地变形扭曲、走样起皱。这不是他对她送的生日礼物心存芥蒂，既不是对小巧精致、做成奶黄色的宝塔造型、点缀着血红樱桃的蛋糕看着不顺眼，嚼在口中嫌油腻滞涩，也不是认为蓝晶晶的蝴蝶形领结不合心意；这不是她的态度有什么可挑剔的瑕疵，既不是回绝他的求婚（相反在那瞬间她的脸

70

一下涨红了），也不是接受他赠送的卡地亚红宝石戒指（聚拢成半圆形的颗颗宝石仿佛海底丰茂的珊瑚）时有多少忸怩惶恐不安，更不是弥漫在这封闭的两人空间中亲密的氛围有什么蹊跷异样——然而，总有什么地方不对头，没那么严丝合缝地接续上吻合好，尽管表面上一切都亲亲热热和和美美皆大欢喜。他只是觉得她的反应不够热烈，不够爽快，不够感恩——总之，没达到他期望的热度，她蹙起的眉毛仿佛在说，结婚当然好，不结也没什么妨碍。他不知道哪儿出了差错，只觉得眼前这个和自己关系最为亲密的女人披罩着一层迷雾，使她和自己拉开一段距离，他无法径直走入她的内心，抓住她真实而可怕的想法。

他耷拉着脑袋，呆愣愣地合掌坐在床头。一股阴惨的寒意顷刻间攫住了他。他早就感觉到了，那时他们俩在包房中相拥而抱，她坐在他膝盖上，他握着她的手，细心地辨识着玄奥难解的掌纹，又像观赏艺术珍品般地凝视着她的手势，脸部肌肉的抽动，嘴角的起伏，轻轻甩动的发丝飘散出刺鼻的芳香。此刻，寒意从松脆的脚心缓缓潜探而入，冉冉上升，不久便充溢了整个身体。顿时，他仿佛置身于渺无人烟的旷野中，在猎猎寒风中踽踽前行。道路的尽头则是一排排坟茔，它们层叠交错，在被夕阳染红的地平线上勾画出粗硬、高低不一的曲线。他知道，这是共同的命运，包括他们俩在内，都将沉入滚滚不息的潮水中，化为缕缕青烟，消逝在空阔的宇宙中——最终被遗忘。

其实，活着的时候就已被遗忘。

五、他真疯了吗?

最终,他还是沉陷到了长长的车阵中,一眼望不到头。

此时,季希翔攥捏着白色宝马车的方向盘,缓缓穿行在周五黄昏时分密密匝匝的雨雾中。通往郊外的高速路上充盈着臃肿肥厚的车流,时不时向外侧铺溢;血红的尾灯喷射出刺眼的光束,红绿黄各色信号灯交织其间,在晦暗的天穹上激惹起一阵阵强弱不一的颤动,涟漪般地弥散开来。

回上海这几天来,他又重新开始一点点融入这座超级都市无所不在、如晚期癌细胞飞速疯长的喧嚣的潮汐之中,重新熟悉它迅猛吞食、咀嚼、消化、排泄等一连串新陈代谢的流程,连梦境中都充斥着轮胎摩擦地面的嘎吱声,铺天盖地、从各个角落蹿蹦出来的五光十色的喧嚷,它们汇聚集合成为一股股漩流,让人联想起时髦的当代艺术展上苍灰色墙面上镂刻出来的那一个个动感十足的图案

（一张张阴险诡谲的脸庞），从数个隐约的圆点向外放射出一道道狂放恣肆的弧圈。开始，它们如海潮般汹涌高亢，嘭嘭咚咚，随后便暗哑下来，寂静一片，变成一面面无法逾越的铁墙：那沉甸甸、沙漠般的静寂足以把所有的声波都吸纳进去，化为澄澈澹默的虚无。

　　驶下了高架快速干道，不多久视野变得开阔疏朗起来，车身轻盈地沿着葱翠的绿化隔离带向前滑行，两侧零散分列着气宇轩昂的豪华公寓、排屋和别墅。不知不觉间，他的手指剧烈抖颤起来，身子变得软绵绵的，似乎顿时会瘫倒在地，化为一摊黏腻的污水。突然间，身后传来几声尖厉的鸣叫，他警醒过来，朝后视镜瞥了一眼，一辆黑色的丰田车几乎要撞到保险杠上了，而那个长着方形脸的司机则是怒目圆睁，不停地抢着拳头。季希翔本能地狠踩了几下油门，车身向前疾驶了数十米，冷汗从他额头上汩汩地沁流出来。不一会，丰田车从左侧车道上呼啸而过，在其车身后部与宝马驾驶座平行时，一长串灰黑色的尾气喷薄而出，像是放了一个长长的响屁。

　　季希翔低声咒骂起来，又碰上了个狗娘养的。然而，也不能全怪别人，这些天他一直有点迷迷糊糊，神不守舍。东拐西折，宝马车缓缓驶入了硕大空阔的小区，姐姐晓菁前年就在这儿买下了一栋独门独户的别墅。唉，全是时差，搞得人颠三倒四的。不，根本没有时差可言，悉尼比上海才早三个小时，不足为道。但他就是这样软绵绵、轻飘飘，活脱成了游走四方的幽灵：弯腰曲背，肌肉瘪缩，渐渐地塌陷下来，变得扁平，仿佛成了一张透明的纸，轻薄无比。

　　更要命的是原本就残损不全的睡眠被切割得支离破碎：他会在夜半霍然苏醒，呆愣愣地凝视着灰暗的天花板，上面纵横涂描着狂恣的曲线，诉说着一段段诡谲阴郁的往事。他会一时兴起，披上夹克衫，游走在客厅、各个房间之间，渴了就喝口水，或者索性抿上几口红酒，让香甜、微微起腻的气息沁入五脏六腑。他会撩开窗帘，双眼茫然地瞪视着暗黝黝的外部世界，它们依旧被稠厚的夜幕所裹挟，沉静，冰冷，难以触动。

就这样，梦境和真实世界的边界在模糊、消融，一个小时，两个小时，他迈着机械的脚步，毫无目的地来回踯躅，在虚渺的空间里，既无深沉的睡意，也无明澈的意识。手机的震颤，扑闪摇曳的光焰，他都毫无反应，皮肉成了刀枪不入的铜墙铁壁，果决地将一切扰攘阻挡在外。

季希翔将车稳稳当当地停在了悬耸着三角形门楣的会所前规整的停车格内，随后踩踏着柔和的橙黄色光影，懒洋洋地穿过半弧形的门厅，径直推开了大红色覆底、镶嵌着大团黑色描金繁复花纹的餐厅大门。时间不早了，就不去姐姐家了。这几天，反正是什么事都不顺心，连先前的旅游日志都成了难以承受的负担。那些原本招之即来、灵动飞扬、得心应手的文句，竟会上句不接下句，仿佛一具尸体僵滞在闪烁的显示屏上，而圆熟丰腴的笔触也变得枯瘦干涩。而恰恰在这个时候，刘伟强对他提出的编纂全球旅游丛书的设想赞不绝口，好一个天才的创意！他昨天还打电话过来说网站已开始着手募集资金，并准备开一个派对，将那些头头脑脑们找来聚一下，他们的钱多得哗哗直冒油，只为找不到一个安身立命之处而犯愁。他得好好准备一下，做个诱人的方案，到时候将美好的愿景云里雾里吹嘘上一通，把他们全钓上钩——只要资金一到位，立马可开工。

不出所料，他又是第一个到场。季希翔倚坐在包房靠墙一侧的长沙发上，臀部在黑色人造革皮面上抠压出了一大片幽深的沟谷。他不停地调整着坐姿，双手搓摩了一会，伸出右手，托擎着下巴。这些天里，最让人受不了的是声响，各种频率的声波聚合起来，形成了骇人的冲击力。即便在家里也不得清静，尤其是小俊哭泣声中奔泻而出的愤怒和绝望，使他精疲力竭，手足无措。儿子会不顾一切地捶擂着书房的门，钱阿姨不停地劝说哄骗通通归于无效。那纯粹是希翔软心肠结出的恶果，只要一头痛发热，立马就不让他去幼儿园——琳姗不哧哧笑痛肚子才怪。虽然同处一室，她和他依旧被一条无形的分界线隔离（她也不是没有做过和解的努力，前几天他勉强陪她去听了一场音乐会。他情绪异常低落，演出中途竟在单调沉闷的弦乐器的旋律中瘫在座椅上打起了呼噜，她当即气哼哼地抽了他一个耳光，真够混蛋的），幽闭在阴郁的国度之中，遭受着忏悔、哀怨、伤感、绝望、仇恨的轮番侵袭，直至神祇显灵，用满腔爱意的巨掌将她托举到流泌着奶蜜芳香的福地。

几缕饭菜的清香隐隐约约飘浮过来，霎时又一次将希翔沉睡多时的味蕾唤醒：口水汩汩地涌向嘴角。就在上午，他浑身空落落的，食欲猛然间高涨起来，便在橱柜里东搜西寻，恰好发现了一小盒方便面，便掀开圆形纸盖，注入滚烫的热水和调料，几分钟后便急吼吼地将这一小盒榨菜牛肉面吞咽了下去——仿佛服食了仙液琼浆，顿时倍感神清气爽。

一串粗粝的嘎吱声滚过耳膜，短促，涌动着神经质的躁狂，笨重厚实的门扉訇然而开，季希翔霍地站起身来，进来的竟是云亭叔叔。没想到姐姐叫了他一同来。云亭佝偻着腰背，不停地搓着手，朝希翔机械地点了点头，便一屁股陷坐在长沙发中间。他嘴角上飘浮着的不无淫邪意味的笑容使得原本花痴般茫然无措的目光愈加迷离错乱。

希翔清了清嗓子，正想和多日未谋面的叔叔聊上几句，突然间一阵尖厉的喧嚷在走道上爆燃开来："真是生了个讨债鬼！给我站住，你今天一定要向妈妈道歉——越来越没有规矩了！"

"不要你管……"

"听清楚了，你道不道歉？"

"真烦死了！"

服务生弓着腰背，殷勤地将门拉开了半截，晓菁大步走进来。她约莫四十岁上下，中等个子，身着深黑色锦缎碎花短褂，遮盖住了黯然萎瘪下来的乳峰，下套薄绸深蓝色短裙，滚圆的腹部在裙幅下悄然鼓胀起来，而粗圆的腰身向外微微凸起。她对希翔挥了挥手，又回转过身，右手叉在腰间，"怎么了，进来呀，怕什么！看被你爸宠的，老虎屁股摸不得，说都不能说了——"

儿子川乐慢吞吞地走到门边，怯生生地左顾右盼，姐夫童维超紧随其后，重重推搡着他的肩膀，"快进去——磨蹭什么！"晓菁紧蹙起眉头，"哎，站站好，背挺挺直，别胡思乱想了，一点不懂礼貌，快叫叔公、舅舅啊！"

川乐抬起头，扫视着四周，原先紧绷的脸色渐渐松弛下来，目光则变得狂野恣肆，又带着几丝冷漠与不屑。他嘴唇疾速抽动了几下，声音一大半被吞吃了下来——算是打过招呼了。

一阵短暂的沉默之后，大家围坐到圆桌旁。照例是童维超掀开厚实的黑漆封皮菜单，食指和拇指抚摩着略显丰厚的下巴，苦心琢磨着如何点菜；他尖瘦的脸庞上长着一对细小的老鼠眼，而鼻孔则扁平粗放。落座不多久，晓菁便从淡蓝色的多层书包中拿出一本杂志般大开本的书，塞到儿子手中，"菜上来还早着呢，快抓紧时间复习！"这是一本初中学生英语竞赛指南。此刻，她的愠怒中羼杂进了些许无奈，"跟你讲清楚了，手机今天肯定是要没收了！你什么时候把坏习惯改掉，什么时候再还给你。多少次了，你答应得好好的，认真复习英语背单词，下个月就要竞赛了，没几天了——你倒好，放学一回家就抓着手机不放，听那些狗屁音乐，玩脑残的游戏！哼，你爸一直不问不管，还说适度玩点游戏对开发智力有好处！好个屁！你整日沉迷在中间，晕晕乎乎的，最近几次测试成绩直线下降，班主任已经给我打了好几次电话了！"

川乐暗暗瞥了周围几眼，阔大的纸页在他手指间哗哗作响，扭曲、翻卷、翘折。晓菁一把攥住他的手指，"哎，翻书不能轻点吗？一点不懂爱惜——我们对你也没有什么过高的要求，你想出国留学见见世面，爸爸妈妈一百个支持你，钱的事一点不用你操心。但你总得把英语学好吧？有志气的话，像你舅舅那样，再学意大利语、法语。但你倒好，什么都不上心，只晓得玩玩玩！你真把留学当成旅游度假了？现在不努力，将来只能进野鸡大学，那还不如在上海随便读个大学算了。你真以为钱是从天下掉下来的，从石头缝里蹦出来的？别糟蹋我们辛辛苦苦攒下来的钱了！"

此刻，希翔抬起头，目光恰好与川乐对接，稚气中透着茫然无措、沮丧与绝望，但更闪烁着愤怒与决绝。他忙接口说，"姐姐你不要对他要求太高了。川乐年纪还小，哪个小孩不贪玩？他天赋好，将来自然会大有出息的！"

晓菁狠狠白了希翔一眼，"不是我说你，你脑子又进水了，看来在外国是不能待的时间太长，海归海归最后是归不来了！你好歹也是个洋博士，虽然脑子里的筋时不时会搭错，我儿子要能有你一半出息我也就不急了！你不瞧瞧，他现在各方面的苗头不对，动不动就发神经，要再不管就彻底废掉了，白痴一个——唉，我白天要操心公司里那么多大大小小的事，老头子的事搅得人够烦了，他又插进来添乱。"她双肘支着桌面，手指时不时将桌面叩击着咯咯作响，"真是要命，这是一个什么样的家呀？老的小的都在发神经病，这日子真真让人没法过下去了。"

一阵不无尴尬的沉默。晓菁气哼哼地扫了儿子几眼，"你怎么又什么都不吃了？嘴还是这么刁——先到一边坐着，好好复习！"川乐起身，耸了耸肩，快步蹿到长沙发边上，扑腾一声坐了下来。猛然间，云亭摇晃着头，重重地咳嗽了几声，随即发出一阵嗤嗤的坏笑，众人愕然地瞪视着他。也正在这个时刻，希翔对晓菁隐秘的敌意在肢体动作间不可遏制地泄露了出来。从幼时起，一条情感的纽带便在暗中将姐弟俩勾连在一起，他贪婪地从她那儿汲取温暖，寻觅安全的保障；但随着年龄的增长，他又为这种感情上的依赖而深感羞愧。

静寂延续着，只有筷勺盆盏窸窸窣窣的碰擦和唇齿口舌吱吱咯

78

咯的咀嚼悠然回荡。阴影慢慢扩展着，刺目的吊灯将人们的脸部勾画得苍白无比，如戏台上一个个浓妆艳抹的傀儡。一时间，仿佛世界末日的预言兑现成真，大地脆弱的表层轰然开裂，整幢屋舍哗啦啦沉陷到地幔之中，被密密匝匝的黑暗的潮水所围裹；而怨恨、懊悔的涟漪则如孤魂野鬼，漫无方向地飘挪沉浮。

顿时，希翔又变得狂躁起来。方才出门前，他给辰樱发了消息——他早已破了戒（为了心灵的康复，在澳大利亚的蓝天碧海下，他曾发誓远离她，忘记她，这辈子永远忘记她），然而一回到上海，精神上那层薄薄的防护堤猝然间崩决溃解。他给她发了好多条消息，但都像在虚渺的空气中呼啸飞驰的子弹，杳无回音。心灵的饥渴霍然间高涨起来，他真想见到她，只要见上一面！只要有一点点暖意，一点点温情：这些天他觉得黏附在自己阴森森的骨架上的血肉哗啦啦地剥蚀、腐烂、融化，周围空气污浊，城市鄙俗不堪（从小时候起，他还没像现在这样感到上海内在的肌理是如此粗糙），纵横交错的街市屡屡散发着空洞虚无的气息。

他咬着嘴角，双手哆嗦，在手机屏幕上费力地敲打着：再让我见上你一面吧！可怜可怜我，求求你了，发发慈悲吧，我快要撑持不住了。我对你没有任何隐瞒，如一个裸露的婴儿，把自己的未来交付在你手里。发出消息后，他长叹一口气，瘫在椅背上，眨着眼，前前后后抚摩着手机微微发烫的机身，暗暗在胸口画了个十字，等候着命运终审的裁决。

晓菁揀起一大块青蒸鱼片，截碎成两爿，放到口中，慢慢咀嚼着，不时吐出一两根雪亮尖细的鱼刺。"哼，老甲鱼是不是真疯了？

真搞不明白,这么大年纪了,他还想要什么?要女人有女人,硬要结什么婚,非得把家产白白送人,也没见过有这样做慈善的!"

童维超觑视了妻子一眼,脸部泛出几丝不无恶意的笑容,阴阳怪气地应和道:"不论古今中外,和有钱的老头子结婚总是年轻女人最最上算的投资了!"

又是大半晌的沉默。窗外的雨水停歇下来,苍灰色的天穹上衍射出几抹异常耀眼的白光,在四周混浊乌黑云絮的围裹下显得格外纯净,仿佛星星点点地传递着来自神灵的启示。霎时间,里侧的墙面上悬挂着的那幅山水画也在一大片幽秘深邃的笔墨中泄露出几分鲜艳的亮色。前几天希翔刚见过父亲,已经是一躲再躲,一拖再拖。上午喝了点酒,没法开车去,又不想下潜到密封罐头般的地铁车厢里,就坐一回公交车吧。他左手攥捏着椭圆形拉环,上身微微摇晃,不无饥渴地凝视着沿途繁复多彩的街景:喧嚷嘈杂的十字路口,纵横高悬的立交桥,外立面毛糙粗劣、一字排开的各式小店铺,见缝插针般精巧、蓊郁青翠的街心绿地。一时间他满心欢喜,细细端详着舒卷盘曲、翻翘自如的枝条叶片,它们在温煦的阳光下尽情吸吮着丰沛沸腾的热量,不久便将自身的辉煌推向巅峰,毫不怜惜地展露在世人面前,虽然在萧瑟的寒风中将依次凋落、枯萎。那一刻,浑身上下被空虚落寞死命啮咬的希翔,也渴望着有那么一个对象,一种事业,乃至一个女人,能散发出威力无比的电磁波,将他牢牢吸附,让他在致命的晕眩中,仿佛在辉煌、愁惨的祭坛上被浓烈的芳香熏烤得奄奄一息的牲犊,无怨无悔地奉献出一切。

而从踏入位于那幢商务中心内敞阔的办公室那一刻起,希翔心里便涌起一股深深的厌恶感：父亲的皮肤照旧皱缩、萎瘪，花白的头发蔓生到整个颅顶，左侧的嘴角歪斜着，像是患了面瘫，但眼睛中还时不时闪烁着几丝凶光，急切地想攫取什么。父亲对秘书关照了几句，便和希翔一同搭乘电梯下楼，穿过长长的走道，左拐右折，进了一家日式餐馆。身着鲜艳和服的服务员恭敬地上前敬茶，父亲娴熟地盘腿坐在柔软细洁的榻榻米上，随口和点头哈腰的老板娘聊着天，希翔则感到颇为费劲，好几年前他曾因坐久了一时间竟然双腿僵直站立不起来。照旧是红烧鳗鱼、天妇罗、酱汤，父亲津津有味地咀嚼着，发出刺耳的喧响。渐渐地，厌恶在希翔心中转变成了敌意，他如此纹丝不乱，如此精力充沛，掌控着一切。他从黑色皮包中抽出几张电脑打印纸，那是最近着手开发的房地产项目的彩色立体效果图。谁设计的？父亲愣了一下，主要是辰樱，他定睛望了一眼希翔，微微笑了笑，含着尖刻的讥嘲，"你要知道，我和她早就捆在一起了！"深重的自卑感汩汩流泌出来，父亲的手指偶尔无意识地碰到他的手臂上，有一种温暖的异样感觉。

店堂内林林总总的白色纸灯笼扑闪着迷蒙昏暗的光焰，送往迎来的吆喝（大多是日语）此起彼伏回荡着，浓淡不匀的喧嚣在走道上海潮般涌动颠簸——世界就这样走向终点，走向末日。突然间，一阵剧烈的恶心袭来，希翔瘫倒在榻榻米上——他只想呕吐。父亲的目光顿时变得和善起来，谆谆教诲起来，"你别嫌我啰唆，生活还是要有规律！你在国外待了那么久，一直东跑西窜，定不下心来。你已经过三十五了，老大不小了，该沉下心来做点事了。要是真有病早点找个好医生看看，多外出活动活动，晒晒太阳，我们家前几代可没有得你这种病的！"

如今，隐隐的恶心又一次侵袭到胃部，希翔浑身颤抖了几下。而在沙发上一直闷声不响的川乐则捏紧了双拳，突然间发出一阵尖厉、凄惨的号叫，冲撞、刺戳着耳膜。那一长串的音节有些含混不清，我不想看了我不想看了真的不想看了，我也不想读了求求你们了我真不想读了不想读就是不想读，我也不想活了不想活了你们别再折磨我了行行好快行行好！伴随着激越的节奏，他剧烈蹦跳着，嘭嘭——砰砰。晓菁、童维超一下愣住了，表情从愤怒转为苍白的无奈，晓菁撇了撇嘴，又发神经了！她正要起身，云亭早已站在川乐背后，嘿嘿一笑，趁其不备，顺势将他抱在怀里。川乐双腿先是死命踢蹬了几下，随后像被施了催眠术一样，顿时安静下来，乖乖地立直身子，跟着云亭来到圆桌前，羔羊般坐了下来。

他们几个不无惊愕地注视着云亭、川乐老少两个。云亭抚着川乐的肩背，往他盘碟上添入了一块肥肉，川乐津津有味地嚼着，口水漫到了嘴角边。童维超搓着手，摇摇头，"到底还是叔叔有功力，把头野兽驯服了！"晓菁则用胳膊肘戳了他一下，"你胡说什么野兽怪兽啊——快吃！"云亭弯下腰，用手指向川乐比画着什么，嘴里一阵咿咿呀呀哼哼唧唧，他们夫妇又一次紧蹙起了眉头。

晓菁坐直了身子，用筷子轻轻敲叩着桌面，先望了一眼童维超，又看看希翔，"先说点正经事吧！我们得想办法，不能这样眼睁睁地看着老甲鱼疯下去！"

童维超露出一口黄牙，"还是稳妥点好，不要把他逼急了，一张遗嘱把钱全送给那妖女人了！"

晓菁白了他一眼，"怕什么！老头子再疯也不能把我们的份额全夺去了！"

希翔咳嗽了一声，绞弄着手指，"姐，恐怕还是得用柔性攻势，爸的脾气你也知道——吃软不吃硬！"

童维超点点头，"还是弟弟说得有理！如果按照法律规定，老爸归天之后，50％的份额就要归那小妖，余下的50％再由她、你和弟弟平分……"

晓菁嗤了一声，"小妖精别想得这么美！我在公司里有股份，它不全是老头的。能不让他结婚最好——这么大年纪，还去丢这个丑！他硬要结，得先做婚前财产公证，不能这么便宜了她！是的，老头是倔，但公司一大半由我管着，他也不能做得太绝，否则大家同归于尽好了！"

窗玻璃上又传来哗哗啪啪的雨声，渐渐地沉落到黝黑的大地深处。川乐快步跑到沙发边，打开了电视机，在遥控器上一个劲地换台。服务生端来一大碗酒酿圆子，将它们分盛在一个个精巧的小碗中。晓菁用餐巾擦了擦嘴，"小妖精不要太猖狂！我咨询过王律师，把我们逼急了，可以告她蓄意侵吞财产——还有个办法，和精神病院联系，到时候宣布老头神志不清，丧失民事行为能力，这样的话，什么结婚什么遗嘱通通无效！我就不相信，等着看好戏吧！"

猛然间，希翔的手机呜呜呜响起来。辰樱发回消息了：那就见一面吧，过几天一起吃晚饭吧？

六、意乱情迷

四月二十四日

这些天，我一直犹豫不决，究竟该在什么时候和琳姗好好谈一次——如果必要，可以把一切对她和盘托出。一旦能够推心置腹，便没有什么好隐瞒的。

如果我们真能够和好如初，我愿意放弃对女人的所有痴心妄想，尤其是和辰樱有关的。老天有眼，我这是真心话。

今天是她的生日。好几天前，我便在苦苦琢磨，该如何给她一个 Surprise？

春天就是如此让人捉摸不定。昨天温度一下飙升到了三十摄氏度，热辣的阳光让人猝不及防。后半夜淅淅沥沥地下起小雨来，一大早起身，路面上湿漉漉的，像是敷上了一层细薄的油彩，衍射出一团团幽暗的光焰，苍白，粘带着凛凛的寒意。我站在客房那张长条桌案前，双手托腮，目光越过支离破碎的天际线，长时间茫然、近乎呆滞地凝视着半空悬垂着的那一丛丛葱绿饱满的枝叶。它们在幢幢高楼间近乎贪婪地汲取土壤中残余的丝丝精华，日日夜夜蓬勃生长，纵横交错，铺蔓延展，最后沿着街面，架起了一条蜿蜒多姿的绿色长廊。然而，我的头脑里却是一片空白，只是专注地分辨着它们的肌理、形态，阳光照射过来的角度，以及阴影与光亮间微妙的伸缩消长。

　　当然，首先得去买个奶油蛋糕。唉，脑子真进水了，不是昨天下午就去隔着两个街坊的可颂坊预订好了吗？还顺手买回来几个松软喷香的羊角面包。想想也好笑，当时自己是一路蹑手蹑脚去的，像做了贼，还时不时回头张望，唯恐被盯梢。要不要等会就去向她道声生日快乐，在感情上先热热身，让她感到我还牵挂着她，还是索性留到傍晚取回蛋糕的时候？你不是想着要给她一个 Surprise 吗？还是不要急着泄露天机为好。

　　我回转身，目光落在了左侧橱柜上那台铁锈色的座钟上。嘀嘀嗒嗒的声响若有若无，刺戳着软绵的空气，展露出惊心动魄的力度。它昭示着分分秒秒的流逝、陨灭，印证着一个古已有之的精巧寓言：我们所有的生命不过是宇宙精雕细琢外壳表面上一层浮薄的泡沫，一抹起伏颠动的涟漪。那张花梨木太师椅静静地伫立在里侧驳杂的阴影中，椅背上满缀莲花、荷叶、莲藕等透雕图案，四周密密匝匝地环绕着流水波浪的纹线，构成了一个富丽而自足的天地。它在装饰繁缛、极度挥霍、不留一分空白的巴洛克风格中让人联想起往昔的辉煌璀璨，以及无从逃避的没落、颓败与朽烂。

时钟已过了八点半。霎时间，肚子饿得咕咕作响，将室内的寂静衬托得分外鲜明、沉重。楼外狗的吠叫声声震颤，刺戳着浸沐在浓稠阴影中的客厅和过道，邈远，若有若无，像在梦幻的国度中飘浮穿越。厨房中，水流哗哗哗冲刷着盆碟碗盏，刀刃在案板上铿锵有力地剁切着肉块。我打着哈欠，搓摩着手背，走到主卧室旁。房门半敞开着，琳姗端坐在小梳妆台前，专注地描画着眼线，一管黑色外壳包装的唇膏搁放在雪白色的台面上，闪烁着幽暗的光焰。我收住了脚步，躲在棕红色的门框边，手指尖在古铜色的把手上不经意地擦掠而过，盯视着撩人的妩媚、风韵从细密的毛孔中纷纷扬扬地漫涌而出，汇聚到镜面上，一张妖美热辣性感的脸蛋就此孕育成形。而平日里不时萦回出没的厌世、郁悒、懊悔等色素，在她手指娴熟的流转中一一滤清、净化；渐渐地，她被修整、塑造成了一件巧夺天工的珍宝。

突然，琳姗猛地回转身来，我脸上一阵羞惭，快步走向餐室，叫了钱阿姨一声。她疾步赶来，职业化而不失殷勤地将牛奶、面包、麦片一股脑放在白色长餐桌上。我淡淡地和她打了个招呼，懒得多说话。此刻，一束阳光照射在餐桌椭圆形的边角口、椅背上，已没有昨天那么灼热，让人得以尽情地享受着春日的温煦。我从容地将花生酱、水果酱涂抹在散发着清香的羊角面包上，慢慢咬嚼着。

不一会，琳姗走到客厅中，先在佛像前燃上了一炷香，随后便倚坐在长沙发上，打开电视机，按着遥控器冲浪游弋，动不动便是选秀征婚的节目，要么就是家长里短、婆婆妈妈、琐碎不堪的家庭伦理剧。芜杂的电磁波上下左右跳跃蹿蹦，嘎嘎作响。我站起身，站到餐室门口，凝视着她的侧影。此刻，琳姗已是穿戴停当，飘逸的长发翻落在白底黑色碎花的休闲外衣上，额头上飘着一缕刘海，下身套着黑白双色斜纹长裙。那一刻，她修长的脖颈应和着电视图像的闪动而微微摇晃。我一下呆住了，她竟然还是那么迷人。那一刻，她的目光不时落在我身上，大有深意，仿佛在鼓励我上前：来啊，你等什么呢！是时候了，我该上去，将她搂在怀里，深情地说一声生日快乐，就像新婚后不久那无忧无虑的日子，它沐浴在狂欢节的氤氲中，生活成了持续不断、没有终结的盛宴。

但我脸色苍白，双腿僵硬，一言不发。一切都没有改变，依旧是那冷艳的美人，在最大程度上激惹起男人的欲念后，又淡漠无情地将他拒之于千里之外。茶几上那个外观形体略显粗笨、装饰花哨俗艳的景泰蓝花瓶中插着一大簇百合、红玫瑰和杨兰。光亮与阴影在舒卷柔软的花瓣上交替流转，在这几乎与世隔绝的私密空间里，酿造出几分超凡脱俗的雅趣。琳姗不时抬腕看表，边上搁着晶晶闪亮的 LV 小包。莫非她要出门去？看这架势，是有约会，而且是不同一般的。今天毕竟是她的生日。不会错，她的目光闪露出些许惶恐不安和亢奋。

最后，我走前几步，问了一句，"送小俊回来了？"她先是沉默不语，抬眼瞥视了我一会，轻轻"哼"了一声。我双手交叉在小腹上方，"要出去吗？"

她愣了愣，嘴角浮出一丝笑意，羼杂着惊愕、鄙视，随后伸了个懒腰，"难得你这么关心我，天气暖了，出去散散心不好吗？"

我一时间默然无语。琳姗站起身，关了电视机，甩了甩手中黑色别克车的圆形钥匙，最后还是将它往茶几上一丢，自言自语道："算了，不开车了，就走走路，吸点春天的阳气！"她的笑容中流泻出几分真挚的感动。

门砰的一声合上了，我茫然地瘫坐在沙发上，双手托腮，眼目紧闭，上下轻轻按摩着。过后，我像从深长的梦境中苏醒，一跃而起，趴伏在窗台上，急切地望着下方安装着铁蒺藜围墙的小径。琳姗拎着 LV 小包，像刚从笼子中飞出的禽鸟，轻盈前行，不久便消失在春日水晶般天空下那喧闹无比的街市之中。

就这样，我好不容易修炼而得的平静心境猝然间被震敲击得七零八落，又一次陷入了色彩斑斓的情感旋涡（我对它是那么熟悉，又那么畏惧）之中：绵密纠结的伤感与怜悯，碰触到旧日伤口的痛楚，焦灼不宁的渴望，虚度年华的追悔纷至沓来，占据了我的整个心灵。我长时间地坐在靠窗的小沙发上，和暖的阳光一泻如注，在时光流逝虚渺空洞的节奏中抚摩着我的脸膛、四肢。迷迷糊糊之间，我丧失了一切记忆，如一具行尸走肉，完成着机械刻板的动作：凝视着大鱼缸中上下逡巡、乐此不疲的鱼群，润色先前写好的悉尼旅行日志，整理编纂全球旅游丛书的工作文案，黏腻寡味的午饭，直到钱阿姨提醒我要去接小俊时，已是下午两点了，琳姗还是没有回来。好漫长的约会！我开了那辆雪白色的奔驰车去幼儿园，到了春天就该给周围的世界多增添一份亮色。

我操纵着方向盘，思忖着这会琳姗该回家了吧？小俊的小手不安分地在玻璃窗面上胡涂乱画，一道道粗厚的指印跃然其上，纵横交错。玩具小猪他早就玩腻了，小熊维尼也已经不过瘾了。他又一次噘起嘴，"爸爸，你什么时候给我买手机啊？""等你上学以后吧。"我漫不经心地敷衍着。猛然间我转过头，"小俊，记得不记得今天是什么日子？""什么日子？"他吐了吐舌头，茫然地摇摇头。"真不是个好孩子，白养你了——连妈妈的生日都忘记了！"小俊无辜地眨了眨眼，眼眶里还嵌着几颗细小的眼屎，随后从口袋中掏出一片口香糖，咿咿呀呀地哼起一段流行的曲调。我对他紧追不舍，"哎，再问你，爸爸生日你记得吗？"他认真地点点头，那当然了。"说给我听听！"小俊将糖往口中一塞，一阵狂乱地咀嚼，"是六月十六日吧。"我轻轻支吾了一声，算是回答。

奔驰车雄赳赳地开过几个十字路口，瞬息间我突发奇想：何不去给琳姗买件像样的生日礼物！别这么矫情了，结婚都这么多年了。但我还是抵挡不住诱惑，牵着小俊的手步入一家豪华商厦。在底层水晶宫殿般玲珑剔透的柜台间穿梭巡视了半晌，我终于选定了一款吊坠胸针：这些幽暗的蓝宝石将在琳姗胸口闪烁着高贵、神秘的光焰，与四周围环绕的颗颗铂金、钻石相映生辉，她一定会喜欢的。返程途中我顺道去可颂坊提领了预订好的蛋糕，随后带着小俊兴冲冲回到家里，但琳姗依旧迟迟不归。一直到傍晚时分她才回到家里，在那一刻，我心里涌起一阵狂喜，她终于回来了。但颇为败兴的是，她竟然说午饭和朋友在一起已吃得够饱，加上下午的茶点，已没有胃口进晚餐了。她神情恹恹，满脸倦容，挥了挥手，说想去躺一会，随后便径自步入主卧室。

我和小俊、钱阿姨匆匆吃了晚饭，暮色初降，逐渐暗淡下去的阳光散溢出一股淡淡的玫瑰色的温馨，在屋里悠然萦回。此刻，一阵烦躁袭上心来，还夹杂着几分忧虑。我双臂交叉在胸前，在大客厅中来回走了几圈，真想下楼去散散心。路过主卧室，我不禁停住了脚步。棕红色的门扉关闭得严严实实，我将耳朵贴到表层波浪形的凹凸纹饰上，专注地倾听着，屋内是一片静寂。我的心怦怦跳个不停，回转过身子，重重地喘着气。从另一侧临近阳台的落地窗望出去，落日已在灰白色的天穹上涂染上了一大片血红艳丽的霓彩，煞是惊心动魄。

　　我轻轻拧动把手，推门而入。壁灯射出一束惨白色的光焰，飘落在墨绿色窗帘狭窄的缝隙口；琳姗坐在化妆台前细心地卸着妆，脸容映现在小巧光洁的圆镜里。楼外浓稠的尘埃围聚成团，汇合成了一条污浊的河流，上面横卧着成千上万生灵灰黑焦黄的尸骨。它们缓缓涌入屋里，光影摇曳间，在柔滑的镜面上穿梭而过，在时间威严、冷酷的节奏变幻中，将她的面容揉捏得七零八碎。不一会，她的头耷拉下来，似乎下面撑持的支架猛地松脱、崩塌。我张开了嘴，喘着气，扫视着她颤抖的双肩，脑海中闪现出波德莱尔的诗句：

　　　　老诗人的阴影在污水沟中徘徊，
　　　　声音像冻僵的鬼魂一般悲悲切切。

　　我不能相信自己的耳朵：那是一阵窸窸窣窣的喧响，在空气中滚碾而过，犹如爆燃开来的一串电火花——她竟然嘤嘤哭泣起来。我的腿脚顿时僵持在原地。她忽地站起身，随后仰面瘫倒在金黄色的绣花床罩上，四肢蜷缩，上身抽搐，左右不停地打滚。我疾步上前，捧起她的头，噗地亲了她一口——那么熟悉、生疏了好久的嘴唇，长长的发丝披散在前额、脸上，扎进了我的鼻孔。我搂紧她的腰，勉力将她一点点搀直扶正，"琳姗，你到底是怎么了？"

厅堂里静悄悄的，小俊在屋内不是埋首于你追我杀的电子游戏，便是看迪士尼卡通片；钱阿姨晕晕乎乎地贪看长篇连续剧，不时有主题曲从她屋里流泻出来，飘漾到耳畔。这成全了我和琳姗，我们得以尽情独享专属于两人的私密空间。我打开蓝黑色的礼匣，将那款吊坠胸针悬在她胸前，随后，在白色的小圆桌上，将几根粉红色蜡烛插在柔嫩的奶酪蛋糕上。我熄了灯，一边鼓掌，一边哼唱着祝你生日快乐。熟悉的曲调旋律，一下将我们带回到往昔的时光之中。在烛光中，琳姗双手合十，默默地许愿，先前脸上浮现的绝望、虚脱、茫然、歉疚一扫而光，取而代之的则是安详、平和、宽慰，乃至丝丝缕缕的幸福。

夜色渐深，她把切好的一片蛋糕递给我，我胃口好得出奇，三口两口就将它吞进肚里。我凝视着她，像在欣赏自己苦心营造出来的作品。猛然间，我来了欲念，挪近了身子，将她抱紧了，往床面上移去。她先是顺从，后慢慢用手抵抗着，不要，不要这样。仿佛有鬼魂逡巡，所有的光亮都沉陷到了黑暗中，她的神情霎时僵化起来，宛如一尊远古时代的石雕像。我急不可耐地将她按倒在床上，她用膝盖抵住我的胯骨，用力一顶一撞，刺心的疼痛逼使我松开了手。她坐直了身子，看着我，仿佛被自己方才粗暴的行径所震惊。随后，她勉强笑了笑，脸上浮起一团鲜丽的红晕，摇摇头，"喔，对不起——我是不值得你爱的！"

沉甸甸的羞辱使我手脚冰凉。我用力搓揉着胯部，踉踉跄跄踱到窗前，胳膊肘死死抵靠在铁栏杆上。我忍着疼，将窗帘掀开了一大截。只需一转身，鼓起勇气，我立马可以出手，扼死这个贱女人！但我没有：也许是怯懦，也许觉得犯不着。暗黝黝的天穹下，这座巨型城市沉落在黑夜深邃浑厚的潮水中，层层叠叠的屋顶白日里直、曲、弧、钩、折等层次阶序分明的轮廓线变得模糊混沌，璀璨的霓虹光影，连同四处零零星星的灯光则在它庞大、畸形肿胀的躯体中注入了些许暖意。对了，在都市辽远的尽头，在某个灯火阑珊的角落，辰樱便在那儿。她在等我，我也等着她。

四月二十六日

又是郁闷的一天，黑色的一天。

从上午(不，准确地说是一大早)起，我就被一种深沉、黏腻的痛苦、哀伤的潮水攫住。它像决了堤的洪水，滚涌而来，将我吞噬在无边无垠的黑暗中。如果要追根溯源，那还得归咎于晚上(尤其是后半夜)濒于崩盘解体的睡眠。梦境纷至沓来，但又匆匆而去。我只模模糊糊记得自己走入一所空寂的别墅，它从里到外都装置着玻璃外墙，玲珑透明，一尘不染。饱满的玉兰花在微风中摇曳，我轻轻推门而入，置身于园子里高大的树干投射而下的荫翳中。我盯视着四周，踮起脚尖，徐徐而行。我登上二楼，拐入里侧一间卧室，它紧邻露台，一张大方桌上铺着白缎台布，摆放着几支大红蜡烛，五彩的塑料花环绕着一具紫檀棺木。我屏住呼吸，慢慢挪动脚步：一个不到三十岁的年轻女子躺卧其间，双眼微合，头戴红色玫瑰编织而成的花冠，脸颊上映染着几抹鲜艳的红晕。

我平静地端详着这个已入彼岸世界的女子。她的脸部轮廓、嘴唇的色调不停地变换着，终于我认了出来——那是辰樱。我一下僵立在那儿，不知所措。渐渐地，她睁开了眼，嘴角噘起，挂着一丝嘲讽的笑意。它扩展着，蹿升到脸部，最后竟蜕变成震耳欲聋的笑声。我本能地捂住了耳朵，仓皇而逃。出门前，我回转过头去，她已坐直了腰板，像一尊观音像，睨视着我这副狼狈模样。

又不知走了多久，我拐入了一幢欧式老洋楼。踏上圆弧形多层台阶，迈入高敞的门厅，穹形屋顶上滚动闪烁着一道道刺目的红光。宽舒的走道两侧传来一阵阵喧嚷的人声、酒杯的碰撞声以及歇斯底里的嚣叫。我只顾摸着黑向前走，转角处有一扇门半开着，我犹豫了一下，推门而入：幽婉悠扬的小夜曲回旋往复，壁灯在幽暗的屋内放射出紫色的光束，迷离恍惚，上下跳荡，一个女人在转角沙发上跷荡着二郎腿，口中喷吐着雪白的烟圈。看到我进来，她轻盈地交换了左右腿的位置，紧箍上身的黑色吊带衫窸窣作响，而包裹着硕大奶子的暗红色胸罩上下抖颤了几下。

她先是嬉笑着瞪视着我，随后殷勤地迎上前来，将我一把按倒在藤椅中。我想起身离开，但双腿像被抽去了筋骨，动弹不得。她蹲下身，拉开裤链，冰凉的手掌像一尾蛇，探伸到我的腿弯处，捏住了我蠢蠢欲动的阳器，慢慢抚摩着……此刻，小夜曲戛然而止，随后又开始新一季的轮回。

最后她驯顺地仰面躺倒在床上，利索地将裙裤褪下，两腿叉开。我摇晃着身子，犹疑了一会，便趴伏在她身上，与她交合起来。但体位老是磕磕碰碰的，无法达到圆融默契的境地。她的脸先是僵滞得如同面具，后随着肢体的抽送挪移，变得舒展开来，灵动起来，她瞪大了眼睛。我从来没有看到过这样的目光，阴森，漠然，仿佛来自一具骷髅。刹那间，这张脸又变换着，各个细碎的部件重新拼合，缀成了新人——辰樱。

这回我终于苏醒了过来。天色阴沉，空气黏湿潮腻，沉甸甸的，稍稍用力，便可挤按出饱满的水珠来。羞愧，混合着昨天的阵阵余痛、怅惘，我直感到浑身不舒服。上午我勉强翻读着编写旅游丛书的工作文案——首次编委会会议下周就要开了，得抓紧时间最后润色一遍，但头脑却不时嗡嗡作响，那些套着严整逻辑外壳的句子、段落蜂拥而至，让我感到前所未有的恶心。我推开了这沓文案，抓起兰佩杜萨的《豹》来读，这本书我前前后后通读了有十次之多。这是一本奇书，从任何一页都可以开始。这次我的目光落在了最后几页老姑娘贡切达暮年时得悉表哥唐克雷迪对她的感情时的痛苦：

　　什么地方也不像西西里，在这里，真话的日子不会长久。事情发生在五分钟之前，可是它纯真的核心已经消失，伪装、美化、变样，被幻想和私利所压制、所消灭；廉耻、惧怕、慷慨、仇恨、怜悯，投其所好，一切的激情，好的坏的都在内，一齐向这桩事猛扑过来，把它撕得粉碎，刹那间就无影无踪。

我双手托腮，沉思了半晌，觉得汉语译文还不够精彩，还没有把原文的神韵丰采淋漓尽致地传达出来——有朝一日我一定要把它重新翻译一遍。就在此刻，尖利的指尖掐到了皮肉深处，一阵刺痛袭来，我苦笑了笑，疾速站起身来。

午后小睡了一会，雨水还是没飘落下来，一束束细碎的阳光将苍灰色的云絮镀上了一层亮丽的暖色。在屋内憋闷得实在难受，再不出去走走，非发疯不可。于是我换好衣裤，匆匆下楼，既是散散心，也为明天的约会预热一下。

空气污浊不堪，成千上万细密的颗粒在四周涌动、游走，无时无刻地钻入我的嘴里，使喉咙发痒，声音嘶哑。稠厚的雾霾悬浮在苏州河两岸，像罩上了一层半透明的纱幕，从早到晚漠然地吸附着烟灰色的尘嚣。

河道在附近来了个S形弯折，我走走停停，胳膊肘抵靠在粗厚的水泥栏杆上。一个年老的乞丐倚坐在墙角拉着二胡，衣衫破破烂烂、肮脏不堪。弓弦上流溢而出的旋律简洁，似曾相识，蕴含着一抹悲怆的底色。我收住脚步，弯下腰，往他脚跟前的破旧木盒子内放入一元硬币。他抬起头，我的眼睛与他蓬乱的白发下的双目瞬间对接，心中顿时滋生出一股难言的痛楚。我忙扭过头走开了。

往西不远，便是新近铺就的一长段木质步行道，步换景移，栏杆已变身成了轻巧的金属构件，银白的色泽，呈波浪形凹凸起伏，灵动有致。城市伸展着，漫无节制地。这一带行人、车辆异常稀少，零落的烟囱、错落的高楼和密集的树丛投射在暗沉沉的河面上，随着水流的漾动与漂浮其上的众多废弃物交织、缠绕。

我漫无目标地往前行进。生活延续着，从昨天到今天，再从今天到明天。昨天发生了什么，明天将会发生什么，我都一无所知。记忆似乎已经重新格式化，成为一块白板；期望由于一再落空，早就萎瘪而死。说到此刻，我都不知道自己在干什么，想干什么。

想不明白的是，我到底是置身于一个绵长的梦境中呢，还是在一个有着坚固、棱角边线泾渭分明的物理外壳的宇宙中徒劳地穿梭位移？

四月二十七日

虽然和辰樱约好在五点半碰头，我还是早早驱车来到了那片创意园区——它由昔日的牲畜屠宰场改修而成。七拐八弯，我好不容易在临近的荒僻小路上找到了空位，在丰田车帕萨特车的夹缝里稳稳当当地停好黑色别克车，随后抄着手，踱到那条狭长的河泾边，沿着堤岸信步而行。

对岸是一大片蛛网般蜿蜒迂曲的街区，向都市的纵深地带铺衍推进。一爿半椭圆形的街坊上的旧房子已拆除了大半，临街的那幢楼房巍峨、残损的骨架伫立在暮春苍灰色的天穹下，仿佛是一处史前残存下来的遗迹，凝视良久，它那废墟般破败的外壳在人心中竟滋生出惊心动魄的美艳来。

不多久，我便来到园区那幢外圆内方的钢筋混凝土主楼的大门口，刚过了五点。我一时间百无聊赖，只得在幽静的长廊上来回踱躅，保安们不停地引导着车辆出入；汽车排放而出的一簇簇刺鼻的尾气在灰扑扑的冬青丛上萦回，而我的头脑中还是一片空白：像临刑前的死囚犯，脸上摆出一副听天由命的漠然与冷傲。宽大的玻璃橱窗中那些塑胶模特身上披挂着五光十色、造型奇特的衣裙。夕阳西下之际，它们跳荡、洋溢出火焰般的亮丽色彩，一扫周围落寞忧郁的氤氲，让人在短时间里得以分享蓬勃兴盛的生命激越飞扬的意趣。

我不止一次扪心自问：难道自己真是心如死灰到了一无所求的境地？不，我想的要的实在太多，而这贫乏的世界能给予的太少。而此刻最想要的莫过于爱。然而，它能在一张娇美的嘴唇哈出的滚烫的热气中兑现吗？

辰樱终于露了面，五点半刚过了三分钟，不能算是迟到。她还是那件我熟悉的橘黄色上衣，下身衬配着休闲味十足的牛仔短裤，将两条修长的大腿暴露无遗。我走上去，鼓足勇气拉起她的手，亲了亲手心，"又见到你了！"她的神情顿时变得僵硬呆滞，随即是浅淡的一笑，泄露出一丝妩媚，还有则是恶作剧般的调侃。霎时间，我的心跳急剧加快，想象中的热情的爱抚亲昵让我差点喘不过气来，它烫人，带着可耻的意味，急切地弥漫到全身。它像是一桩神秘而古老的罪孽，不断地分泌着浓酽的毒汁，将我们俩锁闭在大海环绕中的孤零零的荒岛上——只有我们俩分享着这神秘的激情。

好多天来一直折磨我的念头又一次浮现在脑海里：她怎么会喜欢上那糟老头子？长时间的沉默终将酿成一次炫目的爆发。这是命，我也认了。

辰樱嘻嘻一笑，眨了眨眼，打趣地问我为何成天愁眉苦脸的，她今天先要带我上上下下逛一圈，开开心心放松一番。随后，我们俩一前一后走进楼内，沿着暗沉沉的圆廊散起步来。

起先我茫然无措地在这由无梁楼盖、伞形八角形方形柱、廊桥、旋转楼梯、牛道构缀而成的奇异空间中缓缓行进。暗淡朦胧的光焰映射出模糊粗硕的轮廓线。尽管时过境迁，但我仍旧嗅闻得到飘浮着的血腥气。众多活蹦乱跳的生命在此纷纷奔向生死的门槛，在遭受电击的瞬间，还享用着一场特有的奢华辉煌的盛典，而环箍在周围的镂空水泥花格窗恰好朝西（估计是有意为之），为这些冤魂亡灵打开了超度此生此世、通向西方极乐世界的隐秘大门。

步换景移，小资情调十足的餐厅、咖啡馆、服饰铺点缀其间，顶楼还开设了一个圆形剧场。远近高低众多细碎的元素拼合成了不同的景观，参差错落地散布各处。它酷似我内心迂曲幽秘的情感曲线。恍然间，埋藏在肉体深处的火星跳荡着，燃烧起来，奔驰出来，催生出一曲哀婉动人的旋律，在半空回荡。我只想亲吻她，亲吻她的嘴唇、头发，亲吻她裸露的身体。生命的饥渴折磨着我，像一条湍急的河流，在峻急的崖岩间奔流滚涌，泛起肥厚的泡沫。有好几次，我们俩走到了道路的尽头，碰到了死角，不料刚一拐弯又豁露出一方新天地；最终我们迈过了廊桥，沿着狭逼的木梯，攀爬到了硕大的露台上。

天色渐渐昏暗下来，苍白的云絮纷纷扬扬地游移、飘浮。下方主干道上车辆川流不息，呛鼻的细小颗粒物长驱直入喉管、肺部、血管，渗入细胞最深处丛丛簇簇的皱襞之中。一幢幢新建的高楼大厦成排成行地矗立着，其间零星羼杂着老旧的居民区，寒碜萧瑟，仿佛是一大块触目的补丁：褐黄色的瓦片，肮脏的烟囱，破败的门窗，狭隘逼仄的弄堂。童年时熟悉的景象又一次呈现在眼前；然而此刻的我却像是一个贸然闯入的陌生人，怔怔地望着这一切。

双脚叩击在深褐色的细长木条上，发出单调沉浊的喧响，它们应和着我内心惶恐纠结的节律。几个硕大的圆罐耸露在左侧隆凸而起的平台上，粗细不一的管线环箍其上，并向四周纵横交错地衍生、伸展。辰樱趴伏在铁锈色的栏杆上，一脉余晖洒落在她的肩背上，勾勒出一幅层次错落的剪影，猩红的美艳中流溢出些许野性的苍凉。我站到了她身边，两人一同细细辨析着蛰伏在下方居民区内的幼儿园五彩的滑梯，学校的篮球场，以及简陋的办公房。我重重地叹了一口气，"十多年来上海变得太快了，我这个老上海也经常会迷路。很多地方只有找出老照片，才能想起过去是什么模样。你看这一带，老房子拆得差不多了，过去的痕迹几乎一点没留下！真可惜了！"

辰樱沉吟了一会，瞟了我一眼，嘴唇剧烈地抽动了一下，"你是身在福中不知福啊！你不想想住在这种老房子中的人多么想搬到新房子里去，哪会有你这种闲情逸致！我小时候家的周围，就是一大片高粱地，荒凉极了，其他什么都没有。"

一架喷气式客机轰隆隆驶过渺远的天穹，抛下一长尾灰白色的气流。同时，我感到近处迸发出一阵近乎神秘的喧响，它持续着，不断提升着力度和频率，像地心深处蓄积的能量最终找到了流泻的通道。渐渐地，我感到整个街道、整座城市都被裹挟在这一巨大的震波中。千家万户的灯火渐次亮起，织缀成一幅绚丽多彩的夜景。

此刻，我有意挨近了她，有一刹那几乎感触得到她的体温。她先是默然不动，随后掉头走开了，我只得灰溜溜地尾随其后。走下露台，七转八弯，我一时间神思恍惚，完全丧失了方位感，竟摸不着来时的路径，急得抓搔起头皮来，她看着我这副熊样，扑哧笑出声来，“还是跟我来吧！”不一会，我们踅回到主楼内，步入一家装潢别致得不无恶俗的餐馆。

这一排软沙发座席紧邻着波浪形弯折起伏的玻璃幕墙，其间矗立着一匹匹英武的铜马，拱卫着食客，同时也阻遏你肆意越位和其他非分之举。在镀了金粉般的光焰的照射下，我感到一阵晕眩，同时心情也慢慢平静下来。我点了一瓶法国波尔多产的红葡萄酒，辰樱则是滴酒不沾，只抿几口高脚杯中的柠檬水。她表情冷漠，像是个谨守公事公办原则的女职员。店堂里回旋往复地播放着令人起腻的背景音乐，我和她碰了杯，喝下一大半，随后又嚼了几口海蜇和色拉，便将余酒一饮而尽。清冽的酒香在口腔里弥漫，渗透到全身。

辰樱瞪大了眼睛，双眉往上一挑，“没想到你酒量这么大——别太猛了！”话音中透着几分怜惜。

我眯缝起眼，调皮地噘了噘嘴，“不是我非要喝，但不喝心里不痛快，像缺少了点什么！”

“你经常这样吗？”她重重倚靠在沙发背上，双手懒洋洋地交叉到脑后。

"谈不上经常，可以说毫无规律而言——想喝就喝了！最近喝的次数越来越多，越来越控制不住自己。"

她又坐直了身子，皱着眉，吐了吐舌头，"像你这样生活条件优越的人，是社会上的成功人士，有什么了不得的心事？"

我摇摇头，再次往酒杯中注入酒液，它急速蹿升到杯顶，几乎滚溢而出。我低下头，凝视着颤动的酒水，"其实每个人都有本难念的经。人活着会碰到许多迷局，我一时脱不了身，有时真不想活了。"

她双手托腮，脸上浮出一丝怪诞的笑，"你要不想活，其他百分之九十九的人还能有活路吗，只有去跳黄浦江了——你不想想自己有多矫情吗？"

我张大了嘴，摇摇头，"矫情，你说我矫情？怪不得都说人和人沟通有多难了，连你也不理解我。"我顿了顿，又喝下一口酒，"不错，我家境是富足，起码是衣食无忧，但我不也是个人，不是神，受冷了同样会生病，被人欺负了照样会生气伤心——最重要的是，我渴望能有人爱我！"

她摆摆手，"好了，别这么自恋好不好，真让人受不了！"她掉转头，细细打量着三三两两徜徉在回廊中的游人。突然间，手机鸣响起来，辰樱扫视了一眼屏幕，脸部抽搐了一下，匆匆起身走向大堂。莫非又是老头子打电话过来？我"哼"了一声，掏出手机，心不在焉地揿按着细窄的键盘，一长串数字在雪白的底板上随机跳跃而出，旋即又消隐在光焰瞬息万变的洪流深处。过了半晌，她才走回到座位上，将了将额角上几绺晶亮的发丝，淡然一笑，"哎，我的少爷，你到底有什么了不得的苦恼?"

"一言难尽!"

"债有主冤有头，总找得到根啊!"

"我就是觉得活着真没意思!"

她的眼神中露出几分鄙夷，"大家都好好活着，唯独你一个人觉得没意思?"

我咬了咬下唇，"我是一事无成!"

她嗤地笑出声来，"其他人都成就什么大事了? 大博士，你留洋那么多年，周游世界，别人一辈子赤着脚都赶不上啊，你还要怎么样!"

我默默地为辰樱斟了大半杯酒，自己又小抿了一口。客人们进进出出，服务员端着杯盘来来往往。油腻腻的背景音乐在耳膜上滚动，激惹起一波波廉价的伤感与惆怅。我双手交叉在胸前，"在你眼里，我是风光得很，整天往国外跑，但读了那么多年书，真成了一只大海龟，窝在沙滩上动弹不得!"

"再怎么海龟，也比那些土包子强!"

"时代不同了，海龟有什么稀罕，在大学教书没混了几年就跑了出来，半途而废，现在真是无家可归!"

"又悲情了! 你的家庭太美满，儿子可爱，太太贤惠能干，又那么漂亮!"

"你又来了!"我的声音变得尖锐起来，"这不过是一只绣了花的枕头，里面是什么你根本看不到。"

她定睛看着我，目光穿透皮肤，像一把锋利的刀子，径直扎入心肺，一汪血水渗流出来，"你说是什么？"

"你不记得有句话，好像是托尔斯泰说过，幸福的家庭都是相似的，不幸的家庭各有各的不幸。"

"你真有那么不幸吗？"

"夫妻不像夫妻，父子不像父子——总之，一切都糟糕透了！最主要的是……"我扫视着她那条悬垂在胸口的熠熠闪亮的项链（那是老头子送她的定情礼物），"没有爱！你感受不到爱，没有人爱你！"

她嘻嘻一笑，"真是个不知满足的孩子！你也不想想，你爱他们吗？"

那时，我心中不禁滋生出几分恼恨：在她漫不经心的话语中，其实埋下了众多的陷阱，将我一步步逼到墙角，只等着我扑通一声栽下去，成为遭人轻蔑耻笑的小丑。好一个狡诈的女人！

不料她举起酒杯，吞下一大口，双眼放射出迷离的光芒，"人活在世上，谁会没有烦恼。辛苦操劳一世，最终还是灰飞烟灭，一无所有，什么都留不下，什么都带不走。想想一百年后，大地上依旧鲜花盛开，人们照常快快乐乐，但你已躺在冰冷潮湿的地下，这一切与你已毫无瓜葛。一想到这，真让人绝望！唉，人活着到底有什么意思？"

两股感情的漩流，从相距遥远的山谷中滚涌而出，逶迤奔驰，越过广袤的腹地，最终在入海口交聚汇合，融合成一体。刹那间，仿佛是魔术师挥舞了一下神奇的棍棒，横亘在我们俩之间的重重障碍撤除了，她这个烙上了禁忌印记的女人变得触手可及，我们俩变得心心相印，默契异常。一切都有可能。我又加点了两份布丁，它像是即时而得的奖品，我近乎贪婪地舔着它松软可口、滑动变异的躯壳，品尝着它蕴藏其间的全部香甜。它碰触到我的上腭，激惹起了迷离绚烂的遐想：它顿时重新酿造出青春的氤氲——它早已在时间轮子无情碾压、磨砺下变得千疮百孔，那些凋谢的花朵在零落成泥后步入轮回转世的轨道，再一次脱胎换骨，展示出逼人的美艳与妖娆。

店堂另一侧传来了一阵不小的骚动。越过耸立的铜马，我看见五六个西洋男人围坐在圆桌旁，轮番举杯，向中间那个金发女郎敬酒。一个瘦高个的中国男子呆坐在一旁，一副讨好谄媚的表情。夹杂着 cheer、wonderful、gorgeous 字音的喧嚷声浪重重地飘移过来，吞噬了背景音乐。我乘兴和辰樱碰杯，又喝下小半杯，"现在只有你才能给我带来幸福——我爱你！"

话语一说出口，便溶解在空气里。她脸色变得煞白，垂下了头。魔法失效了，一切又重回原点。我的舌头抖颤着，"你不要害怕！我明白你的心思。不要再理睬老头子——我和你一起离开，随便到那儿。"

辰樱定睛看着我，最终摇摇头，"对不起，别费这心思了，我不会和你走的。"

我顿时血脉偾张，一把抓住她的胳膊，"你到底爱不爱我？你为什么要约我出来……"

她挺直了身子，抽回手臂，沉思了半晌，像演员在刺目的聚光灯下摆出雕塑般的造型，凛然不可侵犯，"爱——我不爱。我实在是不能，实在不能。"

　　甜腻腻的乐声又一次从店堂深处袭来，哈吐着一串串浮漾着细薄泡沫的热气，抚慰着众多麻木、疲惫的心灵，向他们允诺安宁、幸福和丁点可怜的尊严。

七、脱轨

从后半夜起，川乐并不壮实的躯体便陷入了时断时续的痉挛之中。

这并不是由于前些天突发的四十度高烧导致的虚脱，也不是体内器官功能失调激发的紊乱，而是精细纤弱、近乎病态敏感的神经在高频度地抽搐、震颤。一大簇梦魇般的阴影（对川乐来说，那便是当天上午即将举行的全市中学生英语竞赛）高悬在头顶，使他在这个周六的早晨无法安然入睡。

川乐深深嘘了一口气，将脸腮紧贴在乳房般厚实而富于弹性的枕面上，仿佛想又一次从中汲取清香的乳汁。昨晚他早早就躺下了。母亲原本紧紧掐着他脖子的锋利爪子暂时松脱开了，他像越狱的囚犯一头扎进香甜的睡眠之中。然而，一旦起身小便，睡意便一点点退潮：他翻了个身，套上眼罩，用轻薄的被子包裹住头部，想重新沉入先前那冥暗浩阔而温暖无比的世界之中，但一长串英语单词和句子却像施了魔法，栩栩如生地在脑海中跳荡、呼叫。前几天发高烧时他便不时默默祷告，好，好极了，这样他就可以全身而退，逃脱那场无聊的比赛了。但峰回路转，高烧在吊针点滴的攻击下悄然隐退，体温陡直降到了三十七度以下。母亲在床头点戳着他的鼻尖，"好了，还算是男子汉呢，发点烧算什么呢！想偷懒了是不是？别装了，起来给我好好准备。"

川乐揉了揉眼睑，重重地打着哈欠。衣橱、书桌默默地伫立在大团厚薄不均的暗影中，涂抹上了一层阴森的表情，仿佛会张开血盆大口，顷刻间就将他悉数吞噬。他听见了什么？我会吻到你的嘴唇的，乔卡南。嗯，那是王尔德写的《莎乐美》（那还是舅舅推荐读的，他对妈说多读经典名作能提高英语水平，尤其是素养），那个妖艳的女人，神经兮兮的——彻头彻尾疯了。自己可千万不要碰到这样的女人！怎么会有那么大的胆量，竟敢去亲吻乔卡南的头颅，它被希律王活生生切下来，摆放在大银盘上。他咂了咂舌头，闭上了眼睛。啊！我吻到你的嘴唇了，乔卡南。我吻到你的嘴唇了。你的嘴唇有点苦味。这是血的味道吗？……不过这也许是爱情的味道吧……人们说爱情有一种苦味……不过那又怎样？那又怎么样呢？我吻到你的嘴唇了，乔卡南。

他甩了甩肥厚的手掌，想把这血腥而艳丽的画面驱出脑海，虽然句子那么激情澎湃，如果站到舞台上朗诵出来，肯定铿锵有力，赢回阵阵掌声。我对你的美如饥似渴；我对你肉体想咬想啃；美酒也好，鲜果也罢，都不足以解决我的饥渴。还是那个莎乐美，讨厌死了！不过，真正要命的是饥渴：一段时间以来，川乐内心深处隐隐涌起一波波强烈的饥渴，尽管他应有尽有，什么都不缺。

他合上嘴，微微扭曲的唇角流露出对四周围僵化而傲慢的秩序格局心不在焉的蔑视，以及充满腻烦的憎恶。从缀满了重重褶皱的奶黄色窗帘的缝隙间透入几缕紫色微光，它们渐渐扩展着灼热的疆土；川乐赶紧拉实了眼罩，借此躲入为他独享的温柔清明的仙境之中。一想起舞台，他两眼便熠熠闪亮，即便在漆黑一团的空间里，他也能瞥见从自己眼里流泻而出的灿烂光芒。众多被扼杀的梦想的尸骸又一次蠢蠢欲动，起死回生，但这多半会触发愤怒、仇恨的汹涌激流，它日夜积聚起来，汇合成了滚烫的岩浆，时机一成熟便会顺势喷薄而出。而他早已千疮百孔，累累的伤口迄今还流淌着腥味十足的鲜血。他已经全然不是自己，肌体细胞繁复杂多的排列组合，肌肉的韧性、弹性的极限乃至灵魂的禀性、色调（内心深处最后一座秘密的城堡）都被母亲的意志重新铸造。母亲的手指不停地捏揉，切削，粗暴，生硬，毫无妥协的余地，把一切不合意的成分通通剔除干净——她用说一不二的强悍风格，重新塑造着他这个独生子：那是唯一的机会，谁都承受不起失败的风险。

川乐揉了揉眼，惺忪地觑视着床头柜上那台袋鼠造型的蓝灰色小闹钟（舅舅上个月刚从澳大利亚带回来的小礼物），快四点三刻了，索性就爬起来吧。比赛八点半报到，九点整开始：铁一般精确的日程，无法更改，不可摧毁。但一坐起身，深重的睡意又一次逼涌过来，团团撞击着他孱弱的身躯。脑袋陡然向右侧歪斜下去，垂落到肩头，他又一次瘫倒在床面上。

他又一次懒洋洋地漂浮在睡梦散漫起伏、泛漾起层层泡沫的河流上，一串晶亮的光斑在细嫩的脸颊上（上面已烙上了丝丝缕缕、羼杂进了苦涩和迷惘的沧桑感）频频跳动，仿佛手机显示屏上铺排开来的五彩斑斓的细小方块。一想到母亲，他会紧紧抿着嘴，发出嘶嘶的声波。在深不可测的潜意识世界里，他早已认定母亲是最大的敌人，他在前世铸就的难以祛除的孽缘，无法躲避的讨债鬼。正是她亲手扼杀了他无比钟爱的梦想，电话接二连三地打到学校，霸道地咬定他没有表演天赋。而那还只是表面的理由，更深的缘由在于她以为抓住了他的软肋：他竟然在早恋！在她眼里，他并不是真爱表演，仅仅是为了找机会多多和那女孩厮混在一起。

一阵嗡嗡嘤嘤的喧响在屋里爆裂开来，额角上温凉如水的碰触，胳肢窝下蜻蜓点水式的挠痒，随后便是母亲的厉声斥责：小懒虫，你到底几点起来啊！都六点半了，闹钟都叫得人头皮发胀了，你还不醒啊？八点半不就要报到了吗？快起来！装什么病，你感冒早好了！——哎，童维超，你这个不中用的家伙，连儿子都叫不醒，活着有多失败啊！

他像个濒于虚脱的溺水者，从酣睡暗漆漆的海洋中浮到了水面上。与以往迥然不同的是，这一回川乐显得异乎寻常的平静，甚至是慵懒气十足的呆滞（那是肢体与灵魂的持久麻痹与瘫痪）。有好多次，面对母亲咄咄逼人的叱责，他会沉陷到突如其来狂怒的漩流之中，咆哮的烈焰染红了他的大半个脸庞——那是少年叛逆期歇斯底里的反应，既无迹可寻，却也顺理成章。她要掌控一切，最终把一切都毁了。对川乐而言，在舞台上东跑西颠，不无做作地摆弄几下

pose，不仅仅是筋骨的放松，心智上的消遣，而且更是诸多愿景达成的路径。曾几何时，一种饥渴在内心悄然萌生，日夜盘桓不息。他要突围，从围裹着他的富足优雅，然而单调、令人窒息，干涩贫瘠到足以榨干精血的茧壳中探身而出，踏入广袤辽阔、生气勃勃，充满喧嚣凶险的外部世界中。那是生命自身的饥渴，而舞台则提供了意想不到的契机。在少年的羞怯蝉蜕一般剥落之后，他便镇定自若地站立起来，淘气、恶毒、嘲讽、故意，乃至快乐都要在举手投足之间恣肆放纵地流溢而出。川乐戴上了厚重的面具，但在他眼里它并不是累赘，相反他能随心所欲地驱遣它——他终于长大了，而那女孩子倩怡的出现，则为这学生剧社增添了欲罢不能的魅力。

没见过几回，他便近乎痴迷、毫无来由地认定倩怡便是他朝思暮想的梦中情人。每次剧社排演都成了他盛大的节日。他沉浸在情意绵绵的遐想中：她将会陪伴他终生，并源源不断地提供持久的快乐。的确，她傲气非凡，是学校中众星捧月般的小公主，男孩子能够和她搭上一两句话，也成了莫大的恩赐。多少次，他从窗户望出去，默默祈求着老天会突降奇迹：她竟然就住在小区对面那座西班牙风格、外墙通体涂抹着鹅黄色的三层小楼里。从早到晚，他可以趴伏在窗台上，透过香樟树繁密的枝影，吮吸着雨后湿漉漉的馨香，望见二楼她那悬垂着洋红色丝绒窗帘的卧房，它像一座精巧的旋转舞台，把浸染着她气息的书架、桌椅、橱柜、床铺，最后便是她婀娜娇美的身影，依次一一呈现在聚光灯下。

接着便是起床，梳洗，早饭，一整套固定的程式，像几何定理一样精准无误，而这一切都是在母亲喋喋不休的叱骂声中匆匆推进。川乐四肢虚弱，沉陷在前所未有的呆钝、麻木之中，任何轻微的举动都那么费力、僵滞，仿佛腿脚、手臂已脱卸而下，不再附着在自己的身上。他灵魂又一次出了窍，仿佛飞回到了南方温暖的蓝色海岸边，仰面躺在细洁的沙滩上，聆听着海水的涨潮落潮，周而复始的颠动，催眠般的单调。唉，才吃了几只烧卖，他便有些恶心，直想呕吐。但他又心血来潮地想弹奏一会钢琴，让手指在黑白键盘上来回抚弄叩击一会，温习几段熟悉的旋律（虽然当初每天练琴成了不折不扣的酷刑），巴赫的 C 大调前奏曲、帕瓦罗蒂《我的太阳》、贝多芬《土耳其进行曲》之类的，好定定神。

七点四十分。时候到了。川乐耷拉着脑袋，拎起书包（昨天晚上已经由母亲严格筛查，将手机、iPod 等违禁物品通通剔除在外），弓着背钻进父亲开的 320 银色奔驰车的后座，活像被押送去法场的死囚犯。质地坚韧而弹性十足的车轮先是在路面上缓缓滚动，驶入高速路后渐次加速，一路狂飙。他盯视着父亲弯曲的肩背，头脑中一片空白，像过度开采的矿区，大赛前惯有的惶恐激动竟然荡然无存。童维超时不时地挠挠头皮，侧转过脸，叮嘱儿子不要慌，比赛结束后会带他好好吃上一顿，再出去游玩几天。他眼皮有点浮肿，映现在后视镜中的还是那张肥厚的下巴，与整个脸庞，尤其是细小的鼠眼不相匹配。川乐瞟了一眼父亲扁平的鼻孔，一绺黑毛隐约可见。他垂下头，怪不得自己长得这么丑，这么不招女孩喜欢，基因的力量实在难以抗拒。

奔驰车尾随着庞大的车流，涌入了市中心区域。川乐的手指微微抖动，好似在捕捉空气里呼啸而过的音符。一段似曾相识的旋律发出浅浅的低吟。起先它藏身于昏暗溟蒙的洞穴中，影踪难觅；随着车身的颠伏，它开始嗖嗖蹿动，一长串音响慢慢孕育成形。纷至沓来的切分音、三连音、八度音纷纷扬扬地飘浮在高架路两旁比肩而立的楼群间，翱翔在茫茫的雾霭间，黑白对峙的主题在细碎的阳光中撕扯，挣扎，翻旋，最终汇聚成清晰而雄浑的整体，垂落到他的耳畔。川乐感到了一阵致命的眩晕，一种因为焦灼的渴望瞬间释放满足后猝然而至的颓然无措，从幸福的巅峰滚落而下的沮丧、绝望与衰竭，顿时万念俱灰，而喧嚣无比的巨型都市仿佛在这一刻魔幻般地消了音，郁热的天穹下万籁俱寂。

比赛场地设在一家区级教育学院内。排队，等候在长长的花名册上签到，再查验证件。四周围滚涌着叽叽喳喳的喧响，洋溢着志在必得的亢奋。然而，川乐依旧淡然、平静，对这一切置之度外。现在是八点五十分，九点半比赛正式开始，赛手九点才能入场。童维超牵着他的手，在明暗交错的十字形走道上来回徜徉。川乐的脑海中还盘桓着沿街那一长排黑色的铁栅栏，上面等距离地缀满了繁复的菱形花饰，表面镀了一层细薄的金粉，让人联想起金光熠熠的剑柄。父子俩默然无语，不时凝望着地面上浮动游走的光斑。时间在滴淌，永不折返的单行道。东侧门外铺展着一个硕大的草坪，花坛里大簇血红的郁金香翁郁怒放，拱卫着后方不远处伫立的一座白色少女雕像。

这一刻，长时间蛰伏在他体内的烈性病毒急性发作起来，短时间内便侵入到他的神经中枢元里，川乐的脸部肌肉一下变得僵直：就这样定了。还好出门前他偷偷在裤袋中揣了三百元。恰巧童维超

112

遇见了一个久未谋面的熟人，两人热切地攀谈起来。川乐借机溜进了男厕所。

他故意在便池旁站了好久。从窗口望出去，一只黑白两色交错的野猫趴伏在花坛边，随后伸了个懒腰，妩媚地拱拱腰背，抖晃了几下尾巴，迈出优雅的步伐，向着雕像方向疾步而去。是时候了！他走出厕所，父亲还在和熟人热络地交谈。是时候了。他快步冲出这幢楼，沿着迂曲的水泥小径，一溜烟跑出了大门。途中他不时回头张望，幸好爸爸没来得及跟踪而来。一辆出租车停在近旁浓密的树荫下，他拉开门上了车。一时间他竟不知道自己要去哪儿——人民广场，不，徐家汇。对，去外公家。至少太婆婆不会为难他，叔公还会陪他玩呢！

去哪里都行！他只想离开，离开这喧嚷的是非之地。他不是开玩笑，他是认真的。至少要让爸爸，不——主要是让妈妈知道，他可以说不，他不再是唯唯诺诺的男孩子了。他已经长大了。没有理由，的确，他就是不想参加这无聊的比赛。他可以不参加。他宁可跑到博物馆城市规划展示馆中，宁可到迷宫样的 shopping mall 中，宁可到精致小巧的茶餐厅拉面馆咖啡厅礼品店里，还有就是满街铺开的时尚小店里。他宁可去悠闲地逛上一天，喂喂鸽子，泡在啤酒屋里看足球——最好能溜到网吧里去打游戏，打得昏天黑地，或者去游泳池过把瘾也好！

几大张皱巴巴的白纸摊放在云亭的书桌上，上面密密麻麻地涂写上了大小不一、花里胡哨的字符。它们好似一簇簇繁盛疯长的热带花草，芜杂混乱：乍看之下一个个意义明晰的字符，霎时间变得深不见底，天书般晦涩难解，相互间毫无逻辑、因果间的勾连与瓜葛。从横竖撇捺钩等笔画的罗列组合，到金字塔形菱形锥形漏斗形方形圆形的字体聚合（无法再加简化的横竖线条与"青""革""鹿""鱼""鼎""鼻"等层床叠架的部首奇异地并置在一起），怪诞，羼杂着些许华美、艳丽，让人联想起与蓊郁丰茂的热带雨林相毗邻的空旷辽远的草场。

一阵风袭来，纸面哗哗抖索了几下，几处边角窸窸窣窣翻翘起来。还是热，开了空调又太冷。季云亭将薄被子一推，烦躁地坐起了身：午睡就这样流产了。他先是佝着背，从床头柜上抓起一瓶老旧的清凉油，拧开铁锈斑斑的盖子，将鼻尖凑近，贪婪地嗅吸着，随后又从抽屉中抽出一瓶早已过期的酒精，捏在手中，重重晃摇了几下，再用枯黄的手指尖探入瓶口，轻轻蘸了蘸，拍拍脸膛，草草抹擦了几下。

暖湿的气流沉甸甸的，覆压在太阳穴上，催人昏昏欲睡，但也裹挟着丝丝缕缕撩人的风情，莫名而暧昧。它更像是从丽丽头上袅袅飘溢开来的洗发水，配方粗劣但香味馥郁，勾人魂魄。云亭抿了几口水，咂咂舌头，嘿嘿一笑，撮起食指中指舔了舔，随后又朝着嵌在大衣橱中的椭圆形镜面，扮了个鬼脸。

风力陡然间增强，变得狂放恣肆起来。窗框时不时震颤晃悠，发出一连串吱吱咯咯的喧响，仿佛窗扇随时会从沟槽里脱卸而出、滚落下来。他的下巴颏抽搐跳动了几下。昨天夜里丽丽没有到他屋里来：她好几天前就告诉他了，有个表哥从安徽乡下过来，她得陪他出去逛逛街买买东西。

云亭双手抄在背后，轻轻叹着气，在屋里慢慢踱着方步，散漫的足印渐渐连缀成了一个个交错叠合的弧圈。猛然间，嘴里盘旋着一股苦涩的煎药味，他收住脚步，急忙吞下几大口水漱漱口。此刻，一大团黏稠的痛苦在心头洇化开来，弥漫到全身，就像胃里残留的煎药泛涌上来的苦涩味——他已经五十九岁了，大半辈子就是在恍恍惚惚的迷雾里度过的。大脑功能的残损，使庞大的外部世界成了一抹抹纷至沓来的剪影，在他神经细胞的表面飘漾浮动，他永远无法进入喧闹嘈杂、热气蒸腾的正常人世界，他多半只能通过支离破碎的词句、肢体的运动来猜度那一连串密密实实重重叠叠的谜团。然而，他日复一日年复一年用闪烁的星辰、玄奥的文字拼缀建构起了自己的世界，它们有着旁人难以涉足的规则与编码程序。

在他眼里，丽丽就像是一尊玩具店货架上的娃娃，她身段健壮，腿脚粗短，鼻孔右侧长着一个触目的雀斑，皮肤被太阳晒得微微泛着黑亮的光泽，标准的蒙古人种，尽管她隔上一两个月会去美容厅烫发，带回来一头晶晶闪亮的金黄色鬈发，波浪般地披垂在肩头。好多次他将她搂抱在怀里，像个馋嘴的孩子，不停地吻着她，舔咬着脸上条条缕缕的脂粉油膏。但他不忍心胡乱地啃咬她，怕将堆积叠加起来的亮丽油彩糟蹋成一片污浊荒芜的风景。她的言谈举止不经意间会让那本色的直率稚气沾染上几分粗鲁，但那饱满的青春活力还是不可遏制地从她悬垂的乳房、不规则的凹凸起伏的胸脯、肥厚的臀部、屈伸自如的大腿，以及浑身上下弹性十足的血脉青筋上奔突而出。她身体天然的芳香与云亭身上老朽的体臭混合在一起，让他在片刻的陶醉过后倍感窒息，好像一个花粉病患者，在艳红的康乃馨和百合花的双重夹击下猝然瘫倒在床头，奄奄一息。

在旁人的眼里，云亭自小就是一个十足的傻瓜，无可救药的白痴。他会平白无故地坐在床上号叫：她照例会持续很长一段时间。在歇斯底里声震云霄的高峰过后，他发出的音调节奏会变得柔和悠扬，甚至笼罩着几分优雅的色调。但更多的是从刺耳的咿里哇啦陡然转换为凄凄切切幽幽怨怨，悲怆的旋律像从二胡的弓弦上滚涌而出。丽丽一开始也将他视为怪物，只配圈养在动物园中黑色铁栅栏后供人观赏。不知是什么时候两人开始熟悉起来，她每天早中晚给他送来三餐。时间长了，畏惧感逐渐消失，好奇心却与日俱增。她先是拍拍他的肩膀，握握他的手，后来就上来摸摸他的脸，捏捏他的耳朵——尽管亲昵还局囿在浅表层面上。不知不觉间，她成了他死水一潭的生活中最为亮丽的风景线，连她那泼辣直率的调笑也衬垫着些许温暖的底色。

她会长时间地坐在他边上，一只手搭在他膝盖上，默然无语。那一刻，他们俩仿佛达成了神秘的默契。电流滋滋上下流淌，爆蹿出一串串炫目的火花，旋即陨灭在深邃的空间里。语词的功能渐渐地萎缩、干瘪，变得若有若无，一个手势，一瞥眼神，甚至单是喉咙中气息的流动震荡便足以表情达意。她望着他从橱柜中搬出厚厚的收藏册，那是他一己专有的百宝箱，收罗了林林总总千奇百怪的星象、文字图案，它们如五彩斑斓的动植物标本陈列其间。每到夜晚，云亭还会时不时摆弄那台双筒望远镜。他在窗边竖好三脚架，拧下目镜盖，佝下腰，仿佛踏入了一个全新的时光隧道，穿透重重斑驳迷离的光线，专注地凝望着浩瀚无垠的苍穹。在这一瞬间，人的视力超出了周围狭逼的天地，腾空飞翔，穿梭行进在一簇簇星云之间；而在灿烂的星光背后则隐藏着暗物质的汪洋大海，潜伏着更多无法捕捉、触及的神秘星体，它们悄然诉说着宇宙的奥秘。也正是在那一刻，丽丽潜在的母性会大幅度激发出来，仿佛在呵护一个大孩子，他则变得很听话很乖。

后来，情欲灼热的潮水还是淹没了他们。那还是三月里乍暖还寒的日子，午后丽丽进屋来给他洗头。云亭迄今还记得，他先是静静坐在圆形转椅里，任她的手在他稀疏而斑白的头发上鼓捣搓揉。不久，雪白的肥皂沫覆盖住了他半秃的头皮（活像是一方水源已趋枯竭的三角洲），像一大罐饱胀开来的爆米花，清香四溢。手指骨在头皮上来回摩挲，包裹着骨节的那一簇丰厚的肉块悬垂下来，久而久之，激惹起他体内冬眠了半个世纪的情欲。这是他第一次碰触到如此鲜活的肉体。他的头颅应和着她手指不无粗笨的搓捏，左右摇摆着，悄然演绎着某种原始的节奏。猛然间，他捏住了她的中指，随后又是食指。她嘿嘿笑着，抽脱开来。他不甘心，捏住了她左手的拇指，柔滑的肌肤让他一下亢奋得双目呆滞。她伸出右手，敲了敲他的额角，别顽皮了！但他还是死死攥着不放，并趁势拉到胸前，舔了舔，咬了一口。

哇——她惨叫一声，幽静的宇宙顿时被戳开了一个大窟窿。突然，仿佛一阵冰雹噼里啪啦地袭来，他全身震颤，脑袋向右歪垂下来，差点跌落到地面上，鼻孔则渗出一股殷红的血水。

就在那一刻，蜷伏在墙角窗帘下的那头黑白猫睁开了惺忪的眼睛。它直起腰背，警觉地注视着前方拱起团团褶皱的浅绿色墙纸，桌面上依旧摆放着深褐色乌龟造型的玻璃镇纸，而在棕黄色的床架上，两个人影纠缠在一起，如皮影戏一般摇曳、摆动、进退伸缩。黑白猫往前蹿了几步，只见四只脚从床沿边悬垂下来，它困惑地兜绕到门口；一股强烈的焦油味扑鼻而来，它惊惶地收住了脚步。屋外还是那排浓密的香樟树，像一面巨大的网罩，遮没了大半天空。它打了个哈欠，抬起头，仰望着白色粉泥多处剥落的天花板，两个黑影起先还清晰可辨，后来交合重叠，最后索性融化成了一团，混混沌沌，一波波稀奇古怪的声响断断续续在屋里索回盘旋。胡蜂嗡嗡飞舞，不停地在窗框上奔突冲撞。黑白猫露出莫测高深的目光，伸出粉红色的舌头，从从容容舔了会前爪，随后又伸了个懒腰，重新跑到窗帘下方，优雅地趴伏在猩红色的地毯上，又一次垂下了眼皮。

从反抗到顺从其实只有一步之遥——幸福的潮水逼涌上来，惊悸，抽搐，他真担心心跳会在那一刻猝然中止，画上永恒的休止符。搂着捏着直至舔着丽丽肥硕的乳房，就像咀嚼着口香糖，清香四溢；幽深的乳沟，粗硕的大腿，山丘般隆突而起的臀部，她不停地展示给他新的未知宝藏，最后云亭的嘴角上还沾上了星星点点的口红，手指上染着几抹棕黑色的眼影膏：骚动不宁的肉欲得到了高强度、完满的释放。

云亭又像是回到了幼年，他会隔三岔五地和同伴在街面、弄堂里玩跳房子游戏。一个个方格既是圈套，又是无法抵挡的诱惑。弯曲起小腿，单腿起跳，一格又一格，缓缓推进，直至"天堂"，进入自由世界——只是万万不能踏到边线(不折不扣的雷区)。最后获胜时的晕眩与满足，让他直淌口水。他还记得长时间趴伏在阳台上(母亲为此没少责骂他)，将一把玻璃弹子撒开，捏起一个红白相间的弹子，瞄准好目标发力，它勾画了一个弧圈向前滚去。这还是他和哥哥拼七巧板、搭积木的乐园。每当夜幕降临，街面变得空寂下来，三三两两的脚踏车在水泥电线杆间穿梭而过。紧邻的客堂间里那架留声机袅袅飘来悠扬的曲调，以民歌为底色的旋律天然纯朴，羼杂进了些许亮丽的华彩，低回忧伤，让人回想起昔日舞厅里弥漫着的诱人堕落的靡靡之音。

每当天气晴好，而父亲又清闲无事(尤其在实行了公私合营政策后)时，他会带着他们兄弟俩去不远的复兴公园散步。细碎的花粉在高大的悬铃木间飘漾，老老少少在下沉式广场周围跟随着一名白发老者，步伐齐整地打着太极拳，间或有长跑者擦肩而过，消失在香樟树环绕的小径深处。

苦涩的药味又一次泛上了舌苔，云亭暴躁地跺着脚。幸福感总无法持久。丽丽每周会溜到他房里来两三次，但最近来的次数少了，已经有一个多星期没来了。昨晚应该来的，但又临时变了卦。她走了，她没有来。全怪她那表哥。他不停地甩动手臂，想把四周的家具一股脑砸烂了事，就像幼年淘气时将万花筒随手一丢，五彩斑斓的玻璃碎屑撒了一地。他不是不明白，他和周围人之间隔着一条深不可测的河流。即便是丽丽，几个月肌肤相亲下来，也还是一个熟悉的陌生人。他无法进入她的世界，那层厚实的茧膜劈头将他死死挡住，而他装着二三张百元大钞的菲薄红包压根无法在上面凿开一个窟窿。她常常只是例行公事地敷衍,尤其在他瘪缩的阳物奄奄一息之际。

从小时候起,云亭便隐隐约约地感到大人的世界里上演着一出出永不谢幕的闹剧,乱哄哄你方唱罢我登场。那是一个五月里的黄昏,他十二三岁光景,趁妈妈不注意,独自一个外出游逛。他走过倒卧在马路一侧的水泥圆桶,周围堆放着众多的废铁钢渣。前方不远处是一所学校,恰巧从校门中鱼贯而出的是他平日里的玩伴。但此刻,他们躲得他远远的,仿佛云亭的额头上烙上了耻辱的印记。他尾随着他们,走了好长一段路。他们中的几个不时回头,叽叽咕咕,时不时扮着鬼脸。最后他们走到了一座灰黑色的碉堡前,随即一哄而上,有几个迅捷爬上了顶部,其他男孩不是钻入掩体内,便趴伏在周围的泥地上。不久,便有人透过掩体方孔往外扔着石块。一阵激烈的骚动打闹。云亭茫然地站在远处。不久,一个长着瘦长猴脸的男孩向他招着手,云亭一兴奋,便疾步往前走去。猴脸嘻嘻笑着,敲敲他的后脑勺,打了个响亮的榧子,随后将一团黑乎乎的东西塞到他怀里,并狠命一推。云亭打了个趔趄,身躯大幅度摇晃。那一刻他才发现揣着的是一只死猫,黑色皮毛上沾满了肮脏黏腻的泥巴。云亭羞红了脸,扭过头往回走,身后爆出一阵雷霆般的笑声,白痴,傻瓜,神经病;刻毒,无所顾忌。

不知从什么时候起,屋外的阳光变得灿烂起来,而云亭依旧沉溺在晦暗深邃的梦境中,影子一般地东飘西移。微风从香樟、石榴、紫荆的枝丛间擦掠而过,挟带着甜腥、被污浊的空气过滤得若有若无的花香,涌入鼻孔,沁入肺叶。顿时,他感到憋闷,便大口喘着气，仿佛心跳随时会猝然中止，画上永久的休止符。顿时他的舌头颤动起来，咿里哇啦，合成了一串笨拙、饱含悲怆意蕴的音节：走——走——走，出去——走啊走一走……

云亭挥动着手臂，走到隔壁母亲的房门里。楼道内一片寂静，流淌着丝丝缕缕诡秘的气息。他贪婪地扫视着四周每一个角落，细心捕捉着丽丽的踪影。母亲时而平缓时而激越的鼾声传来，他本能地摸了摸耳垂——还有点疼。那还是快四十年前了，街面上卡车黄鱼车络绎不绝，红旗飘飘，锣鼓喧天。那天下午他低着头，哇哇嚷着，被沈阿姨一路拽回到二楼母亲的房里。他还记得母亲上来狠命地捏了下他的耳根，顿时他疼得号叫起来。"都什么时候了，还出去闯祸——你这个害人精！沈阿姨你也看好他，老叫我操心。唉，也是天作孽，生下这么个儿子！快轮到我了，就等着他们来抄家，来剪我的头发，剪我的裤管。我准备好了，一把菜刀冲上去，索性和他们拼了。来吧，反正就这么条老命，老娘豁出去了！"

从三楼下到二楼，路过哥哥云林的房门。他不在，不知上哪儿去了。有股女人的味道萦回不散，最近时常有女人进进出出，和丽丽长得像是从一个模子里刻出来的——鼻子里还满是丽丽头皮上飘溢出来的香波气味：反正她是不要他了。云亭的心又抽搐了一下。那年头父亲情绪说有多恶劣就有多恶劣，再也没有带他外出散步的闲情逸致，成天唉声叹气，发起脾气来就像锁在动物园铁笼子里的老虎，暴躁好斗。那时候哥哥对他挺亲的，时时呵护着他。这些年来两人间距离越拉越远，哥哥变得高高在上，像欧洲的哥特式教堂，又像金光灿灿的舍利塔。即便他偶尔到弟弟房里坐坐，也会长

121

时间一言不发，对他好像视而不见：那是骨子里飙射而出的蔑视，将你的存在一笔抹去。

云亭一步三摇地下到底层，客厅里空无一人。他前后左右踅来踅去，茫然无措地嗅吸着。不一会，沈阿姨从厨房里走出来。丽丽出去了，不知什么时候回来。小姑娘年纪轻，心好野！她嘴角厚密的褶皱里浮着微笑，带着几分诡异、戏弄乃至鄙视。他摇了摇头，转身便走。沈阿姨一把抓住他的手臂，"去哪儿?"他指戳着门外，哼哈起来，"散——散散心!"沈阿姨拍拍他的头顶，"早点回来——不要乱跑，别再害得我半天找不到你!"

云亭点点头，拉开了屋门，顿时便置身于初夏耀眼的阳光下。他舒畅地呼吸着。那一切似乎并不遥远，装着高音喇叭的宣传车驶过街角，不远处的体育场里举行万人集会，红臂章绿军裤如新鲜的水草日日夜夜疯长狂蹿。沈阿姨在他耳边不停地唠叨：快点回去，那帮小赤佬不会放过你的。他们会给你戴上高帽子，像你爸爸一样揪到马路当中去批斗，你再不听话，有得苦了!

家里一下拥入了那么多陌生的入侵者，从底层客堂间到三楼上方的晒台，如奔腾而来的海啸，瞬间便将一切裹挟而去，扫荡得干干净净，如采用了高精尖的定点清除技术。云亭锁了房门，整日不出，只是呆愣愣地望着地上一大堆玻璃碎片，心爱的望远镜被凶蛮的革命小将砸了个稀巴烂。沈阿姨不停地敲着房门：你出来吧，开开门。二少爷，你这样饿着肚皮怎么行! 我晓得你心里难过，我也伤心。我晓得你每天夜里用望远镜看星星看月亮，我也喜欢看，真想有一天飞到月亮上去，像嫦娥娘娘一样，省得有这么多烦心事。

你别太急，我帮你想想办法，说不定修修就好了。听我话，你开开门！

唉，你现在不开，你娘等会一定会撬开来的，那时候你有得苦了，又要讨打了。额角头上毛栗子是逃不掉的。到时候你所有的玩具啊字典啊簿子啊全部被没收。你要听话——听见吗？

求求你，开开门，刚刚我讲得不太好听，但全是为了你好，你好丑总分得清。你这样一直不吃饭怎么行呢？已经一天一夜了，急死我了！开开门，我特意烧了你喜欢吃的油面筋粉丝，还有糖醋小排。开开门，我的乖小囡！

川乐一下出租车，抬头便望见街对面矗立着一家中等规模的百货店，橱窗里招摇摆放着一长排修长撩人的塑胶模特，紧挨其旁的是85°C面包房，店堂深处冷藏柜四周流泻出一束束银灰色的光焰，在夏日的氤氲中凸显出几分孤傲的冷艳；而红宝石蛋糕店黄金首饰店药铺手表店眼镜店胸罩店甜品店电器店自行车行便利店咖啡厅酒吧房产中介店，在黄金地段逼仄壅塞的空间里密密匝匝地铺展开来，透过滚滚弥漫的尘烟，源源不断地跳入他的眼帘。他揉揉眼睛，擦了擦冒着汗珠的额头，往右拐过熙来攘往、破损的台阶上沾染了诸多污迹的地铁出入口，绕过里外三层填塞得满满当当的暗红色书报亭，再穿过热气蒸腾的街面，踏入了一家大型的 shopping mall。

川乐走进底层宽敞的大堂，一团团温润、浅黄色的光晕筛滤着户外热辣的尘埃，提炼出纯正的精华，但兜头涌来的冷气还是让他不经意间打了个寒噤。手机没带,正好,他们找不到他——再自然不过的关机,不用再绞尽脑汁找借口做挡箭牌,尽管他对那部百宝箱般功能齐全的索爱手机是那么的恋恋不舍。这一刻,置身于一个全然陌生的环境,他没有感到丝毫的恐惧;相反,他仿佛走入了一个梦幻乐园,无拘无束地徜徉玩耍。心儿像鸟一样自由,在高空自在地翱翔。

Zippo 打火机专卖店近在眼前,他书桌的抽屉里就藏着一全白款式的,每晚入睡前都会小心翼翼地拿出来把玩一番。他会将脸腮贴在光滑的机面上,来回搓摩几下,那一刻心头会浮漾起不可遏制的巨大快乐。不仅如此,他还会按下按钮,欣赏着蓬起的那一汪摇曳的火焰,灼热狂放的舞蹈应和着他心脏的律动。但此刻玻璃柜中新近出炉的那款镀金式样的,却在他心中激起了强烈的鄙夷:太不堪了,和他的那台比起来,简直一个在天上,一个沉落在烂泥里。

川乐沿着悠长迂曲的过道缓缓前行,不远处的拐角开着一家耐克专卖店。他目不转睛地盯视着柜架上斜直摆放的那款红白相间的高帮登山鞋,它沐浴在海蓝色的灯光下,散发着近乎透明的诡异光晕。他尽情地想象着自己穿上后在舞台上作秀显摆的那股子帅劲:真酷毙了!倩怡一定会喜欢的——对,是该给她买点礼物!他最想送她一部最新款的智能手机,或者镀金吊坠什么的,再配点口红眼影就是粉底霜!这年头给女孩子的礼物不难找。

只要站立到舞台上,平时所有的羞怯、犹豫,乃至苦恼,刹那间一扫而光。倩怡陪伴在一旁,自然是极大的安慰,但独自一人,他也可以痴迷沉醉到这种境地,举手投足之间,便可托举出一整个圆融无碍的世界，其间的丝线经纬、肌理纹路全由他天马行空地精心拼缀而成。在这光明澄澈的幻象天地中，他完全忘却了自己，演到酣畅淋漓处，有种不虚此生的幸福感，就像他此刻路过的玩具店中摆放在转角长沙发上的毛绒维尼熊，脸腮贴上去会激惹起一种精微之至的痒感；还像电器行中那一长排炫耀着高科技骄奢淫逸极致风范的 iPad，手指在五彩的屏幕上来回滑动，无比地舒畅滑嫩。

逃离比赛的兴奋感，独自一人游逛的新鲜感膨胀到了顶点后，渐渐衰减、消退、枯萎。没有目标的茫然感，羼杂着细碎的焦虑在心头萌生，蔓长，最后枝繁叶茂、浓荫匝地。他开始打哈欠，肚子也咕咕地叫起来。商厦的地下层就有一个小吃广场，川乐进去后匆匆点了几份；然而，往日可口鲜美的锅贴小笼包米线汤馄饨竟然一下变得索然无味。他皱蹙着眉头，双眼困倦地扫视着来来往往的顾客，一边用纸巾重重地擦着嘴角，随后往橘黄色盘盏中一扔，怎么会这么恶心！

起初川乐并没有注意右侧坐着的那个头顶大半秃谢的老男人，他从硕大的墨镜后衍射而出的目光在这熙攘嘈杂、油烟弥漫的背景里一开始就显得不同寻常。它是如此肆无忌惮，仿佛像一把尖利的刀子，粗野地将小男孩浑身上下剥个精光。三三两两的食客在这并不优雅舒适的店堂里悠闲地品尝着家常可口的小吃，用并不昂贵的花费为自己短暂地营造一方温馨的美食天地，而那男人意不在此，他的面吃剩了大半碗，黑色的竹筷搁在碗口上；他叼着烟，一动不动地盯视着川乐。男孩捋了捋披散在额头上的头发，疾速睨视了对方一眼，垂下头，心怦怦地跳着，疾速咀嚼着那一大簇米线。不经意间，老男人挪近了些，短裤下方表皮粗糙的膝盖碰触过来，如一头怪兽探伸出了钳状的脚爪，湿腻腻的。

川乐浑身抽搐了一下，往右侧退缩着。老男人不依不饶，索性长驱直入，从桌面下伸出手，枯瘦的手指在他大腿上一进一退地搓揉起来。男孩屏住呼吸，紧张地注视着四周围，一对年轻男女坐在不远处，正亲热地往对方碗中搛着菜肴，邻桌一个中年女人则羡慕地望着他们俩。此刻，老男人弹性十足的手指直逼他的腹股沟，川乐涨红了脸，想大声呼叫，但像被掐住了喉管，浑身瘫痪下来，顿时失声。而让他羞愧难当的是，潜藏在裤裆里的小鸡巴竟昂然挺立了起来。

不多一会，那对年轻男女心满意足地站起身来，一前一后往外走去；川乐憋足了劲，口中默默念叨，一、二、三——霎时他腾身而起，逃难似的窜出了灯光昏黄的小吃广场。他头也不回，径直往前走着，踩上深黑色的自动扶梯，在迷宫般的走道里焦躁地寻觅着出口。他走到穹形玻璃天顶下方的花坛边上，有点疲累，便坐下身歇一会。在此起彼伏的喧嚷声中，他双手发抖，狠命擦着额角的汗珠，鼻孔边萦绕着一股若有若无的怪味（它由稠厚的体味、空调味混合而成，还羼杂进了其他气味）。他昂起头，凝望着透过浓密的雾霾从透明天顶射落而下的一束束阳光，追踪着它们在大理石地面上勾画出众多绚烂的图案。最后，他再一次穿过大堂，神情决然地推门而出，站到了宽敞的台阶上，呆呆地注视着车水马龙的街市：繁华奢靡的都市在此换上了全然不同的面目。这就是上海，每时每刻发生着不为人知的奇迹；潮汐般的市嚣又一次滚滚而来，在他耳畔轰然回响。川乐机械地挪动脚步，漠然地下到街沿口，扬手招上一辆出租车，飘然绝尘而去。

一、二、三——一二三四五六七，连贯的数字仿佛变身成了一串细薄的气泡，勾勒出的不是外部世界清晰的轮廓，只是遥远的彼岸飘飞而来的隐约回声。川乐直挺挺地坐在松软的座席上，双手抄在脑背后方，膝盖不停地抖颤着：这一刻，他的头脑变成了一无遮拦的白板，将林林总总滚涌、反射、折射的信息全盘揽收无遗。恶心的浪潮呼啸而过，深重的疲惫则从骨髓深处漫涌而出，吞没了他，他一下歪倒在椅面上。司机警觉地从后视镜中瞅了他几眼。他勉强撑持起来，木然扫视着窗外晃颤而过的五光十色的街市，密匝粗厚层叠交错的楼群遮没了灰茫茫的地平线，如癌细胞一般漫无边际地膨胀。他揉了揉干涩的眼睛，淡然一笑：此时他已步入了另一维空间，先前萦回于心的一切荣辱得失（什么竞赛排名啊什么前途愿景啊）不过是随风而去的过眼烟云，连钟爱无比的倩怡霎时间都变得无足轻重，可有可无。

空气中飘荡着一缕缕潮湿黏腻的气息，愈来愈浓厚：又快到黄梅天了。川乐不自觉地蹙起了眉头。然而，能这样逍遥自在地游逛，难道不是一种天大的福气！能天天这样，天天不上学，多自在！他伸出一根手指，贴在玻璃窗面上，使劲抠挖着，勾画出了一串零乱芜杂的图案。两侧的楼群渐渐变得疏朗空阔，众多蓊郁的树丛草坪穿插其间；猛然间，出租车加快了速度，驶上近郊的高速路段。要是此刻倩怡在身边就十全十美了。青涩的情欲在他胸间霎时高涨起来，他又瞥见了她的笑靥，忽而冷淡矜持，忽而充满了讥嘲，忽而又热情似火，而这多变的面相不但没有削弱，反而增强了她的妩媚。她平日里看上去那么文静，但偶尔也会爆出粗口，前不久他在操场上听见她们几个聚在一起叽叽喳喳，倩怡扬了扬脖子，"他娘的脑子真进水了，把我们当什么了——操他娘的！"

川乐早早在别墅区门口下了车，在里面还得走上一刻钟的路。他不想马上去见外公叔公他们，他还是有些犹疑、畏怯，连大门口那个熟悉的保安大叔他也只是勉强招了招手，不想多加搭讪，只顾径直往前走去。林荫道上行人稀少，前后左右各种款式的漂亮汽车相继奔驰而过。他只是往前走。太婆婆怪兮兮的，像个老巫婆，整天关在窗帘拉得死死的房间里唉声叹气，难得坐进轮椅让沈阿婆推着出来散散心，外公对人严厉、难以接近，对他倒还是挺宠的，会不时塞给他红包，还和他一起津津有味地下象棋玩游戏。叔公尽管话都不太会说几句，但待在他身边挺开心、放松的。

前方不远处便矗立着外公家那幢仿文艺复兴风格的三层大别墅：比他们自己家的体量要大，正门口还有座气派的乳白色柱廊。他收住脚步，挠了挠头皮，茫然四顾：他自己究竟想要什么呢？香樟树在风中翩然摇曳，窸窸窣窣的喧响一波波擦掠过耳畔，激惹起微微的痒意。顿时，一股深重的伤感涌上心头：他与倩怡之间相隔着一整座大山，他无法在她心中占据独一无二的位置——关键是（他仿佛此刻才领悟到）她不会喜欢他，永远都不会喜欢他。谁又会看得上这么个丑男孩呢？

万念俱灰之际，一个倔强的声音在心头响起：哼，看着吧！没有人理解他，同情他。他要好好锻炼，每周去健身房，让自己长得高高大大，迷死她们！他要带上一个中意的女孩（他不相信会没有喜爱他的女孩）去看美国大片，或者去听交响音乐会看歌剧，要是真喜欢，买张机票去三亚青岛度假，就像这几年爸妈带他出去的那样，在海滩边租个小别墅，天天晒太阳，美美地泡在海水里。但愿自己不要变得像父亲那样窝囊——川乐又一次皱起了眉头。这些年来，他目睹了父母间无休止的龃龉争斗，父亲这个白手起家的凤凰男受尽了母亲这个孔雀女的欺凌羞辱，勉强撑持着男人最后一丁点尊严。他不禁产生了与父亲惺惺相惜的情谊，但它还没有浓烈到会在父亲节来临之际想到送上一两件礼物的境地。然而，更多的时候他对父亲怀着几分鄙视：你还能算是男人吗，怎么能如此不自尊自爱？勇气，只要有一点勇气。难道他就不能豁出去，杀杀她的气焰，卡住她脖子，将母老虎驯得服服帖帖的！

川乐捏紧了拳头，掌心里汗津津的。他慢慢掉转头，往左一拐，不远处矗立着一座硕大的长方形喷水池。一条雪白色的狼狗趴伏在路旁的灌木丛边，听到逼近的脚步声，懒洋洋地抬起头，睨视了男孩几眼，还吐出粉红色的舌头，摇颤了几下。水池中央矗立着西洋神话中的海神雕像，他驾驭的战马将前蹄腾跃到半空中，勾勒出遒劲刚毅的弧线，潺潺的流水则从众多错落的缝隙口哗啦哗啦滚涌而出。他乜斜着眼睛，不无惊愕地瞪视了一会微微漾动的墨绿色水面，琢磨着自己尖瘦的投影，随后沿着平缓的人行坡道，步入了背后那幢高敞轩昂的高尔夫会馆。

双脚踩踏在刚打过蜡的光洁柔嫩的木质梯级上，叩击出高低分明的节律，川乐的心情渐渐平静下来，脸上摆出一副听天由命的漠然表情。他上到二楼，穿过人来人往的门厅，站到了外侧的椭圆形阳台上。他趴伏在白色大理石栏杆上，膝盖和小腿倚靠在保龄球般屈伸凹凸的柱身上，雕饰其上的粗粝的花纹图案碰扎着他细嫩的皮肉，他满不在乎地抖晃着小腿肚，似乎想将晦气一扫而光。他放眼眺望那一大片翁郁苍翠、迂曲起伏的球场，虽然并不陌生，他还是被深深地吸引住了。在他眼里，这梦幻般的奇境变成了一方海绵，只要轻轻一捏一弹，一汪汪清澈的水流便会汩汩顺势而下；只要轻轻说上一句芝麻芝麻开门吧，便可以随意出入那片人工打造出来的奢华天地。

　　趑回到门厅，川乐猛然瞅见云亭叔公伫立在电梯前，左顾右盼。他像是在等候什么人到来，又像拿不定主意，到底是在此待下去，还是一走了之。保安对他这副怪相早已是熟视无睹。不久，他们俩四目相对，各自愣了一会；云亭疾步跑过来，搋住了川乐的双手，摇晃着脑袋，嘻嘻哈哈笑个不停。一张纸片从云亭手中簌簌掉落到了镶木地板上，川乐弯腰捡起一看，上面用黑笔蓝笔涂满了奇形怪状的图案，还支离破碎夹杂着似曾相识的文字。他小心翼翼地将它放回到叔公的衬衣口袋中，搭住他的肩背，猴子般地蹦跳了几下，"走——到外面逛逛去！"

　　别墅区内空气和暖，那是盛夏到来之前转瞬即逝的黄金时刻。川乐贪婪地吮吸着软酥酥的空气，陶醉在罕有的幸福之中。日积月累的恐惧、烦恼、焦虑，连同方才逃离小吃广场中的惊惶，通通烟消云散；至于这幕比赛临阵脱逃的大戏如何收场，也被悬置在大脑某个不起眼、蒙上了厚厚灰尘的角落中，他不想多加思量。此时此刻，他全身心地投注在湖水、阳光、若有若无的水雾之中，和逗人发笑的叔公一起，做着无拘无束的散步。他身上每个细胞都洋溢着浓烈的解放感，一股从未体验过的、陌生而强健的蛮力正在体内悄然孕育，左右冲撞，只等着合适的时机奔突而出，脱胎成形。他上下甩动着胳膊，要是这会情怡在身边，该有多好。和她手拉着手，一切就圆满了。他只是希望，这自由自在的一刻能无止境地延续下去，从下午到夜晚，到明天，到每一个阳光灿烂的日子，永不终结。

川乐走到云亭身边，捏住他的手掌，调皮地挠了几下，"叔公，你高兴不高兴?"云亭嘻嘻一笑，摇了摇头。"你——心里还是不开心?"川乐不无畏怯地问道，他依旧摇着头，随后又是一阵点头。

他们俩走到新近开凿的人工湖畔，踏上一座弯弯折折的水上廊桥，它连接到湖面中央的一尾小屿，上面竖立着一座仿古典园林风格的两层亭阁。楼台三面簇拥着密密匝匝的墨绿色荷叶，众多粉红、雪白的花瓣在阳光下摇曳生姿，几经周转，折射出一束束绚烂夺目的霓彩；另一侧则是略为疏朗的水域，大小不一的金鱼怡然自得地来回游弋其间。

亭内有几名老人围坐在圆桌前，叽里咕噜家长里短地闲聊着，一个年轻母亲身着浅黄色的露肩连衣裙，懒懒地倚靠在粗壮的圆柱上，瞅着一男一女两个孩子在长长的石凳上忘情地玩着奔驰牌模型汽车。川乐拉着云亭，在石凳另一侧坐下，静静地观赏着眼前近乎透明的湖光水色。叔公，你最近又发现了多少新星星啊？等会晚上你再陪我找找这些星星吧！对了，到天凉了，我们校话剧团要演戏，我演男一号，你一定要来啊！川乐兴奋地挥动着手臂，仿佛眼前有成千上万的粉丝凝神注视着他的一举一动。你一定要来看。不仅要来，还要早点来，到后台来看我化妆，穿戴得漂漂亮亮的。

那是肢体间非同寻常的紧密接触。没多久，他竟然不自觉地搔到了云亭的痒处，他先是抽搐了几下，随后便咯咯笑起来，引得旁人投来狐疑的目光。好像得了奖赏，川乐愈加没有顾忌地攻击他身上脆弱的敏感部位，他缩成一团，最后滚倒在地面上，双脚胡乱踢蹬着，活像一头捆绑着拖往屠宰场的牲口。

不久，他们俩离开小屿，快步回到垂柳依依的岸上，随即在树林中玩起了捉迷藏。绕过一方小型人工瀑布，穿过齐整宽阔的草坪，他们在起伏的土丘间奔跑，浓密的树荫切割着原本就不宽阔的视野。川乐大叫了几声，开始乘胜追击，穿过落叶满地的小径，他又一次跑到了湖岸边，但云亭的踪影已无处可寻。他双手合在嘴边，提高嗓门，叫了几声叔公；又向左向右奔驰探视，还是没有。霎时间，巨大的惊恐攫住了他：叔公他不会掉到湖里面去吧？他跌坐在长椅上，茫然地凝视着午后的湖面，一层轻薄的雾气萦绕其上，细密的涟漪在阳光下熠熠闪烁。

叔公他要是真淹死了，该如何是好？

背后传来一阵窸窸窣窣的响动。川乐回转头，仿佛被雷电当头击中，半张的嘴唇僵滞在半空；他竟然看到了母亲，看到了母亲喷薄而出的笑容，它瞬间便石化凝固，在经过悲恸、愤怒的浸染后，最终豁露而出的是令人惊怖的狰狞。叔公站在她身旁，对着他挤眉弄眼，还笨拙地打着手势。

川乐瘫倒在长椅上，浑身上下缀满了鲜亮的光斑。

八、游手好闲者的饕餮盛宴

　　直到嫩黄色的酒液在抖动的酒杯中不停地晃颤，抛射出一串串晶亮的光点，季希翔才清晰地意识到这忙乱的一天终于快到头了。

　　"逍遥游天下"丛书首次编委会会议开了整整一下午，用刘伟强的话来说大获成功，至少是斩获不菲：他请来了高踞在财富金字塔顶端的各路财神，虽不能说全都一掷千金，但绝大多数都慷慨解囊。因此，第一套二十本书的出版和宣传推广资金顷刻间全都落实到位，它们像一个个飘扬在高空的彩色气球，蓄足了内力，无节制地膨胀着。希翔仓促间草拟的那份计划书，尽管没有人会字斟句酌地推敲琢磨，但好歹是引领走向成功筹资的敲门砖，功不可没。

　　最后一档节目是自助酒会。希翔咳了几声，走到熙攘的大厅门口，凝望着会所内这座并不宽敞的庭院，一簇簇青翠的竹林沿着一小段粉白色云墙铺衍而开；水池里摆放着一方硕大的太湖石，凹凸的外表洇染着大大小小焦黑的色斑，无情的时间之流将它销蚀得坑坑洼洼，体无完肤，而几爿尖削的石笋拱立左右，让人联想起沾着血腥气的古老刑具。

希翔回转头，瞟了几眼来回走动的宾客，又扭转过身，伸出舌头，慢慢舔着枯涩的上唇：它仿佛是贴镇静剂，不至于让自己失控；又像是在做虔诚的祈祷，将晦暗混沌的精神导引向一个明确、单纯的目标。这几天，他好似还没有从往事悲恸的阴影中走出。尽管一整天肢体不停地劳碌奔忙，长时间机械的物理运动令脆弱单薄的肉身不胜承载，但它对半瘫痪的神经的刺激则是微乎其微。在众多紧迫事务的催逼下，腿脚不停地移位，疲于应付，而心灵则像是一具僵直的尸首，沉陷在空寂阴冷的深渊中。

悄然间，一阵微风袭来，裹挟着大团郁热、黏腻的气息，还羼杂进丝丝缕缕虚渺幽秘的花香——它们缓缓地渗进希翔的五脏六腑，淘洗、滋润着日趋干涩僵化的器官。他抬起头，一个年轻女人的身影掠入眼帘。她身着一袭褐黄色的连衣裙，黑漆清亮的长发披垂下来，覆压在月白色的丝绸披肩上。奇了，竟然会那么熟悉！霎时间，一团橘红色的火焰如节日的礼花弹在希翔头脑中爆燃开来。希翔扶了扶差点滑落下鼻梁的眼镜架：是周子熙，离分手前最后一次见面快两个月了。经过短暂的惊惶后，她很快恢复了镇定，脸上大大方方地浮出了笑容，像是在温暖宜人的空气中尽情绽开的娇美艳丽的鲜花。

他们俩随口聊着天。她假期里回上海，现正在一家名为《走遍天涯》的旅游杂志实习。那边的老总今天派她来采访这次编委会会议。她描画得厚密的睫毛一上一下抖颤着。反正再读半年澳大利亚那边就要毕业了，妈妈要她早点回来熟悉环境，看看现在找工作时竞争有多激烈。希翔怯生生地觑视着她，仿佛一不小心她就会再次从他眼前蒸发。她修长的身材散溢出浓烈的性感，比以前更显迷人。他的心抽搐了一下，一丝淡淡的遗憾在血脉里荡漾开来，并挥发出苦涩的滋味：他们一度异常亲密，但他最后还是没有完全占有她。

大厅里响起一阵尖锐的笑声，宴会渐入佳境。一个系着猩红色领带的年轻男人快步走来，热情地向周子熙打招呼；她对希翔点了点头，转身离去。他擎举着空酒杯，左右来回走了几步，茫然无措地注视着眼前晃荡的人流。他不知道该去亲近谁，与任何人（不管是熟悉还是生疏）似乎都格格不入。

此刻，刘伟强正陪着董事长依次向来宾一一敬酒。从他满脸似真若假的微笑，隆突而起的肚腩，以及陪侍老板的殷勤劲，希翔很难想象能和这位老朋友（高中时他们曾是同桌）在心灵上臻于共鸣同振的境地。他为希翔斟满了酒，董事长走过来，肥厚的身躯像一堵厚实的砖墙矗立在他跟前。两人礼节性地碰了杯，董事长热忱感谢他新颖大胆的创意，还不忘夸奖他点击量火爆的旅游日志，既顺畅好读，文采飞扬，又有不俗的品位。希翔心不在焉地回了几句客套话，双眼近乎入迷地盯视着对方佩戴在左手无名指上镶嵌着蓝宝石的婚戒（在天顶垂照而下的灯晕里，它顷刻间化成了一团金黄深蓝双色混叠的火焰，直让人晕眩），歪裂的兔唇（夸张矫情的语流正从中源源不断地滚涌而出），残留着大半圈稀疏头发的光秃秃的脑袋，以及下巴上微微翻翘着的几根黑色汗毛。

　　鼎沸的人声时不时叩击着希翔松软的皮肉，但并没有让他顺势融入浮漾起众多耀眼泡沫的欢乐的潮水之中，在应接不暇的激越刺激的音乐旋律、五光十色的酒精、美食馥郁的芳香、女人撩人的娇媚中乐而忘返；但他的感官世界慢慢地苏醒过来，一时间五味杂陈，进而有种模模糊糊的痛楚在体内盘桓萦回。他只是觉得自己在遭到冷酷的遗弃和傲慢的拒斥之后，漂浮在黑黝黝的汪洋大海之上。自以为早已愈合的伤口只是敷上了一贴稀薄的止痛膏，现在再次隐隐作痛。

　　窗外，几股幽暗的色调悄然间渗入到黄昏时分的清亮中，渐趋厚实的阴影与强度递减的光焰均匀地涂抹在这座超级大都市楼群林立的天幕上，交相辉映。围成一圈的餐台上摆放着一道道诱人直流口水的美食，从红咖喱芝士面包印尼虾饼凤尾虾蟹粉虾仁蜜汁火方虾籽捞干丝烤羊排樟茶鸭刺生清蒸鲥鱼熏鱼到荷包蛋牛奶布丁芒果布丁，还有各款小吃，从汤包小笼包到核桃枣椰糕，应有尽有，从菜式上说可谓中西兼备南北并蓄，称得上现代精华版的满汉全席了。觥筹交错间，无数的脂肪蛋白质纤维素绿叶素源源不断地滚过口舌，经过或粗野或细巧的吞咽咀嚼，转化为热气腾腾的能量，使人顿时眉飞色舞，血气方刚。

　　希翔委实没有多少胃口，才绕了大半圈，便生出几分味同嚼蜡之感。他端着盛放了小半的盆碟，正犹豫着要不要再拐到前面去添加一点小吃，瞿明迎面走来。一见到这位大学时代忠厚的室友，希翔不由得露出了宽慰的笑容。然而，这位毕业后去新华社国际部工作了几年，又跳槽回上海一家财经媒体的老同学，浑身上下却散发出难以捉摸的忧郁气息。他整天出入幕后掌控这个世界的大腕贵人的圈子，但天性中却有一股无法清除的横眉冷对卓尔不群的野性，像一只调皮的猴子，冲到了满堂绅士淑女的宴会席上，抓起雪白桌布上的刀叉，逞性挥舞一番。年前去澳大利亚前的一次聚会上希翔还听他愤青一般嘀咕着：我真想抱着包炸药，将这些牛鬼蛇神通通炸到天上去！

希翔默默地跟随在瞿明身后，左拐右折，穿过熙攘的人流，走到临窗的一张餐桌前，面对面坐了下来。瞿明定睛瞅了希翔两眼，"好长时间不见了——从澳大利亚回来了？"

希翔点了点头，脸上露出几分尴尬，"你怎么样——又结婚了吧？"

瞿明竖起了细长的眉毛，"你也这样想——你怎么也会这么想，难道你自己还没受够？"

希翔嘻嘻一笑，伸出手指打了个响亮的榧子，"我当然明白——但我祈望会发生什么奇迹……人总得有点希望？"

瞿明噘了噘嘴，往四周扫视了几眼，其间忙不迭地与几个走过的熟人打着招呼。他举起盛满殷红葡萄酒液的高脚杯，与希翔碰了杯，"你话没错，所以有那么多人结了离，离了又结。西方不是有句话，离了不肯结的是经验战胜了希望，而离了又结的是希望战胜了经验——"

希翔嚼了几口绿叶蔬菜，"我真心希望你是希望战胜了经验……"

"你想想这可能吗?"瞿明大口往嘴里塞着食物,到了这个年龄,能像他那样不发胖保持身材苗条,也是个不小的成就,"一个男人千万不要结婚,否则他就全完了,像陷在沼泽地里永远出不来!我上次结婚是年少不更事,两眼一抹黑,一冲动就结了。结果呢,还不是碰个头破血流……"他调皮地眨了眨眼,"现在看清楚了,不仅要看清楚对方,更重要的是要看清自己,明白自己到底要什么,切记不要被女人牵着鼻子走!希望永远战胜不了希望——你怎么样,有什么新的艳遇吗?"

希翔清了清嗓子,苦笑了笑,"有一小段吧,不过已经结束了——"

瞿明耸了耸肩,露出了然于胸的神情,哼起一段熟悉的小曲,调侃地说:"所以你就急着回上海了——唉,还是回来好,实实在在地做点事,像策划编书、投资有潜力的项目,现在发展的机会多得是,随便做哪一个,总比在那些白痴妖怪女人身上白白浪费感情要好!来,再干一杯!"

霎时间,希翔心头涌涨起了一股强烈的渴望,他想将内心诸多隐秘的情愫向对方和盘托出,无条件地和他分享。然而,面对这个中等个子、皮肤经长时间风吹雨淋而略显棕黄的老朋友,他旋即又犹豫起来。不久,倾诉的冲动悄然平复下来,沉落到了单调枯寂的心理潮汐之中。还是不要自取其辱。

此刻,夜色变得溟蒙不明,肖邦的小夜曲在大厅里袅袅飘扬盘旋。一个身着雪白色连衣长裙、身材瘦小的女子坐在墙角的那架黑色钢琴前,肩背应和着流水般清亮幽婉的旋律上下起伏。它是如此明澈、纯净，像直接从大地的肚腹中分泌而出的醇香奶汁。空灵的音符裹挟着一阵来自彼岸世界虚静幽渺的气息，它将对逝去年华不无悲怆的追忆与对未来游移不定的憧憬融为一体，借此步入超凡脱俗的境地。

希翔觉得胃口慢慢好转起来，便起身去餐台边添加了一些菜肴，又定睛望着瞿明凸起的颧骨，“你还是一点不显老！”

瞿明眯起眼睛，“看你净说恭维话！”他郑重地举起酒杯，一饮而尽，“我们是老了，这个世界也老了，变成了一座华美无比的废墟，是得有新鲜血液加进来，否则真要腐朽了！看到二十刚出头的年轻人，我真忌妒他们——年轻十岁多好！”

希翔摸搓了几下耳垂，“别这么伤感，你才三十五岁，用美国人的标准说人生刚开始啊……”

瞿明将胳膊肘往两侧拱了拱，喘着粗气，“瞧瞧，这哪是人过的日子！工作太忙，从早忙到晚，连上厕所大小便都急吼吼的——没有老婆孩子，也不知道是在为谁做嫁衣裳！——哎，你对时下状况有什么感觉？”

希翔搔搔头皮，“就这么一天天过啊，反正我早已不是吃体制饭的人了！”

瞿明噘起嘴，“看来你真是开开心心，福气好！我老是有种提心吊胆的感觉，生怕一大早醒来便有什么飞来横祸。最近我时常做梦，梦见的都是那些稀奇古怪的事，一整幢大楼塌掉了，天花板坠落，走在路上扑通掉到窨井里，或者更恐怖的是陷到一个大坑里。有一次，我还梦见自己骑车被急转弯的土方车撞到轮下，它从我身上坦坦荡荡地碾压过去，我痛得号叫起来。还有一次，在逛一家大超市时，猛地冒出个发精神病的，朝我肚子腾腾就扎过来几刀……"

希翔嚼着鲜嫩的虾仁，"说到底，你是对那些负面的社会新闻太敏感了！"

瞿明噗地放下筷子，双肘搁在桌面上，托着腮帮，两眼闪闪发光，"你就这么麻木！到底是权贵阶层出来的，竟然能对身边发生的一切视而不见！我问你一句，你真没一点感觉到这个社会随时会爆炸吗？"

希翔不无惊愕地望着瞿明，"毛病到处都是，治不了也治不好，但说它会马上完全崩盘也太夸张了吧？"

瞿明重重地叹了口气，右手食指轻蔑地在希翔鼻梁前点点戳戳，"唉，这就是既得利益者的心态，都和你一样，他们都承认这个社会问题成堆，但觉得也没什么大不了的，总能慢慢化解的，万事大吉。说句不客气的话，你们的心都已经死了，只想着自己的私利，已经无法理解外界真实的生活和其他阶层人的意愿诉求了——我要告诉你，这个社会已到了崩溃的边缘，就像一场大雨前，气压低得让人憋闷得难受，一大群蜻蜓在空中上下穿梭，惊天动地的雷暴雨已经不远了！你没看到网上有关上访城管劳教的新闻每天洪水般地涌来，从中折射出多少亟待解决的问题，而症结就在于贫富两极分化、社会发展失衡，以及由此触发的大面积的心理焦虑。现在的中国人早已抛弃了传统的文化，早已不再坚守祖宗的中庸之道，辜鸿铭当年对中国文明的评价早就过时了，你现在哪里还找得到什么深沉、博大和纯朴，哪里还有什么'难以言表的温良'，他们全成了野蛮人，一个个怒发冲冠，动不动就拔刀子，在街面上上演警匪追逐的大戏，一不顺心就打官司，把美国人那套招数全学来了，不争个你死我活誓不罢休！"

瞿明的话音蚊虫一般在希翔的脑海中嗡嗡飞旋、震颤。他无奈地皱了皱眉，打起了哈欠。他伸出舌头，舔了舔上唇——对，再去弄碗小馄饨吃吃吧。他庆幸自己暂时摆脱了那些深沉不可测的愤世嫉俗话语的纠缠，得以尽情享受舌尖上即时而肤浅的快感。趱回餐桌时，他的位置已被一位女记者占据了：瞿明一刻都不会没有听众。他不无惘然地环顾四周，瞥见周子熙坐在右侧不远的一张大餐桌前；她抬起头，目光恰好与他相遇。她笑了笑，温柔亲切中夹杂着几分不安。正好那边有个空位，一股隐秘而强大的引力将他拽了过去。

希翔和她隔着两三米的距离，时不时望着她那条裹着肩部的丝绸披肩，纯净、轻柔又雅致，心怦怦跳得急促起来。桌边围坐着七八个宾客，兴致颇高地听着一个男人高谈阔论。这么面熟，希翔一下认出了他，是卞律师。他是父亲公司的法律顾问，一遇到纠纷，姐姐晓菁便会立马将他召去。他五十五岁上下，身着浅蓝色的衬衫，系着一条猩红色的领带，领结饱满、丰润、极富性感。他叼着一支中华烟，时不时张口喷吐出一圈烟，暗红色的舌头散射出一道暗幽幽的光焰。希翔见状便感到一阵恶心，不仅憎厌他高高在上旁若无人的做派，也讨厌他蹦出的口头禅(诸如且慢，且看)，更受不了他那张贪婪好色的猴子脸：头次见到他时，希翔觉得这位大律师是从动物园中逃窜出来的，让人联想起一头野猴在进化途中意外遇到阻滞，半途而废，成就了这副半人半猴的怪模样。

一个光头提议干杯，径自喝下一大杯啤酒，随后满脸谄笑地转向卞律师，"给我们说说，最近又接到了什么好案子？"

卞律师先将十根手指摊在桌面上，有节奏地叩敲着，表情似笑非笑，让人难测高深——希翔觉得他正是凭借这副僵化到像西方墓石上雕像的面目来操控别人。他打了个清脆的榧子，眨眨眼，"且慢，你以为律师这口饭这么好吃，一年到头有那么多钱等着你赚？"

光头嘻嘻一笑，"那些嘴上没毛的小律师钱当然不好赚，碰到你大律师就不一样了嘛！"

卞律师正眼扫视着众人，对希翔点了点头，算打了招呼，"且看，这就是现在我们社会的优势了，每个人都有机会展示才干能力，是马还是骡子，牵出来遛遛就知道了。你自己不行就是不行，不要责怪别人。你们不要笑，这不是假话！有些傻瓜老以为做什么事都要走后门通关系——这话不全错，有些事是要通关节，但一个人的能力还是最重要的，否则关系再多也等于是零！哎，我倒想考考你们，哪个知道在辩护中顶顶关键的是什么？"

席间一时哑然。光头觑视了周围一眼，周子熙鼓足勇气，怯生生地说，"是财力吧，雄厚的财力……"

"又是钱，钻在钱眼里出不来了！"卞律师厉声打断了她，"且看，现在年轻人就这个素质！钱是人人要赚的，越多越好，但赚钱的窍门却没几个人摸得着。你们知道这是什么原因吗？"

周子熙涨红了脸，低下头，其他人也面面相觑。卞律师狠抽了一口烟，清了清嗓子，逼视众人，"不知道吧？答案很简单，是因为绝大多数人太蠢太笨也太懒了，一个律师接手一个案子后，要想辩护成功，最最关键的要形成一种看法，从一团乱麻的线索证据材料中提炼出一个前后连贯的说法，环环相扣，这样才能说服法官，让他相信你的论辩，才能有效地抵御各种质疑。现在有的律师到开庭时自己还是一头雾水，对这种人你能指望什么呢？”

他噘着嘴，重重地敲击着桌面，“且慢，许多律师干了多少年还不明白这个理。他们以为官司是靠买通法官打赢的，他们这样干了，有时也搞定了，但要记住，这种勾当永远是下三烂的，是对律师这个行当最大的羞辱。当然了我关系也会搞，但从来没有单靠钱来赢官司——这是我的底线，我是有原则的，不会不择手段！”

希翔咳嗽了一声，想起身离开，但几番犹豫还是没动。卞律师滔滔不绝地阐述着他精辟的见解，“靠讲话使别人相信你服你，这是一种了不得的天赋，这才是我们吃饭的本钱。大家想想，男的是怎么将女的追到手的？他用各种花言巧语让女孩子相信，只有跟着他，她的生活才会有盼头有希望，才没白活。其实有时候这完全是张空头支票，你们想过没有，为什么很多女孩就吃这一套？”

他脸部的肌肉剧烈地抽搐了几下，“这其实靠的是论辩的力量。对，没错，辩护要有证据，而且要有完整的证据链，但这只是基础性工作，最重要的是依靠它们去征服别人——当然，君子动口不动手，是语言上的征服。设想一下，你创造出了一种氛围，一个由你牢牢控制的气场，别人开始也许有反抗，但最终他们开始摇摆，最终向你举手投降。这时你才算是赢了，而且赢得那么精彩！就像搞风险投资，那么多人把钱交到你手里，他们凭什么？说句不好听的话，完全可能打了水漂，一去不复返。不明摆着，就是信心，他们相信你会赚大钱，所以就蜂拥而来跟着你。那就是信念的力量。这时你就有了种神奇的力量，和宗教领袖差不了几步了，就可以无敌于天下了。"

三三两两的宾客四处走动，相互敬酒寒暄，交换名片。不多一会，意兴阑珊的人们陆续离席退场。希翔瞅了一眼远处那架黑色钢琴，白衣女孩早已不见踪影，黑白琴键上腾跃而起的旋律早已消融到了渐趋浓厚的夜色中。

不知不觉间，卞律师的嗓音变得异常刺耳，"且看，绝大多数人都是笨瓜，无可理喻地愚蠢！不要想去改变他们，想让他们变得聪明一点。那都是白费劲！让那些傻瓜去懊恼吧。他们只不过是微不足道的虫豸，历史长河中粗制滥造的材料，永远只是墙头草河边柳，只配让人操纵。等主人高兴时，甩出几块烂骨头，他们便可以高兴上半天。现在不是到处时兴娱乐，整个社会都快成了大游乐场了。这帮白痴真以为天下是他们的了，陶醉其间心满意足。他们永远只是奴隶！"

光头甩了下胳膊，勉力忍住笑，"精彩！那你这么高高在上，成天操控别人累不累，会不会有麻烦？"

卞律师扬了扬手，将余下的三分之一的烟头搁到烟灰缸里掸了掸，"且慢，当然会有麻烦！做什么事都会有麻烦，活着就是麻烦！作为有权有势的高人，你得不停地哄，他们是一群既野蛮又被宠坏了的孩子，每天都得让他们尝点甜头，否则就饿得慌！是要当心！当你筋疲力尽，年岁上去后，那就是该谢幕的时候了，见好就收嘛。等台下传来一阵阵嘘声，那就太晚了。他们会狂怒地涌上来，忘恩负义，将你撕个粉碎。在他们眼里，你成了他们的敌人，叛徒。但只要你控制好局面，你就是他们的偶像。俗话说成也萧何败也萧何，一旦他们觉得你辜负了他们，就会对你不客气地亮出刀剑！"

希翔忽地站起身来：他实在是忍受不下去了，忍受不了卞律师没完没了的自吹自擂。仿佛是受了微妙的暗示，光头搓了搓闪闪发亮的头皮，举起酒杯，笑嘻嘻地对着卞律师说，"时间不早了，以后再向您请教！"周子熙和其他几个人也随即跟着起身离座。

周子熙不自觉地摆动着肥大的臀部，快步往前而去。希翔加快步伐，走到她身边，"我送你回去吧……"其实他知道他们俩并不同路，她住在北区近年新辟的居住区内，他得兜个大圈子。子熙沉吟了一会，脸部又一次涨红了，轻轻点了点头。希翔兴奋得两眼放光，他察觉到她向外翘凸的臀部剧烈地抽动了几下。

一番客套的道别后，希翔打开右侧车门，将子熙引入副驾驶座，自己则稳稳当当地坐在了这辆白色奔驰车的驾驶座上。五月的夜晚宁谧恬静，将春日的温煦和夏日的热烈融为一体，孕育着一个个短暂但又甜美的梦幻，允诺着未来光辉璀璨的愿景。途中两人长时间默然无语。奔驰车穿街走巷，便利店大卖场居住小区街心绿地饭店商铺从两侧依次闪滑而过，在一个幽静的路口，周子熙盯视着不远处的一座基督教堂，它耸立在暗影中，锥形的尖顶直冲云霄。此刻，平和熟悉的街景在希翔眼里显得分外亲切，它们抚慰着他受伤的心灵，刹那间他痊愈了。

他们俩并不陌生。希翔还记得不久前，她趴伏在宿舍的窗台上，他紧贴着她，咬着她的耳垂，哼哈喘着气，肿胀的阳具在她的臀部上不停地摩挲。不多一会，他便灵魂出窍，似乎腾飞在半空里，在她大腿上留下了一大片黏潮的液体。一股动物的腥臊味萦绕在周围。想到此，他不无羞涩地望着子熙，伸出右手，轻轻按抚着她的膝盖。就在这个瞬间，他一下子从对辰樱无可救药的迷恋的魔障中挣脱了出来，就像蝉蜕下了那层陈旧的衣壳。一种异常强烈而新鲜的幸福感攫住了他，尽管在无尽的陶醉中掺杂着伤感与绝望。他还不老，才三十五岁，西方人说人生从四十才开始。他要生活，要幸福，不能再耽误下去了。

奔驰车从高架道上疾驰而下，东拐西转，最后停在了小区的大门前。周子熙笑了笑，纤长的手指点戳着窗外，“就这儿吧，开进去不方便！”希翔“嗯”了一声，“改天我请你吃饭吧！”

周子熙下了车，踏在西洋式半圆形柱廊投下的那一长爿细薄的阴影中。她调皮地噘了噘嘴，“要么再约吧！”

九、欲罢不能

五月一日

事情并没有像我事先设想的那样发展。我自以为药到病除，彻底痊愈了，但病根只是被截去了表面突隆而起的一大块疙瘩，根部则毫毛未损，隐匿在血脉的最深处，肆意汲取着日月精华，养得脑满肠肥。等时机成熟，它又会破土而出。

平静无事的假日。在节假日前将编委会会议之类的大型活动举办停当，是一个多么明智的选择，否则连放假也不得安生。但平静并不意味着宁静，点点滴滴骚动的涟漪一旦积聚起来，一整天就被糟蹋了。

那天晚上和子熙分别后，心潮澎湃了好一会。但一觉醒来后并没有预想中的幸福盘绕萦回，心灵也没有从往昔沉甸甸的枷锁中解放出来。我坐在床头，呆愣愣地凝望着周围的长条桌、橱柜、太师椅，好长时间里头脑中一片空白：繁杂而有序的外部世界一无遮拦地涌入，仿佛是将一汪色彩缤纷的液体注入一口空瓶里，貌似强悍的自我则龟缩到了不起眼的角落里。

这种精神上的慵懒倦怠我并不陌生，它像与生俱来的慢性病毒，长久地蛰伏在体内，尤其在辞去教职离开大学校园后它发作的频率显著增加。但人毕竟不能永远沉陷在这种不死不活的状态中，还是得振作一下。早餐后我急急地躲进书房，想用工作来消耗过剩的精力，转移一下注意力。

不幸的是，在关键时刻连工作都成不了救命稻草。我十个手指在键盘上长时间地挣扎、抽搐：完成几篇旅游日志。近期我没有心绪写东西，一直拖着，刘伟强催了无数次，前天开会时他还一再叮嘱。没法再拖下去了，人总得有一层皮啊。它们在网上一度好评如潮，让我也颇有成就感，现在倒成了不大不小的鸡肋。我得抓紧写，坚持写，不管是"悉尼的海湾"还是"悉尼的郊野"。不知从什么时候起，我就感到思路凝滞不畅，句子、词汇不再大江大河般奔涌而出，蔚为大观，而是缩减成了一条条小溪流，还会不时陷入干枯的窘境。需要花上一番搜肠刮肚的笨工夫，才会重新走上正轨。细细想来，写了好多时候，会慢慢滋生出职业的倦怠；但更主要的我从心底里鄙视这种工作，它没有多少创意，只不过一味奉承迎合网友的口味；谈不上有多少真情实感，关键是摆上个 pose，有腔有调，万事大吉。而且，时间隔得久了，那些原先鲜活生猛的感受也会腐败霉变，发出阵阵令人恶心的馊味。你只得东拼西凑，将它们切碎了重新组合包装，反正是天下文章一大抄，再添加进大剂量重口味的调料。你说这倒不倒胃口？

就这样鼓捣了近两个小时，才勉强凑成一篇：以前才思勃发时，我半个小时(最多三刻钟)就能完工一篇。年岁真是不饶人。我闭上眼，双手抚搓着印上了皱纹的眼睑，这时外面客厅里传来一阵拉杆箱滑动的吱嘎声，琳姗和钱阿姨正叽叽咕咕说着什么。我如梦方醒：琳姗今天要去泰国旅游，马上要出门奔机场了。

琳姗没有叫上我，连问都没问我有没有兴趣同行，就约上了几个志趣相投的玩伴。她玩腻了欧洲，开始将目光转向亚洲，瞄上了周边那些近邻国家。要不要去道别一声呢？我有些犹疑不决。厌烦、绝望、憎恨、羞愧汇聚成蜂拥而来的浪潮，像飘逸的酸腐的汗味，顿时将我淹没。钱阿姨高声嚷着小俊出来呀，妈妈要走了，还不快出来！我重重地跺了跺脚，应和着起伏的鼻吸，重新坐回到书桌前。猛然间，一阵急促的敲门声，"先生，太太要走了……"我皱了皱眉头，勉强站起身来；又张开五指，用力在胸前搲了搲，仿佛要将晦气拒之门外。

琳姗换上了嫩黄暗红杂糅的连衣裙，深绿色的披肩垂落到了胸前。在我眼里，她的表情永远是有待揭开的谜团。此刻，她见了我，只是含糊地点了点头，还带着些许腼腆。但我注意到她脸部闪烁着一道奇异的光晕，亢奋，激情四溢，一扫往日的纠结、隐忍和颓唐，左侧额角上的那道疤痕隐而不见，每一个毛孔似乎都在尖声呼叫：我要生活！她左手拽起蓝色拉杆箱，右手拎着嫩黄色的旅行袋，微笑着朝外走去。我的心一下被刺痛：一抹陌生的气息在游走、飘漾。她不会是和什么男人出去吧？这次究竟和谁同行，一笔糊涂账。

我拉着小俊，和钱阿姨一起尾随着来到电梯口。电梯门打开了，钱阿姨叮嘱她到了曼谷后别忘了给大家报声平安。琳姗将那只鼓胀的包袋搁在箱子上，潇洒地挥了挥手。退缩在左右两侧的门扇缓缓滑出，将她锁闭在灯火明亮的梯箱里，在平乏单调的喧响里一路陡直地往下沉落。

我迈着机械的步伐，踅回到空无一人的书房里。不知怎地眼眶中竟然噙满了泪水。真是没出息的家伙。我坐在书桌前，将脑袋倚靠在银白色的金属椅背上，出神地凝视着映现在窗框内的那片天穹，横七竖八的楼群照例将它切割得支离破碎，只不过右侧的远景里增添了几幢天蓝色的高楼。是该扪心自问一下：这样尴尬的僵持局面他还想维持多久？为什么不痛下决心，卸下精心粉饰过的虚伪的戏装，干脆利落地来个了结呢？

我不是不想，我会痛下决心。但目前时机还不成熟。

刚才我为什么不顺势送她到楼下，或者更殷勤一点，索性开上奔驰车送她去机场？不用麻烦，琳姗早说了有朋友开车过来接她。那你为什么不借机下楼观察一下，究竟是谁开车过来的？

我实在是提不起兴致。

五月二日

下半夜竟做了一个稀奇古怪的梦——好久没做梦了，早已不是多梦的年纪。

我不知怎地跟跟跄跄地走进客厅，瞪大眼睛，迷惑不解地望着眼前的景象：棕色的长沙发上横陈着好几个女人白花花的身体，头次点数下来是三个，再次点却又长成了四个。她们一个个奶头松垂，皮肤上缀满了暗红色的瘀青。仿佛经过了一场激烈的扭打，她们精疲力竭地躺在那儿，双目闭合，微微喘着气。我走近几步，从左到右，力图细细辨认她们的面目、身份，只看见肢体盘缠绞合成一团乱麻，好几个脖子上凸现出粗厚的血印。不久，我发现她们的肚腹竟然豁裂开来，五脏六腑历历在目。一股浓烈的动物的膻腥味逼涌到鼻孔四周。我感到了一阵恶心，猝然间醒了过来。

还是迟迟没有和子熙联系。时间分分秒秒流逝着，多流失一分钟，意味着多一分背叛。然而，还是不要急着去掘一个坑，最后被埋藏的是你自己。不要设一个套，被活生生箍住的也还是你。还好，她也只发了消息过来，仅仅是日常的问候，并没有特殊的含义。我也照此回复。

辰樱的形象还时不时在脑海中浮现，虽然经过特殊处理，变成了一具干涩的木乃伊，但却依旧那么栩栩如生。它会横生枝节，不知不觉间将一切新鲜的生机蛀蚀殆尽。

咬着牙，又拼凑完了一篇旅游日志。搞得筋疲力尽，一阵强烈的恶心涌上心头，我忙打开窗子，大幅度甩动着胳膊。小俊叽叽喳喳吵个不停，我答应下午带他去海边的城市沙滩游泳——是该到蓝天碧海间呼吸一下清新洁净的空气，随后去他外婆家吃晚饭。琳姗妈妈三天两头打电话过来，她想外孙都想疯了。

一旦不再写作，空闲下来的时间会像龙头中流淌而下的水流，要多少是多少，如何消磨掉它倒成了难题。小俊早早地找出了印有维尼小熊图案的救生圈，异常亢奋地玩耍起来；不料他尖利的手指甲竟在上面戳出了一个小洞眼，不一会它便垂头丧气地瘪缩下来。他一下急得想哭，还好我从储藏室内找出了一个旧的，一面深红另一面深蓝，虽然不如人意，但总算可以用上一回。

午饭后我带着小俊坐上黑色别克君威车（去琳姗父母家，我不想开奔驰车，那样太显摆）出门。左拐右折，不多会便驶上了通往海滨的高速路段。途中绿色的指示牌依次扑闪而过，我瞟了眼后视镜，小俊趴伏在窗户前，笑呵呵地眺望着外面的大千世界——和他讲了多少次，就是不系好安全带。一会，他掏出手机（禁不住他软磨硬缠，明知有害，最后还是给他买了），埋头沉迷于微小屏幕上绚丽多彩的炫动之中。他偶尔也会抬起头，望一下我，但目光冷漠、心不在焉，难以穿透。我一直担心我和琳姗别扭的婚姻状态对孩子可能造成的不良影响，它的效力已在隐隐显现。他秋天就要上小学了，迈入生存竞争的漫长跑道，童年的欢乐时光也临近结束。和成千上万的妈妈一样，琳姗从去年年底就开始为择校的事焦虑不已，寻人托关系，宴请校长、教务主任、教育局大小官员的饭局吃了一波又一波，礼品购物卡乃至现钞送了一轮又一轮。已到了最后关头，但似乎还没有完全搞定。

明明知道会有那么多人，但还是情不自禁来凑热闹——不知道这是合群的美德还是随波逐流的劣根性，我最终将别克车停在一公里开外一条狭小破旧的小街上，在停车协管员警觉而狡黠目光的逼视下将临时停车证摆放在方向盘前方，拉着小俊顶着灼热的阳光，走入熙熙攘攘的海滨浴场。好不容易在简陋的冲淋房中寻到了一个衣柜，将泳衣穿戴停当后，尾随着拥挤的人流走向海边。小俊倒是满心欢喜，丝毫不在意周围闹哄哄的环境。我先是牵着他的手，一同在浅水里嬉戏，不久他将救生圈套在腰间，独自在海水里横走竖穿，一副神气活现的模样；还不时扎进水里游上几米。从三岁起，我便带他上游泳池，他熟悉水性，行进自如；但毕竟年纪小，体力不够。

在海里游得累了，我甩了甩脚掌脚背上黏附着的厚密的沙砾，坐在湿漉漉的沙滩上，双腿拱起，凝望着烟波浩渺的天际。我眼睛感到一阵酸涩，炫目的阳光像火球在肌肤上燃烧，连上好的墨镜也无法抵挡它的炎威。过了一会，我索性躺倒在沙地上，望着高空中飘浮的云絮，细薄，邈远而不可及。不知怎地我又感到一阵困倦，胸口莫名地发闷；但我依旧神志清醒，还时不时坐起身跟踪小俊的行踪，叮嘱他不要跑远了。渐渐地，我体悟到一种久违的快乐，一种冲破了一己肉体的藩篱，与大地、高空和周围欢乐的人群融为一体。后方不远处的空地上搭起了一个简易的水上足球场，四根大红的塑料立柱拱立四周，中间是一个长方形的充气垫，三三两两的孩童在其中不停地传球抢球。我问小俊想不想去玩会足球，他朝那边望了一会，摇了摇头，又转过身往海里跑去。

等我们俩冲淋完毕、返回到别克车上时，已快要傍晚了。好在琳姗父母家离海滨不太远，我绕开主干道，从一条僻静的支路开了二十多分钟便到了。我有好几年没来这儿了，每每想起要与她父母相对而视，心头不由得五味杂陈：尴尬，别扭，还带着一丝隐隐的愧疚。进了这个占地面积颇大的欧式小区，心情顿时放松下来：它是如此逼真，仿佛将欧洲某地一整个街区原汁原味地移植了过来。途中我依次扫视着夕阳映照下的门廊、尖顶、阳台、庭园，一股莫名的伤感惆怅涌上心头：它们又一次勾起了对往日欧洲生活的回忆，它像是绚丽逼人、一厢情愿的梦幻，但一戳即破，无法久存于污浊嘈杂的红尘之中。

我停好车，搀着小俊走上白色的木质台阶，来到这座三层别墅金黄、银白双色相配的大门前。按响了门铃后，开门的是小俊的外婆。在结婚前第一次见面，我就忍受不了那张略显肥硕的方脸，黑色的眼珠几乎是一刻不停地转动，警觉地觑视着对方。在我的记忆里，她脸上永远是一副挑剔的神情，仿佛念叨着咒语，别想来忽悠我糊弄我，我全知道！

一见了小俊，笑容破天荒地绽放在岳母的脸上。我们刚在底层客厅里落座，她忙不迭地搬出丰盛无比的吃食，从哈根达斯冰激凌慕斯蛋糕薯条到酸奶猕猴桃火龙果。在小俊埋头咀嚼吞食之际，我打量起四周暴发户风格的富丽摆设：且不说通向楼上的楼梯内外缀满了繁复精细的鎏金装饰，主人似乎刻意要将世界各地的珍宝汇集起来，触目皆是从世界各地收集来的祭坛盖布、奇异图案花纹的地毯、挂毯、彩色瓷器、雕塑、绘画，它们散布在屋子的角角落落，一览无遗地展示其富有。他们当然有资格有本钱来炫耀，琳姗的祖父辈是南下的高级干部，父亲在一个大型国企做了多年老总，退休后又当上了一家上市公司的董事长，还兼着多家公司的独立董事，母亲多年前就辞职下海，自营一家进出口公司，还在电视购物频道上占着一席之地。他们对我的态度自然是鄙视，有个财大气粗的老爸，还混成这副鬼样子；同时还羼杂着些许居高临下的怜悯，无疑它是从对女儿嫁错了郎的诸多懊恼中生发而出。

岳父直到开饭时才从书房中踱步而出。他身材魁伟，站在面前情不自禁给人居高临下之感。乍看之下，他比岳母温文尔雅得多，但待人更显得矜持高傲。他只对我点了点头，不冷不热地寒暄了几句。

席间岳母好几次问小俊，"想不想妈妈，想不想出去玩啊？唉，你们让他上什么补习班，脑子都变迟钝了。急什么！我们家不愁这个，成绩差点就差点，顺其自然，小孩子就该让他玩嘛！"

他们问到我最近在做什么，我压低了声音，告诉他们为一家旅游网站策划一套丛书，估计能卖得不错。岳父转过头，正眼看了我几眼，"你还年轻，该找点正经事做做了！"

餐后硬着头皮敷衍着和他们聊了会儿天，我便带着小俊起身告辞。开车回到家里已八点多了。他又打开电脑，兴致颇浓地玩了会游戏。我则精疲力竭地瘫倒在沙发上，头脑中一片茫然。

这一天总算平平安安过去了。

五月四日

风一个劲地吹，雨时小时大。醒来后又一次陷入了深不见底的呆滞之中，直面铁硬的现实，整日里无精打采：既有些微的不满足，但也没有什么大的遗憾。正是去天堂的绝佳时刻。

作息时刻全乱了。究其根本，是生物钟出了差错，得校正一下。然而，时间可不受影响，依旧冷漠沉静地在固有轨道上徐徐前行。

读着子熙发来的短消息，虽然断断续续，零零碎碎，但汇集起来便成了清澈的泉水，沁人肺腑，将人从倦怠无聊中解救出来。上帝说要有光就有了光，要有爱就有了爱。辰樱的形象被擦除干净，彻底忘记。能够顺顺当当地忘却，也是不小的福祉。

内心纠结挣扎了好一会，才勉力打起精神投入"逍遥游天下"丛书"意大利卷"的编纂工作——我自然是当仁不让，还在网上邀约了一帮人，只有撒丁岛那部分还没找到合适的撰稿人。

琳姗每天都往小俊的手机里发照片，曼谷的王宫，芭提雅的海滩，这些我在风景明信片上都不止一次地见识过了。其间她只给我发过一条消息，要我在她回来前一天给张校长打个电话，再敲定一下小俊上小学的事。夜长梦多，不能让煮熟的鸭子飞走了。

是该下决心的时候，是该振作一下。其实事情没有你想象的那么困难，只要转过头，门把手就在身后：只要将它握住，轻轻扭动，你便可逃逸而出——从把你囚闭了那么久的牢笼中脱身。

有了往事做铺垫，将子熙约请出来也是顺理成章。我和她到了浦东，走过累叠着大小球体的东方明珠塔，沿着顾长的正大广场商厦，一路走到滨江大道。饱览了江景后，我们又乘兴折返到世纪大道，来到开张不久的环球金融中心。步入高速攀升的电梯，几分钟后我们便上到了四百七十四米高的观光长廊。天气和暖，惠风习习，纵目远眺，上海大厦外白渡桥和平饭店延安路高架虹口足球场等标志性建筑尽收眼底，而东方明珠金茂大厦则近在咫尺，零零散散的金属、玻璃细部清晰可辨。没过多久，我和子熙之间的种种隔阂、别扭便一扫而空，我们又变得亲密无间。今天她换上了一条深蓝色的连衣长裙，像新娘一般兴冲冲地尾随着我。先前那次猝然分手，她再三向我道歉——那实属无奈，那段时间妈妈住在悉尼，从早到晚监视着她，哭天抢地，软硬兼施，搞得她不得不顺遂了她的心愿。她心里一直爱着我，想着我。反正暑假过后她还要回悉尼，可能再待上一年完成学业，到那时候妈妈对她可真是鞭长莫及了。她还殷切地问我最近去不去悉尼，我姑且敷衍道还没确定下来。

天色慢慢昏暗下来，浦西外滩沿着江岸一字排开的楼房、东方明珠塔上下球体上的灯火渐次亮起，精心装扮着这座巨型都市，如大海一般苍茫辽远的天幕上，酿造出一派繁华富丽的景致——上海的夜晚永远不会显得黯淡。

在内心深处，除了几许隐微的不快外，我并没有责怪子熙。女人的多变，更重要的是软弱。我并没有感到多大的伤痛。然而，当所有的障碍撤除之后，我犹如一辆油液耗尽的汽车，顿时失去了前行的动力。下一步该怎么办呢？

温柔的夜色中，我又一次和她拥抱。在她滚烫的热吻中，我的情欲窸窸窣窣地勃动起来。

五月六日

活动不多，但又那么疲累，腰酸背疼，仿佛每根筋骨都散了架，哗啦啦塌陷下来。这两天晚上刚过九点便早早地躺下了，昏昏沉沉迷糊到八九点，深度睡眠并不踏实高效。醒过来后，依旧恍恍惚惚的,好长时间瞪视着天花板上迷离交错的光斑,力图从复杂纠结的图案中梳理出宇宙最终的奥秘。

明天晚上(更准确地说是后天凌晨),琳姗就要从泰国回来了。得赶快做,一切都得抓紧。"意大利卷"里罗马和佛罗伦萨两部分由我亲手操刀。但我显然是低估了这项工作的难度。关键是如何选材,材料——书面的,亲身体验的,像洪水一般涌过来,我一时间竟傻了眼。以前这类创造性含量极低的工作我三刀两斧便干完了,毫不拖泥带水,现在它直挺挺地矗立在我眼前,竟然变成了一座无法逾越的山峰,自己则像无头苍蝇在迷宫般的小径里徒劳地往返寻觅。主要是精力不济,成了没充足气、萎瘪凹陷下来的皮球,要干的活还是这些,并没有增高,还是保持在同一水平面上,而你却在萎缩,一点点往下沉落。

午饭后异常困倦,但躺下了却又无法入睡。天上幽暗的雨云聚集成团,一时间昏天黑地,似乎立马会倾注而下,不一会又悄然四散飘浮开去,天朗气清。家里静悄悄的:钱阿姨去卖场大肆采购,小俊照旧窝在屋里看动漫。我一时兴起,想外出散散心。搭乘电梯下楼,出了小区,左转右拐,市井生活气息渐渐浓郁繁盛起来。沿着街面开着一长排简易商铺,浓郁的奶香扑鼻而来。我进了面包店,买了一块新出炉的奶油蛋糕,算是过把瘾了。穿过一个路口,楼房的外立面更显破旧寒碜,左侧不远处一家洗脚店赫然在目。我隔着深茶色玻璃,往里瞄了几眼,随后推门走了进去。索性彻彻底底放松一下!

一切都平平常常顺顺当当,没有任何出格惊心动魄的元素羼杂其间。昏暗的店堂里，身段矮胖的老板坐在收银台边，满脸堆笑，和熟客们说说笑笑，殷勤地端茶递烟；每当他站起身，肚子上厚实的肥膘便簌簌抖动起来。柜台边的小伙计叼着烟，歪斜着脑袋，专注地听着耳机中滚涌而出的汹涌澎湃的乐波，眼神漠然地乜视着熙来攘往的街面。过道后侧的麻将屋里不时传来叽叽喳喳嘻嘻哈哈的骚动。只有当小姑娘的手指在你脚爪间抠挖捏按之际，才会有一丁点暧昧的色彩闪烁而过。我躺在沙发椅里，双脚泡在圆形木桶里，心无滞碍，任她们随心所欲地左右摆弄。那女孩脸形方方正正，并无多少妩媚之气，一点都激发不起温柔之乡的联想。她个子不高，手指皮肤细嫩，按捏的指法却有些粗笨。我和她随意聊了几句，她的老家在河南，初中还未毕业便到城里打工，几经辗转，来上海已有四年了。不一会，我们俩彼此都觉得话不投机。大可不必勉强——我转过头，闭上眼睛养起神来。我只是觉得无聊透了，自己也不明白为什么会心血来潮地钻到这种不明不白的地方来。

　　猛然间，一大早映现在天花板上的细小斑点疾速地肿胀起来，占据了整个视野。那是我心中至今为止无法破解的魔障。老头子就要过生日了，十几天来音信全无。又是他！只是短短的一刹那，一切都显得那么狰狞触目，难以忍受。也正是在这一瞬间，迷惘芜杂的心中孵化起一丝启示，它如同一道炫目的强光，将周遭照射得通体透亮。昏暗迷蒙的生活，顿时豁露出完整的意蕴与清晰的图纹：我不能离开辰樱，不能没有她。只有她，才让我无法割舍。只有在她身上，我才能找到独一无二的亲近感和依恋。让子熙她们见鬼去吧！我突发奇想，想立刻见到她，现在，马上，十万火急。活像个赌徒，就这么孤注一掷，要么就做个江洋大盗，铤而走险。只有偏执狂才能存活于这个世界。我当即掏出手机，拨响了辰樱的电话。第一次她没接，第二次应答了。阳光照耀大地，她欣然同意出来。我们约好在静安公园门口碰头。

我腾地坐直了身子，着实将正垂着头、卖力地捏弄脚丫的姑娘吓了一大跳。一阵剧烈的心跳，它仿佛将从喉咙口奔窜而出。我匆匆穿好了鞋，奔到柜台前，快速和小伙计结了账，来不及和倚在沙发中打着呼噜的胖老板招手道别便推门而出，没走几步便上了一辆杂牌出租车：我已没耐心回家去把自家的奔驰车开出来。等不及了。一路上，我听见牙缝间弥漫着一长串嘻嘻的笑声。

不到半小时，我便焦躁不宁地守候在静安公园大门口。方才路过一家花店，花瓶花篮中插放着的大大小小的玫瑰花束将人生的哀乐荣华集于一身，源源不断地流溢出绵密的情思，几分淡淡的忧郁在昏暗的店堂内外萦回游走。我凝视着殷红艳美的花瓣，联想起辰樱丰满的嘴唇，但最终还是没买，不用这么做作。一阵阵热风刮过来，饱含厚密的雨意，黏稠、滞重，被压抑的能量大面积地蓄积起来。阳光已消隐了大半，只有对街古老的寺庙在车水马龙的尘嚣中从容淡定地伫立着，后方连绵成群的高楼成了无法穿透、突破的背景。此时此刻，它那修葺一新的金灿灿的屋脊正熠熠闪亮，聚合成一簇簇起伏跌宕的火焰，有一束不经意间反射到我的额头上，霎时将眼睛都刺痛了。

千等万等，辰樱终于站到了我跟前。和我头一次见到她时那样，下身还是穿着那条浅黑色的裙裤，上身则套着一件雪白色的薄绸短袖衬衣，着意显摆出某种华贵的气息。她脸上浮漾着妖媚的微笑，一种前所未有的亲切感扑面而来。离上次约会还不到十天，就像过了整整半个世纪。有那么些时段，我以为将她忘却了，但当她再次出现在我面前时，沉睡的记忆霎时便苏醒过来。我根本无法忘记她。好在我直觉到她这次很乐意出来见我：我们俩的心罕有地发出了和谐的共振。

尽管气氛甚为融洽，但我心里依旧是忐忑不宁。我们俩肩并肩，不无别扭地沿着开阔的主干道缓步前行。我甚至有些后悔将她约到这么狭小局促的迷你公园里来——原本应该找个像世纪公园共青森林公园那样大的地方。三三两两的情侣悠然地依偎在夕阳垂照下的长椅上，招惹得路人不时羡慕地驻足观望；几个顽童无视"禁止攀爬"的警示牌，尽情地在陡斜、长满青草的土坡上打闹嬉戏。不远处人们围聚成一团，看着一个中年男人擎举着拖把，在水泥地面上一笔一画地涂写出格律齐整的古诗词句。我们俩被这日常生活的点点滴滴的快乐所感染，隔膜渐渐破解消融，随意轻松地交谈起来：她眼神不经意间闪烁着令人心醉的爱意。路过一台冷饮车，我问她想不想尝尝冰激凌，她含笑点点头。我们舔着嚼着香草草莓味的小圆球，拐过爬满常春藤的院墙，一长串彩色气球扶摇而上，在半空盘旋游弋，而邻近的高楼则在前方的弧形草坪上投下浓淡不一的阴影，悄然侵蚀着阳光的烈度。一个老人推着童车迎面而来，那个半岁左右的男孩侧歪着脑袋，一串泛着白沫的涎水正从下巴滚淌到上衣领子上。

园内多处种植的梧桐、香樟，分泌着丝丝缕缕若有若无的芳香，不知不觉间酿造出亲密无间的幻觉，催使有情人将所有的烦恼惊惶抛诸九霄云外。我和辰樱沿着一长排墨绿色的灌木丛缓缓前行，来到迂曲的池岸边。一大簇翠绿饱满的莲叶浮漾在水面上，与临池而立的东南亚热带风格餐厅相映成趣。她絮絮叨叨地吐嘈，将心头的重负一一脱卸而下：抱怨工作的高强度、高竞争性和对体能智能的高消耗性。这样下去，没几年她就变老太婆了。她真想关掉手机电脑，离开上海，到一个不知名的荒僻小岛上，让自己彻底放松一阵子。我赶紧接上话头，用尽量放松的语调说，"那太好了！到时候我陪你去——走遍天涯海角都行！"她瞥了我一眼，调皮地耸了耸肩，转身快步往前走去。

恍然间，天色变得昏暗下来。某种不祥的气息在池面上飘溢游走，我的心头不由得一阵抽搐，剧烈的恶心蜂拥而上。即便此刻你和她走得这么近，你却无法突入她的内心，与她分享最为隐秘的情愫，好像有一道高墙垒筑而起，将你排斥在外。方才那种心心相印、两相默契的快乐顿时消散得无影无踪。我的表情越来越阴郁，有点惨不忍睹，说话也变得有气无力，像是在一味敷衍。辰樱最后终于察觉到了我的情绪变化，侧转过身，"你怎么了——哪儿不舒服吗？"

我停下脚步，近乎痴傻地瞪视着她，"我——我想……"

"想什么？"她不无挑逗地眨了眨眼。

"我——我想死！"

霎时间辰樱的脸色也蒙上了一层荫翳，"你说话老是这么夸张……"

我清了清嗓子，刻意调整着音高和音长，似乎是想酿造出鲜明的舞台效果，"你最清楚为什么——"她沉默不语。恼恨让我铤而走险，索性就单刀直入，"这完全是因为你不爱我！"

三三两两的情侣陆续步入近旁的餐厅，晶亮的灯火从中衍射而出，将天空映衬得愈加灰黑。她凝视着明暗交错的池水，抿了抿嘴，瞪了我一眼，摇摇头，"你真是个傻瓜！"

我默然无语。她转过脸，表情异常亲切诚恳，大大方方地伸出右手(掌心中央肉嘟嘟的)，"说定了，我们做朋友吧！"

我僵滞了好几秒钟，摇摇头，随后哼了一声，"你快和老头领证了吧？"

辰樱眉头紧蹙了一下，沉吟了半响，收回右手，抚了抚披垂在前额上的发丝，"你觉得那大红的证真有那么重要吗？"

"怎么不重要？嘻，天底下人都明白的事，你装什么蒜啊？"我一下变得怒不可遏，索性通通挑明了，"过些天老头的祝寿宴会不就是你们的订婚仪式吗？"

"真是笑话！别再瞎想了！你们男人满脑子都是财产、权力，女人不过是一件耐看的装饰品罢了，只想抓过来占为己有，真的感情一点都没有！"

我眼里蹿动着愤怒的火焰，"你还有资格来谈什么感情，真笑死人了！"我情不自禁地笑了几声，尖厉，乖戾，随后伸出手指，在她的鼻尖上点戳着，"你，不折不扣的势利眼罢了！你对老头子还真有什么感情？"

辰樱的脸瞬时间涨得绯红，"放肆！你没有资格说这种话——

你一点都不了解你父亲……说到底，作为男人，他给了我一个男人所能给予的所有快乐！"

不远处的一方花坛上，分层垒放着众多鲜艳的花卉，它们在日渐临近的夏日里争奇斗艳，尽展姿容与媚态。而我心头郁积的愤懑沸腾起来，直想吐血。好一个奸诈的女人，刚才还那般情意绵绵，此刻又翻脸不认人——真该杀了她，只有那样才解恨。我走近一步，抡起拳头，"你——你这个无耻虚伪的女人！老天会惩罚你的！"

最终我的手臂竟软绵绵地垂落下来。羞愧间我扭头便走，急匆匆地离开这是非之地。

五月六日夜至七日凌晨

即便在当时，我也无法清晰地回忆起此后的几小时是如何度过的。它像一团稠厚的雾霾，高高悬浮着，显露出的只是零散残缺的轮廓。一切都被吸吮、吞咽，沉埋其间。

我不是没感到后悔，沿着临近公园的下沉式广场一路狂奔时，曾产生与她和好的冲动：快去，向她说声对不起，央求她原谅，忘记种种不快，重新酿造出那亲切温馨的氛围，即便只是一瞬间。

我凝望着四周围变魔法样拔地而起的商厦，玻璃幕墙晶莹透亮，人们进进出出，他们或庄重或轻松自如的表情都透露出发自内心深处的膜拜之情，让人联想起进出大教堂的虔诚教徒，以及在宫廷内外战战兢兢死命钻营的朝臣。一束束炫目的光晕在琳琅满目的商品上打造出了珠光宝气的幻象，将人世间阴惨的本相精巧地遮盖了起来。

不知过了多少时候，我开始感到疲惫，亟须补充能量，心灵也变得异常软弱，渴望情感的滋润。我翻看着长蛇阵样的手机通讯录，一时间竟找不到可以随意攀谈上几句的人。瞿明——试试吧！一阵急促的铃声响后，传来他刻意压低的声音。他正在开选题会议，过会再打来。

我瞅着屏幕上烟花般绽放跳动而后——陨灭的图案，发了一会呆。

暮色渐浓，街头的书报亭早已关闭。我走到一处地铁入口，伫立了良久。此起彼伏的喧嚣扑面而来，但此时却并不令人讨厌，相反还播撒着浓浓的暖意和四海之内皆兄弟般的温情。我几经犹豫，终于尾随着大队人流，走下了暗黢黢的台阶。七转八拐，终于来到了站台上。百无聊赖间，我从报刊亭中随手买了一本周刊，急切地翻开，手指不停地在众多细柔光鲜的彩页间滑动。一束强光照射过来，列车进站了。我迈着机械的步伐走进了拥挤的车厢。去哪儿呢？本来想去浦东陆家嘴兜上一圈，但坐的却是相反方向往西而行的——随缘吧！

我的心头浮漾着一丝浅淡的哀愁：本来这时候早该和辰樱共进晚餐了。我合上眼帘，默默忍受着车轮高速碾压钢轨时发出的巨大震颤、叽叽嘎嘎的喧响，以及飘悬游走的或浓或淡的人体气味，酸臭、清香混作一团。只乘了两站，我便挤出车厢，疾步出了车站，上到中山公园一带华灯璀璨的大街上。漫步在这新近崛起的都市副中心，扫视着八车道两侧高耸光鲜、带着拒人于千里之外冷傲气度的楼宇，时不时会感到自己的寒碜卑下，微不足道。我感到了些微的饥饿感，但一时拿不定主意上哪种风味的饭馆。公园附近正好有一家比萨店，我当即拐了进去，在敞亮、标准化格式化味十足的店堂里，点了水果色拉、意酱面和冰激凌。但我顿时仿佛又被引领到了意大利，往昔青春岁月的吉光片羽飘摇而过，如一长串闪烁的啤酒花，饱满丰盈，最终陨灭在深沉的夜空里。

但我还是不想回家。还有一天，琳姗就要回家了。抓紧时间，好好享受单身一人的乐趣，让筋骨里里外外彻彻底底放松一下。雨丝若有若无地擦掠过皮肤，也正是在那一瞬间，长时间沉睡的荷尔蒙苏醒过来，火箭般蹿升。我顿时变得亢奋起来，两眼喷射着灼热的火星：那是燃烧的快感与绝望的悲伤的混合——只要有女人！

我穿过大街，朝着霓虹灯上蹿下跳的方向匆匆前行。电器卖场、豪华餐馆、销品茂一一扑面而来，我拐过街角，来到一条相对僻静的旁街，不远处一家中型宾馆赫然在目，大门上方悬垂着"红磨坊夜总会"的红绿蓝三色广告灯管。我犹豫了一下，整了整衣装，拾级而上，推门而入，在身着洋红色工作装的值日生势利而不失殷勤的引导下直抵洞穴般昏暗幽深的销金窟。

一道道窥视、诡谲的目光。走道两侧镶嵌着一长排波浪形的镜面，极尽起伏跌宕之能事，给人一种动荡不宁的感觉。临近大大小小的包房里时不时传出阵阵鬼哭狼嚎般的歌声，直抵走道黑乎乎的尽头，我浑身直起鸡皮疙瘩。终于被引领到了一间空荡荡的包房里，我手指神经质地搓摩着膝盖，不无惶恐地打量着四周围墙面上华丽俗气的装饰画，同时期待着某种奇迹般的艳遇。

没有奇迹，也不会有奇迹。我从牲畜般被领进门展示的四个小姐中挑中了身材略为高挑的一个。她长着一张瓜子脸，肥厚的嘴唇上涂了一层厚厚的口红，眼睫毛则勾画得轮廓鲜明，纤毫毕现。

话不投机半句多，我和她两个怎么也不合拍，从一开始就互相抵触冲撞。我只想搂抱住一个温热的身体，尽情享受、放松一会，她则是不愿乖乖就范，想尽花头逃避应尽的职责，但小费又分文不少。她先是欲拒还迎，后又摆出一副良家女子的口吻，紧紧攥住我那不安分的手。我们俩在互相鄙视。我财大气粗，一副居高临下的老爷架势，不屑去讨好她，没有流露出一丝一毫怜香惜玉之心，而她的目光似乎在说，别以为多了几张票子，有多么了不起，就可以这样狗眼看人了。渐渐地，我对她越发感到厌恶：真倒霉，碰到了这样一个女人，要做婊子，还要立牌坊。

意兴阑珊之际，她提出甩骰子玩。我又不太会唱歌，在这儿空耗时间干吗？我苦笑了笑，一切都颠倒过来了，如今我是出钱是陪她玩了。这帮被宠得如此刁滑的女人！甩了几圈，我就被罚喝下了几大杯啤酒。此刻，被羞辱的怒火在胸间燃烧起来。我顿时拉下脸，抿紧双唇，匆匆站起身，掏出两张百元大钞塞到她手里，同时按了下结账的按钮。她像被火苗烫着了一般，手掌疾速缩了回去，双眼斜睨，一脸冰霜，"你打发叫花子啊，我们这儿都是给四百的，三百是起码的……"

我恶狠狠瞪了她一眼，将二百元丢在沙发垫上，"你想蒙谁啊？一分价钱一分货！就你这张臭脸这副臭脾气，还想赚驴的大钱？给你这点钱不错了，不要的话我就一分不给了！"此刻，服务生捏着账单推门而入，他不无诧异地瞅着我们俩，讪讪地问了句，"先生还需要什么吗？"

我推门而出，再次来到夜色温柔的街市。因为喝了点酒，头脚隐隐有些发麻犯晕，身躯摇摇晃晃，但心里依旧是气鼓鼓的。那女子的脸容又一次浮现在脑海里：真是可恶至极，破费不菲，却让我一无所获，还被狠狠地戏耍了一通。

九点多了，但我照旧还是不想回家，迷蒙深沉的夜晚还潜藏着诸多未被捕捉、开掘的秘密。浓酽的夜色披垂在这座硕大、不断膨胀的城市之上，一股股无形的潮水在脚下流淌，漫过通衢大街、曲里拐弯的小巷，在高低不一的楼厦间穿梭行进。我漠然地走过便利店小吃店建材店灯具店网吧，在一家理发铺门口停住了脚步。几缕白灿灿的灯光从铝合金门框缝隙间流泻而出，萦绕着几丝暧昧的气息。我稍作迟疑，便推门而入。五六个女人围坐在门厅两侧，一边盯视着电视屏幕，一边嗑着瓜子叽叽咕咕地聊天。她们见我进门，纷纷抬起头来，一丝惊愕掠过她们涂抹得乌七八糟的脸容。那个年岁稍大的站起身来，"老板，要不要找个小姐敲敲背？"

我一时语塞，只是含糊地点了点头。那女人嘿嘿一笑，"这儿几个有没有看得上的？——好吧，我给你找个漂亮的过来。"她扭过头，朝后屋叫了一声。不一会，一个身材修长的女孩走过来，她长得并不艳美，嘴唇上口红涂得发出幽暗的光焰，但眉宇间自有一番可人的风情。我长时间地盯视着她，目光变得痴傻起来。那老女人豁开缀有几处蛀牙的嘴，"怎么样？满意了吧！——小童，好好照顾老板！"我机械般地跟着那女孩转过门厅，后方埋藏着一个暗室；

她推开门，一张旧木床榻占去了近半面积，白色被套上随处可见斑斑点点的浅黄色污渍。

女孩重重地关上门，上好保险，利索地脱下鹅黄色外衣、猩红胸罩、黑色丝袜。她赤身裸体地躺在床上，挑逗地望着我，眉毛抖动了几下，"你快脱呀！"脸上浮上了几分职业性的不耐烦。

我短暂而浅薄的梦幻顿时被击了个粉碎。我脱去夹克，拧开衬衣上方的纽扣；女孩细长的手指探伸过来，游蛇一般在我腹部下方逡巡，渐渐逼近了命根子。几经抚搓按摩，它依旧不争气，瘪缩在腿弯里。她斜睨了我一眼，"大哥今天这么紧张啊？"

我再一次羞愧难当。自然，它与先前体验的截然有别。虽然不是绝世美人，但肉感的身躯还是激惹起了我的欲念。我默默地祈祷它瞬时间能肿大起来，直入对方巢穴，一泄为快。然而，它依旧龟缩在一旁。我叹了口气，"别急，我不习惯这么急……"女孩嗤地笑出声来，"有你这样的！男人都急吼吼的，像从来没碰过女人样的。"

我脱去了衣裤，躺倒在床上，嘴角渗出一丝白沫。她挪近了身子，拉上被子，将我紧紧搂住。此刻，她成了我的救命稻草。女孩不停地变换着姿势，后来爬到我身上，俯下腰，张开嘴，咬住了我小鸡鸡样的阳物……

不知过了多久，门外一阵惊惶的喧响。不要动——严厉的喝令！听得见那老女人的声音，时而高亢时而低哑：激烈的争辩，冗长的解释、央求、拖延。女孩连忙套上胸罩，跳下床，推了推我，"快——穿好衣服！"

咚咚咚——一阵剧烈的敲门声：开门，快开门。我站起身，拉直了裤管，束着皮带。门框颤动着，随时会豁裂开来，将这暗室暴露于光天化日之下。在更大的灾祸降临之前，我竟然还有时间不无从容地捋了几下头发，使它不至于太蓬松太散乱，碰触到眼角。

五月八日

我实在是没有勇气再写日记了。前几天发生的一切，一大堆乌七八糟的破事将脑袋塞填得满满当当。再想怎么掩饰也是徒劳，反正已经坠到底线之下，永不得翻身。

太让人恶心了！我后悔不已：我将一直带着耻辱的印记，八辈子也洗不干净！

我没有脸面对父亲，琳姗，辰樱，尤其是姐姐。我是在派出所里给她打了电话，已是深更半夜。也不知道她花了多少本钱才把我捞出来。自己有这么个把柄落到她手里，她可以不时拎出来敲打我一番！

我最最受不了的就是这个。

我不想再写下去了……

十、凄惶之夜

即使难得有风吹过来，也是沉甸甸的，饱含着燥热的粉尘、灰屑。

从早晨起，乳黄色的雾霭便围裹着整座城市。季云林不时感到胸口憋闷，好几次差点喘不过气来：恐怕又是一个重度污染天。从窗口望出去，视野狭逼单调的近景，与电视屏幕上滚动的影像交相映现——原先有着森严秩序、清晰轮廓和边界线的那个世界一下子变得混沌一团，鬼影幢幢。谁都掂量得出，只要伸出手指，轻轻一弹，一戳，它便会蒸发得无影无踪。

最终辰樱还是没有过来。云林歪斜着上身，独自一人埋坐在底层大客厅中的长沙发里，抹着汗津津的额头。她不肯过来！从一大早起，他就被一股强烈的冲动裹挟：想要见到她，和她单独相处一段时间，无论是在家里，还是外出到宾馆开个钟点房，他随时为她预留着时间。但她一直以各种借口推托，不是做美容健身，就是参加朋友聚会，唯独不愿见他这个老头子。再说明天就会在寿宴上碰面的。

老了，再风光，也总是讨人嫌的。

也说不上是失落，但还是在云林的心头激起了一圈圈细密的涟漪。平时他根本不会在意，今天却是分外敏感。他渴望此刻能冲到黄浦江边，登上巍峨的摩天楼，将港口、河湾、公路、桥梁、楼厦（都是时尚光鲜的明信片上习见的主角）尽收眼底，直到地平线辽远的尽头。时近夏日，迷蒙的雾气却让他沉浸在一种难言的空茫之感中，一切都那么明澈洁净，轻健滑爽，滤筛掉了所有的杂质，又是那么冰冷肃杀。

突然间，几声尖厉的呻吟从楼上飘落而下，尽情地将空气撕扯、切割，云林浑身不禁抽搐了几下。前几天老太太突发高烧，长时间陷入谵妄之中。家庭医生急匆匆赶来，初步诊断是肺部感染，说暂时不用送医院，先吊点滴看看病势发展再定。到了昨天，她病情稍有好转，但仍不稳定。云林还特别加请了一名中年护工，沈阿姨年岁毕竟大了，夜间看护根本扛不下来。

老太太神志时而清醒时而糊涂，但她的目光对每一个走近病床的人都是那般冷峻犀利，仿佛要把对方脑袋中所有卑鄙龌龊的念头一股脑儿地抠挖出来，暴露在光天化日之下。她在身体痛楚和衰竭的潮水中挣扎，而从嘴角滚涌而出的语流则积淀了数十年的怨毒，冷嘲热讽成了底色，吹毛求疵、古怪任性犹如一汪汪污浊的泡沫，触目地漂流在浩荡无垠的意识河流之上。好多次，云林对她由同情转为无法抑制的憎厌：真老不死的，命够硬的，老天给你的寿限还没到？

晓菁、希翔他们就要来了！一阵困倦袭来，眼前的橱柜、门窗在西沉的暖融融的阳光里竟然颤摇起来。云林本来想躺到床上歇一会，但一转念便放弃了。连日的奔波劳顿，让人倍感疲惫：膝盖沉没在一波波酸胀的潮水里，腰背阵阵作痛。昨天下午接待了一家国外大公司驻上海的代表，商谈日后的合作前景，当然是务虚的成分占了大半；今天中午还在锦江饭店宴请了一家国有银行总行的副处长，感情要时常联络，疏离久了自然会淡漠——无法抗拒的规律。哎，毕竟是上了年岁，力不从心。晓菁、希翔他们俩还真有孝心，在寿宴的前一日还要亲自上门送礼物。但他们真有孝心吗？鬼才知道！他勉强笑了笑，嘴角往一边歪扭，形成一尊颇为古怪的造型。一代人有一代人做事的风格，他们说话的腔调、摆出的架势都不是他习惯的。要多多包涵——用时髦的话来说，就是宽容！

他们姐弟俩能来坐坐，无论怀揣着怎样的心思，对他毕竟是个安慰。他需要神经的松弛。在繁杂的商务活动间隙，云林会就近在繁华的商业街游逛上一会儿，在玻璃橱窗反射出的大团光焰之中，心醉神迷地品尝着上海美艳绚丽的肢体上流溢而出的诸多韵味——对此他自小就熟稔于心。在他这已算是难得的享受了。

但这种悠闲自在的时光毕竟罕有，更多的则是近乎无谓的惊惶忙乱。今天一整天（从后半夜就开始了）云林委实有点坐立不宁。他不是没察觉，从和辰樱相好的头一天起他就明白自己处于那股汹涌的旋涡的核心。里里外外所有的目光，贪婪的阴毒的妒意十足的，纷纷投射过来，汇聚到他这把老骨头身上——更准确地说，在他那金光灿灿的保险箱上。焦灼而无奈的等待，还有就是鳄鱼般眼泪背后的央求算计精心布局好了的离间，都竭力将天平拨向自己一边。他都认了，照例是一笑了之，但此刻却分明感到了不安。

纸团包不住火。夭折的金三角项目还在发酵。午宴完事后刚迈进家门，沈阿姨就急不可耐地奔到他跟前，兜头便是一大通倾诉：先生不得了了！今天上午来了一个莫名其妙的客人，一会说是你的老朋友，几十年不见，看上去凶兮兮的，像个杀猪猡的……搞了半天，原来是个讨债的！他说今天不看见你就不走了，就这样赖了不肯走，最后还是阿叔跑出来把他轰走了。真是吓死人！你晓得他走到门口还说什么，债有主冤有头，下次还要来，半夜三更还会来，下次会派一个生了什么病……喔，对，生了艾滋病的人来，钞票还不出来，他就一直来，看最后谁狠谁厉害谁犟得过谁！先生你看看，到时候真来个艾滋病人，我魂都要吓掉了！这地方我待不下去了，还是早点回乡下去吧！

别听他瞎三话四，骗骗野人头！云林挥了挥手。霎时间，他的脊背上浮上了丝丝寒意。作孽啊！到办公室来还不过瘾，还真跑到家里来了！地址怎么会给他们弄到手的？他疾步登上楼梯，噔噔走入工作室，双手合十，嘴里默默祈祷着，仿佛想将那侵入住所的邪恶幽灵一举驱赶出去。

等到晓菁、希翔进门，老人还没从惊惶中恢复过来。晓菁身着浅蓝色衬衣，袖口点缀着缕缕向日葵图案的花饰，而希翔则换上了黑白两色相间混杂的T恤衫。初看之下，季云林不禁为姐弟俩色彩上的鲜明对比感到迷惑：还是那么孩子气！一抹欣慰的微笑浮现在嘴角。他有时也感到诧异，晓菁长得一点不像自己，但性情却是一个模子里刻出来的，野心勃勃，风风火火；而希翔在体态长相(脸型、鼻子、下巴)上更像自己，但却那么不争气，懦弱无能。

然而，温馨的暖意一闪而过，埋藏在心脉深处的冷淡(乃至敌意)绵绵不绝地弥漫而出。种子一旦撒下，便沉落到土壤的底部，扎下根来，有朝一日便会枝繁叶茂，蔚为大观。

天色渐晚。一阵寒暄过后，晓菁不再兜圈子，而是单刀直入，"爸，有些事你得早点交代清楚。"

云林坐直了身子，"什么事要说清楚？"

"你又不是不明白，还装什么糊涂！凡事总得有个规矩……"

"规矩？定什么规矩？"

"这样吧，长话短说——你书面写个东西，将身后财产的分割交代清楚；哪天我们陪你去公证处公证……爸，这样好吗？"

云林舔了舔上唇，目光转向希翔，"你也这样想吗？"

希翔目光抖颤了一下，含糊地"嗯"了一声，垂下头，随即又望望四周，一束绚烂的阳光垂落在地面上。晓菁接口道，"别再拖了，这样大家都安心也放心。"

云林扫视了他们俩几眼，"就这些要求？"

晓菁点点头，"这一点不过分吧，我们只是要保护合法权利不受侵犯。"

"合—法—的—权—利，"云林慢悠悠地念叨着，他轻轻咳了一声，"我身体好得很，还不会死呢！"

长时间的沉默。晓菁使劲摩挲着手掌，叹了口气，"你长命百岁当然是大家的福气，但万一……"

"说到万一，我倒说万一你们走在我前面呢，这岂不多此一举？"

又是沉默，彼此都听得到对方的心脏的跳动，鲜血的奔流，沉重的呼吸。而目光的交接对撞，终于引爆了愤怒的火山。云林清了清嗓子，双手啪地叩击了一下，"不去管那该死的万一，只是要告诉你，不用你们陪我去做什么公证，我会有自己的安排——我的钱想给谁就给谁，不用你们来操这份闲心。"

"你的钱——说得轻巧，不是我这些年累死累活给你打理，你那些本钱早就打了水漂无影无踪了，还会这样成倍地增值？我难道不该得个大红包？照理说，公司的股份我也有一大份……"

"混账东西！算是白养了你，算计到我头上来了。不管怎么说，现在这公司还是在我名下，都由我说了算。你要打这官司，到哪里都打不赢的！"

晓菁站起身，双手叉在腰间，目光丝毫不加躲闪，而是直愣愣地逼视着父亲，"你说了算——哼，你忘了，你的原始本金中还有妈妈的一大块：没有它，你那么容易掘到第一桶金？从法律上说，我和弟弟都有继承的份。你真把我们当成了傻瓜，想这么一声不响地独吞了？"

这一刻，云林只觉得脑海中轰的一声巨响，眼前跳荡着炫目的光斑，仿佛血管承受不住那么大的重压，刹那间爆裂开来，一汪滚热的血水左冲右突，沸腾到近乎妖艳的白沫浮漾其上。他本能地抓起茶几上的玻璃杯，劈头朝晓菁投掷过去。杯子滚颤了一下，在勾画出一小段优美遒劲的弧线后陡直下坠，啪地跌落在希翔脚边，一簇污黑的茶叶纷乱地横陈在殷红的地毯上。

就这样，云林右手的食指中指不停顿地摇颤着，在晓菁、希翔离去后好长时间后依旧如此。他早已丧失了清晰的意识，无法确定姐弟俩在方才流逝而去的时间长河中的哪一刻将他独自一人遗弃在暗黝黝的客厅里。突然，楼上又传来老太太撕心裂肺的叫喊——它犹如汹涌的波涛，撞击着室内凝滞的空气。云林本能地想站起身，但右腿一阵剧烈的酸麻，身躯好似大海上的一叶扁舟，东摇西摆。他大口喘着气，费了好长劲才勉强站直了，双手撑扶着沙发，静候着它慢慢退潮。

最后他一瘸一拐地爬上了三楼，弟弟云亭站在母亲卧室门口，看到哥哥过来，两眼顿时放光，兴奋地挥动着手臂，恶作剧般地吞吐着舌头，口中发出咿里哇啦的喧嚷，嘿——嘿，有老虎了！老太太依旧仰面躺卧着，目光炯炯，放射出一束凛然的强光。沈阿姨连声咕哝道老天保佑，现在总算安静下来了，方才她真是中了邪了，手舞足蹈，说看到墙壁上有只大老虎爬上爬下，还一个劲地急吼，说有几十只老鼠奔窜在她胸口、腹部，互相嬉闹打斗——她真真是永世不得安生了。护工先是死死按住她的手，想不到老太太力气还那么大，最后实在撑不下去了，只好用绷带把它们绑在床头。此时那护工神情颓然地坐在床脚，脸色灰黄。

客套地安抚了沈阿姨、护工几句后，云林匆匆趔趄回到二楼自己的卧室中。他感到胃部隐隐作痛，还泛漾起阵阵恶心。他没有一点食欲，便顺势躺倒在床上。初夏温柔的夜色涌入屋里，静静地流淌着，但他却陷入了前所未有的沮丧与颓唐之中。他合上眼睛，仅仅眯了一小会，又烦躁地坐起身，抓起床头柜上的话筒，拨通了辰樱的手机。此刻，他异常想念她光洁柔滑的肌肤，想再嗅闻一下她头发的气息：干燥，蒙着浅浅的尘灰，不时飘扬着淡淡的馨香。

辰樱的声音在电磁波吱吱咯咯的震颤中还是那么亲切熨帖，牢牢黏附在了他耳膜的褶皱上。嘈杂无序的喧嚷不时蹦蹿进来：她正在美发厅里，烫发那么麻烦，步骤那么多，刚刚做到一半，从头顶往下缀满了那么多五颜六色的卷发棍，真真烦死了。平时没那么多时间，好不容易早点下班赶过来。时间根本不够用，得见缝插针，朋友的那个饭局肯定要迟到了。她停顿了一下，"哎，你好吗？"

他愣了愣，"嗯……刚才晓菁、希翔他们来过了。"

"喔——他们还挺孝顺！"

云林屏住了呼吸，真想说，"我想你！你过来，马上过来！"但最后他只是说，"我妈妈又闹腾了……"

辰樱的声音变得愈加甜蜜，"只要不再闹了就好！你老妈生命力真顽强！你等会早点睡吧，别去想烦心的事，明天消耗大呢！你想我吗？亲亲，好好想着我——别忘了吃片安定！嘿嘿，明天见——bye-bye！"

劳碌了一整天的都市开始放缓紧张的节奏，歇息下来，而别墅小区外临近的公路也一点点沉寂下来。渺远的苍穹时断时续地传来一阵若有若无的歌吟（那是大街小巷成千上万电脑光碟上的录音与真人唱咏的奇特混合），间或穿插进不远处江边鸣响的汽笛，古朴而苍凉，辽远而凄惘。云林又一次躺倒在床上，胸口发闷，一下喘不过气来；腰部又是一阵酸痛。他无意识地伸出手去，想在暗沉沉的虚空里抓捏到什么——最后，他捕获到的只是情感的残骸，尽管它生气刚刚断绝，僵冷之前还散发出滚烫的热量。

不一会，沈阿姨轻轻推开门，问先生有啥不舒服，不来吃饭了？云林怔了怔，随即摆摆手，没事，你们先去吃吧，我休息一会。沈阿姨顿了顿，又嘀咕道阿叔不知道跑哪里去了？里里外外寻不到人。云林的嘴唇抽动了一下，眨了眨眼：是吗？沈阿姨叹了口气，丽丽这小姑娘又跟她男朋友野出去了，本来说好叫她去旁边马路上看看——真的寻不着，只好打110了。哎，三天两头发生这种事体，真吃不消！

房门轻轻地合上，云林的头颅在枕面上来回滚动，嘴里发出低沉而急促的呻吟。他看清了，终于一下子看清了，笼罩了多日的纱幕被揭开了：多少天来他其实一直演着独角戏，充其量是一出闹剧，逗得吃饱了没事干的看客哈哈大笑：傻，你看这老头有多傻，这把年纪，还这么风流，自以为多有魅力。人生的深渊悄然在脚底下豁裂而开，最终是一无所有的虚无。就像一个人呱呱坠地，花费了父母多少心血、消耗了多少食材才长大成人；然而，一旦大限到来，顷刻间便化为乌有。老天就这么无情无义，这么奢靡破费！

云林翻了个身，揉了揉干涩的眼睛。此刻他算是看清了：他和辰樱间隔着一道多么宽阔的沟壑。他不停地咬啮干瘪苍白的嘴唇：她心中完全没有他。以前的一切全是水中的幻影。她总是那么以自我为中心，总是那么关注的只是她自己，即便在她自愿将他拥入怀抱的那一刻也是这样。根本没有他的位置，他还一直自认是她最亲密的人。就像刚才打电话，那么有礼貌的应对（其实是敷衍），几乎是无可挑剔。

霎时间，云林瞪大了双眼，往昔混沌迷糊的一切最终被赋予了清晰的形式：她果然是个邪恶、贪婪、心计一眼望不到底的女人。他一直色迷心窍，没把她看透。晓菁说的不是没有道理——但出于父道和畸形的自尊心，他不愿承认，也永远不会承认。这完全是精心设计好的圈套，电视上天天播的就是这个：一个不知从哪块石头里蹦出来的女孩，披上一件隐身衣，闯进了某个大户人家，离间父子（如果不是她先挑逗，希翔怎么会整天神魂颠倒？）父女关系，无非想把巨额家产据为己有。这样简单的诡计，他怎么竟会看不出来？他成了她棋盘上的一枚子，一个她信手牵拉操纵的小玩偶。

云林重重地拍了下膝盖，心里充溢着浓酽的绝望，还有一股子沸腾、即刻便想发泄出来的愤怒：还做什么寿，开什么寿宴，取消，马上取消。他亢奋地坐起身，双腿垂在床沿，抓起电话，想通知饭店取消明天的寿宴。还得去找号码！要不打114询问一下。等他用水笔费力地把八位数号码写在纸上，颤巍巍地立起身，云林一下又犹豫起来：难道他真要取消寿宴？要通知那么多亲友，向他们解释甚至道歉——关键是为什么要取消？去就去吧，就当寿宴过吧，不要多想辰樱的事，更不要提什么结婚的事，就是祝寿，不就万事大吉？

他重重地坐回到床面上。人老了，就变得这么优柔寡断！前些年他还是当断则断，毫不含糊。云林抬起手掌，在幽暗的光线下不无自恋地细细审视着皱瘪的皮肤上散缀着的大大小小的老年斑：深浅不一的光泽，体态各异的线条、纹路，它们蕴含着形形色色的喜怒哀乐。在他眼里，那一股股深褐的色素是青春燃烧过后的余烬，它们积淀沉埋下来，经过了长年累月的熔炼，精灵一般孵化出了新的色调：庄重，从容，以及无可逆转的衰颓。

"辰樱……"

潺潺的流水声，远远近近，若即若离。云林已记不清从哪一刻起，他们俩有了微妙的感应：它没有如火如荼的璀璨绚烂，而是自始至终沉溺在一个斑斓而阴郁的梦境中，倦怠、苍老的气息萦绕其间，并羼杂进了些许甜腻腻的气息。

"辰樱……"

潺潺的流水声在耳畔飘荡，惆怅，忧伤。到了这把年纪，还在和儿子暗中较劲，争抢女人——嘿，他的脸面往哪里搁！

必须得紧紧攥住，一刻都别松手！自从云林不经意间察觉儿子垂涎辰樱的美色，便使出角斗士的蛮力，奋力向猎物扑去。要赶快做。的确卓有成效，姜还是老的辣：他带着她频频出入于上海滩最时髦的会所公馆，穿梭周旋于最高档的社交圈，仿佛手里握着一把金光灿灿的钥匙，咣当一声，一个个美丽的新世界浮现在邈远苍白的地平线上。

即便将一度罩得严严实实的俨然长者的面具脱卸而下，云林对她依然是百倍体贴。在他眼里，辰樱像是一头柔弱、注定遭宰杀的羔羊。在他步步紧逼之际，在致命的一刻到来之际，她眼里闪烁着惊惶无助的神情；徒劳地挣扎上一阵后，她半合上眼睑，喃喃自语：一切都是命中注定。

他会拉着她的手，轻轻挠着手心，耐心地解释他那个圈子里秘而不宣的规矩。他又尽力减轻着她可能有的愧疚，目标明确，但又顺其自然，仿佛一切都水到渠成。即便他在陪她逛顶级品牌店，为她买上几款极品礼物(项链，手镯，最后便是戒指)时，也不显得突兀生硬。

"辰樱……"

哗哗的流水声，嫩黄色的浴帘摇晃着，女人纤长妖媚的身影投射其上，但已被抽剥去了丰盈的肉身，只留下纵横迂曲的线条，上下左右摆动的姿态。云林倚靠在墙角，屏住呼吸，痴迷地凝视着浴帘的摇颤、伸缩、卷折，直至它高高地飞扬而起。

云林静静地等候着。反正已等了那么长时间。其实两个人都已是心照不宣。他们不无刻意地推迟、延宕着那一刻的到来。终于出来了，到了周五的下午，他早早便打发走了司机小刘，放他半天假，自己开着黑灰色的凯迪拉克，带着她来到了这家濒临太湖的度假村——他租下了一整幢别墅。蜿蜒迂曲的湖岸边长着繁茂的芦苇丛，远处一轮血红的太阳正徐徐坠落。黄昏时分，湖面上雾气缭绕，沿岸众多建筑的轮廓线变得模糊不清。他们俩换上了休闲便装，在临近的水榭、长廊边款款而行。云林牵着辰樱的手，时不时盯视着她，神情极为亢奋。他们趴伏在木栏杆上，不无孩子气地辨识着前方寥落冷寂的灯光。一束束灰白的光焰洒落在幽暗迷离的湖面上，下渗到斑驳交错的阴影层中，与虬曲残损的枝条、纷乱枯黄的水草以及偶尔间游弋而过的鱼群交缠、纠结，缀合成混沌的一团；而湖水的深处，则沉落在一片原始的黑暗之中：深渊就此豁露开来。云林明白，这是他一生中最后的幸福了：一种悲哀的快感涌上心头。

他们特意在此举行一个隆重的典礼，只有两个人见证的私密仪式。辰樱的目光一时间会变得羞涩起来，小兔子般怯生生地问道，"你是真喜欢我?"不多久，惊喜、迷醉的潮水翻涌上来，贪婪地吞噬了他们俩。午夜时分，温凉如水的夜色亲昵地舔吻着大地。他静静地躺在她身边，苍老、褶皱斑斑的手指抚摩着她浓密的睫毛，一遍又一遍。他将嘴挪到她耳畔，轻声说道，"不要离开我! 答应我，不要离开我。"她咯咯笑出了声音，猫一般难以穿透、捉摸的神秘。

一阵瞌睡过后，云林睁开眼，一阵剧烈的闷胀感袭上胸口，鼻腔里则萦回着一股硫黄的气味。哪里又有火灾? 此刻，他上身摇晃着，耳畔依稀回响着晓菁的声音：随你的便! 你爱怎么写遗嘱就怎么写! 但别想得那么美，到时候我们可以去打官司，能让医生出个鉴定，证明你神志错乱，已丧失民事行为能力。最终法院会判定遗嘱无效!

混账东西! 这帮不孝不义的白痴，没有良心，只想着钱——钱——钱!

然而，扪心自问，自己又好到哪里去呢?

窗外是苍茫幽渺的天穹，黏腻腻的空气满含雨意。他大口喘着气，等呼吸稍稍平缓下来后，便站起身，前后左右踱着方步。沉滞的枯寂，从内心深处衍射而出，投射到桌面、橱面和墙上，他则皱缩成了一缕细薄的影子。霎时间，屋子仿佛变成了一具厚实的棺椁，已铺砌上了坚固的墓门，将他永远封闭其中。他的五脏六腑被剜挖殆尽，几经风化后成了一具木乃伊。一直到多少世代之后，早晨第一束清新的阳光将会射入，又会有细嫩可爱的手指再次碰触到他貌似僵硬、一触即溃化为灰土的脸容，将他从永恒的睡眠的深谷里唤醒。

从早到晚，天气就这么暖融融的，直让人懒洋洋地打不起精神。瞌睡，软绵绵，沉甸甸，云亭他就一直沉陷其间：既不是睡眠也不是清醒，而是一种灰色地带，一种摇摇欲坠的过渡，转瞬即逝的非稳定状态。其实，他大半辈子就活在这种暧昧不明、昏昏欲睡的境地里，只有隔壁房间里传来的母亲没来由的哀号短时间将它打破。他仿佛被一只巨手拎起，擎举到半空，旋转了好几圈，砰地甩到了冰凉的水池中。

这些天来，一种深切的悲哀笼罩着云亭。一切都不对头：总有什么地方出了差错。天塌下来了地陷下去了，耳畔回旋往复的总是那支悲戚的旋律：《葬礼进行曲》。悲哀在墙面上徜徉，在床头流连忘返，辗转徘徊于大橱柜、天花板周围。那是融化了一半、黏腻腻的蜜糖，一汪激越澎湃的水流，一缕若有若无的香气——问题是丽丽她不过来了。

母亲的哀号又一次响起。它蔓延过来，在他耳孔内久久盘桓。九十多了，还那么强悍，力透纸背。又到了黄昏，他无法再撑持下去了。他应该使足气力，放声呼喊、号叫，以毒攻毒，至少在气势上压倒对方。反正他一直就这样过来的，在母亲冷眼的觑视下。他早就被母亲捏在手心里了，生下来没多久就这样。想想看，生了这样一个戆大儿子，你叫我怎么办好！真不晓得是哪一辈子作的孽！他并不明白每个字音的准确含义，但这些染着奇异色彩的音位却构成了独一无二的组合，从母亲口中源源不断地喷吐而出，每次略有变异，但永远是那可辨识的旋律。"去去去，房间里好好待着，沈阿姨你看好他！不要又哭哭笑笑，痴头怪脑，搞得在客人面前难看兮兮的——实在不作兴的！"

丽丽……丽丽！表哥来了，丽丽走了。不对头，这么多天，她晚上一次都没上来过。不仅仅这样，从早到晚面都见不上几次。更不对头的是，她似乎刻意躲避着他。只要两人的视线碰触到一起，她不是垂下头便是转过脸，和沈阿姨和哥哥云林叽叽咕咕说着什么。任何东西都可以用来作挡箭牌。都老头子了，还这么疯这么痴，妈妈在年轻时就不止一次呵斥过他：你这个戆大儿子，怎么一点没有自知之明。小姑娘有啥好多看的！自己也不去照照镜子，长了一副什么卖相，哪个女孩子会喜欢你！不要做大头梦了！要是再不管管你，真要变花痴了，在外面三天两头闯出祸来，不关到提篮桥里去才怪呢！

从一大早起，空气就那么潮湿，雾气般黏附在云亭苍老、干瘪得有些松脆的皮肤上，而他还像躺在摇篮中的婴儿，咧开嘴，照例贪婪无比地吸吮着香气熏人的奶嘴奶头。起床后，他趴伏在窗台上、楼梯口的雕花栏杆上，想在上上下下弥漫开来的紊乱纠结不规则的音响旋律线中捕捉到丽丽星星点点的声音。霎时间，他全身僵滞成了一座青铜雕像，在厨房袅袅飘飞的缕缕烟气中他猛地听到了她嗤嗤的笑声，那么一种甜腻腻的音色，随后便沉落到深不可测的静寂中，如一道幽惨的白色光焰划过浩渺苍茫的海面。

到了下午，楼里变得极为嘈杂，人来人往不断，飘浮着窸窸窣窣、陌生而又熟悉的声波——希翔晓菁他们的，哥哥云林的，而母亲的号叫又时不时地横插进来。然而，丽丽却变得杳无踪迹。等一等，那嘻嘻哈哈的男声莫不又是她前几天刚来过的表哥？不是，不是他，音高没那么低，音质没那么柔和。丽丽丢了，丽丽没了。云亭的呼吸顿时变得急促起来，火烫的血液滔滔奔涌，肆意冲撞着衰颓无力的器官——它们汇聚成一股湍急无比的气流，凶猛地将他往前推搡。他是得出去，出去遛遛逛逛，找他的丽丽。

雨丝淅淅沥沥地飘落下来，如《安魂曲》中一长串杂乱破碎的音符，擦掠过云亭的脑门、额角，沉落到幽暗的地面上。他笑嘻嘻地同小区大门口的保安打了招呼，乐呵呵地坐上了末班接驳巴士。此时，天穹上遍布着大大小小的星辰，它们调皮地眨着眼，向他昭示着一个个光明璀璨的时刻。他早已对它们的运行图案了然于胸，但亢奋之下心脏还是怦怦直跳，口里哈出一串粗重、备受压抑而又深情款款的音符。不一会他便径直到了地铁站：周围林林总总的楼厦外墙面上悬垂着艳丽多彩的霓虹灯管，它们连续不断地闪烁跳荡，好几束光焰映射在他脸膛上。一时间，他感到头晕，笑眯眯地合上了眼帘。随后他步入客流潮水般起伏颠动的站厅，勉力挤上了车厢。

不到半小时，他便抵达了城市的核心地带。他知道丽丽在哪里，敏锐的第六感将密匣的触须早已探伸到了外部广袤的空间中，细心无比地捕捉着心爱的人深藏不露的信息。对于他，丽丽永远是近在眼前，她仿佛是一块磁铁，牢牢地将他引向某个不为人知的隐秘所在。

此刻，丽丽就在眼前：其实他迈入地铁车厢后不久就发现了她，尽管一路上越过高高低低的人头，云亭望到的只是她的侧影背影。还是那暗黝黝、闪烁着晶亮光泽的后颈，壮实的身躯裹在绿底镶着黄白两色碎花的衬衣中，粗短的大腿上是向外凸起的招摇的臀部，熨帖无比地应和着车厢的震颤摇摆。她将头倚在右侧一个中等个子的男人的肩头。车厢剧烈摇晃着，男子的脸侧转过来，一张平板坦直、毫无回味余地的方脸。

到站了，密匣的客流急速倾泻而出，转眼间又重新灌注得满满当当。云亭尾随着逃难般的人流，耷拉着脑袋，紧张地追踪着丽丽的身影。一汪口水从唇角汩汩沁出，他抬起手臂，慌乱地抹了抹。一束束鄙夷、嫌恶的目光，瞬间闪掠而过。他在自动扶梯上站直站稳，向上袅袅飘升，天堂就在前头。到了上层站厅，丽丽的背影在出口闸机一闪，隐没在深幽的过道里。云亭一时间情急，加快脚步，不料竟然撞到一个高个子年轻女人的背上；她回过头，掸了掸皮色细洁的棕色小包，瞪直了双眼，"怎么走路的——神经病！"云亭自己也是一个趔趄，几番摇晃，双手撑到了闸机顶部，手心里顿时泛漾出一股不温不火的痛感。随后他抖抖索索掏出车票，背后又响起了吆喝，"快点好吧——动作这么木！"他屏住呼吸，将磁卡插入缝道口，费力地扳动银灰色的旋转栏杆，最终步出收费区，站立到了硕大的大红化妆品广告牌下。

云亭搓抚着手心,一道细微的伤口,幸好没出血。广告上那美女影星妩媚地向他笑着,手里擎举着血红的润唇膏,允诺将他引入繁花似锦的乐园。他焦急地环顾四周:丽丽走了,丽丽没了。突然间,他瞥见她与小方脸站在前方过道处,左顾右盼,商讨着什么。他一下笑歪了嘴,快步追上去。他们俩向右拐入一个半圆形的长廊,那边开着一家蛋糕屋一家茶馆,坐在店面外的座椅上,可以将下方开阔的大厅尽收眼底。

这家蛋糕屋内外晶亮闪烁,染带着浓重的卡通风格。柜面内陈放着五彩缤纷的甜品,时不时散溢出诱人的馨香。云亭伸出舌头,吞下口水。他站在弧形围栏边上,看着丽丽、小方脸在柜台旁排队点单,随后在一张小圆桌边坐下。这次他将丽丽看得清楚点了——怎么找不到脸上那一方雀斑……

丽丽依旧背对着他而坐,小方脸殷勤地说着悄悄话。店堂深处飘来的一曲曲柔靡的音乐将远远近近弥漫开来的嘈杂混沌调和得温柔可人。云亭嘴里又渗出口水了。他抹了一把,低着头,来到柜台前,点了一小块奶酪蛋糕,随后小心翼翼地端着纸盘,向着心爱的丽丽走去。小方脸扬起脸,不无深意地盯视了他一眼,又将头凑到丽丽边上。丽丽就在前面,丽丽找到了。云亭站到她身后,清了清嗓子,怯生生地叫了声:丽丽……

她转过头,睁大了眼:云亭大吃一惊,老母鸡变成了鸭,不是丽丽,什么魔法将她变成这样。他嘴里发出一长串咿咿呀呀的喧响,丽丽,丽丽你在哪儿你在哪儿,它如在民间辗转流传好多年的史诗，一波三折，绵绵不绝，尽管有小方脸的厉声斥责（滚，老不要脸的我叫你滚，听见没有），还是一个劲地往前奔涌，直到一个巴掌结结实实地扇上来，直到他浑身摇摇晃晃，整个世界在眼里变得颠倒旋转，最终跌倒在苍灰色的大理石地面上。

十一、寿宴上的小丑

已经是第四天了。

从那一刻起，川乐便停止了做家庭作业。貌似不经意间发生的变故。然而，从那一刻起，他便跨过了那道厚重威严的门槛，从此阴阳永隔：那是直截了当的拒绝，义无反顾的放弃，又像是稚气未脱的捣蛋闹场，一场男人阳物自我阉割的预演。

已过去了整整七十二个小时。川乐又一次睁开眼，世界并没变得面目全非，狰狞可怖；周围静悄悄的，手指触摸到橘红色毛巾毯外侧大团软绵绵、湿漉漉的空气，它们缓缓漾动着，向他允诺着又一个平和、温馨的日子。有的只是些细小的变异：阳光依旧洒落在书橱的边角上，只稍稍往上抬高了大半格；而覆盖在书桌上的阴影则悄悄向里挪移了四分之一。

好些天来，川乐一直想变换一种活法，实在是想。他不愿再做模范学生——偶像般地被供奉在神龛里，太恶心了！他这个所谓的模范学生，屡次在大赛中斩金收银为学校赢得荣誉，一下子跌入了臭水沟，变成了人渣。而这仅仅是因为用手机给大李发了张照片：一头毛皮酥软的蓝灰色小猫，正趴伏在床头柜上，懵懂好奇地望着前方。大李竟然憋不住，一下爆笑起来，惹得在讲台上侃侃而谈的黄毛老师瞪大了眼睛。他皱了皱眉头，一个箭步冲到大李跟前，从书包外侧的夹袋里搜出了肇事手机。呸，他真是个软骨头，一下就把川乐招供了出来。于是，他的手机也被没收。他们俩被责令写检查，大李乖乖服从了，而川乐则坚拒不从。

川乐被赶出了教室罚站，他一怒之下拨打了110报警，声言老师殴打虐待学生，非法扣押财物，限制人身自由。结果招来一场虚惊，全校从上到下沸腾了，像过节一般热闹。最后他因谎报事实而被那个胖墩墩的警官训诫了一番。但他还是不愿写检查，与校方陷入了持久的对峙之中。人有没法再退让的底线。他的底线是：你黄毛不归还手机，我就不做作业。他并无丝毫愧疚感，照样昂起高傲的头颅在校园里进进出出，旁人的指指戳戳悉数归零。正好那几天母亲在云南出差，而父亲中午急匆匆从公司赶来，赔着笑脸与校长、黄毛交谈了十分钟，拿回了手机，拍着胸脯保证让儿子写份深刻的检讨。然而，川乐至今没有写上一行。

在刚刚逝去的七十二小时里，他的头脑时不时陷入了莫名的亢奋之中，它好似一股汹涌的激流，蛮横、莽撞地往前冲撞，但目标依旧含混不清。哎，人为什么就不能享有第二人生呢？

第二人生……他干涩的嘴里喃喃地念叨着，心怦怦跳荡不已，与窗外浓密的香樟树在微风中发出沙沙簌簌的喧响形成了奇妙的应和。他急忙坐起身，下床打开电脑，不一会便登录进了“第二人生”的游戏界面。

用银灰色鼠标点开保存好的图案，房子的骨架是有了，还得在门外车道两侧铺上翠绿的草皮，植入高耸的橡树，还有就是洋梨树，那么小巧，再栽上一大片玫瑰丛——这样就圆满了。

再将鼠标移回到屋里。一个身材高挑的女孩，十七八岁光景，坐在梳妆台前，正对着弧形镜面细心打扮着。关键是还要对那女孩做一番修饰。颧骨太高，削平一些，表情调弄得再柔和一点，妩媚一点。上回选配的羊毛大衣色彩太暗了，有点老气，换种颜色吧，试试粉白的，中间点缀些玫红的色块。还有，要赋予她哪些性格特征呢？有点心不在焉，凡是有艺术气质的都这样。浑身从上到下散发着魅力，虽然有时鲁莽暴躁，但却是个接吻高手。感情当然要丰富，一定要有点孩子气，否则谁吃得消？

你看，此刻她正环顾左右，噘着嘴——嘿嘿，撒点小脾气。单单会绘画、弹吉他、钓鱼远远不够，还得用心给她涂抹创建一个宜人的环境，一个人待在这样的房间不闷死才怪！最重要的是还得给她找个玩伴。

他的手指尖灵巧地在鼠标前端的滑轮上前移后挪，不一会，一个年轻男人便从天而降，站在了门前的草坪边上。他约莫有二十岁，个子高高的（起码比女孩高出半个头），身着深黑色的双排扣西装，里面配着一件酱红色的衬衣，胸前配着条海蓝色领带，腋下还夹着个咖啡色公文包。要多帅就有多帅！哎，真没有创意，他的神情面相怎么和川乐自己那么相像啊!

突然间,川乐身后的房门吱呀一声打开了:母亲晓菁冰凉的目光又一次扫掠过他的背脊。她一声不吭,死死地盯视着他,像用CT机进行精细入微的全身分层扫描,仿佛他早已不是她的儿子,不经意间已蜕成了一头怪兽。这并不宽敞的房间浸渍在沉甸甸的静寂中,猝然间染带上了一股子粗粝野蛮的力量。在川乐视网膜上映现出来的光谱图上,它和黄毛老师鹰隼般尖利的目光处于同一层级面上。那一圈浅黄、微微翻翘的髭须,自鸣得意到了不无挑衅意味的神情举止(在课堂上也丝毫不加掩饰),还时不时显摆那辆半旧不新的 Skoda 车,仿佛比兰博基尼跑车还金贵——让人笑掉大牙了!

暗地里他曾偷拍过几张黄毛的正面照,随后在手机上将它调制成令人发噱的漫画,好像是经过了哈哈镜多重的扭曲、筛滤:硕大的脑袋,粗短的大腿,扎手的胸毛。而他在逮住大李那一瞬间脸上豁现而出的幸灾乐祸的狞笑,让人想起了小花猫扼住了一只小麻雀,正得意扬扬地炫耀着战利品。川乐对此并不陌生。上个月黄毛点名让好几个同学轮流背诵古诗文,大李在《诗经》佶屈古奥的语词丛林中挣扎,"蒹葭苍苍,白雪为霜。所谓——伊,伊人,在——在天一方……"课堂里爆出一阵哄笑。黄毛原本稀疏的眉毛皱蹙成一团,双颊涨得绯红,"你脑子进水了!——下一个……"

而在那一刻,川乐还徜徉在戴望舒阴湿潮腻、情意脉脉的雨巷之中,他时不时望着左前方一个女孩的后背,两根细长的辫子垂挂到肩头——多希望她就是朝思暮想的倩怡,就这样,由着她独自一人撑着油纸伞,行走在悠长而寂寥的雨巷,彷徨不定;而他真希望

194

眼前能飘过一个丁香一样浑身上下结缀着细密饱满的愁怨的姑娘。

在母亲目光持久不懈的逼视下，川乐的神经霎时崩溃了。他先是战战兢兢地发抖，随后体内爆出一阵莫名的轰响，他情不自禁地开始抽泣、号叫，双脚不停地跺踩，肢体左右扭曲、翻旋，仿佛一心想把附着在身上的魔鬼甩掉。等到这一阵歇斯底里的发泄退潮之后，他才慢慢安静下来，精疲力竭地瘫倒在旋转椅上。他双手托腮，思忖了半晌，随后乖乖地退出游戏界面，关上电脑，从丢在沙发上的厚重的书包中掏出课本作业本，重新做起作业来——日后他一直将这一刹那间的软弱视为奇耻大辱。

晓菁双臂交叠在胸口，玩赏着儿子的一举一动，嘴角轻蔑地抖了抖，"你不小了——快点把该做的事都做了，下午还要早点出去，外公寿宴不能迟到的！"

川乐歪斜着脑袋，倚靠在银色奔驰车后排右侧的座椅上。从粘贴着茶褐色遮阳膜的玻璃窗望出去，初夏绚烂热烈的阳光肆意挥洒在傍晚的空气里，熙熙攘攘的人流前后左右拥塞了大半条街面。他们好奇、贪婪的目光，深浅不一的肤色，五彩缤纷的服饰，幽灵一般地飘浮在炫目鲜亮、恍惚迷离的光焰（自然光与人造光的奇特混合）里，酿造出了周末闹市区特有的气息：温馨，不无发腻的甜美，以及酒足饭饱后的昏沉沉的慵懒。

川乐不停地抓挠着头皮。几个小时来，脑袋时不时发胀发痛，他似乎被推到了躯体忍耐的极限点上。阴郁黑色的潮水涌逼上来，围裹着他；而最令人沮丧的是，他的青春还没有开场便匆匆画上了休止符。他握紧了拳头，要坚决，不能半途而废，硬就要硬到底，就像上次临场退出英语竞赛——让事情变成铁板钉钉，不容挽回，即便事后妈妈母老虎一般尖声咆哮，恨不得扑上来将他撕扯成几片，好歹还是叔公揪住了她的胳膊，死命不放。男子汉就应该这样果敢、凛然，再不能犹犹豫豫的。

熟悉不过的街市，再过一个拐角就到那家大饭店了。猛然间，童维超变得焦虑起来，方向盘簌簌发颤。他瞪大了眼睛，如野性十足的猎犬满怀饥渴地寻觅着猎物：在这一带找个停车位比登天还难——索性开到斜对面那家新开商厦的地下车库里去吧！川乐抬起头，呆愣愣地凝望着前方铺展开来的巍峨耸峙的楼群，它们巨大的金属躯体将苍老的天际线切割得七零八落，一团团云霭散漫地盘桓游荡其间，浅淡的灰白色，中间镶嵌着数条金色光带，仿佛有魔法师在暗中推手助力，瞬息之间便孵育出无穷多的姿容形貌，让人一下子眼花缭乱，难以分辨。

坐在左侧的晓菁身着月白底色荷叶碎花短褂，眯着眼，沉落在深沉的瞌睡中，头颅时不时滑落到川乐肩头。他坐直了身子：还好母亲这会迷迷糊糊的，否则她会对街头穿着黑色短裙的女孩嗤之以鼻，对那些乘红灯停车间歇跑到车窗边上毫无愧色地叩打着玻璃乞求布施并偷塞着小广告纸的乞丐们更会怒不可遏地喷射出怒火的烈焰。川乐巴不得她能多睡一会，他敢打赌，那是她最最可爱的瞬间，绷紧的神经终于松弛开来，像个无忧无虑的婴儿。但好景不长，她睁开了眼，鄙夷地扫视着童维超的后背，咕哝着你开到哪里去？童维超直视前方，低声回答，"去那边车库。"晓菁伸了个懒腰，我们先下来，在这路口等你。

川乐和晓菁下了车，站在熙来攘往的十字路口，东西南北都环绕着洋气十足的楼房，奶黄色乳白色的都有。川流不息的人群，老老少少，男男女女，热烘烘的体味直扎鼻孔，好几个还差点撞到他们母子俩身上。晓菁避开几步，满脸倦容，打了个哈欠，连个车位都搞不定，这样的男人有屁用！川乐望着白色奔驰缓缓沉没在前方稠密的车流之中。不错，在妈妈眼里，爸爸什么都不是，只是一条虫，无足轻重，顶多是个可以随意使唤的用人，招之即来挥之即去，不放过任何可以羞辱他的机会。这恐怕是一切凤凰男（电视剧里隔三五天就会看到）共同的命运。他不觉得爸爸有什么特别不好，只要妈妈不在跟前，他还特别宠川乐，只要是儿子看上的他会千方百计买回家，还三天两头塞点零花钱给他，带他外出东游西逛，踏春赏花什么的，光动物园就去了三四次。只要有爸爸在，这世界就有一线生机。川乐暗地里还得多拍拍爸爸的马屁。但你不得不承认，爸爸在肤色、长相、气度各方面有着不小的缺陷。这在其他人那里都不是问题，可到了妈妈那儿都成了把柄：单眼皮，鬼鬼祟祟的小眼睛，扁平的鼻孔，黑黝黝、肌理毛糙的皮肤，随便换上什么衣装，举手投足间总脱不了那层土气。妈妈最看不惯的就是这个。方才午饭时她又大吵大闹了一场。她和川乐早就坐在摆满了盆盏的餐桌上，但老爸还是磨磨蹭蹭窝在书桌前，双眼紧盯着电脑屏幕。他看着母亲的眉头一点点紧蹙起来，弯成了弓形，最后她蹿起身，直奔书房，恰好与爸爸在门口撞了个满怀。随即又是一阵火药味十足的臭骂。爸爸近来挺迷电玩的，他需要放松，但让妈妈恼火的却是那些乱七八糟的照片，他时不时瞅着那些美艳逼人的女人的照片，尤其是辰樱阿姨的——在妈妈嘴里，她五毒俱全，十恶不赦。"你怎么会有她那么多照片的？""她挂在自己博客上的。""哼，你还有理，还一个劲地盯着看，安的什么心思？真不要脸的坏子，你倒跟我说说清楚。"

晓菁一向对不按她套路出牌的行径深恶痛绝，此刻一股怨气壅塞在她的胸腔里，泛涌着沸腾的白色泡沫，无处发泄；但她又实在不想太早去饭店——那样太掉价！她在黄昏热力的炙烤下不停地喘着气，匆匆打开黑色手袋，掏出湖绿色手绢，重重地擦拭着额头上沁流而出的那一长串饱满圆润的汗珠。四周围摩肩接踵的人流依次穿梭而过，街对角的一家大饭店门口，三三两两穿着西服的人聚集在旋转门两旁，仿佛等候着参加重大的典礼；不久，一辆前后缀满殷红色康乃馨的林肯加长车稳稳当当地停了下来，新郎先行下车，随后殷勤地弯下腰，将身着白色长裙的新娘搀扶而出，两人兴奋而紧张地环顾四周。门廊左右的玻璃立面浸没在浓酽、难以穿透的黑暗之中，霎时间一束阳光射衍过来，大堂深处摆放着的屏风、沙发，陪衬晶莹艳丽、生气贯注的兰花，如一尾尾岛礁清晰地浮现在阴暗苍茫的大海之上。而川乐则和母亲背对背，保持着微妙的距离。现在阿虎在跟前该多好！他记得阿虎住在离这儿不远的一幢老洋房的顶层，去年几个哥们儿曾到他家相聚，趁大人不在狂玩了一整天——这成了脑海中永不褪色的辉煌记忆。那幢楼房似乎被施了魔法，一走进去，便踏入了另一维时空区域。脚跟踩踏在旋转弯曲的楼梯上，簌簌的喧响升腾而起，在狭长迂回的过道中发出老上海滩空洞幽远的回音，仿佛众多尚未找到安息之所的幽灵时不时地长吁短叹，喃喃自语，而墙脚凹凸起伏跌宕的繁复的装饰纹路，窗户上锈迹斑斑的铁栅更是赋予了它一种极富诱惑力的沧桑感。相比之下，他家的别墅尽管舒适富丽，但总显得粗陋艳俗，缺乏风雅迷人的底蕴与细密坚实的肌理。他们俩经常互相交换礼物，上次在选班干部时川乐更是送了他几大板瑞士巧克力——关键时刻不能缺他这馋嘴一票，况且他还可以帮忙拉上几票。平日里川乐并不热心公益，但一旦当上班干部在同学面前便随时可以摆摆威风，更重要的是可以不再受人指使差遣。他很早就明白，让人牵着头皮管上管下的有多难受多窝囊！

　　晓菁转过身，瞥了川乐一眼，神经质地摩挲着手背。此时此刻，晓菁沉陷在巨大的纠结之中：她一点都不想去参加老头子的寿宴，从来就没真心实意想去，尤其在他将茶杯朝她投掷过来那一刻起。即便在踏进饭店前的最后一刻，她也会收住脚步，决然地甩手离去。只是，她只是不想将脸面撕扯得一干二净——总得留有回旋的余地。从一大早起(更准确地说是昨天傍晚离开老头子那儿起)，令人目眩的绝望便垂压在她的心头：先是丝丝缕缕的不适，随后便大面积地蔓延膨胀，浓度不断增高，再下去就快爆表了。真是晦气透了，一开头就碰僵了，死老头子，老不死的！也怪她自己太直来直去，缺乏游刃有余的手腕，遗嘱的事有多敏感！哪像那妖怪女人，竟可将老头子玩弄于股掌之上。今天是公开亮相，再接下去便是明媒正娶了——已进入倒计时了。真不知道是不是已领了证了。只要那本盖戳着钢印的小红本到手，世道瞬间就变了！

霎时，一股突如其来的骚动攫住了晓菁。她浑身颤抖着，体内仿佛发生了惊天动地的炸裂，她想离开，就此离开，马上走，丢下川乐，丢下狗屎不如的童维超，丢下那令人恶心的寿宴，那龌龊透顶的老头，卑鄙无耻的妖女人，叫辆车，或者索性钻进地铁，一路狂奔回家。只要能顺顺利利回到家，什么都不要，什么都不想。

一辆乌黑色的奥迪车缓缓驶来，堵在了路口的红灯前。一条大黄狗趴伏在窗口，好奇地探出脑袋，瞪视着熙来攘往的街面，在滚涌而动的市嚣的浪潮中贪婪地嗅吸着。不一会，它将目光移向晓菁母子俩，仿佛随时都会腾跃而出，扑到他们身上。晓菁厌恶地吐了吐舌头，转过脸；那一刻，罕有的疲惫感袭来，她一下被抽去了所有的精华，徒然留下一具衰朽的躯壳。

千等万等，童维超终于出现在对面路口。在别人面前他老是摆出这副道貌岸然的架势，除非瞎了眼，谁会看不出他是被辰樱那妖精给迷住了——难道他们俩之间真有什么勾当？怪不得只要话题一涉及她，他要么一声不吭，要么就是东拐西弯变着法子为她辩解。瞧，这会他还这么不老实，色眯眯的目光在身边那些下三烂女人的大腿上掠过。老不要脸的！

晓菁重重地咬着牙，拧开水杯，哗哗喝下了几大口。夕阳懒洋洋地铺漫在凹凸不平的街面上，她臃肿的身影投射在炫目的光焰中，聚合为模模糊糊的一团。真是惨不忍睹。转眼间她就这么老了吗？好多年了，她一直缺乏幸福。不是说她从没喜欢过童维超，刚过四十头皮已秃了大半，她面对的是一个青春梦幻的废墟：在那一大片荒草丛中，昔日里大理石华美的雕像东倒西歪地躺卧着。问题是一切都耗尽了。不管外表上有多么光鲜，芯子里早已是一片空茫落寂。有好些日子没碰过他赤裸的身体了，只要一碰到（甚至只要稍稍靠近）他，就会起一身鸡皮疙瘩，就好像面对一个完全不相容的异类。

然而，并不是百分之百的黑暗。总会有令人心悸的时刻，只要他卞律师的目光射过来，晓菁就会簌簌抖颤。这有多丢人——当她第一次发现自己喜欢上了那猴子脸后，先是强烈的惊骇，后演变成少女般的娇羞，她竟然又一次红了脸。多少次她责备自己的荒唐，就像一根随风飘摇的芦苇，但身体的冲力更为持久，更为强悍。哪天只要是他约好了到公司里来，她便满脸喜色，像过节一般开心，连下属也颇感惊诧。

童维超最终走回到了这一侧的人行道上，晓菁扭头便朝那家大饭店疾步而去，带着一种迈向刑场的悲壮感。小不忍则乱大谋，该去的时候还得去，到该出手的时候再出手。行人渐渐变得稀疏下来，他们或急切地缩回到大小不一的安乐窝里，或踏入凉爽无比的餐馆恣意吃上一顿。过了一会，还不见他们父子俩跟上来，她回过头，川乐正和童维超在后方十来米的地方并排默然前行。儿子一下长这么大了，她细细地打量着川乐。已经好久没这么仔细地观察他了。摊上这么个不争气不成器的儿子，天大的作孽！不想想自己在他身上投入了多少心血：为他设计规划好了锦绣前程，到美国英国加拿大留学，他英语学得好好的，不知哪根筋搭错了，竟然在比赛前临阵脱逃，煮熟的鸭子飞走了！天大的笑话！她不是不知道他脾气倔，但还是没想到他会这么自暴自弃。她仿佛望着一头失控的小公马，猛地挣脱了缰绳，恣肆无忌地向前狂奔，将途中的一切障碍物踩得粉碎。

　　一阵凉风从江面上扑面而来，混杂着汗水、废气、廉价香水、高浓度酒精、美味菜肴的气息，晓菁皱蹙起眉头，厌恶地掩住了鼻孔。那家黑灰色的大饭店镶饰着古典风格的外立面，巍然矗立在前方，身着暗紫红色制服的侍应生正殷勤地将三三两两的宾客引领进黄铜镶边的旋转门背后的大堂。晓菁放慢了脚步，心绪慢慢平缓下来，又细细瞅了儿子几眼。然而，他身上这股独一无二的犟劲不正是自己从老头子那儿袭取而来的基因在隐隐作祟吗？他竟然敢打110报警电话，敢顶撞威风凛凛的老师，敢不做作业，而且是那么从容自如——她为他秉持的那股罕有的定力而吃惊。就在那一瞬间，他们的目光在暮色中交合在一起，对撞、碰擦出一束诡异耀眼的火花，允诺着些许宽容与默契。它上下抖颤翻旋，刹那间便跌落在地，陨灭在漫漫尘土之中。

　　总有什么地方不太对头。他们仨一同从饭店左侧那尊青灰色狮子石像前懒洋洋地走过。此刻，从宽敞的旋转门里走出两个女人：前面一个身材高挑，架着一副大红边框的墨镜，土黄色的短裙与黑色的丝袜间呈露出一爿大腿，在阳光下炫耀着肉色的辉煌；另一个个子中等偏矮，粗短的脖子上悬着一根缀有心形蓝宝石的项链，身上只裹了件猩红色的抹胸连衣裙。她们俩嘻嘻哈哈地大声说笑，目光直愣愣、颇富挑衅意味地扫射到川乐一家三口人身上。川乐先是厌恶地低下了头，随后又入迷地瞪视着那个高个子女人。他跟在脸色凝重、疲惫的父母身后，好几次恋恋不舍地回转过头来，想要辨析出躲藏在墨镜后面那张脸的真容。

总有地方不太对劲。从踏进大堂的那一刻起，川乐便沉陷在似乎是没来由的深重沮丧之中。晶亮的石英钟，丰满的多层水晶吊灯，大红喜字衬底的婚礼海报——映入眼帘，沙发、吧台散落在波浪形弯折的过道两侧，一簇簇人工翠竹环绕在明暗交错的玻璃幕墙周围，背后则是人头攒动的大小包间，一览无余。几天来他第一次如此清晰地意识到了自己的尴尬处境，先前涌现的亢奋、欣喜顿时消失得无影无踪。一个尖锐、无法回避的问题横亘在面前：你该怎么办？你为什么要这样？他不再是众人瞩目的英雄，男子汉，一下子变成了孤家寡人，与周围骚动纷乱的世界分隔了开来，变成了一抹细薄的影子，随风摇荡，在肮脏的地面上小幅蠕动。

真是活见鬼！刚迈出电梯门，一辆湖绿色童车霸道地横亘在过道中央，躺卧其中的孩童正手舞足蹈，咿里哇啦地吵嚷不休。那对年轻夫妇一时间手足无措，俯身倚靠在童车两旁，哄逗着哭闹的孩子。他们仨摇了摇头，无奈地侧身绕过，踏入季云林预订好的大包房——前后左右总共放置了八张圆台面。老人正倚坐在窗台下的沙发上，左侧墙面上悬挂着巨幅大红寿字；一抹阳光直射在他皱纹丛生的额头上。一看到川乐进来，他困倦的脸上立即浮现出慈祥宠爱的笑容，挥了挥手，将外孙招到跟前，迅速从衣袋中掏出一个小红包，塞到了他的手掌中。叔公云亭坐在哥哥边上，侧转着身子，双手僵硬地交叠在头顶上，专注地凝视着窗外花园中迂曲的小径，耸峙在池塘畔的那一叠假山石在暮色中变得影影绰绰。不远处，希翔、琳姗默然坐在曲尺形沙发上，而小俊则趴伏在长条茶几上，旁若无人地操控着几辆蓝白红玩具汽车，尽情地让它们来回穿梭行进。

他们一家人相互间不咸不淡地打过招呼，用黏腻的陈词滥调寒暄了几句。各自的表情都有些惶恐、窘迫，像是面对着陌生人，残留在心间的丝丝缕缕绵薄而衰颓的亲情正快速地腐朽风化。川乐觉得，和刚才相比，母亲完全变了个人，她开始喋喋不休地诉说着，连原本神情如雕像一般呆滞的琳姗也被打动了，仿佛从一个深长的梦境中醒来，不由自主地加入到对话之中。

晓菁细细打量着弟弟、弟媳妇两人，仿佛刻意寻觅着他俩和睦或争斗的蛛丝马迹，"最近没多到外面走走？天气暖了，又是到欧洲旅行的好时候了——反正你们在那儿待了那么些年，都看够了。不过，孩子长到这么大了，总算解放出来了，可以自由活动活动了。"

琳姗努了努嘴，"你看，都快上小学了，还这么调皮！他爸爸下半年还要到欧洲去跑一次，为了编那套旅行丛书！那是工作，不是度假！"

晓菁叹了口气，拍了拍膝盖，"哎，看他这人，老是工作工作，但也没见到他做出什么摆得上台面的业绩！叫他来公司帮忙搭个手，他又摆着架子死活不愿意——哎，早先你们结婚前我就劝他弄一套别墅，还给他看了好几个地方。他偏偏不要，硬要住在市中心——对了，筹点钱，再贷点款，到郊区再弄一套别墅吧。事不宜迟，下手要快。别墅迟早会大涨，国家早有文件下来，以后别墅类

204

用地不再批了，外面的公司现在能囤则囤，就等过些年大涨了——过几天我先带你去打打样怎么样？一个客户开发的，可以要到内部折扣价。"琳姗欣然点了点头。

晓菁转过身，"小俊，快过来，看姑姑带给你什么礼物？"她拎起一大盒火车玩具，可以拼缀出长长的轨道，形形色色的月台和站屋，小俊见状兴奋地扑过来。她摸了摸他的后脑勺，"长这么大了，马上要上学了吧？好好读书，记住，考个第一名，姑姑有奖励！"

琳姗淡淡地笑了笑，"他哪里能和你们川乐比？为了进那家重点小学，光赞助费就花了十万。排队的人一大群，还是托熟人拼了命才进去的，否则连送钱的机会都没有！——现在有钱的人还真多！"

晓菁瞪大眼，摆了摆手，"孩子的事真说不准，一年一个样。川乐上学那会塞个万把块钱校长、书记就眉开眼笑了！"她意味深长地瞟了川乐一眼，"谁知道他以后会不会有出息！"

川乐低下头，恰好与叔公云亭的目光相遇。他诡秘地笑了笑，扭过头，望着小俊拆开玩具盒，将一长排车厢和一大堆零散部件摊放在茶几面上。他想走上前去一同分享，不料小俊投射过来一束阴冷、警觉的目光。他如受电击，急忙收住脚步，踅回到座椅上，掏出手机，漫不经心地玩起了游戏。

晓菁见状快步上前，夺过手机，"嗨，真要命！又玩手机了，拿过来——它惹的祸还不够！"刹那间，川乐眼眶内噙满了泪水，但他强忍住了。晓菁气哼哼地将手机塞进黑色手袋里，像在舞台上玩变脸特技，笑呵呵地转向琳姗，"这时代变化是大，消费每一年都在升级换代。先是买房买车，后是周游世界，接下来恐怕就是私人游艇飞机了!"

琳姗愣了愣，"怪不得你总是能赚大钱，思想这么超前，别人看不到的商机都给你捉到了! 不过，我们还实在没福分享受这些，到底实力不够……"

晓菁眨了眨眼，"怎么会实力不够? 和别人比，你们条件哪样差? 说不准哪天你父母一高兴，就给小俊这宝贝外孙买下了。"她抬手将了将披挂在前额上的刘海，不无羞涩地笑了笑，"不过，我真想去考个飞行驾照，自己好开上架飞机——在蓝天上飞啊飞，到处飞，飞翔的感觉真好!"

客人陆续到场，纷纷上前向寿星道贺，顺手奉上各式礼品红包，一时间全场温情醇厚，其乐融融。川乐快快不乐地坐在临近过道的椅子上，机械地掰弄着手指，冷眼旁观着这一幕平淡中不乏纯真、俗不可耐，并羼杂着大剂量虚伪与算计的活剧。一道看不见的屏障竖立在眼前，阻断了他与众人之间的纽带。杂沓的喧哗与骚动能够触及的只是他最外表层的肌肤，他超然物外，自得其乐。天色渐暗，灯影与弥漫开来的暗影交错杂合，四周围的人仿佛蜕变成了浮出水面的精灵，他们肌肉瘪塌，直至哗啦啦崩解脱落，化作一具具面目狰狞的骷髅。然而，总有地方不对头：辰樱迟迟未露面。人们交头接耳，焦灼的暗潮四下里涌动，此起彼伏。云林撇着嘴，不停地抬腕看表，神情越来越不耐烦，好几次掏出手机，对着屏幕凝视片刻，手指轻轻抚弄了几下，又放回到口袋里。希翔则不时站起身来，丢了魂似的左右环视，脸上灰黑一片。琳姗冷冷地觑视着他，云亭依旧半张着嘴，一脸不正经的嬉笑。最后晓菁搔了搔头皮，握紧拳头，朝桌面上狠狠叩击了几下，瞅了父亲一眼，咕哝着，"真没名堂，一点规矩都不懂！电话都不打一个——快六点了，她到底还来不来啊？"

她来了，辰樱最终还是来了。像是从地底下冒出来的精灵，她身着墨绿色短裙，丰满的上身围裹着淡粉色、镶缝着精美细巧花边的衬衣，一阵风似的快步走到桌边。一束妖媚的光焰，从她的脸部（看得出敷抹上了一层厚实的粉黛）披挂着谜一般的微笑中突围而出，羼杂着难以捉摸的诡谲，衍射到远近的桌面上。她先是忙不迭地和亲友们打招呼，又连声道歉，让大家久等了，路上堵了足足有大半个小时，随后落落大方地向老人献上了一大篮殷红的玫瑰，其间交错陪衬着白色康乃馨。刹那间，一股浓烈的芳香从翻翘卷折的瓦楞纸上飘袅而起，直逼川乐的鼻孔；他头晕目眩，差点流出泪来。厅堂内爆出一阵叽叽呱呱的喧响，随后便沉落下来，化为一波波细碎的咬嚼吞咽。宾客们频频举杯，陶然沉溺于滚过舌尖的繁复多彩的美味之中，在鲜活的酒精和烹炖煮烤炒煎聚合而成的五味斑斓的潮汐里随波逐流，暂时淡忘了周边的是是非非恩恩怨怨，昏昏然间与户外渐趋浓稠的暝色融为了一体。

淹没川乐的是一股巨大的苦涩味：黏腻，腥臭，混杂了过度鲜美的调料，而在他连续喝下大半杯可乐（早先已吞下了浓稠的苹果汁橙汁）后潜藏着伺机发威的恶心便恣肆无忌地炸裂开来：胃部疾速蠕动，忙于将一大摞鱼肉虾蟹的精华吞噬殆尽，再着手把林林总总蜕脱而下的尸骸通过幽暗的肠道排出体外。身体的不适、骚动触发了深度的精神疲惫，无力、虚脱之感弥漫到全身的经脉。他垂下头，周围的一切仿佛在瞬间与他脱离了干系，意识的光焰仅仅映照着自身。他腻烦透了，腻烦外公腻烦辰樱阿姨，腻烦爸爸妈妈舅舅舅妈小弟弟（他揪着妈妈的手臂，吵着要出去玩），对自己扮演的叛逆者角色变得兴味索然，就想这样静静地死去，缓缓地吐出最后几丝若断若连的气息；或者索性推开窗户，纵身一跃，砰然落地，一了百了，或者张开臂膀冲入街上湍急的车流，任其东碾西压。

　　他偷偷抬眼觑视了晓菁一眼，她一会与外公辰樱舅舅他们说说笑笑，一会又放下筷子，若有所思地凝视着前方。不知道她在盘算什么。妈妈说得没错，我是个不争气的孬种！刚由着自己性子活了几天，就撑不住了，节节败退，设想着种种妥协投降的后路。关键是要屏住一口气。要全神贯注于一件事，不要胡思乱想，这样整个世界的光会被你招引过来，聚合在一点上，引发惊天动地的核聚变。不能后退，要挺住。对此他并不陌生，幼年时在被窝里与老鼠面面相觑的情形又一次浮上了脑海。小家伙不知道后半夜哪一刻从长满常春藤香樟梧桐及众多攀缘植物的幽暗的花园中蹿进大门，沿着楼梯盘旋而上。它的一对小眼睛生气贯注，浑身黑灰色的鼠皮毛茸茸的，川乐真想伸出手去捏几下——但又有点害怕。黑色的诱惑，既让他惊惶，又充满了难言的魅力。淡淡的鼠臊味飘浮过来，夹杂着湿漉漉的尘土味，让人联想起黑黝黝、盘根错节的老树。他屏住呼吸，和老鼠四目长时间地相撞、对峙着，谁都不甘示弱。在那一刻，川乐嗅闻到了滚涌而来的大自然生存竞争的野性气息。渐渐地，它的爪子快挠到腮帮了，他差点叫嚷起来，但还是忍住了。突然间，楼道里传来一阵杂沓的轰响，它竖起耳朵，抖颤了下尾巴，惊惶地向门外窜去。

川乐张开嘴笑了笑，猛然感到体内有一股陌生的力量蠢蠢欲动，即将破茧而出，火力喷薄四射。正是在那一刻，他仿佛瞥见了自己未来生活绚丽多彩的全景图。然而一转眼，他便从亢奋的高峰陡然跌落到了茫然无措的泥潭中，几经挣扎，仍无法脱身。四周围空气凝滞，沉甸甸地覆压在头顶心，仿佛将人拽入了一个迷蒙阴毒的梦境之中，座席上每个人脸上无不鬼气森森。他揉了揉眼皮，喝下一大口汤水，便站起身，悄然溜出包间，沿着幽暗的过道走到尽头，右侧便是毗邻电梯口的宽敞平台。一侧墙面上嵌悬着硕大的鱼缸，黑红黄绿蓝白各色鱼儿悠然游弋。小俊趴伏在褪色的暗红色地毯上，摆弄着多节车厢；站台已大体上搭建好，迂曲的铁轨左右环绕而行。琳姗懒洋洋地倚坐在鱼缸一侧的沙发上，左侧脸颊上浮漾着几抹酡红，时不时摩挲着手背；见川乐过来，赶紧站起身，"哎，正好你来了——和小弟弟一起玩会吧！"说罢便款步往大包房而去。

几波客流相继而过，在一番热烈的道别之后各奔东西，或步入电梯，或走下大理石铺砌的楼梯；在密匝刺耳的喧哗过后，此地又一次成了一方孤独、锁闭的岛屿。川乐先是面朝鱼缸，观赏着上下四方穿梭游窜的鱼群，微微扑动的背鳍，参差错落、荧荧闪亮的鳞片，它们一同组缀成了一组组精巧的舞蹈，应和着大千世界汹涌跌宕的节奏。随后他将目光投射到小俊身上：小弟弟正专注地摁按着遥控器，驱使着四节车厢在环形轨道上缓缓前行。大约是感触到了哥哥渴望交流的目光，小俊稍稍转过身，快速觑视了川乐几眼，神情淡漠，其中隐含着抗拒，又夹杂着几分惊讶。他低下头，狠命地摁了几下按钮，霎时间车厢加速运行，发出吱吱嘎嘎的震响。

顿时，川乐变得手足无措。他退后几步，踱到了不远处的落地大玻璃窗前。夜晚的上海早已脱卸下了白日里严谨持重的外衣，变得温情脉脉、妖艳逼人：汽车、人流、橱窗店面，林林总总，纷纷然沉溺于璀璨浓艳的光焰之中。它们汇聚成了浩浩荡荡的河流，东涌西撞；人们虽然素未谋面，但却被一股无形的磁力吸引过来，聚拢成团，并以飞蛾扑火般的巨大热忱追逐着霓虹灯般闪烁的幸福、成功——它们好似天穹中的星辰，貌似近在咫尺，实则虚渺难寻。然而，此刻川乐的心却是冰冷的，他多么渴望能抓取到一丁点暖意。

小俊直起身，又回头瞟了川乐一眼，嘴角挂上了一抹诡谲的冷笑。他走到沙发边上，打开搁在凹陷的椅面（皮质干瘪松脆，色泽斑驳，隐隐黪露出粗陋的里芯）上的长方形纸盒，倾倒出杂多的零部件，开始组装月台与站房。一股揪心的绝望涌上川乐的心头，他甩了甩胳膊，捏紧拳头——正想砸碎坚硬厚实玻璃，破窗而出，即使沾满鲜血也在所不惜。妈妈爸爸没有紧跟着过来，难得的好机会。既然不想待下去了，为什么不溜出去，过一个逍遥自在的夜晚，想干什么就干什么，没有人能管着你。

然而，他能去哪里呢？倩怡的号码依旧静静地躺卧在通话本的角落里，他只打过一次，是她妈接的电话：你是谁？咄咄逼人的追问，他慌乱中忙挂了机。他已丧失再次尝试的勇气了——没再去自讨没趣了，说不定她早换了号码。最令他赧颜的是，这个曾经令他朝思暮想的女孩，她光彩夺目的形象如今在他脑海中已变得暗淡无光，在时光的侵蚀下急速风化，只剩下一圈模模糊糊的轮廓，丰满的骨肉早已随风而去。要不就去找莎莎吧，她住得有点远——但她愿意出来，只要你召唤她。

嘈杂激越的乐声从楼梯上方滚滚而下，川乐感到了一阵剧烈的恶心。他拐到沙发前，呆愣愣地坐了下来。小俊依然旁若无人地精心营造着他的小世界，一座站房已雏形初现，高科技含量十足的桁架、梁柱、顶棚、坡形屋面、自动扶梯各就其位。迅急的节奏碾过川乐的耳膜，他揉着眼睛，恍惚中瞥见莎莎那颗大门牙不停地闪动。头次见到这个高中学姐还是在去年秋天的校运动会上，当川乐精疲力竭地冲向八百米长跑终点线时，因站立不稳，扑通一下摔倒在粗硕的白线上，四周围顿时爆出一阵爽利的笑声。一个高个子女孩大大咧咧走过来，殷勤地弯下腰，搀住他的手腕，慢慢将他扶起，并笑呵呵地将一瓶矿泉水塞到他手中。川乐感激地对她笑了笑，不久他们俩走到临近的树荫下方，凉风嗖嗖刮过，几片枯黄的叶片在半空勾画出大半个忧郁的弧圈，缓缓跌落到他的肩头。

莎莎的确长得不漂亮，皮肤黝黑，颧骨耸突，脸部的线条近乎僵直，而鼻梁四周还点缀着若干银白色的斑点。她既令他厌恶，又滋生出异乎寻常的吸引力。深秋时节的风势愈加凛冽，有一次爸妈双双出差，让川乐自己放学后叫辆出租车回家。他恰好在校门口遇见了莎莎。她做了个鬼脸，拍了拍他的脑袋，问想不想一同去看最新上映的《蜘蛛侠》大片；他环视着砖红色的教学楼，苍黄枯涩的大草坪，以及洁净规整的喷水池，勉强地点了点头，随后两个人便风风火火地走在大街上。一股股撩人的清香从以卡通风格装潢的甜品店里袅袅袭来，仿佛将日常生活所有的温馨和甜蜜裹挟其间，她趁势转过脸，对川乐努了努嘴，龇露出那两颗歪斜、蜡黄的大门牙，"哎，去买个尝尝吧!"不多久，两人大口咬嚼着香草巧克力味的冰淇淋球，发出吱吱的喧响，径直步入对面街角那家大商厦顶层的影院。

黑暗中的影院永远是培育、滋养梦想的温床，也是越位、侵犯、巧取豪夺的苑囿。川乐用纸巾擦着黏腻腻的手指，好奇地打量着四周的观众。在身着暗红色服装的蜘蛛侠在曼哈顿的高楼峡谷中来回穿梭时，出乎他意料的是莎莎也对他发起了攻击：她粗长的手指先是在他膝部揉捏着，他感到了别扭，想把它们一一推开，但意志却处于深度麻痹状态。渐渐地，手指尖向大腿拓展着领地，并下滑到胯部，扯开了拉链，向着男孩最为隐秘的私处进发。猛然间，一阵剧烈的心跳袭来，川乐感到了一种近乎窒息的晕眩：在她无情、粗野、蛮横的搓捏中他暗暗汲取着某种甜美。从3D眼镜片中望出去的一切都像浮雕一般丰满有致、凹凸分明，而是前青春期的快乐却来得那么隐晦、含糊。当蜘蛛侠从玻璃穹顶的钢梁上陡直跌落时，川乐浑身抖颤了一下，他闭上眼，差点大声号叫起来。刹那间莎莎不安分的手指凝然不动，随后她匆忙从书包中掏出几张皱巴巴的纸巾，塞到他手里。他不敢正眼看她，紧张地四处张望，见人们如痴如醉地盯视着银幕上的蜘蛛侠，才用劲撩起皮带，仓促地擦拭着黏湿的胯部：一大滴精液悄然滚落到地面上。裤管外侧洇湿了一团，他费劲地摸了摸，喘了一口气，好像想将它彻底抹去。直到灯亮散场，川乐都没看过莎莎一眼：这一姿态既是谴责，又是默认。

此后很长一段时间内，川乐想方设法回避着莎莎。不接电话，不回消息，在校园中不期而遇也低着头急速跑开。但他并没有忘记她，一想起她，在全身起鸡皮疙瘩的同时，一股罕有的柔情从骨髓深处流泌而出。

一阵难挨的寂静。突然间，叔公云亭摇头晃脑地走过来，一抹黏腻的口水从嘴角边滚淌而出，滴落到白衬衫僵直的领口上。他先是嘻嘻一笑，随后举起那架双筒望远镜，瞄准起匍匐在地毯上的小俊。映现在镜面上的小俊霎时变得如此遥远，如此渺小，几经调焦，又逐渐膨胀、扩张，直至他的半个脸部占据了整个镜框。小俊终于感到躲在镜片背后那怪异的目光，抬起头，撇了撇嘴，瞪了他一眼，又低下头，继续修整着站屋。顿时，川乐又一次陷入无法自拔的绝望中，偶尔闪现的光辉灿烂的前景蒙上了一层厚厚的荫翳。他挺直腰背，猛地转过身，对着佝背曲腰的叔公招了招手，快步走到小俊边上。他仿佛怀着莫大的好奇心盯视着小弟弟的后脑勺，拳头慢慢攥紧。突然，他侧过身，走了两步，蹲下身，抓起停在迁曲的轨道上的银灰色子弹式车厢，里里外外触摸抚按，仿佛想打开暗藏的机关，抠挖出不为人知的宝藏。

小俊站起身来，犹豫了片刻，便拔出铁灰色的玩具手枪，满怀敌意地瞄准川乐，随后又急匆匆跑到川乐跟前，死命地夺过手枪，同时扣动扳机，砰砰连开数枪。川乐先是一愣，随后紧追几步，揪住小俊的胳膊：你给我！小俊倔强地咬着牙，别转过脸去。川乐伸出手抓住车厢，小俊趁机扑到他怀里，对着哥哥的胸口一阵猛击。两人扭打成一团，云亭放下望远镜，惊愕地盯视着他们俩，嘴里发出哇哇的躁动。川乐抬起大腿，一脚踹过去，小俊苦心搭建的站屋月台霎时变成了一堆七零八落的废墟，一整列火车车厢也东倒西歪，横陈其上。小俊哇地叫嚷起来，张口便咬起哥哥的肚子。川乐一巴掌将他掴倒在地，并狠狠地踢了几脚。小俊瘫倒在地，一时间动弹不得。川乐索性一不做二不休，拽住他的脚踝，将他倒提而起，悬在半空中，并前后左右晃荡了几下，好像在向世人炫耀着战利品。最终，他恨恨地把小俊往沙发上一甩，正好出出这口恶气，看这小霸王再来逞什么威风！

　　川乐扭头朝大包房疾步而去，小俊悲悲切切地哭泣霎时被一波更为浩大的喧嚣吞噬、淹没。走道里服务员来去匆匆，神情惊惶；大堂经理皱蹙着眉头，握着对讲机低声嘀咕着什么，几个含含糊糊的关键词语从耳膜上飞掠而过。川乐迷惑不解地望着这一切，随后沿着过道向左一拐，远远望见两个身着深蓝色制服的保安一左一右威武地站在包房门口，将三三两两看热闹的人们阻挡在外。川乐放慢了脚步，战战兢兢地来到两个中年女人身后。她们伸长了脖子，往里窥视：啥事情啊，闹得这么凶！他挤到前排，依稀看见舅舅希翔竟然站立在窗台上，一只手攥着圆形把手，一条腿已跨出窗外，犹如一只正要展翅飞向高空的大鸟。

　　"不要动！"希翔抡动着胳膊，"再过来，我真要跳了！"两个正欲上前的保安无奈地僵立在原地。弥散在厅堂里的喧嚷顿时归于沉寂。外公云林双手托腮，颓然觑视着围坐在两边的辰樱、晓菁、童维超、琳姗等人。晓菁不时站起身，死命咬紧牙，握紧拳头，似乎下定了决心，该出手时便出手，但猛然间又耸耸肩，坐回到椅子上，自顾自地喝起醇厚甘甜的红酒。童维超睁大了眼睛，愕然地瞪视着疯疯癫癫的小舅子，琢磨着他高大的身躯如何将窗棂遮没得支离破碎。琳姗低着头，不停地刷着手机屏，嘴角流露出一丝诡谲的微笑。而辰樱则凛然而坐，慢悠悠地啜饮着小盅中纯净的白酒；她将纸巾递到云林手边，擦了擦他黏腻的嘴角，又抬眼望着张牙舞爪的希翔，眼睛放射出夺目的火焰，似乎想就此穿透他的骨骼，潜入内心，破译出所有纠结盘缠佶屈聱牙的密码信息。

"说我不要脸，我倒要看看，是谁真不要脸！"希翔用手擦拭着额角沁出的滚圆的汗珠，声音越来越高亢，"做爸的不要脸，还指望儿子有什么脸！不就是一张脸吗？美的丑的，方方正正奇形怪状的，人人都要一张脸，人人都不甘心放弃这张脸，但它真有这么重要吗？你能指望它什么？希望它源源不断地给人们以希望，善意，还有，最重要的，就是爱！但你们想一想，到最后，你们发现了什么？什么都没有。有的只是虚情假意，敷衍，推诿，直到凶相毕露，彻底的无情无义，一连串的恶念，像空气中从早到晚飘浮着的有毒颗粒物，八辈子都漂洗不干净。"

希翔喘了一口气，大腿往里挪了挪，手指在空中重重点戳着，"你们这样看着我干什么？要知道，光有脸有什么用？做得再光鲜漂亮也只是一张面具罢了，用来遮盖心里的脏东西罢了。那索性就不要那张脸吧，把它扯下来，撕下来，捣个稀巴烂，让真实的里子在阳光下曝光，看看那到底是什么货色？这才真有种真有胆！不要一方面遮遮掩掩，还摆出一副君子嘴脸，看别人左一个不是右一个不是，天底下只有自己好！既然脸都不要了，其他更无所谓了，索性把裤子都剥下来，让你宝贝东东亮亮相，沾点喜气，常胜不败，无坚不摧！你有种你就脱啊，别不好意思，别找借口说这么大年纪了哪好意思！现在是年纪越大越胆大，年纪越大越没有底线越无耻！还装模作样地来祝什么寿，你到底想干什么就直截了当地告诉大家，总有图穷匕首见的那一天，我们都懂，我们都不是傻子！你还是不说对不对？好，那我来告诉你，告诉大家，你就是这么个人，这么个无耻的人！"

远近桌席上又飘漾起高低不一的喧哗。川乐往门口迈了两步，犹豫着要不要突破保安的防线溜进去。他转过头，发现小俊正站在离他不远的地方。两人目光刹那间相遇，小弟弟垂下头，泪水盈盈的脸上满是惊恐，混杂着愧疚和敌意。川乐快步走过去，伸出手，拍了拍他脑袋，"随他们闹吧，我们出去玩！"

小俊抬起脸，抹了把鼻涕，点了点头。川乐笑了笑，欢乐的潮水瞬息便从五脏六腑的深处涌到了略显苍白的脸上。他拉起小俊的手，快快离开这乱哄哄的是非之地。途中他脑海里还不时揣想、构拟着逃离此地，直至从人间蒸发的种种绝妙好计。

十二、黑洞再次探出了舌苔

十月十三日

我不得不相信，在衰朽的躯体上，断然生长不出灿烂繁茂的花枝。

八点半，又一个秋天的早晨。窗外雾气弥漫，脑子从里到外都湿漉漉的，只要一用劲，便绞得出半盆子水；只有昨晚在电脑上听的 *Yesterday when I was young* 的旋律，还不时在脆薄的神经纤维上来来回回摇颤摆动：

> 昨天我年少轻狂，
>
> 生命甜美的滋味，
>
> 有如我舌尖上的雨水，

我戏弄着生命，

　　仿佛它只是一场愚蠢的游戏，

　　就好像夜晚的微风，

　　逗弄着一盏烛火……

　　我试着朝右侧翻转——做什么事都那么费劲，疼；再向左，还是痛。尖锐的疼痛感瘫痪了我所剩无几的意志力。从腰椎间盘出了问题之后，我真成了半个残疾人。好长一段时间里会浑身僵直，腿部抽筋，动弹不得，和一具尸体已相差不远了。医生再三叮嘱我尽量多卧床休息。此刻我就这样仰面躺着，瞪视着灰蒙蒙暗幽幽的天花板，静候着弥留之际的到来。倏忽间，一束强光摇曳而过，招引来一长串斑驳缤纷的影像，熟悉的，似曾相识的，仿佛刚从前生前世悠长无比的梦境中醒来。

　　然而，这一瞬间里我体味得最多的还是厌恶，它针对的不仅仅是被狂乱的喧嚣笼罩、控制的外部世界，更是无可奈何地寄居在这具臭皮囊中的自己。整整三十五个春秋，我已经活腻了。真的是腻烦了，没完没了的重复，无聊透顶：当初爸妈为什么要把我生下来，而我为什么要这般贪生怕死，苟延残喘？我实在是一个胆小鬼，为何不果敢地抓起一把尖利的水果刀，戳刺进动脉血管，或者索性张开臂膀，跨过阳台上的铸铁栏杆，纵身一跃，就此一了百了？

　　刹那间，疼痛神奇地藏匿到了血脉深处。我慢慢坐起身，费力地将窗户推开了一道窄缝。楼外雾霭依旧弥漫着，毒素四溢，垂罩着远远近近狭窄肮脏的街面，铺天盖地的喧哗与骚动滚滚而来，穿透了整个卧室。千千万万的人早早地开始了一天的忙碌，为温饱生计攀升超前先据要路津一刻不停歇地奔竞算计争斗较量，欲望灼热饥渴的浪潮滔滔不息，织缀成了上海这座大都市汹涌而雄浑的节奏，生机勃勃，但里子中又隐含着一股挥之不去的悲戚与虚无。它仿佛是一首中规中矩的奏鸣曲，这两个对比鲜明的主题不断呈现，发展，跳跃腾挪，相辅相成，悄然隐形，末了在不经意间以不可阻挡之威势再度呈现。

火烫的痛感猛然间又袭上腰部，我顿时僵立在窗台边。不能再拖了，还是快点吃了早饭去医院，挂个专家门诊号，检查一下腰椎是否有新的病变，会重新照张 X 光片，搞不清的话，接着再做 CT、核磁共振检查：一整套复杂流程。我会顺便再去看看祖母。她在医院里已住了一个多月，医生写了好几张病危通知单。这次从澳大利亚回来后我还没去看过她。

匆匆洗漱完毕，我疾步走进餐室，钱阿姨在厨房里听到我走过来，忙赶来为我热牛奶、烤面包、冲泡麦片。我搔了搔头皮，坐到了奶白色大餐桌边——我惯常选择坐在里侧临近门口的位置，这样既可以观察到主卧室那边的动静，又可以尽情享受流泻进来的阳光。

主卧房棕红色的门紧合着，客厅内外悄无人声。琳姗又上班去了。听钱阿姨说，我不在家的几个月，她上班变得越发勤快，暑期里还隔三岔五送小俊去各类补习班，英语奥数钢琴，一应俱全，在上一年级前夯实基础。如果碰上小俊一个人在家，她会再三叮嘱钱阿姨管好小家伙，尤其严格限定上网时间，一旦犯规，立马断网。

我一边呷着添加了些许咖啡的牛奶，同时咀嚼起喷香、涂上了厚厚一层苹果酱的面包片，眉头一点点蹙拢：这次回上海也有十来天了，但一直没和琳姗好好谈一谈。我们俩似乎都刻意回避着对方，拖延着最后摊牌的那一刻。父亲生日晚宴之后，一切都变了味，一切都摇摇欲坠，再做个睁眼瞎也不可能。但我和她，两个生活在一起的熟悉的陌生人(特殊形态的婚内分居)，都蛮有定力，在冷战正酣之际善于管控好危机，好似两只性情难以相容的猫，躲藏在相距不远的角落里，警觉地窥视着对方的一举一动。我们俩相安无事，不是一味地谴责、诅咒，不让火药桶爆炸，不去把最后一层脸皮撕破——人有时候就靠这层脸皮活着。

钱阿姨见我心绪不好，便知趣地走开了，没像往常那样向我唠叨上半天。我用手巾抹了抹嘴角，便站起身，踅回客房，换上衣裤，随后拎好包，捏着车钥匙，径直下楼。今天琳姗将奔驰车开走了——她这些天里心血来潮，两辆车轮换着开，我拉开别克车左侧前门，稳稳当当地坐在了驾驶座上。很好，开着黑色车去医院，自然有种庄严肃穆的气象。

已经过了九点，雾气消散了大半，我不紧不慢地驶过几个路口，街道两旁原本模糊的轮廓线渐渐变得清晰起来。烂熟于心的街景，滚滚不息的车流，时不时地堵塞，让人昏昏欲睡，在这锁闭逼仄的空间里找不到一丝灵感的火花。当前方亮起红灯时，我会随机选择一个目标，看上半天，就像朱熹大言不惭鼓吹的格物致理，力图从中捉摸出宇宙间的奥秘。好几次，琳姗的脸容浮现出来，叠印在纷乱芜杂的街景上，活像耶稣受难图中悲恸欲绝的圣母。但细细辨析，面部略显僵硬的线条中丝毫找不到流淌着血丝的激情的印迹。起先，我实在想不明白她为什么不毅然决然提出离婚——早有统计，现在七成以上的离婚案件都是由女方主动提出的。她这是缓兵之策，为分割财产找到最佳时机，还是老于世故，因为自身的挫折而看透了男女情事的虚幻，摆出誓死捍卫婚姻的姿态，进而坐等我这段单相思千回百转地消耗殆尽，到时浪子自然回头，重归于好？

女人永远是团谜，总会有无法触及的死角。

不久，我抵达主干道，左拐弯后便不无蛮横地经匝道口强行驶上了高架桥。又是一长段拥塞不堪的路面，几经周折，终于抛开前后左右满满当当的车流，开入了临近医院后门的一条小路。这儿已是昔日法租界的地盘，浓荫遮日，一派清幽的气象，到前方路口右转便是这家大医院的正门，但由于是单行道，几百米的距离开了足足二十分钟。真是欲进不得，想退不能，我便结结实实地困死在路中央。在那一刻，我原本焦躁不宁的心反倒平静下来，听天由命地承受着这琐细的折磨与煎熬。霎时间，周围的一切像舞台布景般退缩到遥远的地平线上，上海变成了一座像癌肿块无限膨胀、扩张的都市。我自小便生活在此，但此时此刻它是如此遥远，如此陌生：昔日石库门弄堂门口聚集的小贩，连同他们的吆喝，四周呛鼻的烟熏火燎，邻里间朴实而温暖的嘘寒问暖，早已荡然无存；右侧人行道内侧竖立着一长排铁灰色的金属栅栏，翠绿、青绿、淡绿、黄绿等多种色泽的树丛枝叶灌木纷纷从大小不一的缝隙口探伸而出，一个头发花白的老妇人表情凝重，推着轮椅车缓缓前行；车上一个胖墩墩的中年人歪斜着脑袋，两眼半睁半闭，脸部表情僵硬，嘴角淌滴着晶亮泛白的唾液，仿佛是一具人类畸形退化的活标本。远远近近地喧嚣的浪潮汇集到了此地，已被过滤得七零八落，只剩下一层单薄细碎的浮沫。

这条东西斜向延展的小路像一面镜子，刹那间映照出了我和周子熙关系的真实面目。的确，这次在澳大利亚的几个月，我和她度过了蜜月般的时光。她经常到我住所度周末，我们一同去海滩，一同换上暴露意味十足的彩色泳衣，下海去游上几圈，无拘无束地置身在大自然的肚腹中，长时间地享受着蓝天、阳光、沙滩的魅力。几经犹豫，她的肉体舒张开来，毫无保留地与我相拥在一起。我们一时间陶醉在幸福的高峰。但第二天醒来，尤其在她离去之后，我便会感到一股难以言传的惘然。肉体欲望大剂量释放后总会感到疲累虚脱，但问题的根子不在这儿。扪心自问，我伤痕累累的内心依旧是空空落落，众多凹凸不平的褶皱并没有得到熨帖的抚慰。难道我真有勇气和耐心重新开始一切？它像是飘浮在白云之上的梦想，在我心中弹奏出温柔、伤感的小夜曲的旋律。不要再欺骗自己，更不要欺骗她了。我不得不承认，子熙她什么都好，年轻漂亮，光鲜诱人，但不管有多少冠冕堂皇的理由，因为与你相依相偎的并不是你的最爱，只是情急之下的替代品，尽管一点都不廉价。

好不容易挤进医院正门，七转八弯一番后终于拐入了夹在几幢楼之间的停车场，它在外观形貌上极不规整，东突西缩，可谓因地制宜，随物赋形。在过道右侧尽头的一个空位安稳地停好后，我拔出钥匙，锁好车门，朝右前方高耸的急诊大楼走去。一阵凉风迎面吹来，我打了个喷嚏，墨镜腾地一下滑落到鼻梁上。我扶正镜架（银白的底色上散缀着密匝的黑色花纹，让人不由得联想到潜藏在热带森林深处的诸多猛兽），款款前行。我实在是不敢走得太快，怕腰背会突然间不争气，说疼就疼，瘫倒在地上——那就惨透了！此刻，映现在我墨镜中的世界经过了精心的筛滤、修整，褪去了过分亮丽尖锐的色泽，一切变得柔和、平滑。在澳大利亚那些天里几乎一刻都离不开它；此外，通过附加给眼睛诸多它尚不具备的功能，墨镜提供了观察世界的另类角度，对周围环境没有一丝一毫的扭曲变形，只是降温减色，还筑起了一道柔性、伸缩自如的防护栏，最后你发现原来还可以这样低调地为人处世。

在上海，每次去医院，对我都是不大不小的折磨，是对体力、精力和耐心的高强度考验。昨天已在网上预约了骨科专家门诊，上面清楚地标示只有两个空额，但我挂完号来到诊室前，发现已有五六个人在等候。每个人几乎耗时半小时。不巧的是电子叫号系统出了故障，人们回复到以机智和蛮力争先恐后一决高下的原始时代。我的号码是4，是网上的排序，另一个老太太也是4号，她是现场挂的号，两套挂号系统，并行不悖，莫名添乱。她早就站在医生的诊桌前，双眼机警地扫视周围，唯恐我抢到她前面。但此刻，我的心情却是格外平静，既来之则安之。而且4这个数字本身就不吉利，是死的谐音，何必那么急着赶呢？我都三十五岁了，按照通行的说法，它是青年和中年的分界线，我已迈入了中年，古人有诗云，人到中年万事休：一旦染上这种心态，便处于前老年的门槛上了。

那个老太太歪斜着干瘪的身子，颤颤巍巍走出诊室，终于轮上我了。那位医生五十来岁，头顶已经秃了大半，只在边角上残留着几绺斑白的头发。他一脸职业化的冷漠表情，你感觉得到，那里隐含着几分讥讽，像是一个高高在上的神灵对人类日趋僵化、衰朽的躯体投以蔑视、嘲笑的目光。骨头是躯体的支架，一旦出了毛病，离整体崩溃的日子就不远了。他一面在电脑屏幕上查看病历，一面漫不经心地听着我的陈述。病情基本稳定，但理疗效果不很明显。上次已做过 CT 检查了，要么再做个核磁共振 MRI，看看腰椎间盘病变有何发展？不过要预约，至少三天后。在此期间，我心灵的软弱暴露无遗，像揪住了救命稻草，竟滔滔不绝地向他倾诉起来，将病痛的折磨和万般烦恼袒露无遗，好像他执掌着我的生死予夺大权。他先是有些愕然，后来变得越来越不耐烦，仿佛是我亏欠着他一大笔钱。我的话音撞击到铁硬的墙壁上，发出一串空洞的回响。最后我深感无趣，拿了 MRI 检查预约单，扭头走出诊室。突然间，腿部一阵酸麻，我赶紧扶靠住墙面，僵立在走道上。

谢天谢地，总算无大碍！渐渐地，我的脚步变得轻快起来。付费预约好检查后，我慢悠悠地折向病房大楼。快到中午了，但我却没有一丝一毫的饥饿感。对，听说老头子做了手术后也在这幢楼里住过——在此瞬间，我浑身感到一种弥漫开来的欣快感，一种难言的狂喜。前些天，我甚至会在半夜里笑出声来，它发自内心深处：好，太好了，他也有这一天，老天有眼。我醒过来后，会情不自禁地哼唱起几句老歌，这夜半的歌声，甚至惊扰到了黑夜白昼交替更迭的自然秩序。

然而，这份欣悦感并没有持续多久，一股揪心的绝望攫住了我，像一片阴郁的雨云倏地遮盖住了浩阔无垠的天穹。我的眉毛又一次皱蹙起来。障碍清除了，但目标也消失了，我一下掉入了无人之阵。无论我用电话、短信、邮件时不时叩击她黑森森的铁盔，辰樱她总是摆出一副拒人于千里之外的冷傲姿态，你不是我要的男人——最伤人的莫过于这句话。她就像一只美女猫，一面亮出尖利的爪子，一面情不自禁地抛着媚眼。既然我不是她心仪的男人，为何不斩钉截铁地回绝，为什么总在话里留有一番回旋的余地。不是心软，不是怕伤了我——这根本不是她的风格。为什么语调背后总散溢出一股绵绵的情意，一种欲断还连的纠结？她就爱和我玩这套猫捉老鼠的鬼把戏了。

心里痒痒的，忍不住又给辰樱发了条短信，每时每刻焦急地等待着手机的颤动。早上发过两条，都石沉大海。我就地取材，将当下鸡零狗碎的感受，编织成一长串富有魅力的字句，绣球般地抛过去，去试探、去骚扰她，用这一软性的方式闯入她原本私密的空间。这次回上海后根本就没见过她——今天就想见到她。

我从右侧拐入住院大楼，电梯厅里前前后后围着一大堆人。等了近五分钟，才勉强挤入了电梯轿厢。朝楼层显示屏一看，几乎每一层都被摁亮，像是一簇血红的火焰。从口腔里泄露而出的郁热的气体，同遍布大楼各处、因死神频繁光顾而滋生蔓延的衰败的肉体的气味，上下飘浮的消毒清洁剂的气味，以及常年潮湿的霉味混杂成一团，一齐涌逼到鼻孔前。我一阵恶心，差点呕吐出来。终于到了十四楼，我步入阴暗的走道，往左侧走了二十来步，推开一扇棕褐色的门，走进了祖母住的病室。

这是两人一间的特需病房。沈阿姨正倚靠在沙发上专注地看着电视节目，估计不是肥皂剧便是真人秀，看到我进来，眯起眼，愣了愣，随后快速立起身，笑呵呵地将我迎到临窗的病床边。她的目光躲躲闪闪，欲言又止。祖母已陷入半昏迷状态，眼睛大半时间闭着；偶尔睁开，也是漠然无神地盯着前方。沈阿姨俯下腰，在祖母耳边嘀咕了一会。等我进入她的视野，她的目光一下炯然有神起来，头向上抬了抬，一丝略显僵硬的微笑悬浮在嘴角。各式器械导管（注射管鼻饲管输氧管）交错缠绕在她脖颈、脸部周围，安置在床头柜上的心电监测仪、注射泵则连通到她的手臂上：生命已从她干瘪的躯体中流逝了大半，一缕幽灵般的游丝若有若无地盘桓着。面对这生命宴席上的残羹冷炙，我一时间默然无语。

我坐在窗前的沙发上，跷起二郎腿，懒洋洋地沐浴在秋天中午灰暗的阳光之中。我一边和沈阿姨有一句没一句闲聊着，一边觑视着在生死门槛上徘徊的祖母。在我晦暗迷蒙、模糊黏稠的童年记忆中，她高高在上，俨然成了家族威严和荣耀的象征。这个性情孤僻的老婆子，那么多年来与世隔绝，蜷缩在外人难以穿透的锈迹斑斑的硬壳里，逢年过节时只是露个面，点头寒暄上几句，她的即将离世已难以在我心里激起多少情感的涟漪。然而，不经意间，几片记忆的残片还是会让人沉浸在温馨的亲情之中。我小时贪吃，父母对零花钱管得很严，但素来冷傲的祖母一高兴，竟然会塞给我几块钱解解馋。我懂得不能将客气当福气，只能偶尔为之，不能成为通例，成为负担，她最怕人去纠缠打扰，我自己去要，难免会自讨没趣。她只要一瞪眼，一堵森严的高墙就此筑起，一切希望刹那间便化为乌有：鹰隼般的目光，高高突隆而起的颧骨，让人想起童话中阴险的老巫婆。有一度我迷恋看电影，一有新片便想去尝新，一场都不想落下。一部美国片只有晚上九点有余票，父亲早就发话说太晚了，怕影响我第二天早起上学。看着我从早到晚心急如焚的模样，还是祖母发了慈悲，偷偷给了钱，让我如愿以偿：那几天正好父母出差在外，他们鞭长莫及，任我自由自在，过上了天堂般的好日子。

还有一次，家里养的那只花狸猫在一阵狂乱的惊恐中抓破了我的手，血水从伤口涌出，汩汩地滚淌到地板上。祖母被这血腥的一幕吓坏了，忙拉着我赶到街道卫生站，要求打防疫针。那个穿着脏兮兮的白大褂的中年女人一脸漠然，不停摇头，喋喋不休地说被家猫挠伤了不用大惊小怪跑来打针。祖母则是不依不饶，最后掏了两块钱，让她在我手臂上扎了一针才罢休。将我领回家后，她立刻气哼哼地揪住那只猫，先是拎到半空，随后重重地甩到地上，再按住屁股狠狠打了几下。

突然，我的腰背又一次疼痛起来，仿佛某种骚动不安的气流潜藏在细胞的内核之中，急切地寻求空隙，将郁积的黑色能量大幅度地释放出来。同时，仿佛有着神秘的感应，祖母的头同时也猛烈地摇颤起来，脸上显露出耶稣受难般的表情，监测仪上的心跳陡然加剧，沈阿姨忙去叫来了医生护士，他们当即进行紧急救治。一阵忙乱后，她的心跳渐渐和缓下来，脸色也变得安详起来，慢慢沉入了深度睡眠之中。但在我的眼里，她已变成了陌生人，满头灰白的枯发，簌簌直立——这已不是原先的祖母，而是生命即将蜕脱、飘逸而去后残留下来的一具无用的躯壳。

总会有这一天，每个人（当然包括我自己）都会依次轮到。眼前这一幕预先演示了自己日后的大限——或许我还没有这福分，会在某个意想不到的瞬间死于非命，比如十字路口一场惨烈的车祸，或是猝不及防的心肌梗塞，在一个寒冷的早晨！

已过了一点钟，大楼里静悄悄的，人们大多沉入了午睡的梦乡。腰痛暂时退潮，得赶紧回去。我站起身，走到祖母床边，在她耳畔轻声说了几句，要她好好养病我过几天再来看她。在这一刻，我睁大了眼睛，凝视着大大小小、色泽饱和度深浅不一的老年斑：它是如此触目，从额头，沿着脸颊蔓延到脖颈、前胸，直至腿部。它是死亡步步逼近的预兆，我以前竟然一直没有注意到。她又一次睁开眼，用力点了点头，迷离的眼神饱含着希望与眷恋。临别时，沈阿姨又诡秘地朝我挥了挥手。我匆匆走出病室，不一会便钻入了黑色的别克车里。车轮向前滚动着，繁华的街市依旧喧闹嘈杂，生机益然，而此刻我的内心却充溢着苦涩的绝望感。一切都到头了，该经历的都经历了，该享受的都享受了，一切都在加速滑向终点。可以向这个世界告别，坦然地说声再见。甩掉这具伤痕累累的臭皮囊，没有什么好伤心遗憾的。

不过，唯一让人心不甘的是，就这样离去，没有意义——主要是没有尊严！

十月二十二日

不经意间，仿佛命运之手的推搡，你会读到这样的诗句：

> 我这个倦怠的灵魂
> 受到黑暗和寒冷包围。
> 像一个早熟的果子，汗水干瘪，
> 在命运暴风雨中，我的灵魂
> 在生存的炽热阳光下枯萎。

莱蒙托夫这几句诗，在修读欧洲浪漫主义文学课程时，我从意大利语和法语译文都读到过，但印象并不深。早上胡乱翻书，偶尔看到汉语译文，浑身震颤了一下。它是我自己当下精神状态活生生的写照。

平平常常的一天，时间照常流逝，逝者如斯夫。腰疼竟然神奇地痊愈了——别那么乐观，病魔恐怕只是暂时收起了尖利的爪子。还是应该高兴，我又可以安安稳稳地移动身子了，不再那么颤颤悠悠，左右失措。只是下身飕飕发冷，穿上了厚厚的毛裤，还是簌簌发抖。柔软的肉身，抵挡不住日甚一日的寒意。

阴郁的丧日之后，将会迎来耳目一新的一天。祖母是十七日凌晨去世的，一口浓痰吸不出来，噎住了，生命就此定格在那一刻。大殓日定在二十二日，今天：当初觉得要等五天好像隔着一长段遥远的距离，仿佛深藏在幽暗的帷幕深处。但它一步步来到眼前，当

229

下，现在。一切都会过去，连死亡都会成为过去，在极为短暂的露脸登台、用不堪直视的鬼脸向人们发出阴险的警示之后。

祖母活到九十五岁高龄，可算是喜丧了。从一开始，小辈们的泪水早已干涩、板结。

明明知道葬礼定在今天，但心里一直存有莫名的畏惧，想逃避，暗暗希望那黑色的一刻能无限延宕，推迟到不可测知的未来。

昨天晚上，我吞下了两片安定。一片肯定不够，索性就两片，好好睡吧，最好是长眠不醒。最好就这样善终，一切就免了，免除了一切麻烦和惊惧。直到今天上午出发前，我还祈盼着能有一场突如其来的灾祸发生，地震，美国和日本军机的空袭，或者恐怖分子驾机撞击东方明珠塔，上海版的"9·11"……

终于，什么都没发生。早餐之后，我格外精心地梳洗了一番：用电动剃须刀刮好胡子，换好白色衬衣，再配上灰黑色正装。我是如此从容，如此耐心，如此一丝不苟，琳姗等得不耐烦了，在客厅里叫嚷起来，"你到底什么时候好啊！真要命——"我含糊地应了一声，突然瞧见一只死蟑螂趴伏在洁白的窗台角上。我心中泛起一阵恶心，连忙扯了一小张纸巾，小心翼翼将它捏住，草草翻折合拢，丢进了马桶里。

这次我总算开上了白色宝马车，琳姗带着小俊懒懒地倚靠在后座，直接开往殡仪馆——反正姐姐姐夫负责操办丧事，我也乐得自在轻松。一路上，我们三人几乎一言不发，琳姗依旧是一脸漠然，小俊的头歪斜着，时不时左右翻转，又连连打哈欠，好像还未从睡梦中苏醒。他升入小学快两个月了，至今没有完全适应。谁能打保票，我们不是沉溺在一个冗长、绵密深幽的睡梦中？直到生死大限临近，还无法清醒过来。朝窗外望去，被秋日一缕缕冷凛的光线勾勒而出的街市呈现出熟悉的面目，人流熙来攘往，照旧是繁花似锦的温柔乡，但总与你隔着难以测量的距离，无法贴近；又给人虚幻不实的印象，像是舞台上纸糊而成的布景板，一戳即破。

我们到达丧礼厅时，离开始时间还足足有一个小时。姐夫童维超已在场，忙着和工作人员一同张罗布置。他向我招招手，表情里蕴含着惊愕、鄙视、公允、宽容，它们缀接成了奇特的混合物。他的脸蛋比以前丰满圆润了不少，粗短的手指时不时抚摩着微微泛红的下巴。大小不一的花篮花圈分列两侧，祖母的大幅遗像已高悬在一大簇青翠蓊郁的兰花上方，她表情略显木讷，仿佛快意十足地睨视着自己在人世间激惹而起的最后的扰攘。

宾客陆续到场，人并不多，大多是父亲的老友，以及一些久未露面的远房亲戚。他们的表情我并不陌生，这段时间里，在大街小巷素不相识的行人中，尤其是到灵堂来吊唁的来宾中，他们仿佛都用怪异的目光看着我，它成了一种看不见的恶性病毒，恣意穿行，污染了周边的环境。每个人都与世隔绝，戴着厚密的盔甲，甚至连最洁净最明艳的阳光都无法穿透，每个人都形单影只，沾沾自喜地锁闭在自我坚不可摧的牢笼之中。尽管这样，他们还是互相寒暄，喋喋不休的声波在厅堂内外弥漫、跳荡。

终于，老头子、姐姐、川乐他们来了。父亲神情凝重，稍有呆滞，手术后显然元气大伤，先前那不可一世的骄横已被林林总总无节制膨胀的癌细胞吞噬殆尽，但他举止得体，俨然一个技艺老到的演员。辰樱站在他身后，若即若离。她身着一袭黑色连衣长裙，深黑底色的裙幅上点缀着素洁的白色花叶。我的心又一次狂跳起来。不久，人们便被吸附到丧礼特有的肃穆气氛中。仪式的魅力在此又一次显现了巨大的威力。以往我年少轻狂，近乎鄙视一切仪式。但细细想来，仪式是人生不可或缺的元素。没有仪式，生活就成了一团黏糊糊的烂泥，无法聚合成众多轮廓鲜明的形体。而最早的艺术也是一种仪式，其间人神隐秘交流，而文学究其根本，也不过是语言的仪式罢了。

人生开场可谓大同小异，收场也遵循着同样刻板的脚本。当我们诸多至亲磕头、鞠躬，送灵柩上车后，祖母就独自走上了通向天国的道路。在随后的丧宴间，我好几次放下筷子，垂下头，暗暗思量，这一刻她已大概被推入熊熊的火化炉中，青灰色的火焰跳荡奔蹿，吞噬着那具濒于腐烂的臭皮囊——她会觉得疼吗？沿途又有谁引导着她穿过茫茫冥府，喝下忘川之水，将此世的冤孽洗刷殆尽，灵魂得以升入光辉灿烂的天国，或是重蹈覆辙，又一次步入生死轮回的轨道？

万事皆空，这陈词滥调此刻听来却是真切无比。的确，要不了多久，我自己也将被大自然悉数回收，步入永恒的安息。

每次从殡仪馆回来，我都会变得格外安心。

十月二十六日

不要灰心丧气！生命中还是会出现意想不到的奇迹——就在今天，辰樱竟然对我说，我爱你！太阳真的会从西边升起。这三个字音犹如炫目的强光，火辣辣地照射过来，将先前的阴霾一扫而光。我的眼睛一时间适应不了如此悬殊的反差，一瞬间差点瞎了，望出去前后左右是一片惨白的空茫。

然而，她又加上一句，但我不能……

我要牢牢抓住这个难得的机会：不能，为什么不能？

我亲吻了她，第一次，她很快闪避开去——但愿不是最后一次。我浑身战栗，从她那滚烫的嘴唇上传递过来的久违的快感流遍全身：那是碰触到禁忌高压线后的快感。

那是在午后，我们在新近建成不久的一处滨江绿化带内流连散步。江风吹过来已颇有几分寒意，但从杂乱厚密的云层中奔泻而出的温煦阳光还是让我们俩沉落在深秋丰润、烂熟的美妙时光之中，贪婪地吸吮着它在凋落陨灭之前挥发而出的最后一股美艳的气息。江面上浓淡不一的光影变幻不定，从幽暗到明亮，多种细微的色调依次呈现，错落交叠：这条亲水岸线使这座小市民的城市一时间变得气象宏阔、恢宏。我们永远不会在一起的：她在说出这句不无惊心动魄意味的话之后垂下眼睑，浓密的眼睫毛抖动了一下，凝望着水光潋滟的黄浦江面。一大团阴影铺展着，堆垒着，最后使人难以跨越，爱恋的迷醉雾时化为隐隐作痛的怅惘与茫然。

辰樱一再说，反复再三地说，我们在一起不会有幸福！为什么，这究竟是为什么？盼星星盼月亮，等候了那么长时间，每时每刻都祈盼着这一刻的到来，终于要美梦成真了——竟然连那道门槛还跨不过去？我竟会傻到让煮熟的鸭子飞了？

你不知道我是谁，我也不清楚你是什么人！辰樱摇摇头，甩动着披肩长发，绞弄着手指，目光中晃动着几分妩媚，更多的则是一眼望不到底的哀伤与无奈。她身着黑色镶边银白色连衣长裙，坐在一片青翠的草坪前，长时间地凝视着正中矗立着的那座古铜色的雕塑，阳光和阴影在其上错落交错——那是典型的抽象风格，乍看之下，一个长着猪八戒脸样的人乐呵呵地搂抱着一具机器人：好端端的人被无情地肢解、变形，支离破碎，变得猪狗一般。她却仿佛想从中琢磨、抽绎出若干深奥的哲理。在我眼里，她俨然是一座更为迷人的雕像。试想一下，艺术家在无数个白天黑夜里要花费多少心力，才能在一大片混沌黏腻的材料中打凿、捏合出一个完美无缺的形体，而她不经意间便完成了。她到底是什么人？晓菁好些天前就嘀咕，不是做姐姐的说你，你脑子真真进水了，被狗吃了，没见过有你这样白痴的！色迷心窍，也不看看她是什么货色！

　　你们男人都是混蛋，都是一帮野兽！我们俩缓缓往前走了百来步，一时间默然无语。走到一块向江面凸出的平台，辰樱收住脚步，狠狠盯视了我几眼，向上方伸出胳膊，像急切地向上苍祷告，随后来了个360度大旋转，目光中喷射出愤怒、复仇的光焰：你为什么老缠着我，为什么就不让我清静几天？有那么多女人，为什么偏偏盯着我？你们臭男人就这个德行，离开了我们女人你们就真不能活了？你这样的男人我见得多了，你以为自己有多稀奇？你是什么货色，我一清二楚。追我们的时候，像哄着小孩，你一个劲地说漂亮话，将我们毛捋得轻飘飘飞上了天。你只想要一时的快活，一时的虚荣，将我们当作战利品，满大街去炫耀。没一个有常性的，到玩腻了，随手一丢，当我们是垃圾是废品，毫不心疼，一脚踢进狗屎当中。

　　顿时，我一下蒙了，仿佛被重重刺戳了一下，内心幽秘的角落中那些尚未痊愈的伤痕被触动了，浑身上下酸痛，头晕目眩。无论如何，我不愿放弃辰樱，我不愿失去她。我爱她，我得说服她，得紧紧抓牢她，一刻都不放松。老头子撑不了几年，她得等等我，千万不要和他去领狗屁的结婚证，不要去当殉葬品。要么索性就豁出去，我们俩现在就远走高飞，离开上海，到哪儿都行，躲开那些不怀好意的目光。遗产泡了汤也无所谓，我不要他的钱——我现在只要她。

十三、鬼影幢幢

　　季云林睁开眼——又一次从睡梦的深水中浮升了上来。谢天谢地，他还活着，还寄身在光明灿烂的阳界，方才只在鬼门关那边兜了几个圈，又踅转回来了。

　　仿佛吞下了定心丸，云林脸上一时间浮现出孩童般安详、满足的表情。他轻轻摇着头，又开始费力地念叨数字：一二三四五六七……如此乐此不疲，一是检测自己脑神经是否健全；二是直接触摸到自己呼吸的节奏频率，证实自己还活着。

　　深秋时分的光线迷蒙苍白，缓缓地将丰沛深沉的宁静灌注到窗帘、桌椅、橱柜上，最终传导到床头揉捏得皱巴巴的被单上。他伸了下懒腰，快活无比地深呼吸了几下；但不多久，他的嘴角变得僵硬，那份怡人的宁静聚拢起来，在他周围垒筑起了一道难以逾越的高墙。慢慢地，它们又纷纷覆压到喉咙口，沉沉的，让他生出强烈的窒息之感。

一阵怪异的疼痛在脑部萌发、生成时，伊甸园里短暂的幸福就这样崩塌瓦解。原本就是幻觉。起先它只是星星点点，触发的只是零零星星小小的不适，些微的烦恼，随后加速扩散、膨胀，凝聚成一片令人目眩的痛感区域。季云林挺直身子，睁大眼睛，紧张地扫视着暗黝黝的天花板：难道癌细胞这么快就转移扩散到脑部了？他的手指在颤抖，牙齿咯吱作响。发病前莫名的腹部疼痛他仍记忆犹新，但脑子如此作疼还是第一次。

顿时，仿佛一道雪亮的闪电从天而降，他的脸色变得异常惨白，如游荡出没于阴曹地府中的幽灵。一汪黄色的口水沿着嘴角流淌而下。近些天，身体上下不时会分泌出一些来源不明的液体，发出强烈的怪味。到底是不一样，尤其是动了手术之后，伤筋动骨的。好多次，他想象自己的器官正在腐烂衰朽，即使他还有呼吸，这一过程悄然而行，而且变得不可逆转。

然而，这又能怪罪到谁的头上呢？不都是他自己坚持要做手术。几个星期里，辗转于多家医院，医生看了CT片验血单血管造影图腹腔镜检查单后无不摇头，没法做手术，百分之百没法弄，只能采用保守治疗（医院里的行话叫"姑息治疗"）——狗屁的姑息治疗，这帮狗娘养的都被癌细胞吓蒙了，于是不断地找各种借口搪塞、躲避。他偏不信这个邪，他要正儿八经地治疗，要活下去。听说胰腺癌到晚期很疼的，他要活，至少不想死得太难看。不做手术，五年生存概率还不到百分之一，拖上半年是极限了。半年——那实在是太短了，他还有那么多事要做，要了结。最后还算万幸，遇到了薛医生，到底是从美国回来的，敢想敢做，把手术给做了。才过一个月，已度过了最糟糕难挨的日子——那些天麻醉过后神志恍惚迷乱，大小便失禁，根本无法进食，只能整天靠吊点滴输送最低限度的营养。

恍惚间，季云林发现自己正漂浮在阔大清亮的水面之上。金色、黑色、蓝色的鱼群在四周逍遥游弋，墨绿色的荷叶密密麻麻地铺陈而开。他浑身软绵绵的，喘着气，在荷叶大小形貌不一、细密交错的缝隙间依次穿梭而过；由中心向周边辐射开去的叶脉，粗硕带刺的根茎，黄色白色粉色红色斑斓绚丽的花瓣，轮流抚擦着他的下巴，怪痒痒的。他早已丧失了强悍的意志，只是听天由命，沉落在激滟细密的波纹之上，随波逐流，在根茎花叶窸窸窣窣的喧响里不分南北西东，径直漂向地平线的尽头，漂向通达彼岸世界的大门。

他又一次睁开了眼——伴随着一阵剧烈的咳嗽。洋红色地毯上蹿升起一束束晶亮瑰丽的光焰，让人联想到大千世界的绚烂多彩，然而季云林感到分外刺眼，便合上了眼帘。几根粗糙、苍老但温暖的手指按在他的额角，是沈阿姨进来了，"先生有啥不适意吗？"季云林摇了摇头。"先生早饭想吃点啥？"季云林清了清嗓子，嘴角勉力挤出几分笑意，"随便吧。"沈阿姨使劲搓摩着缀满老年斑的手掌，随后又将了将披挂在额头上的那几绺干涩的白发，"早饭总归要吃点的！还是那句老话：人是铁饭是钢。我已煮好了粥，等歇就叫丽丽送上来。唉，这个小姑娘来了大半年了，手脚还是那么不利索，做什么事情都要慢半拍，真真天晓得的！"

云林淡然努了努嘴：以前他或许会计较这件事，现在一切都变得无足轻重，勤快也好，木讷呆笨也好，懒散也好，对他都一样，就像此刻楼上又隐隐传来弟弟云亭焦躁不宁的吼叫声。自母亲去世后，云亭越来越像关在提篮桥监狱中的囚犯了，没有一丝一毫的顾忌。那跌宕起伏的声浪似乎浓缩了人生的全部悲戚哀痛——有时候简直就是死亡的预演了。然而，汹涌的喧响落到了云林的耳里，却没有激起丝毫的回响。他就当它是屋外鸟的啼鸣，狗的狂吠，猫的叫春，一切都随落花流水而去。

不知过了多久，丽丽推门而入。她笑嘻嘻地推了推云林的肩部，"老板，起来，吃早饭了！"云林迷迷糊糊地坐起身，丽丽扶着他小心翼翼地下床，在扶手椅中坐正。她摆上一块长条搁板，随后将一条白色红点的围兜套到了云林的脖子上。还是粗硕但柔嫩的手指，从他的后颈背、下巴滑过。云林完全像个婴儿，任她摆布。他机械地张开嘴，慢悠悠地将白粥(羼杂进切碎的酱瓜腐乳)一口口吞咽而下。

云林咀嚼着，时不时觑视着丽丽。此时，她的表情淡然，戴上了职业化的精致面具，无懈可击。对于她，云林并不陌生，那扑面而来的香波的缕缕馨香，那粗硕柔嫩的手指，被酷烈的阳光晒成古铜色的肌肤，鼻孔边惹眼的雀斑；但更打动他的莫过于悬垂的乳房、幽深的乳沟和肥厚的臀部，青春的活力毫无节制地从头到脚流泻而出。突然间，他感到了深重的羞愧：在丽丽年轻躯体的反衬下，他自己完完全全成了一个废人，别人的累赘，连一日三餐都要人喂食。

的确，他明显感到了她深藏在心底的憎厌，刚才的笑意分明是装出来的。谁会喜欢你这个糟老头子？她手中的汤勺摇颤着，稀薄的汤水上下颠动——她加快了送食的节奏，期盼着早点结束这恼人的酷刑。

他猛地抓住她的手，往胸前一拉，在手背手掌上贪婪地狂吻起来。持续的沉默。灰尘在半空中翩翩起舞，像是在富丽堂皇的宫廷晚会上跳着一曲曲优雅的华尔兹，不停地切换，拉伸，进退旋转：就在那一瞬间变成了永恒，化作一座绝美的雕塑，包孕了过去与未来。丽丽缩回了手，但云林不折不挠地伸出胳膊，捏住她的手腕，喘着气，过来，你过来。可惜他已经没有力气去染指她殷红的乳头，去里里外外地探究她乳沟深处的奥秘。柔嫩的关节在他的拇指下方塌陷，吱吱作响。丽丽涨红了脸，一个巴掌扇到他嘴角上，一切猝然而止，仓促地画上了休止符。她瞪视了他几眼，随即收拾好碗盏搁板，疾步退出了房间。

云林呆愣愣地坐着，仿佛石化了一般，浑身上下无法动弹。过了好久，他缓缓地抚了抚下巴，上面还沾着一颗饱满的米粒，湿漉漉的。此刻，皮肉撕裂的剧痛弥漫开来。他垂下了头。他只不过像个顽童，在这把年纪还像个孩子，还想在女人身上验证自己的魅力。他不甘心就此衰老——最后是自取其辱。这女孩看上去挺开放，常常到弟弟屋里去——莫非她真会喜欢上那个白痴？

难道就是为了这个下贱的女人？又是一阵断断续续的咳嗽，云林用手捂住半边嘴，火辣辣的痛感缓缓退落到口腔暗暗幽幽的谷底，但牙齿不经意间却又疼痛起来。一股细微的尿意袭来，云林勉力站起身，踏着柔软的猩红色羊绒地毯，一步一颤走入卫生间。一股细小的水流滴淌而下，浅黄色的，如枯水期的河床里时隐时现的水洼。他拉好裤门，打开龙头冲洗双手。又是一阵咳嗽，他浑身摇颤起来，赶紧扶住了洗面池的台面。在这一瞬间，整个世界开始摇晃、松脱，变得模糊不清，逃出他视域的边框，悄然浮向远方的黑洞。正前方硕大的镜面中，清晰无比地映现出了他的脸容。他迅速觑视了几眼，垂下头来。在深重的羞愧之外，有的就是绝望。没想到自己这么快就老了。人生这么快就谢幕了。一长串熟悉的面容依次浮现在水汽氤氲的镜面上，像长篇肥皂剧中那些与你朝夕相处的角色，对着你挤眉弄眼，尽情撒着娇，或者索性噘着嘴吐着舌头。最后他们都撑不住时间之流的腐蚀，风化碎裂，化为一股青烟，沉落到天蓝色的瓷砖地面上。

　　到底是老了。云林慢慢踅回到床边，先是坐在扶手椅上，随后大腿根部感到一阵奇痒，便又颤巍巍地站立起来，走到临近窗户的小圆桌前，一屁股坐在深黑色皮面旋转椅里。他绞弄着手指，左右轻轻摇晃着，不停地变换角度，细细观察着卧房中排列在深色护墙板前的诸多家具摆设。猛然间，巨大的憎厌从心头萌生而起：先前那些亲切的物具顿时失去了光晕，无一不显得贫乏、平庸、僵化。近几个月来，他长久卧床，时时刻刻与它们面面相觑，此刻他只想飞快地逃出这牢笼：去北京香港昆明日本马尔代夫，再远到欧洲俄罗斯美国。随便什么地方，只要离开上海就行。自己有好多年没外出旅行了，公司繁杂的事务一直不让他有这份闲心；即便有，也只是出差办事：在宾馆住下，谈完生意便匆匆赶回来。的确，他的时间不多了，不能再在这散发着腐浊气味的空间中耗费大好的时光。他是得好好享受一下。

这幢房子也真住腻了！在空阔、长时间寂静无声的楼里，云林再一次体味到了心慌意乱的滋味。尽管整天有人侍候，他还是无法排遣孤苦无依的重压：他不得不独自面对前方慢慢豁裂而开、浓酽漆黑的深渊。此刻，他头颅歪垂下来，又一次跌入清醒与昏厥的模糊地带，仿佛真的走到了生命地平线的尽头。迟缓、滞重的心跳回荡着一种强烈的召唤：再买一幢新房，到高山下、海湾边，日日夜夜与青山绿水做伴，沐浴在清风中，洗涤衰朽的肉身。对，把那些剩余的钱投进去，不用再绞尽脑汁去算计什么投入产出比。人活在世上，能享受多久就享受多久。不去管那么多身后的鸟事了！他慢慢睁开眼，嘘出一口气。现在，已经没有什么东西能够管束住他，一切都变得无关紧要。

越过映现在黑灰色凯迪拉克车玻璃前窗面上那一番宁静安谧的单调景象，云林的目光在众多黑色铸铁栏杆、洋红色三角形尖顶以及风格式样不一的私宅花园上扫视而过——它们沐浴在午后刺目的阳光下，树叶在软绵绵的空气里飒飒作响，最终定格在了左侧驾驶座上的辰樱身上。他又一次感到了强烈的眩晕。他迷离而疲惫的目光不停地打量着辰樱，显露出些许无法掩蔽的疑惑。她还是先前那个娇媚的女人吗？怎么成了一个熟悉的陌生人！

两人间虽然只相隔不到一米的距离，但儿子希翔的影子还是死死地横亘在他们俩中间。像满怀冤屈、不安分的亡灵，他空气一般在他们俩周围游走、飘荡，间或还冒出哔哔的火星。它在老人心中东奔西突，将蛰伏的愤怒助燃成一簇簇冲天的火焰，滚烫的气流弥漫着呛人的诅咒，可将对方化为一团焦黑的灰烬。

云林没想到——尽管有怀疑，有揣测，但还是没想到儿子会出手跟他来争抢辰樱。凯迪拉克车驶出别墅区，极富弹性的轮胎在路面上颠颤着，不久便拐上了临近的快速高架道。放眼望去，一排排外形方正、呆板的楼房直挺挺地矗立着，铺展到苍茫旷远的地平线上，占据了大半视野。他揉了揉眼皮，此刻儿子仿佛从一片白色浓雾中走出来，执拗，冷漠，难以沟通。快三十年了，也是这样一个深秋的日子，云林骑着自行车，快速穿行在老城区破旧凋败的小街上，儿子稳稳地坐在车后捆扎好的竹椅上，好奇地东张西望。一片温煦的阳光从老梧桐树的枝叶间流泻而下，麻雀叽叽鸣叫，难得的暖流惬意地在车前车后滚动。然而，这只是昙花一现的亲子场景。儿子成长的历程与云林生意上全力拼搏的时期恰好重合，云林早出晚归，儿子的形象渐渐淡化，变成了一束单薄的影子，最后虚化成了一股气体，一个再熟悉不过的陌生人。而隔阂一生成，费多大的劲也无法修补。由于气场相冲，父子之间总有一种难言的别扭。只有在结婚的事上，他倒还听话，乖乖地由着老子做媒。他大概被女人搞烦了，觉得还是老子相中的人靠谱。

四散的云絮悠悠滑动游弋，在涂抹上浓重忧郁色调的高空缓缓聚集成团团簇簇，天色霎时间阴沉下来。左侧不远处的高架桥上，连接市区和郊外的通勤列车疾驶而过；硕大的广告牌、手机、汽车、美容化妆品，依次飘闪而过，寒碜简陋的小街尽头横亘着挺胸凸肚的大卖场：这单调贫乏的景致让云林倍感疲惫。搞女人没什么，天经地义，但天下的女人多得是，希翔偏偏就偷抢到老子头上来了，还公然在生日宴会上发飙耍赖。也不嫌手脏！去他妈的灾星！顿时，冬眠多时的怒气被唤醒，哗哗冲上云林的太阳穴，引发一阵剧烈的晕眩：得修改遗嘱，一分钱都不留给他。就这样定了，下周就叫卞律师过来。

不过，一旦这样，真就万事大吉，辰樱真就爱他了？云林时不时地瞟一眼辰樱，但目光不敢多停留，像是在做贼一样。此刻，映现在他眼帘中的是她的侧影，娇美，干练，不乏英武之气：米褐色的丝绸衬衣外面套着一件深黑色薄绒背心，蓝底黑白花色短裙（缀满了交织缠绞、繁复精巧的阿拉伯式花叶图案）从膝盖披垂到套着茶色丝袜的大腿上。她双眼警觉地注视着前方，硕厚的嘴角微微蠕动着。他多想支起身，凑上去吻她一下——然而，他现在却不敢放肆造次！

揪心的痛苦在云林心中慢慢发酵，泛漾出一层层细密的涟漪。不管怎么样，他都要失去她了。时间一分分一秒秒地流逝着，如湍急的河流，浩浩荡荡一路向前；而他只是一个死囚犯，时日不多，屠刀高高悬在头顶之上，不经意间便会咔嚓落下。每天醒来后第一件事便是要感恩，时刻准备着，把照亮他的每一天当作最后一天，感谢老天给了你额外的奖赏。对，就紧紧地抓住每一刻吧，从里到外细细品尝它，不久他就将变为乌有，化为幽灵，一小撮不起眼的灰烬，沉入永恒、令人战栗的宁静。就这样，让目光在她身上多停歇一刻！此时，他是如此无助，像一个孤苦无依的孩童，一步步滑向深渊。

路换景移，凯迪拉克车驶下了高架桥，车道两侧耸立起一长排葱郁的树林。辰樱上身映现在左侧的窗上，轻轻晃动，与摇曳而过的花叶错综的影子叠合在一起，它们在她胸前堆垒得花团锦簇。阳光衍射到她的肩头，跃动的光亮渗入脖颈下方凹陷处的阴影里，细洁的水晶项链熠熠闪耀，在光与暗的鲜明反差中酿造出了罕有的美艳。突然间，泪水涌上云林的眼眶，他急忙低下头，扭转过身，盯视着窗外：三四只野猫恰好奔蹿而过，一会它们便趴伏在路口，扬起头，不无挑衅地望着呼啸而过的车流，目光迷蒙，深不可测，不久便隐没在齐腰高的草丛之中。

　　然而，此时此刻，这一切纷扰对云林又有什么意义？在垂死者的目光中，大千世界被粗暴地扭曲、缩减，如一大堆杂碎的垃圾哗啦啦倾倒在这四壁装着铁窗的有限空间里，地狱般的黑暗吞噬了所有的光亮。随后是空白，无边无际，轻盈而沉重。但现在更要紧的是身体在发出警报，腹部深处满胀而起的剧烈胀痛，继而是袅袅升起的恶心。云林捂住了腹部，额头沁出汗珠：照医生的说法，反正还有七个月，也许——宽限下来也许是十六个月，十七，十八，十九……但最多不会超过二十四个月，那肯定是极限了。

　　他肯定要失去她了！云林的手摇颤着，牙齿咯咯作响：如果真要将她留住，索性一不做二不休，趁她不注意时猫下腰，蹿到背后，猛扑上去，像老鹰捉小鸡那样，逮住她，扼死她，关键是不能让她在云林死后还在阳光下自由欢畅地呼吸——这对他太残酷，也太不公道。就让她先行一步，让她鲜活的青春成为他灵台前最精美的祭品。

这样可就圆满了。

霎时间，一座佛庙金黄色的屋脊、土黄色的山墙耸露在左侧略显疏朗的田野尽头，周围错落林立着两三层的民舍。云林干咳了几声，示意辰樱开过去，去烧炷香吧！辰樱愣了愣，目光中流露出些许惊讶，随后"嗯"了一声，朝卫星导航仪屏幕上盯视了几秒钟，打转方向盘，来了个灵巧的 U 形转弯，拐入一条乡间小路。

前方的道路不断收窄，就像他即将趋于锁闭、休止的人生轨迹。前方行驶着一辆浅蓝色的大型垃圾运输车，干燥的尘土在车轮的碾压下飞扬而起，一股股呛人的气味直冲鼻孔。云林赶紧摇上了车窗。破旧的房间，阴暗的店面，肮脏不堪的招牌，后方纵深处横亘着一大片空地，刚被巨型推车碾平，零星杂乱的废墟，让人联想起光秃秃的头皮，寸草不生——又是一大片启动中的开发区，带着大剂量吞食春药般的狂热，如癌症一般吞噬着良田沃土，就像癌细胞在侵蚀他的身体。突然间，深重的沮丧弥漫到了云林的血脉间——竟跑到这鬼地方来了。年轻时虽然穷，比现在要开心多了。成天充满着滚烫的渴望，想发财，想住大洋房，想勾搭上大美人，想出国周游世界——日本香港美国欧洲像天堂一样遥不可及，人人都想抓住那根绳子，顺势攀上去。现在哪儿都不想去了，哪儿都令人腻烦、生厌。当年那股亢奋感怎么会这么快消失得无影无踪了？

但这一切都不是关键，都无所谓。云林漠然地凝视着窗外依次掠过的房屋、厂房、溪流、稻田。现在生死攸关的是要不要做化疗！手术过后人精神恢复了没几天，一次化疗就把人坑惨了。都说一次不如一次，眼睁睁看着你垮塌下去。那么就放弃？他坐直了身子，微微转过头，又瞅了一眼辰樱的侧影。决定放弃，那无异于等死。对，的确，可以少受许多痛苦，但等于放下武器投降。谁会甘心这样？都想多活几天。还是去化疗呢——那是找死，确确实实找死，多少人在他前面倒下了，惨不忍睹。

云林机械地搓着手掌，沙沙地喧响持续着，直到它蒙上了一层轻淡的红晕。做，还是不做：现在竟然成了美女野兽的游戏。一场难以决断的豪赌。该下决心了。医生三天两头打电话来，催促下周就去做。不能再拖了，越拖越棘手。前些天有人给晓菁介绍了一个神医，那位仇医师据说出身于中医世家，藏有祖传三代的秘方。反正就住在上海浙江交界处，不妨去看一次，抓几服药服着试试。

现在，还是先到庙里求个吉利吧！

不知不觉间，雨水淅淅沥沥地洒落下来，湿漉漉的地面上飘升起一股阴冷的气息。凯迪拉克车稳稳当当地停在了山门前的停车场里。辰樱熄了火，打开左门，先行下车，撑起了一把黑色大伞；云林勉力推开右侧车门，缓缓下了车。他浑身打了个寒战，顿时头昏眼花，四脚不稳，急忙攥住了辰樱伸过来的手。他睨视着映现在地面上歪斜的倒影，在细密的波纹中，他一夜间变老了，而且这么丑！辰樱挽着他的胳膊，此刻她的手是那么僵硬，缺少弹性，更缺少温暖的情意。

进了山门，前方二三十米开外便耸立着新近落成的大雄宝殿，殿前广场中央立着一尊深黑色的香炉，烟气缭绕，三三两两的香客围立四周，手持香烛，拱手祈愿。云林费力地登上台阶，进了大殿：颀长的香案后方，佛祖释迦牟尼结跏趺坐，超越于苦海之上，安详地瞰视着下界熙来攘往的芸芸众生。或许被庄严的氛围所感染，云林扑通跪伏在白色的拜垫上。他这次是真心实意地向佛祖祈福，求平安，让他病弱的身体在这世上多存活几天。然而，他隐隐觉得，佛祖并不神圣，在他富丽堂皇的外表下散发着一股俗艳之极的珠光宝气。

云林缓缓站起身，犹豫了一下，没有去求签——反正他已到了这境地，好坏已经无所谓了。但在内心深处，他依旧对冥冥之中的命运怀有几分敬畏，天机不可泄露，不该知的就不要知道，他不想再给自己添加心理阴影，只要心气平和问心无愧就行了！他走到辰樱身边，一同走下台阶。雨停歇下来，但天空依旧阴霾重重，就像辰樱此刻的脸。他轻轻地问道，"有什么不舒服吗?"她勉强挤出一丝淡薄的笑意，"没什么，有点困。"

不知是哪儿出了故障，一切都变得不对头，车轮突然间爆胎，方向盘失灵，头顶心冒汗，双眼望出去一抹漆黑。仿佛有一束隐形气流灌注进来，悄然改变了原有元素的比例成分。不知从什么时候起——云林他已记不清在哪个精确的时段，辰樱开始变得愁容满面，就像刚才那样。日复一日年复一年没有希望的劳作衍生的习惯性疲累，加上憎厌，但它们都被小心翼翼地储存在某个不见阳光的管道中，日积月累，蔚为大观。他所熟悉的爱的气息早已黯然退场，取而代之的是这种阴沉沉的乖戾之气，而且不时地加深变浓。它具备强大的生长繁殖复制能力，在她与他之间筑垒起了一道隐形的高墙。自从他做手术后，她恍然间就变了个人，表情便变得机械般刻板，仿佛在某个指令的驱使下变成一项无法逃避的操作，仿佛在耗尽心力地应付他。偶尔她也会露出笑容，那更多是她和别人，尤其和陌生人交往时。他早成她的累赘了！

不多久，轿车趔回到大路上，雨水已悄然停歇下来。云林感到了前所未有的困倦，眼皮无力地耷拉下来。又想睡了，他现在一天生活的主要内容就是睡，快变成考拉熊了，要睡上二十个小时才能勉强蕴积起最低限度的能量。车身轻盈地上下颠动，金灿灿的光焰滚过深秋萧瑟的田野，射入窗内，刹那间淹没了他的眼睑。一阵轻微的刺痛：还是醒醒好，没多久，有得睡了，永恒的安眠在不远处恭候着你。此刻，他感到身轻如毛，袅袅飞升起来，朝着天堂光辉灿烂的大门飘移而去。

突然间，又是一阵莫名的头痛，他睁开眼，嘴里异常干燥。他抓起一瓶矿泉水，费力拧开塑料盖，抿了好几口。他不无诧异地望着窗外快速掠过的景色，一切都是那么的似曾相识，激不起任何兴奋感。他已完全丧失了方位感，沉陷在时空迷宫中，无从突围而出。他轻声问道，"快到了吧？"辰樱的脸部毫无反应，"快了。"云林没趣地望着缺乏个性的规整的公路、加油站、住宅小区和大卖场——"应该没多少路了，你是不是搞错方向了？"她先是默然无语，最后"哼"了一声，嘴角剧烈地抽动了几下，好似准备发出一声怒吼：不会错，你没看见，我照着定位仪开呢！"还有三里路。"她的声音干脆利落，铁硬冷酷，云林一下变得极度脆弱，好像挨了一巴掌，脸部涨得通红，火烫火烫的，差点没哭出来。

完全是自取其辱！对此云林并不陌生，他不是没猜到，辰樱最受不了的就是他喋喋不休、怨天怨地的唠叨——但他似乎每一次都抱着幻想，幻想能出现奇迹，幻想她小鸟依人般地枕在他的胸头，倾听他稚拙得如同婴孩般的咿咿呀呀，宽慰他哄逗他让他一点点平静下来。然而，现在那些话像一条污浊的河流，从他口中汩汩滚流而出，顿时便臭气熏天，令人无法忍受：对，仿佛是欠下了九辈子还不清的孽债，身体的每个部件都出了差错，纷纷举起了反叛的大旗。从脑袋，到脸膛，到脖子颈椎，再到胸部肠胃，直到四肢，没一个地方是安生的，没一个地方能容得下他这颗焦虑暴躁傲慢而又虚荣心十足的心。

生死成败在此一搏。云林打了个榧子，吧嗒吧嗒，辰樱疑惑地转过头来，他自己也吃了一惊。活着还是死去，这是个问题，已记不得是哪个国家的诗人写的，现在他才真正体味到了其中蕴含的深意。不久，凯迪拉克车驶入了镇里，迎面一段路面正在开挖，车子只能缓缓沿着一长溜黄色隔离挡板绕过，饭馆便利店快餐店美发厅甜品店咖啡屋服装铺眼镜店旅馆炫目张狂的招牌——从窗前闪掠而过，如午夜的烟火，瞬间聚合成了一幅幅绚烂妖娆的华丽图案，转眼间便消失在苍黄寂寥的地平线上。最后车子开到了一条蜿蜒的小河边，仇医师住的小区紧邻栽满柳树的河岸，一长串黑黝黝的垃圾、塑料瓶漠然地漂浮在河面上。街面上早已停满了车，他们东拐西转，好不容易在一个岔路口找到了一个空车位。辰樱刚停稳，一个长着麻脸的大妈便冲过来，用粗厚的手掌敲击着车窗，急吼吼地要收十五元停车费。"急什么？不会少你一分钱的。"辰樱皱起了双眉，一层眼袋垂悬而下。

随后又是漫长的折磨：云林由辰樱搀扶着，喘着气，忽快忽慢地渡过几个路口，才踏入那片 20 世纪七八十年代修建的陈旧小区。黑色白色的栅栏将上上下下的阳台锁闭得如同狭逼的鸽笼，外墙涂料大面积脱落，豁露出了水泥粗粝的原色，空调外机锈迹斑斑，绿色蓝色的瓦楞顶棚东倒西歪，而伸展到半空的晾衣竿上披挂着五彩缤纷的衣裤被面棉花胎，在凉风中簌簌翻卷而起。他们俩按响了门铃，等铁门哐啷开启后，步入黑黝黝脏兮兮的门洞。云林颤颤巍巍地爬上陡直的水泥台阶，直到目的地四楼。那时，他已是精疲力竭，几乎瘫倒在地。途中辰樱一直有点心不在焉，手指一会死命地扣压着他的胳膊，仿佛想将它捏碎，一会又几乎松脱开来，只是轻轻攥着袖管，好像随时准备飘然远去，将他孤零零地抛置在这荒郊野外。

踏入狭逼昏暗的室内，云林迎面看见一个年过六十的男人坐在棕黑色的旧木椅上，身着一件皱巴巴、褪了色的中山装，头顶心光秃秃的，几缕花白的头发从额头两侧披垂而下。云林心中咯噔一下，巨大的失望顿时攫住了他。此刻，仇医师像是一尊技法拙劣的雕像，在他心中激发起的只是鄙视。辰樱略带惶恐地自报家门之后，仇医师轻轻颔首，示意他俩坐下。臀部落到棕褐色的方凳上，硬邦邦的，几条粗硕的裂缝在中间沉陷下去。辰樱开始诉说病情，并从包袋中取出厚厚一大摞病历资料，仇医师见状摆了摆手。他细细地打量了云林一会，从上到下；随后让他伸出舌苔，瞟了几眼，但并没有为他切脉。

长时间的沉默。云林与仇医师相距两米光景，相互瞪视着，对方在他的视网膜上渐渐虚化，变成一缕灰白的影子，犹如四处游走的鬼魂。云林心里滋生出几许烦躁，他不知对方心底里究竟埋藏着多少机窍。

几簇苍白的阳光从厚实的暗红色窗帘的缝隙间缓缓泻入，在暗沉沉的空间中注入了亮色，晶莹的白色元素在云林眼前跳跃着，不断地膨胀、弥漫，最终灰黑的底色也悄然被滤白了大半。"你心里有东西放不下……"仇医师的声音像法官威严的判词，斩钉截铁，毫不含糊。

"是——但谁都有放不下的事。"云林挠着头皮，喉咙里有些胀痛。

"别人我不管，我说的是你！"仇医师扬了扬眉毛，一板一眼地搓着手掌，"孽缘呀！心日夜有所思，郁积成疾。春夏秋冬，送往迎来，劳碌奔波，劳神伤骨。加上日夜颠倒，阳气亢奋，阴阳失调，顿失所依，邪气乘虚而上，酿成恶疾。"他停顿了一下，目光直射云林，仿佛如一台高性能 CT 机，将他的五脏六腑里里外外照射得通体透明剔透。云林浑身战栗起来，顿时被对方强大的气场震慑住了，敬畏之情油然而生。

仇医师又转过头瞟了辰樱两眼，低下头，放低了音高，"男欢女爱，阴阳调谐，人之常情，天地之大道也。然沉溺其间，不明事理，不辨是非曲直，一意孤行，色迷心窍，众叛亲离，祸害无穷。唯天仁慈，体恤众生，虽陷泥污之中，百病相攻，终有脱病一途，此所谓天无绝人之路。我开个方子，你抓几服药服，过两周视后效再做计议。"

他立起身，走到紧邻窗户的书桌旁，从笔筒里提起一杆笔，在砚台中蘸了蘸，挥毫书写起来。写毕后，他搁下笔，让字迹晒干，递给了辰樱。她赶紧收好，随手从包袋中掏出一只信封，轻声说一点薄酬，望笑纳。仇医师转过头，漠然地坐回到木椅上，辰樱尴尬间只得将信封放在椭圆形的茶几上。

又是一阵滚滚袭来的头痛，凶悍无比。云林垂下头，双肩拱起，默默忍受着。不知过了多久，他抬起头，仇医师依旧面无表情地望着自己。云林心中突然冒起强烈的憎恶——走，快走！他草草拱拱手，算是道别，紧随着辰樱，走出了屋子。

回到凯迪拉克车上，云林长长嘘出一口气：总算完事了。他仿佛又一次钻回到了温暖的母胎之中。雨珠又纷纷扬扬飘落下来，辰樱噘着嘴，操持着方向盘，疲惫与羞恼扭曲了她脸部的线条，"骗子，不折不扣的骗子。我早和你说了不要来，你偏偏还要来——都是你孝顺女儿做的好事！"

云林苦笑着，"来过了，心就死了！"暮色渐浓，车向前行驶到一个十字路口，交通灯霓虹灯广告灯箱在雨雾中交织成一片炫目迷蒙的光焰，在前车窗面上不停地跳荡闪烁。此刻他真想抓过她的手袋，将药方掏出来，撕它个稀巴烂，将碎屑通通抛出窗外，让鬼东西在细雨中零落成泥——那是最好的归宿。然而，他是累了。半天下来，他的气力已消耗殆尽，头往后倚靠着：反正就这样了！不去治了，还是好好在家静心保养吧！活一天是一天，让千疮百孔的生命流尽最后一滴汁液，一切化为尘土，包括支离破碎的亲情。

应和着车轮滚动的节奏，云林的嘴时不时张开，口水悄然流淌下来，沾湿了下巴。他愣了愣，掏出手绢，用力擦拭了几下。他记起好多年前，坐火车时遇到了一位医生，他大力推销养生偏方，一周里选一天，吃了早饭后，从七点后禁食十二小时，饿了就喝点水：这样能将体内积存的毒物一排而空，效果远胜吃补品膏方。云林想不妨一试，但勉强撑到下午三点，人就瘫倒在沙发上，口吐白沫、浑身打战。周围人被吓坏了，一时间手忙脚乱，甚至准备叫救护车。还好是一场虚惊！唉，都是那帮庸医骗子害的！

肚子咕咕叫唤起来，时间真不早了。云林勉强坐直了身子，迷糊混浊的目光打量着窗外闪掠而过的树林、屋舍，还有就是那些在空中翻旋打转、散落堆叠在路旁的枯叶，它们整面或大半面已变得焦黄。萧瑟的风雨中，凛冽的寒意不断增添着威势，不久它将无情地扫荡大地，并披裹上一层厚厚的霜冻。

嗯，回去就打电话，下星期还是再去做次化疗——毕竟不能等死！否则他会发疯的。对，不管辰樱安的什么心，还是要和她结婚。就是要做给那帮不肖子孙看看，他还没进棺材呢！要是能再生个孩子，就功德圆满了。

前方苍白的雾气中，一道紫色的光焰在盘桓，若有若无。四周围排成长龙的车列，仿佛战败后的大溃败，你争我抢，互不相让，急切地寻觅着逃生的出口。永远不得清静，耳畔永远充斥着嘈杂的喧嚣：呜呜呜叫的消防车救护车，穿梭行进的大客车。通过一片繁华街区后，紧随其后的是一长段空空落落的公路。猫狗在黑暗的深处游荡，不耐烦地等待着下一个黎明的阳光。快到了吧！云林缓缓地昏睡过去，又一次变成了摇篮中的婴孩，全身蜷缩在柔软的被单中，大口喘着气，满怀恐惧地面对逼压过来的陌生世界，迷蒙、广阔，泪水洇湿了微微泛着红晕的脸颊。

十四、骤变

　　这早已不是第一次了。辰樱身着橘黄色上衣，伫立在十字路口的街心花园旁，绞弄着手指，不无焦灼地注视着熙来攘往的人流车流。花园四周环绕着半人高的绿色树篱，几条迂曲的红砖石小径汇聚到圆形中央地带，那边赫然耸立着一尊现代风格的银灰色雕塑，飞翔舞动的线条，凌乱堆叠的块面，不乏奇形怪状的狰狞相：在此，无法相容、契合的极端与对立，被创作者的意志强行扭合成一团，粗暴地镶嵌在同一个框架内，协同呼应着大千世界血脉中最深沉最隐秘的节奏。后面长方形花坛里则精心栽种着深秋时节盛开的菊花，红白蓝紫黄绿，用一簇簇一串串缤纷浓艳的色彩装点着苍白枯寂的背景。

　　刚过一点，午后最为悠闲宁谧的时刻。对街小区蓊郁繁茂的香樟树在人行道上投下了一道道错落有致的暗影，一个工人正将绛红色油漆一笔笔刷抹在或直挺，或盘曲，纠结成花草图案的铸铁栏杆上；不久，温煦的微风便挟带上几分油漆味，萦绕在辰樱的鼻孔边，密实、甘醇，隐藏着几分乖戾、撩人的狂野气息，让人欲拒还迎。而花园后方另一侧路口，数个食客正围坐在店铺门口的圆桌边，忘情地吃喝说笑，浓烈的羊肉烧烤味袅袅飘升而起，弥漫开来。她急切地从黑色 LV 包袋中掏出手机瞄了一眼，蹙起了眉头。

希翔终于出现在她的视野中。他走近了她，颔首示意。随后他们俩一前一后，保持着二三米的距离，耐心等待交通信号灯由红转绿，穿过马路，往前走了二三十米，往右拐到一条狭窄的小街上，步入了不远处的一家经济型旅馆。

在狭长的大堂里出示证件登记、付款、拿电子门卡，到踏入电梯上楼，穿过悠长的走道步入那简朴的标准间，不过五分钟光景，但辰樱却觉得这过程分外漫长。锁好门后，希翔将咖色的手提包朝乳黄色的沙发上一丢，急匆匆拉上紫灰色的厚窗帘，弯下腰，熟练地拧亮了床头墙面上的电灯按钮：几经调试，营造出一方温润、丝绒般柔软亲昵、极富私密感的两人空间。

时光流逝，户外阳光的烈度缓缓地滑落、衰减。而在室内，深蜜色的床罩，暗红色的绸缎乳罩，配搭上柔滑如水的肉身，缀织成宽广的极乐深谷，人们从高处陡直坠落其间，骨节、肌肉在近乎窒息的酥麻中趋于融化，一同沉没到甘美的忘忧之乡。此刻，吱嘎的车声从街面上滚碾而过，密匝的喧哗趁势升腾而起，羼杂进了高音度的哭闹，整座楼房微微震颤起来，仿佛会在某个瞬间猝然坍塌。辰樱揉了揉眼睛，在色度浓淡不均的幽暗中细细辨识起四周的摆设，写字台，落地灯，泛光的玻璃橱门。希翔赤裸着上身，背对着她，鼾声阵阵。她噘了噘嘴，男人都这样，可恶的德行！

方才两个人还紧紧搂抱在一起，不多久他便断然推开了她，翻转身，静静地将她晾在一旁。恍然间，楼房又在剧烈地摇晃，辰樱也浑身颤动起来，仿佛应和着那粗暴恣肆的节奏。摇啊摇摇到外婆桥！猛然间，她感到了强烈的恶心。短暂、稍纵即逝的狂喜的高潮无法清除心中盘结的羞耻感——甚至是罪孽感，她扭过头，扫视着希翔俊美、惹人怜爱的躯体线条，从眉毛到嘴唇，从额头到胸部，再到隐伏在被单下的大腿。然而，她的直觉没错，他不是她要的男人，尽管披着令人心醉的白马王子的肉身。她仿佛站立在海边的滩涂上，一旦汹涌的潮水逼涌而来，脚底下貌似坚实的沙土顷刻间便会崩解、碎裂，水性杨花般地飘散浮漾在浩渺苍茫的海面上。

然而，此时此刻，辰樱拥有的只是希翔。她从后搂住他的后背，伸出舌头，不停地舔着敏感部位，从颈部到腋窝。他的身子像通了电一般摇颤起来，掉转头，抱住了她。突然间，搁在床头柜上的手机鸣响起来——脑子真昏，刚才竟然忘记将声音关掉了。她往外侧挪动了几寸，伸出手臂，赶紧将手机抓到手里。它像一个小无赖，龇牙咧嘴狞笑着，黑黝黝的屏幕上跳出老头云林的名字。刹那间，她仿佛遭了电击，呆愣愣地凝视着跳荡的弧圈，直至它走完了漫长的呼叫旅程。她随后迅速转换到静音挡；但又一转念头，又调换到震动挡。

希翔揉了揉眼皮，声音蒙上了瞌睡的外罩，仿佛从某个渺远的国度飘飞而来：谁打来的电话？辰樱噘了噘嘴，哼，一个老客户——真讨厌！然而，方才苦心营造的亲昵氛围顿时变得无迹可寻。屋里屋外陷入一种异样的静寂之中，那是节假日特有的静寂，人们会将层层叠叠没完没了的烦心事一股脑儿地丢弃在蒙着厚厚尘土的暗角里，走到温煦的阳光下，慵懒而尽情地享受着转瞬即逝的美好时光。但到了他们俩之间，它却变得沉甸甸的，在迷人的温热中滋生出莫名的窒息感。倏忽间，远处响起急救车尖厉的啸叫声，将软绵绵的空气撕开了硕大的窟窿，让人想起一头大象威猛地闯入了瓷器店。不久，漫天的喧嚣似乎耗尽了所有的能量，平复下来，沉潜到地平线灰蒙蒙的尽头。

辰樱喘着气，心脏在血水奔腾的旋流中剧烈悸动——她要面对的是不堪回首的往昔。她又一次被迫正视自己，正视自己的渺小，她只是天宇中无足轻重的糟粕，她一直都在欺骗自己，也欺骗别人，包括老头，也包括希翔。因为野心，因为那么急切地渴望改变自己的命运，她误入了自己设下的迷津。没有人逼迫她，一个都没有。都是她乖乖就范的。所有的祸害都来自她喜欢幻想，太爱幻想了，幻想一步登天，迅速攀爬到财富金光灿灿的峰巅，才使自己陷入如此一塌糊涂的泥坑。

即便是现在，她心底另一个声音不时在喊叫，别装蒜了！你没有错，换了别人，其他任何一个女人，都同样会这样——谁都会这样！最要命的是她会幻想，想在这条崎岖艰险的小径边开辟出一条坦直的通途，营造出一方缤纷绚烂的花园。她自信到了这个境地，竟能相信自己能游刃有余，将自己想象成出淤泥而不染的圣女，在荣华富贵加身时，在世人眼里依旧是一个清纯无瑕的女人。

她的确是享受处于群山之巅的感觉，和老头在一起赋予了她独一无二的地位，她得以俯视芸芸众生——那是一种罕有、无与伦比的刺激，羼杂着剧烈的眩晕。她喜欢他时不时地献上几分殷勤，送上几分惊喜，心甘情愿地匍匐在她的脚下。在那个瞬间，他们间所有貌似难以逾越的隔阂(年龄、地位、志趣)，通通消散在肉体颤动衍射而出的光焰之中。

卫生间里的排风扇不停地哗哗作响，而过道口地面上弥漫着一抹迷蒙的浅黄色光晕。辰樱狠命搓着手掌，抚摩了几下鲜嫩柔滑的肌肤，又抬举到嘴边，忘情地亲了亲。一切都是从那个夜晚开始的，那个要命的夜晚。

然而，这一切并不是一夜间炼成的。它有着曲里拐弯的铺垫，让人联想起登堂入室前踩踏而过的漫长的甬道，以及众多的暗门。相识没多久，她就感到老头投射到她身上的目光，犀利、奔放、贪婪，如白日里的焰火，烧灼着她的肌肤，瞬息间便孕育出一长串艳丽的花朵：起先她只是感到痒痒的，伴有轻微的不适，慢慢地羼杂进了亢奋，散溢出吞噬一切的狂野气息。她的皮肤仿佛受了致命的感染，在历经长年累月的冬眠后蜕去了陈皮，变得格外滑腻柔软。

那的确是个非同寻常的夜晚，欢快喜庆的夜晚，云林的别墅终于装修完毕，也是罪恶的夜晚，各种欲念肆意横行，在干渴的空气中碰擦出淫靡放荡的火花。她长时间地紧挨着他站着，两人间的距离那么小，两个充满磁性的躯体自然而然地吸附在一起，拥抱在一起，催生出热带雨林中特有的果实，烂熟，汩汩滚淌出腐败溃烂前夕特有的汁液。她兴奋地观赏着自己的作品，这个将她头脑中闪烁的种种玄虚缥缈的意象落实了的实体，其中蕴含着种种暧昧含混的暗示，那是对未来含糊而热烈的允诺，蓄积了足够的魅惑，让无数骚动不宁的飞蛾奋不顾身地扑入其间。

那天晚上起先云林表现得很蛮勇、威武，当他将辰樱绣缀着凹凸有致的繁密花纹的胸罩（妖艳的花纹不安分地上下翻飞、盘桓）扯下后，当她不再刻意推诿反抗时，他竟然变得犹豫起来，畏畏缩缩，顿时失去了那股冲杀的狠劲。的确，他萎瘪下来了。当她打算彻底顺从、恭顺地献出自己的时刻，骚动不宁的夜晚最后成了夭折的夜晚——日后也只有靠她长时间不间断的催化（就像在太湖畔度假村里）才能重新激发冰封在层层褶皱之下的潜力。

希翔的鼾声又一次轰然响起，辰樱慢慢也沉陷到了恍惚迷糊的潮水之中。她并不后悔，也不羞愧。搂抱着老头枯瘦干涩的身体时，她心境坦然，并不憎厌，反而像母亲一般滋生出了几分怜爱之意：在公共场合吆五喝六的他，在她身边却成了手足无措的男孩，等待着她去拯救，去开掘种种隐秘的富矿。霎时间，她眼前灰蒙蒙的底色变幻成了金黄色，在午后的阳光下铺漫延展开来。那是大半枯黄的蒿草，叶角剐擦着她的脸，在手掌心中扎出一道深深的血印，就像此刻它变成了一长串浓稠的火焰，烧灼着干涸饥渴的大地。地平线尽头矗立着一座黑砖色的塔楼，持枪警卫的背影隐约可见。很小的时候她就听妈妈说，铁丝网后面是个劳改农场。在上学的路途中，杂乱的喧嚷（夹杂着熟悉的音乐旋律）不时会从高墙内飘逸而出，越过稀稀落落的石榴、梧桐，在她心中激惹起混杂着恐惧与好奇的波澜：关着那么多劳改犯！

也不知是从哪一刻起，辰樱便立志要离开那片贫瘠逼仄的土地。她是发了誓，一定得离开，否则不如去死，上吊在树梢头，要不就淹死在河里。对死她并不陌生，从小见惯了各式各样的死，猝死在路边的小狗小猫，尤其是那具横卧在村外山脚下小沟里的尸体：等被人发现时，面部已被狼狗撕咬得只剩下了残缺不全的骨架，像一团煮烂的粥，一股腐臭气扑面而来。都说是从那边劳改农场中逃出来的，途中不知怎的一失足竟摔下了山崖。

金灿灿的底色变得黯淡下来，辰樱翻了个身，咳了几声，呼吸骤然变得急促起来。总是有那么多烦心的事，没完没了。更难以忍受的是爸妈间无休止的吵闹，像潜伏在肌理深处的慢性疾病，不定时发作，漫长，令人崩溃。剧烈的吵嚷，撼动着屋梁，像在空气中嗖嗖飞蹿而过的火炮榴弹，与远处夜幕下尖厉的狗吠，构成了跌宕起伏的合奏。辰樱会早早地躲进自己的小屋，天冷的话会钻进被窝，蒙上双眼，捂住耳朵，让一天天成熟的身体远离翻滚不息的喧嚣，直达幽渺的天穹。实在无聊了，她会戴上耳机，从 MP4 中听上几段钟爱的摇滚，或者就着昏黄的灯甚至打着手电读上几本琼瑶的小说、青春期刊。门外，父亲继续在怒吼，今天如此失态！他，一个没有正式编制的乡村小学教师，一回家喝醉了酒便把白天积聚下来的满腔怨气劈头盖脸地倾泻到惊惶而无辜的母亲头上。他的愤懑、委屈、狂躁在沸腾的气流中盘桓、流转，深深地楔入了辰樱的脑海中，甚至在她的梦里发出令人惊悸的回响；虽然她幼年时常依偎在父亲的怀抱中，揪扯着他长长的胡须。他心绪好的时候也会给她捎来礼物，让她一时间心花怒放。后半夜辰樱常常会蓦然惊醒，茫然地盯着粗糙的水泥天花板，牙齿摩擦得咯咯作响：她一定得离开这儿。妈妈，不管你有多少理由，你怎么忍心让我和你一样，在这儿窝上一辈子？这和那些劳改犯有什么两样？

有时，这一悲戚激越的主旋律会陡然一转，转入他们俩的卧室中，变成床板长时间不乏滑稽意味的长吁短叹。父亲的荷尔蒙跃跃欲试，寄身于迷蒙的水汽、浓稠的液汁，粗暴地推倒一切障碍，扯去形形色色的伪饰，在粗粝、干涩、初显衰老征兆的肉体内外不安分地冲撞，直到气喘吁吁地一泻千里：所有的精华抽空、散尽，苍白地横倒在全身衰竭的洼地中。

床头柜上的电话机突然丁零零震响起来，辰樱惊愕地睁开眼，本能地伸出胳膊，抓起话筒。传入耳畔的竟然是女服务生清脆的话音，你是辰樱小姐吗？对不起打扰了，情况是这样：刚才在登记入住时，我们扫描过您的身份证，但由于机器出了点故障，没扫进去。现在要麻烦您带好身份证，到我们服务台再来一下。

此刻，辰樱头脑变清醒了一点，她含混而不耐烦地"嗯"了几声。对方声音随即变得柔和起来，甚至有点谄媚的意味：真对不起！如果您实在不方便，我们可让服务人员到客房来取……

辰樱重重地叹了一口气：你们，你们真是莫名其妙——

一阵刺耳的嗡嗡声，不多久冒出来一个甜腻腻的男中音：小姐，真对不起！不过，还是要请您配合我们的工作。按规定，入住的每个客人都有履行身份登记的义务。这几天派出所大检查，三天两头上门来。如果你身份信息没有登记被查到，我们将被处以重罚。

辰樱干咳了一声：好了，别说了，我等会就下来。

见鬼，以后这地方再也不来了！她匆匆穿上外衣，套上牛仔裙。从手袋中掏出身份证，捋了下凌乱的头发，回头望了一眼沉睡中的希翔，轻轻出了门，径直来到楼下服务台。几个男女正站立着等候办理入住——人还真不少。辰樱将身份证递给长着圆脸的女服务生，她定睛望了望辰樱，会心一笑，起身去复印。台面外侧一个男服务生抬起头，噘了噘嘴，向一对操着北方口音的中年夫妇说，"对不起，你没有预订过，今天客人多，没有空余房间了！"

男子一愣，挠了挠光秃的头皮，"那附近还有什么旅馆？"

男服务生微笑着扬了扬手，"斜对面就有一个，不过周末有没有空房间还真不知道。"

"那前面靠着公园地铁站那边总有吧？"男人的声音变得有些焦躁，无助地望了眼身边的女人。

男服务生耸了耸肩膀，"向左走四百米左右就是丽晶大酒店，保证你有！"

"价钱多少？"

"五星级嘛，八九百总要吧！"一抹刻毒的微笑浮现在服务生的嘴角。

他们俩愣了愣，对视了一下，目光中满是无奈与隐隐闪烁的气恼，随后一前一后走出了玻璃门。男服务生冷酷地盯视着他们俩的背影，仿佛在津津有味地赏玩着猎获的战利品。

一踏入大堂，一束束目光，令人捉摸不定、狐疑暧昧的目光，窥视的目光，又一次汇聚到辰樱身上。对此，她并不陌生。不知从什么时候起，无论她走到哪儿都有这样热辣辣的目光紧追不舍，那是男人的荣耀，可在同伴中四处炫耀，同时又是女人的耻辱——只因为她任性执拗，放着安稳的路不走，偏要去追求自由解放什么的。但这起先也只是一厢情愿的念想，直到进了大学到了上海，在与好多帅哥长时间目光手势的试探挑逗之后，她终于如愿以偿，得以投入一场轰轰烈烈的恋爱，得以毫不犹豫地把自己的身体奉献到祭台上。

从一开始，她和许卫东玩的就是一场注定没有结果，也不会改变命运轨道的青春游戏，它犹如荒原上蓬勃蔓延的烈火，所到之处，悉数化为焦黄的灰烬。他出生于一个普普通通的工人家庭，但长得出奇的帅，帅呆了！她和他好，充其量就是做个再平凡不过的上海媳妇，安安稳稳地过小日子。沸腾起伏的荷尔蒙在空气中哔哔作响，但不久像小孩子玩具手枪喷出的串串泡沫，在勾画出艳美的弧线后，便消隐在苍白的背景之中。而她则赤身裸体，奄奄一息地躺倒在滩涂上，肩背底下便是潮水退去后阴湿不堪的污泥，高高低低，软硬不一，瞬息间她便变身为一条濒死的鱼，周身干枯萎瘪。

每每想到卫东，她可以怨他恨他，可以在愤怒的巅峰时刻用刀子在他胸口扎出一长串窟窿，但她抹不去他的气味他的烙印。正是他把她从一个懵懂羞涩的女生变成了一个丰满妖娆的女人，光焰四射，让人不能抵挡——将她蕴含的丽质开掘了出来，让她变成了一个真正的女人。不经意间她成了卫东呵护雕琢而成的作品，脸部僵硬板结的表情在他的热吻下注入了些许水分，变得温润妩媚，眉毛变得浓密，嘴唇变得丰厚，而硕大的胸脯在微风中哗啦啦饱胀开来。两个人也曾经手牵着手，走过纤柔的草地，步入轩豁的咖啡厅。那一刻，玻璃落地窗，飘浮在天穹上大团氤氲的云烟，与地平线尽头镀上了玫瑰色的海浪，俨然化为了一体。其实她也无法怪他，他并没有长什么坏心眼，只是贪嘴，等到两人好得腻烦了，等到他把精华都从她体内吸走后，看到别的女孩就两眼放光，屁颠屁颠地瞄了上去。

在那段时间，辰樱万念俱灰，世界崩塌了，她对什么都提不起兴趣，觉得自己在一个硕大无比的墓园中游走徜徉，找不到出口。她弃绝了一切念想，尤其是对爱的念想。无论怎么说，卫东对她造成的伤害太大了，对男人根深蒂固的怀疑愤恨深埋在她的心中，不仅仅激惹起生理上（子宫内膜）的疼痛，而且是心理上的酸楚。

不知从哪时起，她成了所谓堕落的女人，为人不齿遭人唾弃。她被人包养了，好多次，有一次是个小官僚还有两次是小老板——这都无所谓。在毕业前她就独自搬离了校园，先是在老旧的石库门弄堂后又在嘈杂喧闹的新工房，她受够了老阿姨老阿公警觉狐疑的眼神，他们悄然在你周围盘桓打量着你评判着你一直到将你钉在耻辱柱上，最后又换到新建的商品房，那儿的私密性隔音效果堪称一流，你在屋里被人扼死邻居一点动静都察觉不到，足足可以挺尸挺上好几个月，而她也尝够了在这些胆小谨慎的色鬼离去后独守空房的滋味。

那是些好奇怪的瞬间：每到那一刻，辰樱一下会变得怯怯的，屋里屋外好安静。男人的手爪慢慢探伸过来，像螃蟹黏腻腻的外壳，随后是胳膊、大腿，直至最后坚硬的异物侵入了她的体内，突兀、粗暴，似乎想寻觅到永久的定居区域，再孵化出不三不四的果实。她屏住了呼吸，像小时候被妈妈带到卫生站扎针。她怕，事到临头还是怕！当尖细的针头扎进皮肉，她涨红了脸，一阵剧烈的痉挛的潮水淹没了她。

正是在那些瞬间，所有根深蒂固的禁忌所有与生俱来的羞耻都悬置在一边，她的身体像厚实的蚌壳默然打开。但自始至终，她一直默然无语，直到对方穿好衣裤，她还是冷冷地望着对方，仿佛观赏着动物园里的怪兽。男人会讪讪地在她脸蛋上亲上一口，唉，大美女，你怎么对我一点都没有感情，好没良心！她抹了抹刘海，差点笑出声来；这没法怪她！她不是没有努力，她曾用心从对方身上捕捉到一丝惹人怜爱的元素，就像一只猫头鹰也好；但依偎在你身边的就是这么个无赖般的色鬼。一阵恶心攫住了她，即便在莲蓬头下冲上无数遍，也没法将皮肤上所有的污垢涤除干净。

辰樱拿回身份证，转身往电梯走去。突然间，一阵恶心涌逼上来，四周围荡漾着一股奇异的气味，既有厨房中飘荡过来的焦煳味，又羼杂进了近似尸体腐烂时的恶臭味。突如其来的天旋地转，整个世界颠倒了过来，而她的胃竟然剧烈地疼痛起来。中午没吃多少——也是报应，长期不规则不定时饮食的报应。她停下脚步，从口袋中掏出口香糖，重重咀嚼了几下：要挺住。就这样，她晕晕乎乎地穿过走廊，再一次忍受擦身而过的住客、清洁工不无狐疑的审视。

她走出电梯，一汪酸涩的口水开始在嘴里咕噜噜打转，右边一间客房的门敞开着，同样狼藉的被单，同样淫靡的气息。她疾步冲

266

进卫生间，一大团污物喷落在了洗面池中。她定了定神，掏出湿巾擦了擦嘴角，领子上还洇湿了一块。她做贼似的快步离开，恰好与推车进门的清洁工撞了个满怀。辰樱愣了愣，连声说对不起，疾步左转弯，总算到了，前面就是他们的房间。

而在他们房间斜对面，一个敦实粗壮的中年男人正砰砰敲着门。他方形的脸膛上布满了纵横交错的皱纹，犹如一只刚从原始热带丛林中蹿出来的大猩猩，给人狰狞可怖之感。他的目光与辰樱刹那间相遇，马上又躲闪开去，满是深重的窘迫。

他趴在门上，从猫眼往里探视，"开门——你开门呀！"屋里依旧是铅一般的死寂。"你开门呀，我求求你了！我向你保证好不好？我一定好好等你——你，你就再给我一次机会——你开门呀！"又是一阵乒乒乓乓的捶击。

"你真就那么狠心——我给你跪下来了！"

仿佛受了无端的羞辱，辰樱双手颤抖，刷卡开了门，利索地闩上保险，搭好门链，急促地喘着气，仿佛刚从一场噩梦中奔逃而出。室内半明半暗，她坐到床边，希翔向里侧转着身，依旧在酣睡。她搔了搔他胳肢窝，他嘻嘻一笑，蒙蒙眬眬地睁大眼睛。她在他胳膊上拧了一把，"懒鬼！"此刻，手机又震动起来。她翻开机盖，又是老头打来的。接，还是不接——这总是个问题。近一段时间，每逢老头打来电话，她总会情不自禁地心烦意乱。莫名的压力陡然高涨，她本能的第一反应是逃避，最好是立马蒸发。此刻却是无路可逃。她不无歉疚地对希翔摆了摆手，快步窜入卫生间。炫目的灯光从乳白色顶棚流泻而下，她一阵发晕。

她蹲坐在马桶上，耳边传来了云林的声音，困倦，透着些许执拗，像尖利的石块刺戳上来，"你在哪里——怎么不接我电话？"

"刚刚睡着了——"

一阵幽远的沉默。"你过来吧——我不太舒服……"

欲言又止，百转千回的权衡，"我明天过去吧——现在，我胃疼！"

"又犯胃病了？一直让你三餐有规律，老是不听！——等会过来吧，一定过来，我想你，需要你。过来一起吃晚饭吧！"

难堪的纠结。辰樱吐了吐舌头，"我有点事，要么八点钟过去吧！"

云林一时间哑然，辰樱听得见他呼哧的喘气声，"你真忙成这样？好，那说定了，我等你！"随后他挂断了电话。

希翔半睁着眼，脸色苍白，照旧是一副疲沓不成器的熊样。哎，老头催得紧，要一起去领结婚证。她还没做好准备，还没想好做新娘，尤其是不想刚结婚就守寡。她时不时被深重的内疚啃咬着。呸！世界上就有她这样的女人，无情无义。老头不管怎样，到底给了你这么多！从道义上说她应该和他结婚，满足他最后的心愿，送他平平安安地走完最后一程。然而，她这算什么了？在旁人眼里，谁会以为她是报恩，谁不认定她是为了图老头的钱，分上一大笔遗产？

胃管里又冒涌起一阵绞痛，犹如湍急的旋流，一下将辰樱吞噬进黑暗的核心。她扑通躺倒在床上，理了理纷乱的长发，双手使劲抚摩着高高的颧骨。眩晕在头顶心、太阳穴和眼窝边盘桓，织缀出一个金光灿烂的世界，但此时此刻，它却像天国般遥远，与她之间横亘着难以跨越的沟堑。辰樱实实在在感到自己的身体如裂了口的气球，数秒钟内便飞速瘪缩下来，濒于衰竭。

此刻，希翔揉了揉眼皮，伸了个懒腰，双颊绯红，活像躺卧在摇篮中的婴孩。辰樱心中涌起一股怜爱，挪转头，"睡够了？"他点点头。她挠按着他的腹部，"又做梦了？"他吐了吐舌头，点点头。她俯身凑上去，重重地亲了他一口，"给我说说梦见了什么？"

希翔双手枕在脑后，"又梦见在外头旅行。我一下子又回到了意大利的卡普里岛，坐在海滩边，凝望着蔚蓝的海水，在阳光照耀下变为黝黑的波涛。从早到晚，听着海浪潮起潮落，虽然单调，但也别有一番滋味，我的心在它的熏陶下，宁静极了，一点点沉浸其中，融化其中，最后自己也变成了海水！"他长叹了一口气，"我错了——现在我真正认识到自己错了。我不该回来的，应该在欧洲那边待下去，尽管没有正式的工作，东飘西荡，也比在这里好。我是没救了，烂掉了，特别是意气用事辞职离开大学后，一天天在发霉！"

辰樱捧住他的下巴，凝神盯视了一会，"真可爱，还是这么会做梦！我也梦到自己坐在一望无际的黄土高原上，那儿地底下几千年来埋葬了多少个皇帝宰相将军。从早到晚看不到一个人，只有高高的荒草在风中沙沙作响。它在人的心头激起无穷的悲凉感。在那一刻，我感到自己好渺小，好微不足道，就像一只臭虫。而身外的一切，整个的世界，九九归一，最后都只是一具空洞的架子，转眼间消失得无影无踪。这时候，自己不得不问，活着到底有什么意思?"

希翔握紧了她的手，舔了几下，"唉，让我们走吧！离开上海，离开这鬼地方，离开这喧闹的是非之地，我真烦透了。我们一起走，到海岛上去，无人住的岛多的是，自己动手丰衣足食，盖上一座小屋，养上两条狗，安安静静地过生活！"他腾地坐起身来，甩了下胳膊，双眼闪烁着迷离的光焰，交织着亢奋，自信、骄傲，以及灵魂出窍、向着彼岸飞翔的狂喜，"走——赶紧计划一下，跟我走！趁现在还走得动，来得及改变一下！"

辰樱瞟了他一眼，轻轻叹了口气，淡淡一笑，"你可真是个孩子！但我喜欢的正是你这点！——哎，你那套旅游丛书编得怎么样了?"

希翔摇了摇头，"差不多了吧，还有几部分要收收尾。约别人写的大都陆续交来了，个别人懒得去催了。我自己的还没心思最后定下稿！"

辰樱轻轻拍了拍他的额头，"你又要耍公子哥的派头了——真辜负了刘伟强对你的信任。"

希翔眨了眨眼，"管他呢！——哎，你到底跟不跟我一起去?"

辰樱伸了个懒腰，噘了噘嘴，"你还当真了！把工作辞了，跟你去荒秃秃的海岛，时间一长，让我喝西北风啊?"

希翔呆呆地望了她一眼，沮丧地垂下头。窗外，浓稠的尘嚣一阵阵涌涨起来，袅袅飘荡在远远近近的街市上，漫渗进室内，热辣腥臊，骚动不宁。他抬起头，"那你答应我一件事——"

"什么?"她睁大了眼睛。

希翔屏住气，抬高了音量，"你答应我——别跟老头结婚!"辰樱咬着嘴唇。他摇着她的肩膀，"答应我——你一定要答应我!"

她闭上了眼睛，转过身。希翔抚搓着她的臀部，"哎，那我们永远就这个样子下去?"

"你还要怎么样?"她嘘了一声，重重打了个哈欠。

"要和你在一起。"

辰樱转过脸，在他脸上快速亲了几下，摇了摇头，"这——这不可能!"

像是听到了法庭的终审裁定，希翔浑身冰冷，随即打起战来，"求求你，我求你了，不要这样折磨我，你知道这有多残酷吗? 我的心都被你撕碎了——求你，千万不要去和老头领证!"

一束束温润的阳光在室内摇曳，丝丝缕缕的灰黑的颗粒聚聚合合，飘升沉降，浓缩了人世间林林总总剪不断理还乱的恩怨情仇：在某个瞬间，它们堆叠交合，过后又迅疾挥发稀释，融化在苍茫幽深的空无之中。一度高亢的市嚣又平复下来，客房转眼间成了一座遗世独立的孤岛，浩瀚的海水阻断了所有的出口，让人无法找到回归陆地的路径。

希翔霍地坐起身来，两眼放射着愤怒的光焰，"好啊，我现在总算明白你存的是什么心思，长的什么心眼。只怪我糊涂，两眼一抹黑，明明真相就摆在前面，就是看不见。怪不得别人都说你心计特深，最毒妇人心! 好啊，你到底还是看上了老头的钱——钱有多好啊，金光灿烂，他没几天好活了，总会分点给你，而我则差不多是穷光蛋了!"

辰樱合上了眼帘，下巴抖动了几下。希翔凄惨地一笑，"都怪我蠢，鬼迷心窍，没看清的真面目。"他用力喘着气，"哎，你怎么会这样不要脸——你这老不要脸的……"猛然间，他转身抄起厚软的枕头，劈头砸过去；随后双手扼住她的肩膀，死命一掐，她哇地叫出声来。然而，他并没有松手，而是更凶悍更强劲地掐住了她的喉咙。

在那一刻，深不可测的眩晕攫住了辰樱。她的灵魂仿佛摆脱了肉身的羁绊，在天花板上下飘浮。她看到了，一切都看到了，看到了床榻上死命格斗的那对男女，看到了世界的尽头，宇宙的末日。不知道从哪儿迸发出的应急潜能，她的脚腿一阵猛烈的蹬踢，希翔发出惨叫，滚到了床角，铁硬的手掌顿时松弛开来。她趁势跳下床，以难以想象的闪电般的速度蹬上高跟鞋，披上外衣，系好裙裤，抓起拎包，逃难般地夺路而出。凛凛的寒意穿越裙摆，漫入膝盖，霎时间她感到仿佛浸泡在了冰水中。直到她疾步穿过前台，推开笨重粗陋的玻璃门，重新投入街市生机盎然的人潮，辰樱都没敢回转头，她还是怕那狂野的手掌会再一次掐住她的脖子。

十五、游逛在地平线另一头

直到踏上缓缓滚动上升的自动扶梯，川乐还是神经质地揪着零乱的头发，喘着气，脸蛋儿上映染着几片红晕，惊惶不宁地环顾四周。他还活得好好的，至少现在没有人尾随盯梢，伺机堵截。中午时分，这座新近落成的巨型销品茂里人头攒动，临街的大幅玻璃幕墙，林林总总靓丽妖艳的店招广告灯箱，鲜亮撩人的红蓝黄绿气球从高耸的圆形穹顶悬垂而下，飘浮在中庭水流飞溅的人工喷泉和各式蓊郁青葱的盆栽植物周围，它们连同散落在曲折绵长的回廊各处的憨态可掬的卡通动物(泰迪熊、史奴比和功夫熊猫)模型，组缀成了一个微缩的天堂，充溢着滥俗的喜气。

川乐上到二楼，从前方的观景平台放眼望出去，盘桓在城市上空的雾霭还没散尽。今天一大早，他便沉陷在某种不祥的预感中：随时会有灾难发生。到处是雾，流动飘浮的雾，PM2.5那么高，怪不得那么多人生肺癌，一夜间成千上万人将被满含毒素的雾气杀死。还要再交上一份检查，没完没了的检查。他实在是厌透了！作业做是做了，根本没上心，到处是红笔批改的标记，犹如尸横遍野的战场，惨不忍睹。但最可气的是他的作文竟然只得了60分。岂有此理！凭什么，凭什么只给他60分，他哪样差了，是遣词造句，还是结构谋篇？在内心深处，川乐觉得这是他最好的作文，情真意切，一气呵成，有如天助。单单得60分也就罢了，黄毛老师还嫌不过瘾，还要将它在全班面前晒一晒，将它与那些优秀范文比一比。他就这样羞辱人。从上学期起他们俩就干上了，谁叫他英语竞赛临阵脱逃，还赌气不做作业。黄毛自然会觉得，不能让川乐再这样任性下去了！得治治他，杀杀这小家伙的傲气！他们俩就这样针尖对麦芒，互不顺眼。

而川乐由此变得愈加无所顾忌。他为什么不就此逃学呢？一不做二不休，千载难逢的好时机。好些天来，这个念头一直在他脑海中出没：为什么一定要去上学啊？逃学该有多好，多刺激！逃吧，现在就逃吧，做条漏网之鱼！体内那些陌生的力量日积月累，火药味十足的因子不断膨胀，不安分地冲撞厮打——是该找个出口了。恰好也是黄毛断了他的后路，让他了无牵挂。

真像见了鬼似的，今天开课没多久，川乐便打起了瞌睡。他的身子一点点松弛下来，变得轻飘飘的，在水面上不分东西肆意滑行。明媚的天空下，木棉花铺天盖地地涌过来，它们是如此艳丽绚烂，似乎不停地滴淌着血红的汁液，霎时间便化为一长簇滚动的火焰。直到黄毛站到跟前，下巴上那团黑里带白微微翻翘的胡须剧烈地晃荡了几下，川乐才坐直了身子，慌乱地揉了揉眼皮。教室里一片寂静，同学们的目光唰唰地直射过来。黄毛撇了撇嘴，严厉的表情中隐含着几分居高临下的嘲笑，好似猫出其不意地逮住了老鼠。

"睡醒了没有？你这些天脑子一直是一团糨糊！这次作文题目是什么，看清楚了没有，是'生命中的支柱'。你怎么连题目都没审清，一些关键词语的含义都没弄清。到底什么是生命中的支柱，你想清楚了没有？想都没想过吧。你年纪也不小了，怎么就不想想激励你成长的正面价值，那些给你巨大感召力的正面人物？为什么偏要像臭虫那样，成天缩在阴暗潮湿的角落，咀嚼那丁点小悲小欢，陷在负面的情绪中脱不出来？当然，你文笔还是可以的，看得出你读了不少书，但你都没吃透，只抓取了一些表面的东西。大家评评，你在文章中到底要表达什么？你当然是个很聪明的孩子，但为什么老是盯着那些阴暗的东西不放，老是去发掘人内心中的黑暗面，将一切亲情都看得那么可怕，竟然说只有你自己才是生命最稳固的支柱。你以为这样才显得深刻显得成熟？归根到底，你是把你对这个世界的怀疑、蔑视甚至仇恨当成了你自己生命的支柱。我实在想不明白，你到底吃了多少了不得的苦，才有了这样的想法？从我对你的了解和你以前的表现，我可以说十有八九是你家长的教育出了问题，他们分明是在放纵你的任性。只要看一看你文章中的句子，那股骄横跋扈的派头，就可以看出你平时有多任性。最近你变成什么样子了？我有责任提醒你，不要以为你家庭条件好，就可以在学校中无法无天。是该好好管教你一下了。如果再不守纪律违反校规，后果不堪设想。"

黄毛的训诫还在川乐耳畔嗡嗡作响，它衍射到四周墙面上，弹出一长串冗长沉滞的回音。真讨厌！他焦躁地在光鲜洁亮的大理石地面上蹬着脚，奋力摇晃着脑袋，想把这恶毒的诅咒悉数甩开，驱逐到空渺的无人之境。他觉得当众受了莫名的羞辱：唉，真想挥动拳头，狠狠揍黄毛一顿。川乐烦透了，他早已厌透了这一切，在那一瞬间，学校种种严苛僵化刻板的教条规章垒成了一座山丘，重重地覆压在他的皮肉上——这分明突破了他忍耐的极限点。午饭过后，川乐机警地左顾右盼，随即便一溜烟跑出了校园。就这样，他踏上了一条不归路，一头扎进了围墙外生机盎然的世界。仿佛是一只鸟飞出了囚禁多日的笼子，自由自在地扑扇起业已退化的翅膀，他的心头霎时间涌上一股前所未有的解放感。

他疾步走到街角浓密的香樟树下，先关掉了手机——一个强有力的姿态，果断地将自己从旧有的世界中剥离出来，再往书包中掏出皮夹一看，那一刻他所有的纸币硬币加起来还不满两百元。单凭这点钱，怎么实施他的宏伟计划？不止一次，川乐梦想着逃出课堂，筹划着无牵无挂地穿行在上海的大街小巷，无数大大小小的冒险与奇遇接踵而来，美不胜收：在外面过夜，置身于陌生的人群中，结识到新的朋友，调动自己所有的聪明才智与坏人周旋。实在没办法了，坑蒙拐骗无所不用其极，能混一天是一天。不都说天无绝人之路吗？

就这样，在虚拟世界般的商厦里漫无目的地游逛了几层楼面，川乐忽然间感到了无聊，一阵疲乏弥漫到全身。一束慵懒疲软的阳光从玻璃穹顶垂落而下，直射到他的肩背上。他甩了甩胳膊，信步走到一家门面色彩鲜亮的甜品店前，点了一杯奶茶。他原本想去斜对面哈根达斯店吃份冰淇淋双球的，但现在只能节约点，能省就省，出租车也不能想坐就坐了。酥软的黑色粉团在齿间缓缓滑过，配上那熟悉的清香，顿时将他引入温馨和暖的家庭氛围中。妈妈老是嘀咕，你不要老吃垃圾食品了好不好？但他就爱吃，就爱吃垃圾食品，上了瘾，就像麦当劳里喷香的薯条，永远吃不厌，吃不够。

　　川乐昂着头，不无笨拙地尾随着三三两两的顾客，小心翼翼地走出玻璃旋转门，随后快步奔下奶黄色台阶，再往左一拐弯，便钻入了邻近的地铁站入口。其实，在他心目中，坐地铁比出租要有趣得多，那时他仿佛踏入了另一个平行的世界，喧嚣嘈杂，那么多人挤叠行进在狭小的空间里，上演着一幕幕色彩斑斓精彩绝伦的人间话剧。他穿过幽暗漫长的过道，目光亢奋地扫过墙壁上悬挂着一长排油漆产品广告，一个中年女清洁工正佝着背，攥着拖把，用心擦洗着灰黑色的地面；他踏上悬崖般陡直下降的扶梯，好似沉入幽湿的地下墓穴，但此刻却与那么多人比肩而立、擦身而过，其中不乏乞丐流浪汉小偷以及咸猪手。而乞丐甚至跟到了车厢里，他们背着黑色音响盒，在低回的乐声中从左走到右，将碗钵直挺挺地伸到人们跟前。几个人颇为不情愿地丢了几枚硬币，更多人则视而不见，有的索性快步躲开。他见到了四五个中老年工友嘻嘻哈哈地高声聊天，他们心满意足，虽然不是大富大贵，但日子过得挺滋润有味。而坐在他身边的一个年轻母亲则是分秒必争，与五六岁的女儿做着成语接龙游戏：狐假虎威，威风凛凛……对座的几位老妇人瘦脖颈上挂着黑色佛珠，兴致颇高地看着她们俩，不久便和这对母女攀谈起来。在车厢轰隆隆行进途中，还不时有绚丽的激光广告投射到窗户外侧的墙体上。不多久，川乐便精神一振，先前的沮丧失落一扫而空。他全身的毛孔悉数张开，贪婪地吸吮着海潮般逼涌过来的所有新鲜印象。

在车厢轰隆隆的颠动中，川乐心不在焉地扫视着疾速闪烁的移动电视屏幕，仿佛沉落到悠长的梦境之中。他摸出手机，心痒痒的，手也痒痒的，反反复复地抚摩着银灰色的机身。但他最后还是克制住了。只要一开机就暴露了！自己跑出来才一个多小时，同学老师肯定是发觉了，会不会马上和爸妈联系上？唉，他们会心急火燎地打他手机：关机，失联。霎时间他眼前浮现出了妈妈惊慌失措的表情。她在无奈之下，只能报警。警察最后会找到他，将他送回家……川乐闭上了眼睛，不愿想也不敢想下去。此刻，他有些后悔，有些害怕，带着这点钱，晚上住哪儿去？一夜住宿费都不够，难道溜到和尚庙里去？

还来得及，悬崖勒马，乖乖地回去。川乐狠命地摇了摇头，一不做二不休，没有回头路可走了。他像输红了眼的赌徒，孤注一掷，走一步看一步。不能就此罢手，决不！要不等会就下车吧，出去转转。

一迈出地铁车厢，一股浓烈的酸臭味扑面而来，川乐情不自禁皱起了眉头。好恶心！这还远远不是全部：弥漫在这座高架车站多层站台上下的永远是擦洗不干净的阴湿肮脏的灰暗色调，不计其数的尘埃垃圾从早到晚悄无声息地侵蚀着这座庞大而粗陋的建筑物，眼前则隐隐约约浮动、闪烁着某种既非白昼，也非黑夜的光晕，暖昧不清，让人联想起满怀冤仇的幽灵的目光。他神情疲惫地走出车站大门，前后左右街面上川流不息的大小车辆争相将一缕缕一束束黑灰色的尾气灌注到秋冬之交污浊不堪的空气之中。

站前原本并不宽敞的空地被一排排自行车电瓶车挤塞得满满当当，川乐艰难地前行，不时抬起腿脚，避免碰触到电瓶车——还是不小心撞到了粗厚的方向盘，尖锐的警报声顿时呼啸而起。他愣了愣，紧张地环顾四周。人来人往，喧闹无比，没有人注意他。左边是一个食品小吃铺，一阵阵烧烤、葱油的香味飘散着，又一次吊起了他的胃口。此刻，川乐依旧不知道自己要去哪儿，只是想跑开，离学校越远越好。要是有个伴就好了：倩怡当然无法指望，一想到莎莎他厌恶地吐了吐舌头，就是阿虎他还在课堂上乖乖地听课，埋头做没完没了的作业。

他往前穿过一条迂曲的小路，眼前矗立着一座巨型商厦，门前广场上已早早搭建起了一座白色城堡，头戴小红帽的圣诞老人站立在城堡前方没膝深的雪地里，三三两两的游人在此驻足留影。乍看之下，这真是一座梦幻城堡，成千上万人梦想的聚集地，无数惊心动魄让人喘不过气来的故事在此轮番登场。但这都是别人的故事，他只是个看客，只是个局外人。广场另一侧，好多人正围聚在临时舞台四周，观赏着名牌化妆品的推介演出。五六个女子身着青绿色衣裙，在俗艳之极的旋律的陪衬下，踏着笨拙、单调的台步。但人们依旧是兴高采烈，过量的荷尔蒙从他们的目光、手势、表情、声音中源源不断地流溢而出，汇集成一股热烘烘的气流，袅袅飘浮在懒洋洋的空气中，最后灌注到川乐裸露在外的毛孔中。此刻，隐约的失落感浮上他的心头。逃学的惊惶、亢奋，冒险的刺激，渐渐沉落下来，深入骨髓的疲惫麻痹着他的神经。分明又到了一个关节点上，他将何去何从？难道这就是他梦寐以求的生活，乘乘地铁，在大街上东游西逛？！

一个身着牛仔外套的年轻女人走到川乐跟前，拍拍他肩膀，给我们俩照个相好吗？她急促的语流羼杂着浓烈洗发液的香味，在川乐的耳垂边萦绕。他机械地点了点头，接过相机，等他们摆好造型，便按下了快门。虽然只有短短几分钟，川乐感到竟有几个世纪那么漫长。他们俩是如此自恋，妄想在流动的时间之河中将那个瞬间抽离出来，凝固成貌似永恒的影像。他们俩还为摆什么样的姿态纠结琢磨了好久，最后并肩而立，头颅互相倾斜着呈内八字形向里靠拢。那女人皮肤黑黑的，腿也不长，但挺粗壮，屁股肥大，最主要的是热带水果般肥硕的奶头不时在阳光下晃荡着，他瞧见男子好几次伸出手掌，偷偷揉捏了几下。

猛然间，那女人在川乐眼里如此面熟，当他把相机交还到她手里时，两人几乎在同时认出了对方，"你是丽丽？！""你——晓菁阿姨的儿子，我一直在想好面熟，像什么地方见过——哎，最近怎么一直不到你外公这儿来玩？"

丽丽一把将男子拽到川乐跟前，"认识一下，这是我男朋友，叫张大豹。"她哧哧地笑起来，一口白牙在阳光下闪着刺目的光焰。大豹愣了愣，似乎有些不情愿地伸出手来，和川乐轻轻握了握手。他长得挺英俊帅气，但不幸的是，左边细小的眼睛分泌出一丝丝贼溜溜的猥琐气，而浓密的眉毛偶尔间也闪露出几分猛兽般的凶悍。

丽丽眯着眼，斜睨了川乐几眼，"今天没去上学?"他咬了下舌头，"同学们都去秋游了，到东方绿洲搞活动，我去过好几次，不想再去了，就出来逛逛……"

丽丽向上挑了挑眉毛，"真好福气！玩还不想去，到底是有钱人家出来的。看看我，上海来了那么几年，连东方明珠都没上去过！"她伸出右手食指，在张大豹鼻尖前点戳着，"看看你，这副熊样！明明说好了带我去野生动物园的，硬是睡懒觉，醒过来快过十二点了，还去个驴！"张大豹摸摸后脑勺，"好好，算我不是——下周带你去不就是了嘛！唠叨什么呀！说实在的，动物园有啥好玩的?"

丽丽顿时虎起脸，噘起嘴，一拳捶在张大豹左肩上，"你，你还好意思说?"她将脸转向川乐，"都说野生动物园好玩，老虎狮子大象都在外面跑……"

川乐一下来了精神，"对，在老的动物园里是老虎狗熊关在笼子里，野生动物园是人关在车子里，长颈鹿还把头探进来看我们呢！"

三人一时间嬉笑起来，张大豹捋了捋额前的头发，"去玩还得当心，听说还有人真被老虎一口咬死了！"丽丽用胳膊肘戳了他几下，"哎，要是老虎扑上来咬我，你怎么办?"

张大豹搓了搓手，对着川乐狡黠地笑了笑，"你说呢——"他一步上前，搂住丽丽，在她左脸上狠命地啃了几口，直啃得丽丽哇哇嚷起来，"那还用说！我当然是当一回武松，舍身救美人了！"

丽丽掏出纸巾，擦了擦脸，"去你的，谁信你！我肚子饿翻了——对，去你表哥那儿蹭碗面去吧！"张大豹皱蹙了一下眉头，"好吧，去就去！反正也不远！"

丽丽拉起川乐的手，在他手心里轻轻搓了几下，"哎，小少爷，你想好了要去哪里？——要没事的话就跟我们一块去玩玩吧？！"

川乐愣了愣，一时间有些惶然。眼前照旧是熙来攘往的人群，他们在温煦和暖、棉絮般松软的空气中纷纷朝着各自的目的地快步疾行，红白蓝三色相间的广告气球在芜杂零乱、令人癫狂的天际线上缓缓滑过，而他却是孤零零一人，无处可去。他分明感到了些许无聊，而面前这个女人热情火烫、不无暧昧的话语，丰厚的胸脯和悬垂晃荡的奶头，嘴唇及脸部袅袅飘送而来的口红香水的气味，加上略略泛白的牛仔裤膝盖上绽开的黑蒙蒙的窟窿，混合成了一股野味十足的魅惑，猛烈地冲撞着他稚嫩的神经。他不自觉地点了点头，紧随着丽丽他们俩往商厦另一侧走去，踏入一个陌生而充满刺激的世界。

有时候一条路就是一道分界线，像一道精致而坚固的屏风，能把两片毗邻相接的空间明确无误地切割开来。突出车站周边熙熙攘攘人群的重围，穿过几个路口，川乐便进入了与他平素习惯的氛围迥然有异的另一个天地——它们像一段段令人恶心的盲肠，残损的碎片，埋藏在上海这座令人晕眩从早到晚躁动不安的巨型都市街市的深处——先前他只是匆匆与它打个照面，只是在它表皮上擦掠而过，此刻他要深入它稠密肮脏、分泌着难以压抑的鲜活生命力的肺腑经脉之中，一窥其狰狞的真容。众多色彩繁杂绚丽的广告牌招摇而过，将远处天空下矗立的灰扑扑的钢筋水泥楼房框架映衬得苍白无趣，走过齐整的银行邮电所社保服务中心，小旅店小饭馆小超市便利店美发美容厅汽车轮胎配件店便沿着迂曲蜿蜒的街面林林总总散布开来，让人联想起一簇簇狂放热情地攀爬缠绕在潮湿阴暗墙头的常春藤牵牛花。

他们仨走过一小片荒僻、圈围着黑色栏杆的街心花园，树叶大多光秃秃的，带着被废弃的破落相，而草坪则是一片焦黄，像是蒙受了一场火灾。不久街角一家门面狭逼的小面馆映现在他们跟前，门前一只大黄狗趴伏在起伏不平的路面上，看到他们靠近，立刻摇头摆尾，抬起前抓、扬起头嚎叫了几声。此刻，一个十一二岁的男孩瘸拐着腿，迈出玻璃门，脸上露出兴奋的表情，又急匆匆地跑回店里。已过了午市的高峰时间，几个顾客稀稀落落地散坐在奶黄色塑料座椅上，一个四十岁左右的中年男子正兴高采烈地和一个老人聊着天。他腮帮上缀满了浓厚的络腮胡子，两眼不时像刀子般直戳对方；间或也会显露出几分宿醉后的颓唐迷茫。一看到他们仨进门，中年男子便从银色镀铬桌面上一跃而起，摇晃着张大豹的肩膀，"好兄弟，你终于来了——快坐，来碗什么面？虾仁面还是大排面牛肉面？"

张大豹笑了笑，"洪虎哥，我只要雪菜肉丝面就可以了！"他转向丽丽，"你呢？"她思忖了一会，嗫了嗫嘴唇，"要么还是牛肉面吧！"他们仨纷纷入座，那老人起身和任洪虎道别后扬长而去，丽丽突然间想起了川乐，"小少爷，你吃啥？"川乐怔怔地扫视了店堂，摇摇头，"我吃过了，不饿！"任洪虎走上前来，捋了一下他的额头，"长得蛮帅！——客气啥，来了就吃，一碗面呀，"他转头向店堂后侧坐在收银台后的女子招了招手，"再来碗虾仁面！"

那个小男孩坐在角落里，双手托腮，一副若有所思的表情。此刻，一个中年女人系着白色围兜从后边厨房走出来，一把揪住男孩的衣领，"寻什么魂？还不快点做作业，到底要和你说几次？一门心思就想玩，玩得摔倒骨折了，害得老娘赔上医药费不算，你还不争点气？"

空气顿时凝固起来，男孩怯生生地望着父亲，任洪虎收敛起笑容，使劲搓着手掌，踱到女人跟前，"哎，火气别这么大——我表弟他们来了……"女子努了努嘴，瞪了他一眼，"来不来客人是你的事，儿子就不晓得好好管管，祸还嫌闯得不大是吧？人家从早到晚忙个半死，你倒好，一根香烟一杯茶，再上网刷屏打游戏，好混上一天……你混得还不够？一个大男人，好意思，不想想怎么样去赚点钞票，就靠我拼死拼活撑牢这个家！"

"好了好了，你多说有个屁用——我不是说我正考虑办家公司……"他无奈地朝张大豹笑笑，"快点吃吧，肚皮一定饿坏了！"

张大豹和丽丽都有些尴尬，埋头咬嚼着面条。一时间诸人无语，客人大多吃完离店，半天不见有人进来。女人满面倦容，轻轻起身，踅回到厨房里。突然间川乐感到肚子里空荡荡的，三口两口便将面条一扫而空，还咕噜噜将汤水喝了个一干二净。不多久，任洪虎掏出一包软中华烟，抽了一支递给张大豹，随后又递给川乐一支。川乐摆摆手，我不抽烟。丽丽嘻嘻笑着，"要是抽了，他妈还有外公肯定要揍他的。"任洪虎轻蔑地吐出一口烟，"他们算老几？"随后他硬是将烟塞到川乐嘴里，"抽！连根烟都不会抽，还算男子

284

汉吗?"川乐呆呆地望着他,在对方强悍意志的冲击下他默默屈服了。任洪虎得意地笑了笑,从桌上抓起银色打火机,咔嗒一下为他点上了火。

川乐猛吸了几口烟,站起身,打了个哈欠,懒洋洋地走到门口,茫然地凝望着玻璃门外午后寂寥的街面。浓烈的烟味与面汤残留的鲜香在喉咙里古怪地混合成一团,他捏着半支烟,任由它慢慢燃烧殆尽。他看到两三个拾荒的老头老太走到不远处的垃圾箱边,从里到外细心翻拣着塑料瓶、瘪缩的铝罐、报纸等猎物,彼此间交换着亢奋而贪婪的目光。一个瘦高个的中年男子走到他们背后,停住脚步,津津有味地观赏了一会。他手中拎着一个硕大的塑料袋,里面塞满了杂物,白色底子上印染着众多黑白外文报纸图案:醒目的头条新闻,吸人眼球的照片,总统美女影星球星宠物交相叠合在一起。一个快递员疾驶而来,在不远处的树荫下停下电瓶车,从后座上一大摞尺寸不一的纸箱堆里抽出一两件,扭头而去。斜对面美发店门口的红蓝白三色条状灯箱慢悠悠地旋转着,像在哼唱着单调的摇篮曲,细弱的光焰衍射而出,打在紧邻的房产中介店一个年轻业务员灰白的脸上,他双臂交叉在胸口,左右踱步,焦灼地寻觅着顾客。

张大豹瞄了任洪虎一眼,"今天嫂子火气不小啊——芳芳呢?"任洪虎眼睛霍地一亮,"上学呢,高三忙得很,每天要很晚才回来。明年要高考了,到底是人生一大考啊!"

丽丽朝店堂后面望了望,"你女儿成绩肯定不错吧?"任供虎瞅了她一眼,沉浸在甜美的遐想里,"我女儿还行。她要去参加艺考!"

张大豹张大了嘴,"乖乖,艺考——真了不得,要当电影明星了……"

任洪虎摆摆手,"哪里呀,只是爱画画!"此时女人又从厨房中走了出来,气鼓鼓地在任洪虎边上一坐,"真是碰到前世里来的讨债鬼,儿子骨折刚花出去那么多钱,女儿又不太平!老老实实读书,考个好点的大学不就行了,还偏要去艺考?哼,真想当艺术家,不要白日做梦!"

任洪虎怯生生地睨视了她一眼,"我看她有天赋……"女人脸腮上的肌肉剧烈抖动着,"有天赋个屁!她成天做梦,把梦里的事当成真的。你也昏了头,不想想艺考不是在上海考就算了,还要上北京南京广州西安一个个地方跑,坐火车住旅馆都要花钱。这个大圈子兜下来,要花多少钱?而且还不保证能考上。八字没一撇,钞票先用掉那么多,你出得起?我几个月算白做了!"

任洪虎搔了搔头皮,"当然,去考当然不一定考得上。但你不让她去考,那真一点希望都没有了!"女人双眼直愣愣地喷出火来,"希望,讲得好吃,你好拿希望当饭吃?这点上你和女儿一样,半斤八两,只会瞎想!瞎想算啥本事?哼,还要做什么生意了,谁相信你,你做得成什么?都要真金白银的!谢天谢地,你帮我管管好店就不错了,不要整天胡思乱想,碰着个人牛皮哄哄吹个半天,啥正经事都不做!"

一阵莫名的恶心袭来,霎时间川乐身子摇晃了几下,勉力才站稳了脚跟。他用力推开门,站到了粗陋、凹凸不平的街沿边上。从污浊的屋内一下转换到风清气爽的露天，他一时间似乎适应不了这巨大的反差，头脑竟然发起晕来。他回头望了望，他们几个依旧说说笑笑。这不仅仅是身体上的震动，更是精神的抽搐。失落与沮丧暗潮涌动，疾速弥漫开来，他扪心自问：难道这就是他一心一意冒险寻觅的新生活？

店堂里沉静了片刻，女人站起身，朝张大豹笑了笑，含着几分抱歉的意味，"弟弟，别在意！你们和哥聊——我还得去准备晚市的面菜，一会就会有客人来！"望着她佝偻的背影，任洪虎叹了口气，随后将脸转向表弟，"哎，你瞄到什么目标了？"

张大豹朝门外的川乐努了努嘴，"你看，这不就是现成的一个！"任洪虎觑视了川乐几眼，"你说的是他妈还是外公？"

张大豹笑了笑，"当然他外公了，货真价真的大老板——不信你问丽丽，她在那里做了有大半年了！"

任洪虎转动着眼珠，"家里有几个人？"张大豹扳着手指，"老头子，还有他弟弟，一个白痴，再有就是老保姆，都七十岁了！"

任洪虎沉思了半晌，猛地拍了拍张大豹的肩膀，"这回真能钓到大鱼了！"

一阵凉风袭来，川乐齿间猛地发出一阵咯咯的喧响。他掏出手机，阳光射在黑黝黝的屏幕上，再一次引诱他开机，重新回到熟悉的世界。他隐隐感到了悔意，但并不想就此服输：反正已经跑出来了，祸已闯下了。右侧隔着两个门面是一家时装店，门口两侧竖着几个削去头颅、仅剩躯干和四肢的乳白色塑胶模特，上面套着撩人光鲜的时装新品。三三两两的女人进进出出，在门口那面大镜子上映现出性感的腰身和齐膝高裙摆下丰满的大腿，而店堂深处则不时飘出忽高忽低的喧嚷。他真想过去看看，买件好看神气的衣服。他并不缺少衣服，大衣柜里挂满了妈妈为他买的外衣衬衣，但几乎没一件他看得上眼，都是那么老土粗劣寒碜。然而要命的是，现在只有不到二百块钱，能买什么呢？此刻，一个中等个子的女人拎着几个鼓鼓的包袋从店内笑吟吟地走出，血红色的短裙上配着深绿色的外衣，两个奶头如风中摇曳的枝叶，在硕大的镜面上哗地飘扬而过。他一下口中噙满了口水——真想扑上去摸上几把，捏上几把。

川乐目送着那女人拐过街角，消失在纵横的街衢中。没想到她还长着个那么肥厚的臀部。他的眼睛一时间发酸，便闭上了眼睛。此刻，丽丽推门而出，走到他身后，笑眯眯地捏了捏他的腰，"好了，看够了吧，小少爷！进来，和我们一起搓会麻将吧！"

川乐望着丽丽，虽说她不知方才走过的那女子那般妖娆迷人，但也有着难以抵御的魅力。他呆呆地低下头，"我不会玩——"

丽丽一把拽住他的胳膊，将他往店堂里推，"这有什么？不会，就学嘛！我教你。谁也不是生下来就会吧！你那么聪明，一会就学会了！"

白色的桌面上麻将骨牌已整齐地摞放好，只等着人们各就其位。川乐发现任洪虎也比刚才和蔼了不少，一边抽烟，一边看着自己的牌。丽丽坐在他身边，将牌面上各种花式、出牌规则简略地告诉了他，玩几次就会了，在打的过程中学得更快更好。她的手指在川乐手指间不停地擦掠而过，在他细嫩的皮肤上激惹起一阵难耐的瘙痒感：仿佛一股股深不可测的情意从她的手指尖流溢而过，汩汩地灌注到他的指尖掌心之中。此时，丽丽将嘴唇凑到他耳畔，那股温热的气息几乎将他攉倒在地："别怕！慢慢出牌。只要和就行，就算先垃圾和也好！"

荧光灯照射在银色的桌面上，跌落到暗红色的地砖上。时光飞快地流逝，川乐垂着头，细心地辨识着骨牌上的符号——在他眼里，无论是端庄威严的"东南西北"，还是"春夏秋冬梅兰竹菊"，无论是数字叠加的万子筒子索子，还是财神、猫、老鼠、聚宝盆，它们全是戴上了魔法的神奇符咒，发出一声声或急切或悠长的召唤，成为精心算计的沉着从容、孤注一掷的决然血拼、犹犹豫豫的惊惶纠结的战场。他不自觉地沉浸在丽丽肉体弥漫开来的强烈的雌性气息之中，时不时觑视着明暗交错的地面，端详着她的乳房和臀部硕大的投影。渐渐地，地面上裂开了窟窿，并蜕变为目光无力穿透的深渊。而此时的川乐在周围此起彼伏的喧嚷、骨牌稀里哗啦地崩塌中缓缓往下坠落着，不可挽回不可逆转地沉落到这色彩斑斓的旋流之中，直志神志完全麻痹。

十六、替代品的蜜月

十一月十一日

总算不用再在绵绵不绝的阴雨中醒来，浑身筋骨酸痛，像一只垂死的苍蝇，黏滞在时间坐标线凹陷瘪缩的谷底，不用再无奈地听任肌肉缓慢地松弛下来，在不可阻滞的衰败的潮汐中剥落，风化，瓦解，崩裂，在团团细碎的尘埃的围裹中，变成一坨惨白的废墟。

远离了上海阴郁的天气，天堂般的光焰从香格里拉的天空中飞瀑般地倾泻而下，一无阻滞。整个上午在普达措国家公园中，空气凛冽，但阳光却灿烂刺眼到非戴上墨镜不可。

数小时内，置身于平日里罕见的湛蓝澄澈的晴空下，我行走在一个梦幻般的仙境之中。它仿佛是孩童时代的复归，让人重回天堂——让你确信这种幸福平和绚烂的生活将会无休止地延续下去，不会有意外的灾祸强行闯入。我坐在车窗边，平静地观赏着漫山遍野栽种着的杜鹃云杉红桦白桦，辽阔的草甸上成群结队的牛羊在盘桓游荡。我沿着修葺齐整的步行道一路前行，凝望着湖畔众多虬曲悬垂的树干，以及它在清冽的湖水中繁密多杈的倒影，一簇簇金色的光焰在周围扑闪漂浮。我从中尽情汲取着难以复制的享受，没有人愿意轻易地从中走出。

然而，不争气的是，肚子还在作痛，时而舒缓，时而洪水般滔滔滚涌而来。水土不服，而连日来精神上的栖惶与焦虑加剧了这一切。

俗话说祸不单行，除了肚子不争气，竟然还把脚腕给扭了——万幸的是游览快结束了，从碧塔海那边急着赶穿梭巴士返回公园大门，没留意棕褐色台阶下面还有一层，一脚踩空，扑通摔倒在细长的木条铺砌而成的平台上。还好有子熙陪伴在身边，但脚腕顿时疼得火辣辣的，还一瘸一拐的，看了让人万分丧气！

不管怎样，总算只是伤了筋，没骨折。

十一月十二日

它消逝了，那甜美之极的梦幻。辰樱又一次出现了，她踮着脚跟，紧紧走到床畔，弯腰俯下身，在我干涩的嘴唇上轻轻点吻了几下，随后又亲了亲泛着几缕红潮的脸颊，慢慢移到高挺的鼻梁上，最后停留在细长的脖子上。顿时我热泪盈眶。等我伸开胳膊，她便飘逸而去，消失得无影无踪。

我睁开了双眼，边上躺着的依旧是子熙，她还在酣睡中。我侧过身，舔了舔她娇小的耳垂。看上去很完美，圆融无缺，就像清晨的丽江古城，在成群结队的游客蝗虫般占领大街小巷之前。

全亏有子熙悉心照料，我才不致沦落到孤家寡人的境地。

即便有众多羡慕的目光（一个中年男人和一个妙龄女郎，貌似默契的神情，构成绝佳的搭配）投注过来，也无法补缀这个原本残损的梦境。再完好的袍子总有漏洞，目力一时间无从洞察。暗夜里，潜藏在里子深处精微细密的缝隙会扩展，蔓延，膨胀，直至成为光天化日之下触目的窟窿。

总是缺少点什么。不是说她不漂亮不迷人，硕大的鼻翼在阳光下时不时抖颤，颀长的大腿洋溢着逼人的性感。更重要的是，就在这次云南之行中，她把自己的身体毫无保留地奉献而出，虽然早已不是头次做爱，但总有些生涩、别扭——现在则是舒畅无比，我残余的屈辱感顿时烟消云散。她母亲对此也无能为力，只能睁只眼闭只眼。

但子熙身上总缺少点什么，不是气质便是韵味。

归根到底，这一切都无法将我内心深处的痛楚抹去。那天旅馆里闹翻后，辰樱便从我视野中消失了，蒸发了，失联了。开头几天还颇有几分快意：长时间背着的沉重包袱一下卸了下来——总算结束了，和这狐狸精拗断了撇清了。渐渐地，轻松感烟消云散，取而代之的是一种失落，它似轻实重，久久盘绕在你心头，烧灼着肌肤，直至肺腑。其实，对辰樱的思念一刻都没消停过，而且这一渴望由于失联导致的阻隔而日益亢奋，强烈。

修葺一新的纳西族风格的客栈完全像个戏台，我和子熙成了游走其间的演员。底楼邻近门房那侧又掀起一阵激烈的吵嚷声，老板娘喋喋不休地诉说着什么，嗓门尖厉得像是气哼哼地与仇敌争吵。我无法辨识那滚滚涌来的语流的确切含义——真让人受不了。从二楼的窗口望出去，鹅卵石铺砌而成的庭院中，老板坐在绿枝缠绕的棚架下，叼着烟斗，悠闲地品茶，与熟识的客人聊天。大片黝黑的瓦楞横卧在安谧的天空之下，一阵风刮过来，簌簌抖颤。我伸了个懒腰，双手枕在脑后：人实在是该知足，就这样我暂时沉醉于与子熙的爱恋中——其实是将她当成了替代品。不可否认，她和辰樱之间还是有着某种相像之处，举手投足，一颦一笑，尤其是侧影。一个男人喜爱的女人之间总有着某种隐秘的相似性。

然而，美梦终究难以持久。不要自己骗自己，一切努力归徒然，纵然是齐眉举案，到底意难平。

总不能整天窝在这布景般的房子里，总得外出走走。在一家工艺品小店里一眼就相中了一柄乌黑色手杖，杖柄上雕着一只鹰头，目光威武凛然。在子熙的陪伴下，早早在一家店吃了米线，随后游览了木府、大水车、四方街等景点，以及一些僻静的小巷。木府虽是昔日区区一土司的衙门，但宏伟的程度远远超出了想象。大门前矗立着镌刻忠义两字的高大石牌坊，宽敞的广场后方便是宏伟的议事厅，彩绘斗拱堆叠成巍峨的风格，气势直逼太和殿。透迤曲折的长廊环绕着清雅的后花园，其间小溪纵横交错，好似踏入一方流水潺潺的江南园林。我兴致颇浓，一路上行，歪歪扭扭间竟也攀登到了狮子山上，得以眺望古城的全景。在黄昏涂染着温柔的玫瑰色的天穹下，密密匝匝的屋舍默默伫立着，折射着缕缕黛青色的光焰，仿佛在追忆那些汩汩流逝而去的辉煌时光。

子熙对我的照料体贴可谓无微不至。看着这个身着紫罗兰色绸缎连衣裙的年轻女人，无比耐心地放慢脚步，在大段空疏的时间档格中，悠闲地望着垃圾车缓缓驶过街巷，听着它倾吐出一长串欢快的旋律，周边店铺的男女店员纷纷拎着大大小小的垃圾袋，鱼贯而出；我则有心无心地打量着扑入眼帘的各式靓丽的工艺制品，恍然中，我竟想象着有朝一日能与她结成夫妇，从早到晚享受着神仙般的生活，不禁生出几分感动。

但隐隐约约的焦虑依旧如影随形。戏演得久了，演员与角色水乳交融，不分彼此。然而，替身毕竟是替身，它总会在不经意间激惹起对真人不在场的遗憾。尤其是到床上真刀真枪的肉搏，焦虑便会变得浓酽，弥漫在心头。思想可以诓骗，意识可以催眠，但身体的直觉不会有错，视觉嗅觉触觉总是机警地追逐着最心仪的猎物。和她赤身裸体搂抱在床上已不是第一次了，但总有点不自在，会不自觉地闭上眼睛，甚至会软而不举，或者中途熄火。我只觉得子熙的身体还锁闭着，虽然在形式上敞开了。身体间的距离需要时间才能拉近。

再者，器官的交合摩擦只是最为表层的勾连，更要命的心灵的闭合。虽说子熙悉心爱我，双方又认识了那么久，但平心而论，我们俩并不了解对方。在田园牧歌般的氛围中，她那不时豁露的若有所思的神情，那眉宇间萦绕着的淡淡的忧郁，总让我滋生出难言的不安。的确，她似乎很享受这蜜月般的时光，但又期盼着什么，期待着我最终的允诺。

十一月十三日

在丽江的最后一天。落了个半残疾，玉龙雪山反正是去不成了。

但这一天，漫长的一天，多少年以后我依然会不堪回首。

仿佛真是有感应，真会梦想成真。成群的蝴蝶在花丛中翩飞起舞，贪婪而大胆地吸吮着花蜜。而我就是梦中那只轻盈游荡的蝴蝶。

辰樱终于有消息了。也算是功夫不负有心人，这些天，我天天给她发信息，有长有短，长到像一篇事无巨细的日志，短到只有一两句问候语，甚至只是打个招呼。我不奢望她会那么快原谅我，满怀热情地重新接纳我。我只是不愿斩断这最后一丝纽带。这么些天来，它们石沉大海，被吸入一个无底的黑洞。今天终于有了回音——总算不是自己枯涩的嗓音的回响。

她只是淡淡地说前些天外出度假了，想好好清静一下。没有解释，没有辩白，没有歉疚，没有卖弄风情，也没有难以消解的敌意。一切都那么平平常常，仿佛什么都没有发生，仿佛喻示着一切都将重新开始。我又一次闻到了那股特有的馨香，从她瀑布般的长发上、深陷的乳沟里幽幽分泌而出，袅袅飘逸而来。

于是，一切都变了味，在丽江的最后一天变得味同嚼蜡，简直成了一种软性的折磨。我手指发颤，匆匆回了消息，说明天就回上海。其余什么都没说。我的心一下狂跳起来，震得肋骨隐隐作痛。我真想立马赶往机场，改签当天的机票；如无法改签，废掉也罢，当场再买一张，头等舱也不妨。要尽快回去。

然而，这个烂摊子该如何收拾？

望着子熙幸福迷醉的神情，我的心一阵阵发颤。她好似察觉到了我情绪的剧烈波动，问我脚腕是不是昨天多走了点路，又犯疼了。我微笑着摇了摇头。我真成了畜生，怎么能忍心去伤害她，况且她又是这么深爱着我。我倚靠在床架上，呆愣愣地望着窗外晴和明媚的天穹：是该反省了！用镜子照照，自己是一个多么糟糕的家伙，卑鄙无耻，无情无义，一坨不齿于人类的狗屎堆！怪不得琳姗最后也会背弃你，投入别人的怀抱？你自己并不完全是无辜的！

也难怪琳姗，她默默忍受了那么久，似乎在补赎先前在意大利犯下的过失。这样我与她就打成了平手，谁也不欠谁了。有一阵子她热衷于去旅游，近来三天两头去健身房练瑜伽。小俊进了小学，她管得也不像以前那么上心，上班心不在焉、出工不出力，而梳妆打扮却占去了大半时间。女人到了这个年龄，都会对自己的外表产生一种莫名的恐慌，于是用各种化妆品修补支撑青春期过后显露的众多衰老丑陋的印记。

对琳姗和我而言，现今维系着的婚姻成了一具僵死的躯壳，犹如在缸里趴伏了千百年的老龟，小俊则成了底子里唯一的纽带，尽管在家中四处弥漫的敌意与冷漠中脆弱到了不堪一击的程度。

由于我和琳姗早就实行了家内分居，平时很少去主卧房。一个周六的下午，我突然想起到大衣橱中拿些衣物，便推开棕红色的门：琳姗坐在小梳妆台前，正对着镜面专注地打量着自己的脸容，还不时拿起眉笔、唇膏上下左右润色一番。我有好久没正眼打量她了，此刻一下惊呆了。她一下又年轻了十岁，又变得那么有魅力，神采飞扬。我真想冲上去，将她搂在怀里——想让她做我的新情人。

与此同时，我的心又被狠狠地刺戳了一下。血水汩汩滚涌而下，在地面上积聚成了一大摊。她的美艳在我心里激发起的不是喜悦、自豪，而是忌妒和不安。我扪心自问，你为什么发这么大的醋劲，以致陷入不可控制的狂怒？真是不可理喻。

琳姗在镜面中看到我进来，吃了一惊，尴尬而惶恐地望了我好长时间；随后站起身，脸上流露出羞恼的表情，疾步走出门去。我咬着牙，木然站了一会，随后动作僵硬地从橱中翻检出衣物。一阵强烈的晕眩突袭而来，我躺倒在床面上，打起瞌睡来。

不知过了多久，我醒来时发现琳姗坐在床头，盯视着我，欲言又止。阳光透过墨绿色的窗帘，衍射在她的半边脸上，将她变成了个厉鬼。她的脖子、颧骨和肋骨微微发颤，在痛苦的呻吟和亢奋的喊叫之间游移。一股浓烈的古龙香水味袭来，我不由得掩住了鼻孔。她伸出手，摸了摸我隆凸而起的肚子，"你真得锻炼锻炼了。"她的脸上又一次挂上了少女般的微笑，纯真，带着梦幻的色彩。我一时激动，捏住了她的手腕；她缓慢而坚决地将我推开。

尽管琳姗不时抱怨瑜伽练得多累，但依旧乐此不疲。我不得不承认，她在外面有男人了。苦水又一次酿成——她又背叛了我。我是凭直觉嗅到的，虽然在好长时间内我还一直睁一只眼闭一只眼，用各种理由来搪塞、忽视、掩盖或者缩小再明了不过的事实：她有男人了。

没错，就是那个健身教练——肯定是他，我去会所时曾和他打过几次照面：一米八的高大个子，一整个秃头，不停地嬉笑着，眼里跳荡着色眯眯的火焰。琳姗曾提到过他好几次，教课时异常严格，甚至到了苛刻的境地，课后又不乏机智幽默。最让我受不了的就是她那副敬佩乃至崇拜的神情。那一刻，我脑海中便情不自禁地浮现出一幅不堪入目的画面：她投卧在他的怀里，花枝乱颤……

我一怒之下，就带了子熙直奔丽江而来。我曾答应近期带她出来玩一次，现在正是时候！我完全像个红了眼的赌徒，匆匆订了机票，和子熙从上海一路狂奔而来。明知无益加无聊，但还是来了。你并不真心爱她，从来没有爱过——难道一次心血来潮、蜜月般的旅行就能改变这一切？但我还是抱着侥幸心理，祈求奇迹不经意间会降临。一个让人欣喜若狂的 Godsend！

然而，这一切并不能如此轻易地心想事成。一星期来，从昆明到大理，再到丽江，我在这经典的线路上充当了还算称职的演员（偶尔露馅），但其疲累苦不堪言。虽然有那么多游人投来羡慕的目光，但我一点都没有轻飘飘的满足感。我反倒羡慕起琳姗，不管那光头有多恶心，但她毕竟是真有所爱。不像我，自己给自己下了个套，金玉其外，败絮其中。

细想之下，我现在和子熙处于一种夫妻不是夫妻情侣不算情侣朋友不算朋友的暧昧状态。这段时间里，她似乎在默默忍受着，静静地等待，日久见人心，总有一天我会张口向她求婚。如果等不到那一天，她也会坦然地离开。

我们不是没有心灵间的交流与沟通，但通往彼此心灵的道路迂曲而漫长。她目光沉静，充盈着同情与怜悯——大概我最受不了就是这个。不是说先前她没有过犹豫，但此时她已将内心灼热的感情倾注了出来，为的是感化我，俘获我，让她成为我肢体上不可分离的部件。也正是在这个时候，我退缩了，出于畏惧。我已经承受不了爱的重负，只想保持距离。

对辰樱你就不会这样——关键子熙只是替代品。

我只能忘却过去，但愿能清空记忆，将全部意识聚集到当下的瞬间。

但愿提前患上阿尔茨海默症，将脑壳内一团团一簇簇盘缠纠结攀附的记忆通通删除干净！

阿门！

十一月十三日午夜

丽江的最后一晚——又一个不堪回首的夜晚。

我一个废人，拄着拐杖，无所事事，只好为子熙多拍些照片。尽管旅游丛书"意大利卷"还有好些章节要做最后的润色修订，但我却早已抛在脑后。此外，我有好些日子不写那些精致矫情的旅游日志了，不料穷极无聊之下，摄影的热情却被意外地激发了出来。

在时而僻静时而人来人往的小巷深处，在招摇显摆的店招下，在清幽狭逼的小溪旁，子熙摆着各种姿势与造型，将青春的活力尽情包孕其中。她今天化了浓妆，厚密的眼线，樱桃般的脸腮，而上下唇也是一片殷红，异常光鲜灿然。我越拍越精熟老到，我能在极短时间内取完景，构想出最佳的画面，在手指啪嗒的叩击声里将那一长串美的瞬间留存下来。那一刻，我真想高声大叫，真美——你再停留一下！欣慰的是这些影像完好无损，执拗地抗拒着时间潮水的侵蚀。

走在街上，子熙一直戴着墨镜，借口是紫外线太强烈！久而久之，我嗅出了丝丝怪异的意味，不管她戴的是枣红色的还是镀了金边的银灰色，它不停地在冒犯我，隐隐地挑衅。这究竟是为什么？——主要是她将真实的脸容遮掩盖起来，显露在我们面前的只是一副面具，诸多真情实感藏匿其后。这太不公平！

其实这一切都是那么顺理成章。一开始就不对头，事事不称心。谁让你自己陷入这虚荣无聊而又危险的游戏？如果辰樱能早点爱上我，这一切就根本不会发生——全是天意。

白天我时不时给辰樱发短信，为回上海后的和好预热上一番。她的态度还是有点难以捉摸，忽冷忽热的。不管怎样，我算吃了粒定心丸，她总算从缥缈的云端回到了人间，我又一次能触摸到她真实的气息。

晚上回到屋里，我照旧劣性难改，急不可耐地从背后将她搂住，狠命啃咬着她的脖颈；随后，便将她的连衣裙胸罩一一脱下。大理石般的月光默默地从苍灰色的天穹上衍射而下，照进屋内，子熙的肋骨抖颤着，皮肤哗哗哗闪烁着清亮的光焰，仿佛天上的银河在四周奔涌流淌——这一切，我都不陌生。

我静静地躺着，再一次抚摩着她，从头顶到脚踵，从胸部到臀部，像一对老夫妻。我的手指尖挠到了她的敏感点，她咯咯笑出声来。说实在的，经历连续几天的亲热缠绵，我的兴奋感并不强，阳物甚至有些举而不坚。我闭上眼，将辰樱妩媚、性感的脸容叠印在子熙清纯、略显平板、不无傻气的脸蛋上。渐渐地，我变得亢奋起来，好像辰樱又一次回到了我身边。就这样，我被这一幻觉引领着，疾速攀上了险峻灼热的峰巅。

高潮过后，客房中浮漾着一股忧郁的气息，不知其所由，不知其所终。它在这狭逼的空间内盘桓萦回，无声地诉说着宇宙的荒凉与人生的悲哀。不久，子熙伸了个懒腰，热烘烘的嘴唇贴在我的耳根，"亲爱的，你爱我吗？"

"爱，当然爱你。"我打了个哈欠。

"怎么爱？"

我又一次把头埋在她的乳沟中，就这样，我们永远在一起，永远——

她半闭着眼，"嗯，我好幸福，这样死去也没有遗憾了！"

我不清楚最后这一切是怎么发生的，它是如此猝不及防。我只记得我夜半醒来，搂住她，迷迷糊糊地说，"不要离开我，辰樱，不要离开我。"

只记得我被她粗暴地推开，随后是一阵凄厉的惨叫，仿佛旷野上的野兽跌入了深黑的陷阱之中。子熙匆匆起身，一阵短暂的忙乱后，便消失得无影无踪。

梦醒时分。灰蒙蒙的凌晨，我睁开眼，雨水淅淅沥沥地滴落到瓦楞片上，滚落到石板路上，激扬起众多晶亮的飞沫，一直洇漫到我脆弱、空虚、卑劣、伤痕累累的心中。

十七、厌世者的自白

1

还是帕斯卡尔说得好，"人的一切不幸都来源于唯一的一件事，那就是不懂得安安静静地待在屋里。"

我已经是够不幸的了，要逃避更大更惨烈的灾祸，最好就是老老实实地宅在家里，像乌龟一般静静地匍匐在凹凸起伏的缸底，任水流沿着四周柔滑、敷抹着厚实釉彩的壁面缓缓流淌，在灿烂的阳光下浮漾起一串串或繁密或疏朗的泡沫。多少个瞬间，它既幻化出人生诸多的璀璨辉煌，也蕴含了形形色色的沉渣污垢。

2

睁开眼睛，太阳照常升起，心脏依旧怦怦直跳，遵循着坚实而沉缓的节奏。

没有在梦里猝死，长眠不醒——其实那是最好的死法，像一朵花悄然陨落。卸去了生存的所有重负，灵魂像一团气流衍射游荡在无边无垠的太空中。

至少不会有重口味的羞辱——子熙一怒之下甩手而去，将你一个人孤零零抛在丽江的客栈中。你应该庆幸，这趣味恶俗而耗神的游戏总算画上了句号。但愧疚依旧涌流上来，将我团团裹住。毕竟和她交往了那么久，而且你并不是一点不喜欢她。

所有的错误只在于她不是你的至爱。

3

生命短暂而又无聊，生命的流逝让人感到遗憾。

这是谁说的，用这么平直、不绕弯子，但又毫不夸张的风格？我要是什么时候学会了用拉布吕耶尔的目光看世界，便万事大吉了。

4

就这样浑浑噩噩地过下去：早上迷迷糊糊醒来，长叹一声，沉陷到又一个冗长不知今夕何夕的回笼觉。醒了，就是不想起来，再躺上一刻钟，三刻钟，直至一小时。腹中空空如也，但并没有食欲。机械地填饱了肚子，迈着迟缓慵懒的步子在公寓房里晃来晃去，整个宇宙在那一刻塌陷成一颗苍白的水滴。

一整天就在这样近乎休克的麻木状态中度过。我觉得一下子衰老了几十年，已到了弥留之际。体内会时不时发出神秘而巨大的喧响，仿佛肌肉组织在当量极大的爆炸中松脱崩解，化为一团焦煳的齑粉。从搁在书桌角落中的 CD 播放机上传来的永远是那些熟悉得耳朵上要长茧的歌曲、乐段，但不知什么原因，它们早已失去了原先那种醇厚浓郁的风味，像是蒙罩上了一层厚厚的灰尘，音符周身长出了大小不一的锈迹霉斑。

我就这样一个人窝在浮华、空落落的套房内，一点点风化腐烂。

5

还是帕斯卡尔说得在理，"这里根本就不会有什么真正而牢靠的心满意足，我们全部的快乐都不过是虚幻，我们的苦难是无穷无尽的，而且最后还有那无时无刻不在威胁着我们的死亡，它会确切无误地在短短的若干年内就把我们置诸不是永远消灾就是永远不幸的那种可怕的必然之中。"

一切都是那么的虚妄，多少如花似玉的美人，转眼间就变成了白骨腐尸，最后化为尘土。反正我们都来自尘土。

我对辰樱已不抱指望了。一次次的拒绝，搞得我心灰意懒。早已不是摆架子，好像真是恩断情绝。但她何必又来挑逗我，激起我的希望？

这个女人，变得如此可望而不可即。我一度拥有，但又失去了。不，你失去的只是当时的幻影，她不停地变身换形，不断从你身边滑脱而去；你无法把握她，她倒成了你生命中的主宰，在你周

304

围四处游荡的女魔头。

6

实在是无聊至极。索性还是放弃吧！

然而，你还远远未修炼到忘我的境界，远远品尝不到"行到水穷处，坐看云起时"中蕴含的那份恬淡、从容，那份无欲无求。长久宅在家中，看似心静如水，但一有风吹草动，冬眠中的思绪便如脱缰的野马般狂奔，上下左右，中外古今，无所不至，无所不究，最终无所不求，无所不欲。

在初冬惨淡的阳光下，一只苍蝇在窗玻璃面上翩飞盘旋。乌黑色的背脊，透明的羽翼，不停地寻觅着，虽然寿命只有十天半个月。我不也是一只大苍蝇吗，在宇宙光鲜脆薄的膜面上时不时地折腾，上蹿下跳，只不过时间延长了上千倍。在老天的眼里，我和它没有任何差别。

可怜的虫豸！

7

在这具沉甸甸的臭皮囊之外，我还想图什么呢？

真是白白辜负了老师的谆谆教诲，白读了那么多年书。至少还有美德、正义可以追求。我完全抛诸脑后。

再一次翻开《思想录》，帕斯卡尔笔锋一转，"人的伟大——我们对于人的灵魂具有一种如此伟大的观念，以致我们不能忍受它受人蔑视，或不受别的灵魂尊敬；而人的全部幸福就在于这种尊敬。"

他在展示人生悲惨面的同时，没有忘记人还有灵魂，脆弱而高贵的灵魂。

在屋里憋得超出身体承受的极限后，我便到小区内散会步。很少有这种闲情逸致。垂死的天空依旧披罩着惨白的面罩，色调层级分明（从葱绿青绿淡绿到鹅黄枯褐）、高低错落的树枝在微风中簌簌抖颤。绝大多数人都不认识，除了少数几张熟面孔，他们或打拳或快走或快跑或慢跑，或在广场上跳着健美操，还有人趴伏抓攀在各式健身器材上一展身手。他们大都是退了休的老年人，但一点没有帕斯卡尔眼中的伟大，满脸尽是卑下和猥琐，让人想起光天化日下的幽灵鬼魂，不安分地东游西荡。他们望着我这个貌似年轻的老人，目光中不乏惊诧与惶恐，也混杂着几分安慰：他们虽老却壮心不已，而我则是未老先衰。

8

时光流逝，我依旧是病恹恹的。只要辰樱不回到我身边，我就没有希望重新振作起来。

四肢酸胀无力，莫名的震颤，悄无声息地萎缩下去，我真的要变成一个渐冻人了？等着吧，等着那一刻的降临，全身原本坚硬结实的骨肉化为一摊污水，一股袅袅的青烟，自己像个幽灵在苍老的大地上方踽踽独行。头颅又在隐隐作痛，像一团微暗的火焰不停地蹦蹿。我甚至闻到了呛鼻的焦煳味。

还是要外出散散步。谢天谢地，我还能自如地行走，而且越走越顺畅越迅捷。

不知过了多长时间，我踏入了一片熟悉的街区，幼年时我在这儿住过好多年。沿街的店铺修葺一新，人来人往，在匆忙喧嚷中透露出一股子安谧祥和的气息。昔日的生活潮水般回涌上来，一张张模糊的脸，一幅幅霉蛀生锈的画面。

穿过几个街角，前面就是多少人津津乐道的创意园区，由昔日的旧厂房变身而来，癞蛤蟆成了白天鹅，顿时身价百倍，最时髦顶尖的画廊最国际化的工作室入驻其间。前方十字路口，几头血红色大熊（捉摸不透用的是什么材质）伫立在多层铁笼架内，凛然注视着熙来攘往的游人。

虽然不是第一次看到，在威尼斯等地的双年展上早已见识过，但再次置身于堪称集奇技淫巧之大成的装置艺术展厅时，我还是感到了几分震惊。难道我真是到了白骨精藏身的水帘洞了？外层套内层，里里外外重叠交错，站在轴线上望过去，俨然童书里可以拉伸折叠的3D图案：中间悬着金灿灿的太阳，绚烂的阳光向四周衍射。多种色调掺和在一起，深蓝，艳红，棕黄，婀娜的曲线、不规则的图形，缀合成了一个繁密的锦绣世界，颇富巴洛克的情调。

但这只是在摆噱头！和罗浮宫、乌菲齐美术馆展出的古板但宏伟的展品相比，真是些垃圾。说得有多好听，一次划时代的革命，让艺术品从僵化的画架上走下来，走下神坛，和环境恰到好处地融为一体，还能废物利用，不浪费全环保，因而坐便器尿盆尿罐网兜易拉罐都随心所欲地拼合在一起，堂堂正正地成了艺术品。还好这次没有真人秀，否则一个个鼓凸而起的肚腩会硬生生地扎入眼帘，浓烈的腥臊味会长久地萦回盘绕。

最莫名其妙的要数街头摄像。没有主题，没有中心，一切像你在某个街角数小时内看到的景象实录，散漫无际、汹涌不息，而又单调贫乏，像凝视、观赏着浩瀚无垠的大海。在巴黎的蓬皮杜中心曾不止一次观赏过这玩意儿。巧了，这间暗黝黝的小厅中放映的正是巴黎街景：似曾相识，再熟悉不过的场景变得陌生起来，仿佛来自遥远的天际：塞纳河两岸迂曲交错的街衢，葱郁繁盛的卢森堡公园，遛狗的老人，奔跑打闹的男孩，圣心教堂醒目的白色大圆顶，协和广场上的高傲的方尖碑。又拐到临近罗浮宫的河畔，早晨的雾霭尚未完全散去，对岸国立高等美术学院高耸的穹顶隐约可见。

在我内心深处，一生中向往着的最浪漫的事，莫过于带着辰樱一同漫步在巴黎街头。我们俩将不去看那些让人累人的博物馆和明信片风景点，只想手牵着手，乘兴沿着塞纳河散步。但此刻它成了一个刻毒的笑话，她完全对我失去了兴趣，只把我当个长期闲置不用的备胎，不到紧急状况根本想不到来搭理我。

我慢慢走出展厅，门口是一个小型广场，人流早已变得稀疏下来，一侧的空地中停着一辆古董级的黑色蒸汽火车头，还拖带着几节绿皮车厢。恍然间，它在我脑海中成了东方快车，从北到南纵贯欧洲，载着我和辰樱抵达横跨欧亚大陆的终点站伊斯坦布尔。

9

所有的症结在于我们还活着，活在这个世界上，麻烦层出不穷，没完没了。

还是拉布吕耶尔的话一针见血，"这一个世界，人们虽然不喜欢它而且嗤之以鼻，可同时我们不能没有它。"

10

爸爸，好久没给你写信了。大半年前给你写过一封信，但从未寄出过，这封信也不准备寄出——否则你真会看得懵懵懂懂云里雾里，不知所云。

然而，即便这辈子你看不到，我还是要写，要把心里的话倾注到密密麻麻的语词中。在这个年代，谁会耐着性子写上一封冗长的信件，谁又会从头到尾读完？姑且就算我的自娱自乐，一次邮件的卡拉 OK！

首先我要祝贺你，爸爸！几个回合下来，你赢了，稳操胜券，这没有什么可怀疑的！在你的强悍与魅力的双重攻势下，辰樱她还是向你屈服了，投到了你的怀抱里。你所求的不仅仅是这个，你还要完完全全地占有她，不单在身体上，而且在法理上——没有期限，冠之以永久产权，婚姻不就是男女双方的卖身契，标示着永久的占有权吗？——再可笑不过的妄念、自我膨胀的幻觉！

你和她去领了证，完成了一切必需的手续，真可谓功德圆满了！

不管怎样，我还是要祝贺你，在患上一般人闻之色变的绝症面前，你还是那么坚强。你没有倒下，而是活了下来，活到领证的那一天，而且肯定能活到步入洞房的那一刻。你被病魔侵蚀的身体依旧是坚不可摧，在你的映衬下，我们做儿女的是那么懦弱胆怯，懦弱到那么没有一丝一毫的骨气，懦弱到竟然连自己的声音都发不出来。你照旧是这个世界的统治者，赫赫然垂之万世而不朽。

　　且慢，爸爸，我还要多说几句，几句实话，前面说了太多的恭维话。我现在不再说那些狗屁的溢美之词，而是要说实话，直面真相，撕去一切假面具。爸爸，你就积积德吧，即使不为你自己，也要为我们小辈想想！你快死了，在阳间的日子屈指可数。虽然这话不好听，但我还是要说，自古便是忠言逆耳，即便老子儿子间也不例外。人生必有一死，但绝大多数人尽管心知肚明，但还是装聋作哑，潇洒地扭过头去，视而不见，或者想尽法子用花好月好的言辞来粉饰美化它。仿佛这样人就不会死了，真是脱离了此生此岸的苦海，超度进入西天极乐世界了！

　　爸爸，我要告诉你，你快死了！人生是什么？说白了，人生的终点就是坟地，不管是长是短，它就是一次排队等候的过程，等着依次进入殡仪馆，或早或晚——总有那么一天。但谁都不愿意承认，看他们的所作所为，好像他们都可以永远地活下去，否则他们为一丁点小事又何必大动干戈锱铢必较呢？本来大家都是碰巧到世上走上一回，你的生命本来就是老天或上帝或安拉借给你的，用完就丢了，还那么执迷不悟死抱着不放？你说这有多痴！

　　你快死了！不管你相信不相信，癌细胞正伺机发起进攻，等待着那一刻，也许是凄风苦雨，更可能是风和日丽。的确，病魔在前几轮化疗中遭到了致命的狙击，但并没有被斩草除根，种子还在，它们阴险地蛰伏在你的血脉深处，等候着有利的时机。也许就是洞房花烛夜那一刻，它会又一次露出狰狞的面目，伸出血淋淋的利爪。我这话是有点损，但却是天大的实话。

醒醒，亲爱的爸爸，是该醒醒了！睁大你的眼睛，看看你身边的女人究竟是个什么货色！你是赢了，但其实你还是输了，输得不体面，输得那么窝囊！你知道不知道，那个口口声声爱你疼你要永远陪伴你的女人，她起码有着两张脸，另一张脸你看清楚了吗？你勾上的就是这么个女人，你以为她会忠实于你，但她暗地里一直在背叛你——她从来就没对你忠实过，从来没真想忠实于你！所有的甜言蜜语都是伪装，都是精巧的作秀表演。只是别自我感觉那么好，那么大岁数，你真以为还是千人迷万人迷，以为女人真被你打动了。只要将你那些财产通通拿走，看谁还在你身边转悠？真是瞎了眼！除了钱，你剩下的还有什么？爸爸，拿面镜子照照吧，你这个浑身上下腥臭污秽不堪的糟老头！

亲爱的爸爸，接下去我不说你也该明白了。我做的虽不是正大光明的高尚事，但和你比起来，我毕竟情感比你纯真得多，没像你那样沾染上那么多铜臭味。我是真心爱她，她也爱我！你别发火，其实我不说你也能猜到七八分——没办法，谁让我们都是男人，本来应该有机会公平竞争才对？不料，残酷的野性被唤醒，我们父子俩从此踏上了一条不归路。现在想想，这高昂的代价值得吗？

亲爱的爸爸，永别了！在你有生之年，我不会再给你写信了，不会在你前往天堂的道路上增添额外的烦恼与负担。你先安心去，我不多久也会尾随你而来。但愿当我们的灵魂相遇时，你会宽恕我做的一切，我也会宽恕你做的一切，大家能够心平气和地围坐在一起，重温天伦之乐！

爸爸，预祝你一路走好！

11

你见，或者不见我

我就在那里

不悲不喜

你念，或者不念我

情就在那里

不来不去

你爱，或者不爱我

爱就在那里

不增不减

你跟，或者不跟我

我的手就在你手里

不舍不弃

来我的怀里

或者

让我住进你的心里

默然相爱

寂静欢喜

仓央嘉措的情歌，我翻来覆去地吟诵，像个摇头晃脑的白痴。但它正好描画出了我此刻纷乱纠结、缠绵难挨的心境。我和辰樱的关系正陷入欲进不能欲退不能的窘境。

如何才能找到出路？

一旦解脱，便卸去了所有的重负。然而我却不能。

推开窗扇，前方楼房的屋顶、阳台、落地窗历历在目。它们上下高低错落有致，仿佛经过了精心的设计调配；疏密不均的绿化带（或平面或垂直）镶嵌其间，环绕左右，一派和平安谧的景象。太平盛世的极致。

初冬的天空团团乌云翻卷，像蒙上了一层厚实的黑纱。

12

这是谁的声音？谁在喋喋不休地宣讲、诉说？

刚健不息、厚德载物；崇仁贵和、尚德利群；协和万邦、世界大同。

这便是中华文明的基本特点。它的价值偏好，举有大者有四：责任先于自由，义务先于权利，社群高于个人，和谐高于冲突。因而，忠孝、仁爱、信义、和平是应该广而推之的美德。

我怎么会跑到这儿来？还是瞿明惹的祸。前些天他风风火火地打电话告诉我，有个跨国公司操办了一个国学大讲堂，一时间粉丝如潮，便一个劲地怂恿我来一睹国学大师的风采，聆听其教诲，重温传统的精义奥旨。

大师铿锵而单调的声音在耳膜上嗡嗡作响，我垂下头，上身瘫倒在椅子上。报告厅里空气混浊，大脑重度缺氧。心灵鸡汤汩汩流淌着，疏解着人们的饥渴。

我悄然起身，蹑手蹑脚从两排座椅间狭逼的空隙里挤过，还连声对邻座的人致歉，扭头穿过走道，推开厚实、中间镶嵌着暗红丝绒的大门，贼也似的溜了出来。大堂弯折的落地玻璃墙面外是一方小巧的仿古中式园林，月牙形的池塘边矗立着三三两两嶙峋的假山石，后方坡面上方一座红柱圆亭居高临下。四周围环绕着葱绿的冬青树丛，在冷风中摇颤出簌簌的喧响。

礼义廉耻也罢，忠信也罢，我只是不能接受孝道。这好像在寒光凛凛的刀口上涂抹上一层厚厚的草莓酱。呜呼哀哉！

有人还是孜孜不倦鼓吹孝道，甚至将二十四孝图再翻出来，表彰那些感天动地的大孝子！

孝道真有存在的理由？我实在看不出。

孝道到底是什么货色？它算得上是世上最大的谎言。早在一千八百年前孔融就说过，"父之于子，当有何亲？论其本意，实为情欲发耳。子之于母，亦复奚为？譬如寄物瓶中，出则离矣！"

这番话还不够刺激？不用再画蛇添足了吧！

13

帕斯卡尔下面的这番话很是绕口，但其意思大致可捕捉得到，"我要同等地既谴责那些下定决心赞美人类的人，也谴责那些下定决心谴责人类的人，还要谴责那些下定决心自寻其乐的人；我只能赞许那些一面哭泣一面追求着的人。"

我既被他谴责，也被他赞许。难得的福分！

14

　　我本来可以容忍黑暗

　　如果我不曾见过太阳，

　　然而阳光已使我的荒凉

　　成为更新的荒凉——

不要欺骗自己。艾米莉·狄金森的诗提出了一个终极性问题。

15

脆弱的生命命悬一线。

阿拉贡说，"爱情是你最后的机会。除此之外，世界上没有任何东西可以使你生活下去。"

我怎么能活下去——这是个问题。

16

　　辰樱，求求你，我求求你了——我只有一个要求，求求你耐心把这封信读完。我不会再来纠缠你，再来刺激你。我保证，这将是最后一次，你放心，我在说了这一大堆废话之后，在显摆了一番苍凉悲郁的表情和姿态之后立马消失，随即蒸发，就像萦回在屋里多时的袅袅的回音，慢慢沉落下去，像涂料大面积剥落、灰暗斑驳、散发着浓重霉味的墙面上摇曳的光焰，影影绰绰，轻柔得像一串细薄无比的幽灵。

经过这几个星期时断时续的思忖，我还是决定离开你，放弃你。我毫不怀疑，你对我有多厌恶，有多鄙视——我是罪有应得！我这点自知之明还有，上一次约会(但愿不会是最后一次)时我的表现有多流氓！不瞒你说，我对自己也是充满了憎恨。道歉说上一万遍也不嫌多，只要你能原谅我。

然而，我是从哪一天走上了这条自暴自弃放纵堕落的道路呢?

我是老了，说起话来这么啰嗦，又颠三倒四。这些天来我时不时地沉浸在对往昔岁月的回忆之中。细细思量，我发现自己走的是一条与常人迥然不同的道路，一条逆向翻转的人生轨迹。当不少同龄人意气风发、率性挥霍青春之际，我是战战兢兢在老师严厉的目光下终日埋首书本，焚膏继晷，勤勉苦学，以期获得好成绩，考上一流大学，光宗耀祖。我就这样上了大学，读了研究生，又顺顺当当地到海外留学，回国后当了老师，在别人眼里，这种人生道路虽说不上大红大紫，但也体面安稳，尤其像我这样的家庭条件，衣食无忧，足可以凭自己的兴趣和才情在钟爱的学术领域纵横驰骋，大展身手。然而，就在我即将向高峰冲击时，我却一下垮了下来，一头栽了下来，整个人生在刹那间坍塌崩盘。最明显的症状便是我竟然辞去了教职，永远告别了校园。

熟悉我的朋友都说我意气用事，太任性，有的则冷嘲热讽地说我原本只是个玩票的纨绔子弟，根本不足以有任何担当，能不加害他人已属大幸。我真是这样的人吗? 究竟是什么原因驱使我做出了那样的决定? 当然，我是很任性，拿着那么点微薄寒酸的工资，还要受那么多气，何不快刀斩乱麻，一了百了，图个自在逍遥? 我手头并不缺钱，何必为区区五斗米而折腰？

不过，这只是粉饰，只是虚荣心十足的托词，真实的原因只有天知道。但我也不是一无所感一无所知。我是任性，我缺乏强悍、坚忍不拔的意志——这是我和老头子之间最大的区别。我走到了半山腰上，突然间一种自毁的冲动攫住了我。我太累了，我厌倦了，我不想再往上爬了——就这样我陡直地往下坠落，仅存的意志在钢铁般的阳光下消融。我不想再和繁杂琐碎的拉丁语打交道，不想再在沙漠般浩瀚、僵尸样的古纸堆中虚掷时光，我要换一种活法，丢开书本，打开窗户，呼吸几口新鲜空气，走向外部的真实世界。这种想法对一个三十多岁的人来说，是多么奢侈啊！你没看见，旁人到了我这把年纪大都事业有成，过上了循规蹈矩的生活，而我则是反其道而行之，与他们相向而行。

说实话，离开大学后，我不仅没寻觅到无拘无束的自由，反而沉陷到先前难以预料到的令人窒息的无聊之中。它先是麻痹了我的神经，随后又扩展到四肢。我眼睁睁地看着它们一天天萎缩、枯瘪下来——我简直疑心自己是不是患上了渐冻症。随后，我便频繁地到世界各地旅行，编写旅游日志和丛书——看上去很美，很是风光，但背后隐藏的酸苦劳顿只有自己清楚。我已不年轻了，但精力尚存，总得找点事做，它们只是我打发时光的方式而已。然而，我却找不到合适的目标，整个人迷迷糊糊的，在风中飘摇浮荡，许多事一沾上手，便会被难以言说的厌烦的潮水淹没。

你看，我就是这么窝囊这么没出息！现在只有你才能救我——而你也将弃我而去。我是没指望了，掉到了漆黑的深坑里永世不得翻身。应该承认，不知从什么时候起，我的神经发生了意想不到的畸变，变得如此敏感如此脆弱，一有风吹草动便像受惊的小兔子摇颤个不停。怎么会变成这个样子？一点点挫折都经受不起，什么小事都变成了滔天巨浪，灭顶之灾！

思前想后，琳姗对此要负很大的责任：是她，正是她把我推上了这条自损自毁的不归路。你们女人一个劲地埋怨控诉男人，喋喋不休地控诉这男人当道称王称霸的世界，但你们不知道做男人的苦衷！不是每个男人都是那么精力丰沛野心勃勃霸气十足，他们中间也有弱者，有的甚至比你们女人还弱得多，一旦遇到母老虎，必然成为高悬的屠刀下的羔羊，任其宰割。我告诉过你，琳姗她背叛了我，虽然日后又回到了我身边，但这种破镜重圆式的结局并不能真正修复早已破裂的关系，伤口在表面上是愈合了，但底子里依旧血水漫流。我后悔，我实在是后悔，根本不该那么宽大为怀，不该重新接纳她——这不仅仅让她，也让我背负上了难以卸下的十字架。你可以想象，这些年我过的是一种怎么样的生活，人不是人鬼不是鬼！这有多残酷！最要命的是我先前对爱的种种渴望、向往完全破灭了，它们被打得粉碎，心头覆盖的只是一大片焦黑的废墟。

女人，这就是你们女人干的好事！你们老是眼泪汪汪，装扮成弱者，一副可怜兮兮的惨相，其实你们的心比我们男人要狠多了，也毒辣多了。俗话不是说最毒不过妇人心嘛！作为一个男人，原本就不应该将大写的理想寄托在女人身上，更不用想将她们作为生命支撑点了。谁这么想，谁就倒霉！它们只是孩子们一时兴起筑垒起的沙堡，一阵强风刮过，瞬间便崩塌了大半。有个两情相悦的女人最好，如果没有，就不要硬去找，硬去编派，结果搞得惨不忍睹。没有你们女人，男人照样可以活下去，而且可以活得更好。

虽然唠唠叨叨说了那么多，但我还是想说，现在只有你能救我，我不想放弃你！像上次和你说的，我们一同离开上海，离开这座妖邪的城市。不要有任何顾忌。不要去在别人的目光，更不要把那该死的老头放在心上。如果你真不想到荒僻的海岛上，我们就去欧洲，去瑞士，找个地方静静地待下来。我把婚离了，把房子卖了，那笔钱足够我们俩开开心心舒舒服服地过上好多年。你要相信我。好说歹说老头子的财产我也有一份。现在我心里只有你，你就是我的救命稻草：我唯一的希望。

你发发慈悲，可怜可怜我吧！

也许你会骂我是头色狼！但我是喜欢你，迷恋你的身体，迷恋你灿烂的笑容，这难道也是罪过吗？多少个孤寂的日日夜夜，我不停地在手机上翻看你的照片，时不时伸出舌头舔着你——尽管那只是些虚像，一大堆电子颗粒组成的影像，但我心里还是充满了难言的满足，感到一阵阵罕有的快乐。我以前和你说过，第一次见到你时我便被深深地震撼了，我从来没见过像你这么美的人。你就是我的女神，只有你才能拯救我！

你要相信我——只有和你在一起，我才会活转过来：你知道这些年来，我过得颇为不顺心，每天早晨一睁开双眼，抑郁的潮汐便从体内哪个角落流泌而出，将我团团围裹而住。我整日里打着哈欠，肢体的每个动作都是那么不自然，那么笨重沉滞，都得花费那么大的工夫和心力。我真正明白了行尸走肉这个词眼的确切含义。

这一切直到你出现才发现了变化。只要有了你，四周又变得生机勃勃，处处欢欣愉悦。只有在你的怀里，我又重新体味到了地中海清朗、明媚、开阔的热情，那种摆脱一切束缚羁绊、生机勃勃的欢悦。在南欧的阳光下，昔日的阴霾一扫而空。我只后悔的是，为什么老天不让我早点认识你，不让我和你(而不是琳姗)在意大利度过那曼妙的时光。

也许我和你之间真是有运无命？

你到底是谁？我在心中不止一次地问自己，无论是在两情相悦的巅峰，还是在情欲餍足后一人独处的慵懒中。你是老天派来拯救我的天使，还是引诱我坠入万劫不复地狱的恶魔？不管是什么，我都认了，我是无怨无悔。只有一看到你，我心中的种种疑虑猜想刹那间便烟消云散——我只想跪伏在地，双手捧着你的脸，狂吻你高耸的鼻梁，再咬住你的嘴唇、乳房——那是我幸福永不枯竭的泉源。在那一刻，我只爱你，我只相信，美能拯救世界，而你能拯救我。

你都听见了吗？听见了你应一声呀！不要那么狠心，不要将我长久地抛置在无边的虚空之中。

求求你了！

17

对一切都不要抱过多的奢望，友情也是这样。

有好些天没见到瞿明了，他一直推说忙，腾不出时间来。最终他出来到衡山路一家咖啡厅和我吃了顿午餐，还带上了他新交的女友。那是一个二十二岁左右的女孩，金黄色的长发披散在肩头，身材娇小，席间不时歪斜着脑袋，靠到瞿明的脑前秀着恩爱。真为他高兴，他又找到了自己心爱的伴侣——虽然这样说有点言不由衷。但愿他不会太快重新结婚，希望不会那么快战胜经验吧！

由于不是和他单独交谈，我大部分时间哑然无语。这就是友情的代价。你无法拒绝对方将一个女伴带来。友谊也是脆弱不堪的东西，虽然有人说比爱情坚实，更经得起粗暴的磨砺击打。但此刻瞿明他分明忘却了我的存在，沉浸在他甜蜜的童话王国中。女孩在丹麦领事馆工作，和她涂染的金发一样，举手投足间也染上了那遥远国度的梦幻色彩。

分别之际，他们俩一前一后，向我招着手，钻进了枣红色的出租车。冬日寒凛凛的阳光衍射在周围一时间陷入瞌睡的冷清的街面上，我的心落寞异常。我已经无法（至少很长一段时间内）与瞿明悉心交谈，热恋中的人无法倾听别人悲苦的倾诉。我总不见得去找刘伟强诉说自己的苦闷吧？

不多久，矜持的街面又变得熙攘起来，来往的车辆、人群犹如众多游荡的精魂，他们是经历了千百个世代流浪的游魂，会集成一个个密匝的方阵，径直向我涌逼过来。刹那间，整个街面变得壅塞不堪，发出震天动地的喧响。它们淹没了迂曲的街衢、比肩接踵的楼房——那是街区的尽头，上海的尽头，也是世界的尽头，宇宙的尽头，一组简明的旋律脱颖而出，高高地飘升、悬浮在都市的喧哗的潮汐之上：它无法化约，无法压缩，也无法膨胀、拉伸，它是天地间的精灵，最恒定的元素的舞蹈，既有探戈的奔放热烈，又有华尔兹的从容优雅。在它们的轮番撩拨捶打之下,我合上了眼帘,嘴巴微噘着,挂上了一丝若有若无的笑意,吟唱着乐音:嘀——嗒——嘀,对于它磅礴而来、荡涤一切的节奏,既是回应,又是敬礼。

十八、乐而忘返

为什么要这样？我到底要什么？

川乐狠命揪着头发，呆愣愣地凝视着郊外小镇上这条灯火通明、土豪气十足的街道。他默默地一再追问自己，直到它的气势潮汐般衰减下来，神经末梢对蜂拥而来、尖利的刺激变得麻痹无感。他抻了抻书包，左手伸入侧袋中，手机还是依旧安安稳稳地躺在那儿。快两天了，川乐还是不想开机，尽管今晚他的归宿至今还悬浮在半空中。但他执拗地不愿屈服。此时，他的目光变得警觉起来，皱蹙起眉毛，惊惶地打量着过往的行人，唯恐哪个警察会出其不意地冲到跟前，立马间将他押解回家！

还是得当心，爸妈肯定去派出所报了案。

匆匆走上几十米，川乐便停下脚步，在冬日凛凛的寒意中细细扫视着街面两侧一长排鲜亮闪烁的店招：便利店点心店手机店药房美发厅 KTV 歌舞厅。放眼望去，一切都是那么似曾相识，但终究又是那么陌生疏远。外表的装潢尽管貌似精巧富丽，但芯子里还是那么的粗陋松脆，只消手指一弹，立马便会坍塌下来。他搔了搔凌乱的头发，慢慢地将右手探入包中，捏住了缀有凸起的维尼熊图像的深棕色皮夹，搓揉着剩余的大额小额纸币和硬币，染上锈迹的五角硬币包裹在皱巴巴的十元纸钞里，总共一百多块——此刻，这是他全部的财富，生存的依托。

不知不觉间，淅淅沥沥的雨水飘落下来，将众多装潢艳俗的门面店招淹没在一片有着华丽镶边，内里阴惨、激惹起无尽惆怅的梦境之中。川乐哆嗦着，疾步走到转角一家面馆油漆剥落了大半的屋檐下躲雨。在漠然逝去的白天，他已多次领教了时下时停的冬雨的滋味。虽然在外漫无目标地游荡了一整天，莫名的亢奋还是紧紧攫住了川乐，压倒了浑身上下弥漫的疲惫。正是在昨天晚上，他长久以来暗暗窥视、懵懵懂懂热切向往的成人生活终于豁露出了激动人心的真容，原先遮挡着的那层镀着浓郁清教禁欲色彩的厚实的帷幕被粗暴地撕扯开了一个大口子：这仿佛成了他的成人礼，正是在那一刻，川乐跳出了童年的摇篮，长大成人。尽管头脑还有些晕晕乎乎，但他早已脱胎换骨，变成了连自己都不认识的新人，仿佛在硕大的镜面前自恋味十足地欣赏自己畸变后的影像。

不多久，雨水悄然停歇下来。那家 KTV 歌厅到底在哪里呢？竟然这么糊涂！川乐抬头张望，愕然发现一簇苍白的光焰在邈远的天穹上方隐约闪烁，像是向匍匐在凛凛寒意中的喧嚣的尘世传递着某种神秘的启示，同时又将几分忧郁、惆怅缓缓地注入光秃秃的枝干上，注入他的心扉：刹那间他倍感茫然无措。此刻，三四个身着黑色皮大衣的女子穿过街面，一扭一歪、步态招摇地踏入对面那家颇为堂皇的 KTV 歌舞厅。虽然明摆着不是昨晚那家"梦幻宝贝"，川乐暗地里还是将这家"极乐天地"视为圣地：也是这样流淌着暧昧气息的门洞，幽暗的过道、楼梯，上下滚动摇曳的暗红色的光焰，鬼哭狼嚎般的吟唱、嚣叫、猜拳行酒令：更为致命的是，女人丰满肥硕的乳房、胸脯直扑扑地压到了他的脸上，像从母亲子宫中奔泻而出的一股温热的气流，将他团团围裹起来，将他淹没在沉甸甸、略带几丝甜蜜的窒息感之中，但他一时间竟无法逃脱。

没有想到，他还是看花了眼，明明就在这条街上，"梦幻宝贝"歌舞厅却像变魔术般地蒸发了。真见了鬼！一切都是那么似曾相识：都怪自己不认路，天天坐着小车进进出出，一旦自己跑出来，便成了半个瞎子，根本无法精确定位。此刻，川乐正要穿越窄仄的十字路口，一辆疾驶而来的白色宝马车向右一个急转弯，他起先没注意，等察觉后一下惊惶地僵立在原地不动。宝马车猝然停在他跟前，雪亮的前灯直挺挺地投射在他脸上，像一团不安分的火焰，噗噗跳蹿，保险杠几乎碰擦到他膝盖上。一个头发花白的男人探出车窗，恶声恶气地咒骂了几句，小赤佬眼睛瞎掉了，路也不会走，寻死啊！川乐如梦方醒，快步走到对街店面花哨的手机店门口，额头上沁出了几丝冷汗。恍然间，他觉得路人投射而来的目光都有些诡异，而前方路灯杆下站着一个身着大红羊毛衫的老女人，目光中含着几分幸灾乐祸的快意，近乎奸诈，让人联想起童话故事中的巫婆。

但他发誓一定要找到那个女人——那个从天而降的女人，那个在他肉体上粗野地捏揉冲撞、烙上了难以抹去的印记的女人。川乐走走停停，左顾右盼，好奇而焦灼地扫视着街面。白天和夜晚之间竟然有着如此悬殊的反差，他以前从未如此深切地感悟到。从早到晚，他在广场、绿地、公园、商厦不无茫然地闲逛游荡，消磨着漫长的时光，但因为心头有了晚上再去找这个女人的念想而美滋滋的。不能错过！从直觉里他感到今晚也许是最后一次机会，昨晚在任洪兴店堂里打地铺草草睡了几小时，而此刻警察正在城里城外四处追捕他，一旦被缉拿归案，所有的期盼都成了泡影。

　　又过了两三个路口，疲累又一次攫住了川乐。他走进一家敞亮齐整的甜品店，坐在紧靠临街玻璃墙的座位上，点了一杯橙汁，一小碗西米露。一下就花去了近四十元——他无所谓，反正是今朝有酒今朝醉。街面上的行人来来往往，络绎不绝，四周围衍射而出醒目的光焰将他们举手投足的姿态和喜怒哀怒的表情在深幽的夜色中清晰地勾勒而出，像一座座尚未雕琢完工的雕塑，但它们转瞬即灭，沉落到一去不复返的深渊中，就如每个人短暂而急促的生命旅程。他喝下大半碗西米露，随即重重打了个嗝，抓过纸巾，擦了擦湿漉漉的嘴角。

　　直到现在，川乐还是没能把自己从那混乱、迷离、刺激味十足的小世界中拽出来。他没有料想到在那幢幽暗嘈杂的楼房里还镶嵌着这么一方奇异之地，一座锁闭在迷宫般走道尽头的秘密花园。橘黄色的墙面上悬挂着几幅西洋女人的裸体画像，有的仰面躺卧在青翠的草地上，粉白色的半面裙幅在微风中翘卷而起；有的歪斜着脑袋，趴伏在玫瑰红的床单上，哧哧地龇齿而笑。等电视机打开，依次占据大屏幕的是蔚蓝色的海滩、五彩缤纷的遮阳伞、富丽华贵的宾馆和水族馆中上下散漫游弋的斑斓的鱼群，以及在渔人码头畔手拉手脉脉含情不语的男男女女。直到那一刻，他还是没明白张大豹和任洪虎将他带到这儿来时为何三番五次装怪相扮鬼脸眨贼眼，咕哝着你真要带他去，直到两个女人（高个子穿着黑色吊带蕾丝连衣长裙，矮个则套着浅紫色的敞胸晚礼服）一前一后坐到了绛红色的长沙发上，他才感到了几分异样。然而，从一开始他就没打算违拗反抗。

他们俩毫无顾忌地将女子搂抱在怀里。任洪虎密匝匝的络腮胡子扎得那矮个女人发出一阵尖厉的笑声，他随后将她搁到大腿上，对着川乐招了招手，"过来——来，今天给你开开荤，见个世面！"川乐睁大眼，怯怯地挪了挪身子，任洪虎沉下脸，捋了捋翘卷的胡须，"装什么蒜——又不是把你吃了，什么时候了还摆什么少爷架子，过来……"

川乐勉强站起身，坐到任洪虎身边，他将那女人往川乐身上一推，"就交给你了，好好照顾他。"矮个子女人眯起眼，斜睨了川乐一眼，半靠在他身上，而那一蓬蓬染成金黄色卷发像瀑布的水流滚淌下来，一下遮没了川乐的眼帘，几根发丝扎入了鼻孔，激发出几分奇异的痒感。他仿佛又回到了孩童时期，自己被母亲当作宝贝在众人眼前一一展示。他手足无措，在室内萦回的混杂的乐声中还听得见他急促的喘息。

张大豹将一根中华烟递到任洪虎手中，"你索性再问妈咪要个小姐来吧，这样多别扭……"任洪虎点着了烟，朝半空喷出一口烟，"亏你想得出，脑子真进水了！小费你付啊！用得着吗——不就是让他开个眼体验一把！"

恍然间川乐感到自己在直线下坠，向着未知的领地。除了母亲之外，从来没有一个女人对他如此亲热，将他无保留地揽入怀中（要是那女人是他朝思暮想的倩怡该有多好），身体之间没有人为的阻隔、间隙；她母山羊般肥硕的奶头左右摇颤，时不时碰扎到他的胸口、下巴上。过了一会，她拉起他的手，在摇晃的激光灯光下踏着华尔兹优雅的舞步，左转右旋。就此他踏入了一个崭新的世界，成人的世界，神秘，充斥着难以抵御的诱惑，又是那么的残酷、生硬，需要拿出男子汉近乎野蛮的勇气来直面、应对。

川乐又走过了几个街坊，"梦幻宝贝"还是杳无音信，像被施了魔法后隐匿在某个无法抵达的暗角。他摸了摸微微发烫的额角，斜穿到街对面，拖着疲惫的腿脚往回走着。早已走出了繁华热闹的区域，这里大多是门面寒碜的家具店药店杂货店鞋店。雨停歇了下来，街面中央横陈着大小不一的水洼，凄清幽暗的水面上倒映出了他的头部和瘪陷的胸部。他收住脚步，专注地对着自己残损不全的影子瞪视了几秒钟，使劲搓着手掌，扭动的嘴角流露出几分怜惜：还这么矮小，快快长大吧！紧贴着一家简陋的旅社是一家水果店，敞亮的店堂内外，摆放着橘红色的橙子暗紫色的葡萄青黄色的香蕉，构缀成了一个色彩斑斓的小世界。一踏入这绚烂明丽的光焰中，川乐一时间精神大振，重新变得亢奋起来。虽然一路走下来有点疲累，体能消耗了大半，但他还是不想回家。他的心头浮动着几分肤浅的感伤，但它瞬息间便袅袅飘升，蒸发在半空中。他紧张地扫视着蹲伏在前方街角的消防站大楼，鲜红色的金属门板在他心中激惹起一种莫名的恐惧——倒不是被人送回受到父母的斥责（反正债有主冤有头，总得回去，他只是想在外面尽可能多逛一会儿），而是一种罪孽感，它在内心深处萌生而出，他并不清楚自己究竟做错了什么事，只是觉得犯了过错，便会受到责罚，到哪里都逃不了。自己是这么一个下流坯，这把年纪就来夜总会厮混了！

几乎在同时，川乐的心中又流溢出一种罕有的甜蜜感。他暗地里向自己伸出大拇指，像个男子汉了——你梦寐以求的不就是这个吗？然而，今天早晨一睁开眼睛，他就感到了悬压在头顶心的沉甸甸的分量：白天里他就得一个人独自筹划，在熙熙攘攘芜杂错综的都市空间里勾画出专属于自己的行进轨迹。他吞下了一小碗咸菜肉丝面，匆匆离开了任洪虎的面馆，在清冷的阳光下穿过几个街角，和四面八方会合而来的上班族一同钻入地铁车站，直奔市中心而去。

整个白天，川乐沉落到一个多种气味恣肆横行的世界中。起先它们只是淡淡的，零散地飘逸而来，后来变得密集、浓郁、繁盛。它源自盘桓在城市每个角落的汽车尾气，源自千家万户油腻腻的厨房、大小街市上林立的美食店铺，源自左前右后人体的汗液，源自时强时弱的风，源自光秃秃的树枝和满地的落叶，以及建筑工地上礼花般弥漫开来的油漆泥灰沙尘。川乐来到上海的心脏人民广场，在天圆地方造型的博物馆北侧的喷水池前伫立良久，两个年纪比她稍大的女孩正说笑个不停。他想凑上去搭讪，但扎着长辫的女孩子扭过头，警惕地瞅了他几眼，他的心一下变得冰凉，好不容易积攒起来的自信顿时丧失殆尽。好在消磨时间的方法多种多样，他羞红着脸，沿着福州路径直来到书城，游逛了好几个小时，铺天盖地的图书里很少有哪本能激发起他长久的兴趣，有的只看了看标题，有的看了一两段便扫兴地丢到一边。

午后的天空变得阴沉起来。他照旧关着手机，眼前鲜活生动的世界被抽去了内核，虚化成一片灰扑扑的空白。在阴湿的寒风中，他躲到了大光明电影院，看了一场好莱坞大片：蜘蛛侠凭借神奇的法力，在曼哈顿摩天楼间穿梭行进，如入无人之境，与恶魔周旋争斗。散场后走到黄昏时分闹哄哄的街头，潮水般的人群幽灵般地从身边擦肩而过，他打了个寒噤，从方才银幕酿造的幻觉中苏醒过来，分明感到了自己的渺小与孱弱。然而，一股无名的力量攫住了他，驱使着他再次下到地铁站台——他得重新见到昨晚上的那个女人。他得抢在父母找到他之前。这是最后的机会。

仅仅隔了一天，川乐已记不清昨晚去的夜总会的确切方位。当时他跟着张大豹任洪虎，他们换了两次地铁，在×××镇下了车。七转八折之后，他又一次从那个车站下了车，天空开始飘起时断时续的雨水，随后的几小时里他便在街面上无头苍蝇般不停地来回行走。恍惚间他意识到自己正走向人生中至关重要的转折关头。他得抛弃先前的种种犹豫惶恐，在那个女人的引领下，步入一个全新的世界（在父母眼里，这是一个邪恶的世界，他们会竭尽全力将他挡在门外），一个挣脱了种种羁绊顾忌的世界，一个真正属于大人们的世界。童年的伊甸园的大门将在身后砰然关上：这是一条没有回头路的单行道，通过那女人的搂抱、肉体全方位吞噬性的碰触，在他不无羞愧地奔泻而出的黏腻腻的精液中通向未知的世界，浩大、苍茫。

在那一刻，深不见底的包房着实让川乐入迷。一束束激光光焰在四周墙壁、沙发、桌脚上烧灼、跳跃、滚动，燃成漫山遍野的大火，惊心动魄。与此同时，他稚嫩的身体从巨大的囚衣中解放出来，僵硬了多时的骨节慢慢松弛开来，重新获得了生机。在激越刺耳近乎癫狂的旋律中，他的身体不再听命古板拘谨的教条，而眼前这个身着敞胸晚礼服的女人也获得了难言的魅力。她胸前悬垂的大奶头晃来荡去，时不时覆压在他的胸口、脖子上，在时而优雅时而狂放的舞步中，奶头越来越肆无忌惮。渐渐地，川乐体悟到一种清晰的节奏感，以前他并不是一无所感，此刻变得如此鲜明，被赋予了难以抗拒的魔力。

魔法的世界恣意拓展着疆土，空气中游走飘浮的酒精味烟味最后凝聚到了女人纤长、蛇一般灵巧滑腻的手指上。它们触摸着川乐的全身，侵入到他肌理之中血脉之中，将罕有的快感源源不断地输送过来。偶尔它们开始袭击他裤裆中时而坚挺时而瘫软的阳物。他瞪大野兽般的大眼睛，惶然打量着四周，这个世界先前埋藏在黑洞中的宝物如今被发掘出来，晶晶闪烁。他感到自己已接近触碰到世界的真实面目（神秘而残酷）了，它还蒙着一层细薄的纱幕，只等那叫佳婧的女人亲手来撕破。他因激动变得神志不宁，一下感到了恶心，想要呕吐。他一下瘫倒在沙发上，喘着粗气。女人不无怜爱地将他扶起，笑呵呵地拉开门，来到过道尽头的男女通用卫生间。她锁上了保险，这昏暗狭逼、尿臊味十足的空间便成了逞性恣意的乐园。川乐将肚腹中残余的酒水一吐而空，女人有节奏地捶打着他的肩背，悄然拉下裤门，手指探伸了进去，精准地捏握住了萎靡不振的阳物。它在她加速度的捏揉下变得硬实起来，川乐的眼神也变得迷离狂野，他搂抱住了女人，脑袋懒洋洋地磕压在她的肩头。时间仿佛早已凝滞下来，两个人仿佛按照既定的舞步继续往下跳着：她在他的脸腮上亲了几下，随后一边使劲地搓捏着他的阳物，一边将它拽出来，撩起礼服的下摆，将套着的肉色玻璃丝袜褪下大半截，露出粗硕的大腿，将他的命根子抵压在上面，不停地摩蹭。川乐如牧羊犬般探出暗红的舌头，沉落到了生平未曾体味的快感的潮水中，直至那一汪精液喷射而出，疾速飞越快感的巅峰，溅落到暗黄发黑的瓷砖面上。

不多久，川乐又来到了一个十字路口。菜场边的路灯杆下，一只金黄色（羼杂着少许白色）的野猫正歪斜着脑袋，好奇地觑视着过往的行人。川乐望了它几眼，猫眼中喷射的绿色光焰一时间令他入迷。他猛地抬腿朝它走去，它机警地甩了甩尾巴，飞跑而去，消失在不远处的花坛后方。左侧则坐落着一座小学，周围环绕着成片灰暗肮脏的居民区。他意兴阑珊地往右一拐，在残损破碎、凹凸起伏的湿漉漉的路面上没走几步，"梦幻宝贝"的霓虹店招在黝黑的夜色中闪烁跳荡，如浩瀚大海上的灯塔，召唤着一心一意前来寻欢作乐的人们。川乐愣了愣，重重拍了几下手掌，随后又狠狠掴了自己一记耳光：脑子真真进水了！竟然就在这儿，就在眼前。

临近午夜，前方的街区沉没在灰黑迷蒙的夜色中。银色的奔驰车驶过一段凹凸不平的路面，一阵剧烈的颠簸袭来，川乐睁开了眼，惊惶地觑视了童维超几眼，随后呆愣愣地打量着酣睡中的城市：厚薄不匀的尘土，忽高忽低萦回缭绕的雾气，破败的楼舍前后密密匝匝的铁锈、裂纹，杂乱错落的栅栏，以及黏附其上的污秽；三三两两的男女正旁若无人地从便利店中走出，穿街而过，不时爆出阵阵尖厉的笑声，他们是上海这座城市的夜猫子，正毫无顾忌地享用挥霍着它周身流泌而出的豪奢与虚荣，匍匐在街角的警车闪烁着血红的顶灯，默默地守候着隐伏在暗角中的猎物。这是城市和白昼迥然不同的另一副面目：在细薄的面膜之下，另一个世界正风风火火运行着。

此刻，川乐的嘴角还是火辣辣地疼。父亲扇过来的几大巴掌，尽管不是一点没有料想到，但还是像晴天里的霹雳，在他的心底凿刻出了难以愈合的创痛。恍然间，这座城市在他的眼里变得如此扁平、无聊，缺乏动人心魄的灵光。这般沉滞无趣的景象与绚丽夺目的夜总会形成了过于鲜明悬殊的反差。

仅仅过了一天，川乐的眼睛便变得雪亮无比。什么都逃不过他的目光，包括女人最隐秘的部位：胸罩、短裙、裤衩，凹凸起伏的褶皱，迂曲有致的腰身，不计其数的赘肉，肥硕宽大的臀部——他眼里射出一束束近乎神异的光焰，穿透一切障碍，毫不留情地将她们剥个精光，如X光让貌似光鲜的外表一一打回白骨精的原形。

这已经足够了：单单坐在大堂一角暗红色的沙发上，便可目睹众多涂脂抹粉的女人来来往往，一头扎进风情浓稠的潮水中。川乐要找那个女人，找那个工牌号为 26 名叫佳婧的女人，重温昨晚近乎销魂的体验。他觑了一眼门口竖着的那面红底白字警示牌，上面赫然写着"未成年人不得入内"，随后在保安不无惊愕的目光的盯视下，结结巴巴地告诉前台接待小姐他是佳婧的表弟，临时有事要找她。那女孩狐疑地瞟了他一眼，浓密的眉毛抖了一下，一脸不屑的表情：她正在接客人呢，去一边等着吧。

川乐将头深埋在硬邦邦的沙发椅面中，不时变换着坐姿，像行将出生的婴儿在母胎中那样躁动、不安分。悠长的过道尽头，一扇扇神秘的门扉背后传来一长串嘈杂、喧闹的歌声，曼妙柔靡的乐声配上了音色纯度不一的吟唱，将心中多日蓄积的恩怨是非一吐为快！一阵凛凛的冷风从门口刮来，他禁不住打起哆嗦来。墙角边暗红色的激光灯不停地跳荡闪烁，像佳婧妩媚的目光从他身上轻轻掠过，蛇一般的手指悄然间紧紧捏住了青涩的命根。

不知道从什么时候起这种迷醉竟猝然而止。川乐莫名其妙地和一帮小姐保安服务生客人被带到了派出所里，最后还是爸爸驱车将他领了出来：这两天无厘头的历险总算画上了句号。他跟着童维超来到路口，回头凝望着如一头硕大的笨熊蹲伏着的派出所三层楼房，一下发了牛脾气，就是不肯上车。童维超霎时上了火，"小王八蛋，看你做的好事，搞得我们不得安生！有你这样的儿子，真是倒了八辈子霉！不要说我们，外公也急得发疯了，又要送医院抢救了！快走，跟我走，你走不走，你这狗崽子！"

寒风中，川乐涨红了脸，双手捏成厚实的拳头，歇斯底里地上下蹦跳，"不，不——我不想回去，我就是不要回去！"

几记噼啪响亮的耳光，随后便是一阵拳打脚踢，酷烈，无情。

像千千万万包裹箱袋，川乐就这样被扔到了奔驰车上。此刻，童维超驶上了郊区的高速公路，两侧隔离栏外散布着稀稀落落的农田屋舍。好像不是朝家里走，倒是向外公家那边。睡意又一次涌涨上来，川乐头一歪，浑身感到难言的燥热，在每个毛孔间滚动。

从记事起，他从没看到父亲发这么大的脾气。老爸一腔怒气发泄完了，满脸倦容，眯着细窄的老鼠眼，勉力操纵着方向盘，完成着自己的职责。一缕路灯闪掠而过，衍射到童维超清瘦的脸庞、扁平的鼻孔上，他隐约觉得父亲原先丰厚的下巴也瘪陷了下去。窗外绵延着无边无垠的黑夜，那死板平直的睡容让人联想起史前的蛮荒年代，沼泽荒原中散落着众多动植物的尸骸，铁硬死寂、粗粝壮实的岩石漠然蹲伏在一边，亘古长存，等待着这些生命的残渣化为和它一样的无机物。

此刻，在川乐近乎空白的脑海中，"梦幻宝贝"夜总会里那过于短暂而无与伦比的快乐依旧萦回不去。高个子保安的脸庞浮现在川乐眼前，方方正正，乍看毫无表情，细察则流溢出些许狡黠与倦怠。川乐在穿堂的寒风中蜷缩在沙发上，他则和前台的小姐有一句没一句地搭讪，一个身着猩红色连衣长裙的女子款步走向一侧的卫生间。保安瞅了她一眼，忙把她叫住，"哎，有人找，你表弟来了！"

佳婧莞尔一笑，走到川乐跟前，愣了愣，"真是你来了"；接着随手在他头顶心打了个响亮的榧子，"你真来找姐姐？"

川乐"嗯"了一声，点了点头。她弯下腰，抚摩着他略显凌乱的头发，"姐姐现在上班，等下班了再陪你？"他一时间默然无语。佳婧有些羞恼，"姐姐要上班呀，你懂不懂？"

他抬起头，嘬了嘬嘴，"你不要上班，我现在就要和你在一起嘛！"

佳婧和保安一同哈哈大笑，她捏紧拳头，在他头顶上噔噔敲叩了几下，"哎，你养得起姐姐吗？"

他茫然四顾，等体内积蓄的底气奔涌到胸口，便坚定地点了点头。又是一阵哄笑。佳婧紧紧搂住川乐，将他擎举到半空，并在额头、脸颊上噗噗亲了几口，"你真可爱！——在这儿多冷……"

保安嬉笑着凑上前来，眨着眼，猛地拧了一下川乐的鼻子，"要不就带到包房里去吧，他年纪小，不会惹事的。"

奔驰车身又是一阵震颤，川乐脑袋摇晃着，打了个哈欠，专注地凝视着车速里程表上雪亮的数字：从110蹿升到130，又陡直下降到90，88，70。他觑视了童维超一眼，疾速扭过头，去外公那儿？童维超从鼻孔里"哼"了一声，先是瞪了儿子一眼，随后目光呆愣愣地滑向一边；过了半晌，他又伸出右手，打了个响亮的榧子，慢吞吞地说，"你妈临时出差了，外公又发病了，晚上得有人陪着。"他声音暗哑，好多音节黏附在前一个音的尾巴上，在空气中微微摇颤，有的索性被吞吃殆尽。

当时，川乐又一次嗅吸到了这股气息。他尾随佳婧踏入昏暗暧昧的包房，踏入那令人眩晕的宇宙的中心。室内的装饰布局与昨晚那间大体相仿，两个中年男人，一个头发谢脱了大半，另一个挺着山丘般的大肚子，正围坐在一个女子两侧，轮流投着骰子。看到他们进来，秃头腾地站起身，张开胳膊，亲爱的你终于回来了！一阵阵爆竹般噼啪炸裂开来的号叫，一瓶瓶啤酒下肚，最后佳婧索性摇晃着啤酒瓶，陡直浇到了秃头的头顶心上。在欢呼嬉笑的喧闹中，在柔靡的乐声不规则的起伏摆动中，一长串晶莹肥厚的泡沫奔涌而下，滚淌到沙发垫上，擦过高跟鞋玻璃丝袜悬着多层褶皱的裙幅，流泻到黏附上种种垃圾污垢、种种黏腻无比的分泌排泄物的暗黝黝的地面上，步入了朽烂腐败的循环轨道，慢慢地坠落到空蒙幽秘的地府中。

仅仅只是第二天，川乐已习惯了这一喧闹的氛围，习惯了它特有的节奏、温度，正如他习惯了佳婧半真半假的亲吻，她的抚爱、调侃。那是混杂了高浓度酒精的气味，源自一个混乱芜杂的世界，在无法挣脱的哀愁中揭示出某种黑色的奥秘，触摸到地平线尽头那深藏不露的真容。而那股香气（此时成了佳婧的独特标识）袅袅盘旋，飘漾到他的鼻孔边，轻轻地挠着耳郭，挠着他的肌肤，暗暗允诺着一个绚烂瑰丽的人间乐园。

乐园就在眼前，奔驰车驶入别墅区，迅捷穿行在幽静宽敞的林荫道上，两侧香樟树、白玉兰和悬铃木繁密丰茂的枝叶投下一片片、一缕缕厚薄不匀的阴影，在寒风中瑟瑟作抖，伤感地追忆着明媚鲜亮的四月天。车轮东转西拐，那幢乳白色三层小楼赫然映现在眼前，二楼还亮着灯。川乐瞥见一只黑白双色野猫（那是叔公养着的）蹲伏在大门口，仿佛在打瞌睡。车前灯将一束强光照射在它粉白的额头上。它皱了皱眉，弓起背，做了个慵懒的媚态，喵了一声，随即沿着墙面跑到长着黑黝黝的灌木丛的拐角处，一边舔着抬起的脚爪，一边警觉地瞪视着他们的一举一动。

直到童维超停好了车，父子俩快步上楼探视过昏睡中的外公，直至听沈阿姨唠唠叨叨天南海北说了一大通，并告诫川乐小孩子以后千万不能再做这种疯事傻事，你没看见大家都急成这个样子，上蹿下跳坐立不安就差跳楼了，丽丽这死丫头最近越来越不像话了，整夜野在外面，深更半夜才回来，不把肚子搞大了才怪呢，直至川乐踏入三楼过道另一侧的客房，脑袋重重地垂落到沈阿姨事先放置好的松软的大枕头上，两天纷扰不断的历险方才尘埃落定，他重新回到了原有的轨道上。在别墅内外浓酽得化不开的静寂的围裹中，川乐一下便沉入了梦乡，但他睡得很不踏实，时不时苏醒，白天里种种鲜明印象的碎片缀合成了模糊不清的梦魇，侵扰、折磨着他松脆疲弱的神经。

说实在的，他还未从方才进出派出所的震惊中恢复过来。昏黑的灯光，柔靡得骨头酸软的歌曲，挑惹味十足的调笑，包房中的一切似乎会无休无止地延续下去。突然间，几个身着深蓝色制服的警察推门而入，拧亮了大灯，伴随着一声大喊："别动！"好戏就此收场。川乐一下子蒙住了，不明白究竟发生了什么。嘈杂刺耳的声浪此起彼伏，那些男男女女(佳婧也在内)垂着头，跟着警察往外走，一个矮个子警察走到他跟前，眨巴着眼睛，"小赤佬啥地方来的?哎，这么小年纪就到这种地方来!"他拍了拍川乐的额头，"哎，你来做什么?"川乐既疑惑又畏惧地瞅了他一眼，扭过头，"玩嘛，来白相相(上海方言，指玩耍)!"警察哼了一声，"白相什么? 你现在就来白相女人，大了还了得! ——跟我走!"

338

川乐尾随着警察下了楼，恍如置身于荒诞不经的梦境里。他上了面包车，左右围坐着十来个男女，佳婧坐在驾驶座后，披着湖绿色的羽绒衫，颇为不屑地抿着嘴，望着车窗外灰暗迷蒙的夜空。行驶到派出所，他们被依次带到底层大厅旁的一间屋里。雪亮的荧光灯照射下来，他一时间眯起了眼睛。随后便是漫长、望不到头的等待。川乐用劲抓搔着头皮，咬着手指，直到被唤到邻近的审讯室里。这次不再是那矮个，换成了一个瘦高个子。他瞄了川乐一眼，咕哝着读书读烦了吧，到底是哪个混蛋把你带到 K 房的？川乐愣了愣，摇摇头，记不起名字了。警察沉吟了半晌，捋了捋稀疏的胡须，宽容地笑了笑，问他要了家长的手机，随后挥了挥手，隔壁等着去吧！

　　此刻，川乐又一次睁开眼，嘴里充盈着一股浓浓的苦味。他甩了甩头，想将这些不堪回首的景象抛至九霄云外。悄然间，森森的寒意爬上了脊背，浑身一阵阵抽搐。警察鹰犬般的目光，佳婧热辣辣的目光，浮漾摇曳，汇聚成一大团刺目的光焰，在他眼睑上噼噼啪啪地跳荡。他仿佛又一次体验到了幼年时不可名状的惊悸，一只只青褐色的螃蟹被黑白双色细绳结结实实地捆绑着，不停地向半空伸张出弯弯折折的脚肢，好似织就了一张密密匝匝的网罩。不祥的预兆气息弥散着，它们踩踏出哀婉苍凉的天鹅之歌的节奏，顷刻间就被活生生煮成了橘红色，并堂而皇之地摆上了餐桌。他呆愣愣地瞪视着那静卧的蟹壳，心头泛起剧烈的恶心，父母津津有味地咬嚼着蟹肉，并不时催他，快吃啊！一群无辜的生灵转眼间就在他眼皮底下消失了，而他还将它们吞吃下去，从它们余温尚存的尸骸中贪婪无情地汲取营养。世上竟有如此残酷的事！

　　这并不是第一次，远远不是头一回。就像调皮的小伙伴将小鸽子装到粉红的塑料袋里，在它颈部绕了几个圈，扎紧了。一汪鲜红的血液从洁白的羽毛间喷射而出，星星血珠溅落到袋面上，在粉红底色的映衬下，格外艳丽。

　　不多久，游走于睡眠内外的川乐慢慢习惯了这一切，习惯了那时断时续的节奏。他侧转身子，下巴沉陷在松软的枕面中，享受着那短暂而又甜蜜的温馨。总算结束了，解脱了！以后再不去上课了！打死我也不去！不知从什么时候起，他嗅吸到一股奇特的气味，仿佛是鲜花的芳香，只因锁闭在屋中时间太久而腐熟朽败，其间还混杂着淡淡的霉味和酒精味。不多久，胸口发闷，好像有一团火焰在燃烧，缓缓往上蹿升，直至脑顶心。他咳嗽了几下，坐起身，一阵强烈的恶心袭来，他忙侧转身子，刹那间一大团污物喷溅到床边的地面上，褐黄、淡绿、青紫、暗黑。他抓起外衣，披在身上，摇摇晃晃往卫生间走去。刚推开门，又是一阵恶心，猝不及防，更多黏腻腻的污物吐落到了洁白的瓷砖地面上。他扶着门框，喘着气，搓揉着肚子。

　　得快点清理掉。唉，可是现在钱阿姨她们都睡着了。猛然间，楼下传来一声砰的震响——仿佛是一贴清醒剂，他顿时清醒过来，竖起耳朵，警觉地倾听着。楼里刹那间便恢复了平静，他拍了拍微微发红的脸蛋，到底出了什么事，只是幻听？不多久，一阵窸窸窣窣的响动从楼梯下方飘升上来，引发起一串串涟漪，像一群五色斑斓的金鱼在清澈的水面上游弋而过。他急忙闩好门保险，抓起毛巾匆匆擦了擦脸，便钻回到被窝中，从头到脚裹得严严实实，只有几根手指露在外面。过了半晌，一串脚步声穿过走道，有人说了句，在那边——笨蛋！尽管那人尽力压低了音高，但川乐还是惊愕不已，听上去竟然会那么熟悉，就像昨晚上在"梦幻宝贝"里那样。他双手蒙住了眼，咬紧了牙齿。随后他抬起双腿，狠狠地蹬踢了几下，被子掀开了一大半。

突然间，门把手吱吱作响，像是有人在外面用劲拧推。慢慢地，像被施了魔法，一切骇人的喧哗都沉落到黑夜的深处，不可阻挡的睡意统辖了一切。间或传来几声喵喵咪咪的猫叫，以及一阵模模糊糊的哭号：它悲悲戚戚，没完没了，尽情宣泄着人世间无法祛除的烦扰。它们像精致的插曲，熨帖无比地镶嵌在午夜的寂静之中。它禀有如此强悍的力量，吞噬着一切，将萦绕在包括川乐在内所有生灵身上百转千回层叠起伏的悲喜欢愁碾压成光滑扁平的镜面，闪现其中的则是流星般的幻象，源源不断，从古到今，从生到死。

十九、风声鹤唳

　　雨点还是那么大，潮气在四周墙面上洇出了几圈不规则的水渍，无情地侵蚀、吞噬着细薄的涂料。黑白猫刚才还乖乖趴伏在书桌后方的窗台上，此刻却已悄无踪影。

　　云亭直挺挺地躺在被窝里，在绝望和无奈中辗转反侧了好几个小时。从一大早起，他就筋骨酸痛。空气这么湿，日趋肥大的前列腺仿佛有感应，一刻不停滴滴答答地排尿。近几个星期，他一下子觉得自己苍老了至少十岁，举手投足，似乎都要花费极大的心力。此刻，他睁大了双眼，望远镜的三脚架在暗幽幽的空间里蜷缩在墙角，白色的罩布灰蒙蒙的，像披裹着一具陈年的尸骸。这些天雨雾迷离，歪头弯腰看上半天也找不到几个星宿；而橱柜里的那些收藏册，翻看得久了也是那么索然寡味，在他心头触发的只是漫无边际的沮丧、悲愁：世界变得那么狭小，它刹那间坍塌下来，瘪缩成一道细缝，连阳光都无法酣畅地辐射进来。

通向天堂的门原本就是这么逼仄。

雨水慢慢停歇下来，整幢楼房好似一株枝杈繁密、层叠交错、但早已枯槁的大树，在湿漉漉的夜空下显得更为岑寂，稍有风吹草动传到耳鼓上就是惊天撼地的喧嚷，母亲过世之后尤其如此。让云亭着迷的还是丽丽的照片。在和她相好的日子里，他顺手拍了几张。他会长时间地在相机取镜框里，在电脑屏幕上凝视着那些妖媚气十足的画面。然而，此刻他感到的却是深重的屈辱。他没有恢复，丽丽无意中张开爪子胡乱抓搔烙下的伤口远远没有愈合。这是他多时的转悠盯梢纠缠央求（近乎绝望）换来的报偿。

云亭不愿意就这样失去丽丽，他实在是不甘心。这些天丽丽一直躲着他，推说忙别的事让沈阿姨给他送菜送饭，而在厨房饭厅，只要见到他，便像躲避瘟病一般逃开，终于等到她来清扫房间时，两个人才又四目相对。丽丽垂着头，一声不响，云亭来回踱着步，一时间也找不出半句话。猛然间，他立停了，对着门框盯视了半响，突然回转身，走上几步，紧紧地搂抱住了丽丽。扫帚砰地掉落在簸箕边，她也不反抗，任凭他亲她的脸蛋，解开滑雪衫扣子，拉下胸罩，啃咬起肥硕的奶头来。不知过了多久，他将她按倒在床面上，开始拉扯裤带。黑色的裤管哗地塌落到地面上，她裸露而出的腹部在阳光中闪烁着雪白晶亮的光焰。他忘情地趴伏在她身上，肿胀多时的阳物疾速攀上了极乐的巅峰，刹那间竟然喷射出一摊精液，洇湿了内裤，漫流到大腿根上。他狼狈地起身，一时间手足无措。丽丽愣了一会，随即明白了缘由，腾地坐起身，匆匆束好裤管，眯起眼，睨视着他；突然间，她伸出手，猛地捏住他萎瘪下去的阳物，哎，你这老不中用的东西！今天给你机会，还这么不争气，有你这样不中用的男人，占着茅坑不拉屎！还来死缠我，老不要脸的！

云亭不是不明白，在旁人眼里，他早就是个废人了，尤其是上次外出一路跟踪丽丽惹出是非后，这一挫败感尤其强烈。现在，这座宽敞的三层楼房成了囚禁他们兄弟俩的牢狱。偶尔也有放风的时候！就在前几天，在绵延不绝的阴湿天之后，迎来了一个晴天。他坐不住了，上午便穿戴得暖暖的，出门踩踏着满地松脆枯黄的叶片，心里涨涌起一股难得的喜悦之情，像是赶去参加一个盛大的节日。照例是坐小区的班车到地铁站，不到一小时便到了市中心，这次他特意选择了自小居住的那片街区。经过十来年的旧城改造，街市的外观早已失去了昔日的姿容情态，浮现在记忆中曲折有致的轮廓线条、参差错落的光影早已荡然无存。更要命的是，在云亭这样极少上街的人的眼里，街上游动的风景全都丧失了内在的质地，仿佛只是一戳即破的泡沫，它们像光鲜柔滑的宽幅布匹，在风中默然地飘舞翻折。

那天他推门走进了门面颇大的邮政支局。依旧是昏暗的店面，光线在水磨石地面上被切割成不规则的条条缕缕，曲尺形柜台周围十来个人耐心地排着队，有几张似曾相识的老面孔，都是几十年的集邮迷。他来回走动，逗留了半晌，随后出门，沿着右侧凹凸不平的水泥小路来到后方的庭院，那边自行车助动车占据了半壁江山，沿着门廊拉起的绳索上晾晒着皱巴巴脏兮兮的内衣内裤被单。几大

344

片厚实的云絮悄然飘过，在后院正中央投上了一层密匝的荫翳。云亭站到了阴影的中央，双脚重重地蹬踩了几下，像孩子样着迷地观察着腿部起落弯折的曲线。

就在那一天，云亭在街头嗅吸到了若干异样的气息，它像一股不无幽秘意味的潜流，缓缓流淌在周边的大街小巷，逐渐攀高升：圣诞节、元旦快到了。他不知不觉间走到了静安寺一带，来来往往的路人大多带着几分喜色，一座大商厦门口矗起了一座哥特式钟楼的模型，从上到下层层缠扎环绕着各式彩灯。此刻，他突发奇想，想到商店里溜达一圈，给丽丽买些香水粉底口红眼霜什么的。他用劲搓着手掌，美滋滋地想象着，她会像一个技艺高超的魔法师，细心地在脸部涂抹勾画，捏弄打理出一个娇媚妖娆生鲜可口的美人来。

从寺院的门洞望进去，大雄宝殿前的广场上空落落的，在大香炉前焚烛膜拜的香客并不多。周围聚集了三三两两的男女，从穿着打扮一望而知来自外地。他们觑视着过往的行人，似乎在等候着什么时机。突然，一个长着尖长的猴脸的中年人走到云亭跟前，"先生给你看个相吧，你面相多好……"云亭摇了摇头，径直往前走去。望着前方商厦的旋转门，他顿时有些犹豫，到底要不要进去，又买些什么好呢？

一个裹着暗红色围巾、面色黝黑的中年妇人走到他身边，黑色的眼珠闪烁着狡黠的光泽，"先生，我给你看个相吧，钱多少你随便给，给多少是多少。"云亭侧转身往前走了几步，妇人紧随其后。"像你这样大福大贵的人我一辈子碰不到几个。你小时候日子挺苦的，被很多人欺负，你心眼太好了。后来，你哥哥发了大财，他罩着你保护你，所以日子过得还可以。虽然你年纪不小了，但没病没灾的，以后日子会越来越兴旺的，还会讨到一个漂亮的小姑娘做老婆呢……"

妇人的话音在云亭耳根边飘浮，时而嗡嗡作响，时而融化在冷冽干燥的空气中。他张开嘴，口水竟然汩汩流了出来，洇湿了下巴。不时有人从晃动的旋转门里走出，他盯视着他们手里拎着的大小不一的包袋，突然转过身，走到街沿石边，妇人赶紧跟了过来，"先生，你到哪里去？我还没跟你讲完呢，一两年中你会好运不断。"云亭苦笑着晃了晃头颅，走上横道线，妇人上前一把揪住他粗硬的袖管，"别走啊，钱还没给呢！"

他们俩一同穿到了街对面，云亭掏出纸巾，慢悠悠地擦着下巴。猛然间，妇人拦腰抱住了他，"你可怜可怜我，就随便给一点吧，现在谁活着都不容易。"他扫视了她一眼，挺直了身子，搔了搔半秃的头皮，沉吟了半响，随后急匆匆地从口袋中摸出两张皱巴巴的十元纸币，塞到她手中。"这么少，先生再多给点，多给点吧！"云亭虎起脸，重重一推，快步跑进了正前方熙熙攘攘的公园大门，而她的声音依旧在他耳膜上震颤、回荡，直至林荫道的尽头，一个老人正弓着背，甩动着拖把，在水泥板上从左到右专注地涂写着苏东坡"大江东去浪淘尽"的字句。

一股急迫的尿意将云亭催醒。他起先以为天亮了，但屋子里外还是黑黝黝的。从卫生间里出来后，他一下变得睡意全无，便索性穿戴好衣服，用冷水扑了扑脸，来回踱了片刻，坐到了书桌前。虽然屋里开了暖气，但他还是感到寒意森森。他使劲哈着手背，急不可耐、近乎贪婪地从稀薄的气流中汲取热量。这些天他时常辗转反侧，茫然凝视着周围貌似坚实的家具、墙面。一个快六十岁的糟老头子，有什么前途可言？他就这样孤零零一个人过下去，将老天赋予他的命数用尽，身体的热量耗尽，滑入深不可测的黑洞之中。一切都在流逝，一切都在丢失，连死去的幽魂也都会渐渐地销声匿迹，春华秋实，落叶归根，单调的重复、循环，一股悲凉之感涨满了他的心胸：如今他被遗弃在这座楼房中，这座自我囚闭的孤岛上，没有人需要他，没有人挂念他，仅有的只是唾弃、鄙视，要么索性就是无视。一切都在远去，他明白自己是彻底失去丽丽了，他们之间原本就有着不可弥合的距离，不论是年龄、出身、性情，那是两个世界间难以跨越的鸿沟。她慢慢远去，化作模模糊糊的碎片、团块，乘风远去，奔向那邈远、不可知的远方，那令人向往的太虚幻境。

云亭懒洋洋地倚在靠背座椅上，脑袋歪斜，嘴角不知不觉间泄流出一汪黏腻的口水。他忙站起身，用纸巾擦了擦，重又来回踱起方步来。他虽然有点困，但并不想再爬到被窝里，窗帘外似乎渗漏进些许曙色。他走到大橱前，轻轻拉开橱门，从一大摞套嵌着精装封皮的收藏册中抽出一本，它褪了色的边角因磨损而微微翻翘起来，里页也因潮湿而大半泛黄。他将册子摊放在书桌上，对那些源自太空深处的奇幻瑰丽的图案凝神注目了好久，觉得还不过瘾，便摆开笔墨纸砚，由着肢体中澎湃游走的一股气信手挥洒起来，一长列歪歪斜斜、难以辨认的符码哗哗落在了纸面上，缀合成怪诞而坚实的形体。他是如此投入，如此痴迷，浸润在虽不规整，但也起伏有致的似假却真的字符的旋流中，以致楼下突然间爆出的喧响丝毫没引起他的注意。

那一刻，云亭俨然成了舞台上的明星。在这场即兴而潇洒的表演中，他倾注了全部的热情，它们是在漫长的灰暗的岁月中累积而成，此刻喷薄而出。在这狂草般风格的涂写中，发自内心深处的坦然宁静和激越狂放如此恰到好处地缝合成了一体。当他像一个马拉松赛跑选手踏上终点线时感到头晕目眩、体能消耗殆尽，便将那杆老旧的笔往桌上砰地一扔，仿佛给一切都打上了完美的休止符，它的声响竟掩盖了走廊中杂沓而过的脚步声。他瘫坐在椅子里，疲惫而幸福地注视着自己的作品，直到门把手吱嘎作响，随后两个人影奔窜而入，直到他站起身来，迎面向从天而降的入侵者走去，直到他挨了重重的几拳，从脑门到前额，再到肚子，躺倒在凉飕飕的地面上，嘴角还悬垂着一抹分泌着凌晨时分青草鲜花芬香的微笑，它若即若离，既是对自己和所爱恋的人深情款款的致敬，也成了对恣肆无忌的大千世界举重若轻的嘲讽。

在同一栋楼房的二楼卧房内，哥哥季云林长长地嘘了一口气，好受多了。方才他觉得自己耗尽了，心脏仿佛在沉滞缓慢的跳动中走完了最后一程，而和卞律师的交谈成了压倒骆驼的最后一根稻草，血脉偾张，血水无力地往上涌攀，试图逾穿一层层阻碍一道道壅塞，总是徒劳无功。

云林依然不解气，即便此刻也还不解气。早已不是一两天了。

他茫然地扫视着四周围静寂的空间，黑蒙蒙一片，几缕灰白色的光焰悄然游动，从天花板跌落到窗台，再下沉到墙角。都是你的好孩子，晓菁，希翔，他们早就串通好了，丽丽当然不去说她，连沈阿姨也被他们收买了——花一点点钱就搞定了。它们织就了一张密密匝匝的网，从床头柜连通到他们的办公桌前，你的所作所为都在他们的监控之下。上次晓菁打来电话，恰好在辰樱刚走了以后，怎么会这么巧？世界上哪有这么巧的事，肯定有内线通报给他们了。

混账东西！想得美，一分钱都不留给他们！宁可去喂猪喂猫，或者索性捐给慈善基金会。有那么厚脸皮的，再三在他面前振振有词，要去办什么狗屁的公证。寿宴上发生的一切更像是一场摆脱不了的噩梦，像被泼了一身污物，洗都洗不干净，无法漂白。

但卞律师的话无疑是一桶冷水，兜头倒下来。他看了云林拟的遗嘱初稿，重重地叹了口气，又眨了眨眼睛：当然我明白，你一半财产传给现在的妻子，另一半由她和你的子女平分。他们俩的份额本来不多了，再不给他们，你是要给谁呢？要么索性全部给你妻子！否则，我实在搞不懂这样切割财产意义何在？要是成立一个基金会，现在审批的手续复杂得不得了，等上百个图章盖下来，钱已用掉一大半了。而且你身后儿子、女儿得不到一分钱，谁会关心鸟样的基金会！委托给他人管，一两年工夫就垮了，钱也被私下分掉了，你这又是何苦呢，满怀希望，最后只是喂饱了一帮子饿狼！卞律师目光中带有几分调侃戏弄的意味，那张尖削的猴子脸上的肌肉抽动了几下。

在那一刻，云林全身好似被抽空了，顿时瘫缩在客厅的长沙发中，蹙了蹙眉头。卞律师搓着双手，来回踱着方步，再说你女儿这些年一直为你经营着公司，没有功劳也有苦劳，如果你完全剥夺她的继承权，到时候她可以要求法庭认定你是在精神错乱的情况下立下了这份遗嘱，可以宣告它无效。所以，他努了努嘴，挤出几分笑意，我想你最好还是再慎重考虑一下。

真是狗娘养的！精神错乱，他们才错乱呢，我脑子再清楚不过了。云林盯视着卞律师，仿佛想从他身上寻觅出些许隐秘的信息。一直有传言他和晓菁关系密切，甚至到了暧昧不明的境地，但他会真心喜欢她？围着他团团转的女人不要太多喔！不过，他提醒得对，得提防点，不能让这两个不孝不义的杂种抓住什么把柄，尤其是精神不正常的证据！

凡事还是得小心点。

临近午夜时分，疼痛的潮水又一次涨涌上来，吞没了云林。暂时休眠的癌细胞霎时苏醒过来，又一次发起了总攻。他像一名溺水者，被抛到了苍茫的宇宙的尽头，绝望地往河床深处陡直地沉落下去，耳畔盘旋着一长串喋喋不休的喧响，或高亢洪亮，或低沉含混，好似两个黑白对比分明，又相邻毗连无法拆分开的冤家。他又一次感到自己是如此虚弱无力，仿佛有一群饥渴的猛兽一拥而上，竞相撕咬抓攫着他松塌的皮肉。他已经站立在虚无的门槛上，摇摇晃晃，什么都不会留下，甚至连浅薄的影子都将消隐在日益逼近的黑洞之中。他差点要叫出声来了，得叫醒屋里另一角躺着的方阿姨（她是上次化疗后才来的），给他倒点水喝——他口渴得厉害。

然而，怎么能说是一无所有呢？至少他有儿女，儿女又有了下一代，基因已稳稳当当地传了下去。但在他眼里，他们却是不折不扣长着蛇蝎心肠的恶魔。从早到晚，他们会假惺惺地到你房里探视一番，但好多次连嘘寒问暖的客套都省了。人不像人鬼不像鬼的。只坐了五分钟，他们便变得焦躁起来，不停地打电话刷屏，话声火烧火燎的，有那么多重要的事情在等着他们，而他只是一具行将就木的僵尸，徒然损耗着他们的生命。

即便对辰樱，刚领证不久的新娘，云林也没存多大的奢望。他的心早就凉了，血红色的封印并不是神灵给出的担保，相反它成了再醒目不过的嘲讽。眼下，在生死大限来临之际，她只是根救命稻草，抓着就抓着了——至少他不会沉得那么快，那么无望。他摇着头，脸部肌肉剧烈地抽动着：结婚证领也就领了，短暂的喜悦，像服了毒品一样，前些天还和她讨论筹办婚礼的细节，都煞有介事的。都没几口气了，还是本性不改。他成了孤注一掷的赌徒，投入了一场吸人眼球的豪赌，儿辈孙辈一同成了不共戴天的仇敌。反正他手里已没有几张牌了，这也算是一张。只要有一口气，有牌就要甩出去，否则捏在手里怪痒痒的。

屋内还是黑漆漆的，尽管窗外淅淅沥沥下了大半夜的雨已经停歇下来，但潮湿度没有丝毫的减退。密密匝匝的湿气压在额头，云林的嘴角时不时抖动着，大幅度地左右歪斜。猛然间，云林感到了一阵恶心，肠胃里翻江倒海地折腾。过了一会，揪心的口渴攫住了他，他想畅畅快快地喝上几口水，想向世界求救，但呼出的只是虚浮无力的气泡——它们在半空中勾画出数根抑扬有致的弧线，而他费力伸出的臂膀垂落到床面上，就像扎进了一大堆松软的棉花中。

他弓起手指，抖颤地沿着床沿摸索：终于碰触到了警示铃的按钮。

铃音叮叮叮响起，过了半晌，墙角才传来一阵窸窸窣窣的喧响。方阿姨打着哈欠，拧开了房灯，趺趺撞撞地走到他跟前，"阿伯哪里又不舒服了?"云林望着这个年过六旬的老妇人，矮小的个子，鹰勾鼻上的一对小眼睛漠然无情，仿佛积蓄了数不尽的深仇大恨。每次看到她，云林就会想起格林童话中阴鸷的老巫婆：沈阿姨怎么介绍了这么个同乡人来，天晓得！他努了努嘴，费力地吐出"水——"这个字音。"要什么?"方阿姨弯下了腰，凑到他脸腮旁。云林顿时感到了一股腐旧的气息袭来，他口中涌出一口痰，便抓过皱巴巴的卫生纸，噗地吐在上面，随后又咳了两声，半合上眼，"水，我要水。"原来是要喝水，方阿姨转身在一个大圆杯中倒了半杯清水，放到他嘴角边。云林勉力支起身，张开嘴，咕噜噜吸了几口。不料又是一阵咳嗽，水一下喷射到胸口。方阿姨忙拿了块毛巾，解开衬衣，粗粗擦了擦，"深更半夜，作孽啊！"

往昔的岁月如一道望不到头的长廊，众多绚烂缤纷的画面纷纷聚拢过来，在他眼前跳荡、游走。他伸出焦黄、细长的手指，想将它们通通捏拢在缀满老年斑的手里。曾经不止一次，他幻想能药到病除，癌细胞不是被杀得干干净净，就是乖乖地躲了起来，自己完全恢复先前的生活，和辰樱好好恩爱上几年。但一次次化疗下来，躯体日益虚弱，连一些简单机械的动作都难以进行。在某个瞬间，他已清清楚楚地看到了生命的终点，那幽黑阴森的出口，它静静地蛰伏在那儿，等候着他，不慌不忙，从容不迫。

最让云林难以释怀的还是辰樱。电脑里储存的那一张张照片，记录了他们俩短暂而甜美的出游。他平日根本提不起拍照的兴致，但只要她在相机前一站，灵感便源源不断地涌动起来，手指仿佛被赋予了魔力，拍出来的每一张都那么不同凡响，惊艳动人。他似乎已将余下的精力倾注其间，将她美的瞬间近乎贪婪地留存下来，这是一场与死神的赛跑，无望，注定失败。有好多张远景，镜头渐渐拉近，她从湖畔、草坪边款款走近，她身体的每个细胞、毛孔渐渐变得清晰起来，而最醒目的则是她的笑容，从微笑到傻笑痴笑，再到媚笑，它们构缀成了一个旋涡，将你牢牢吸附住，无从脱身。秋日的阳光照射在火红的枫叶上，她身着黑色连衣裙，长发披肩，侧转着身子，若有所思地望着你，几分忧郁、伤感漫洇而出，忽隐忽现。而那一幅幅画面串合起来，像是一曲哀婉的天鹅之歌，时不时在他脑际回旋，甜蜜蜜的，带着一种果子烂熟的气息，即将坠落，即将殒落成泥，归于尘土。而他早就没有肉欲的亢奋了！除了罕有的几次陶醉，动手术前就处于性欲缺失状态中了，不管辰樱的乳房是 D 罩杯还是 E 罩杯，都无法激燃起他的欲念。一个人被飞逝的时间淘空，荷尔蒙说没有就没有了。到了此刻，只剩下一袭华丽的袍子来包裹空洞无肉的骨架了。

　　和欢乐一样，痛苦的潮水也是时高时低，一波波滚涌而来，一旦退潮，沼泽般的滩涂上狼藉横陈的只是众多斑斓、曾经禀有那么鲜活温热生命的遗骸。不久，云林便陷落到空荡、静寂的深谷之中。窗外的天穹依旧暗幽幽的，零落的星光交错其间，布下了极富诱惑力的陷阱。最先的震响在他迷糊的神经上仿佛只是不经意间的微小过失，一个毫无恶意的玩笑，直至被刻意压低的响动变成清晰的脚步声，他才意识到有人进入了这幢房子。它们成了密集的炮火区，将他围裹其间：这次他总算听清楚了，晓菁、希翔他们俩真动手了，不出所料，真的要盗取遗嘱房产证股权证了，他们潜伏在暗处，虎视眈眈好些天了。保险柜锁得好好的，他们没这个能耐，他就不信，直到门把手吱吱作响，方阿姨惊叫了一声谁啊，他方才听到了一阵尖厉的号叫声，仿佛一大队兵士在旷野上投入了刀光剑影的厮杀对打，霎时血流成河，殷红的血水从脚底涌入肝肾，升到头顶心，凝结成了臃肿、无法化解的血块，阔大的帷幕在遥远的地平线上缓缓落下，一场恶斗正趋于终结，而新的一轮征战的种子正悄然在大地的母胎中孕育成形，并伺机壮大、发芽。

二十、铤而走险

　　又是一个雾霭锁城的日子，即便有几缕温煦的阳光破窗而入，也无法撕碎那层披罩在城市上空的惨白色裹尸布，沉重，肃穆。

　　这一晚，季希翔睡得特别不安稳，就像在诡异的梦境中一样，白昼和黑夜的界限被莫名地抹平了。往昔的岁月接二连三地重现，像狂风过后满树飘落的细碎花瓣。有什么地方不对头，天空永远是灰蒙蒙的，而他则伫立在冰川的豁口处，以前是险峻的峡口，浩荡的江水奔腾而过，现在则被苍茫无际的冰面覆盖。地平线的尽头，一长串血红的火球，在蘑菇云下方懒洋洋地翻滚，转眼间又变成了昏黄的沙尘暴。像是返回到了童话世界中，万物都被赋予了灵性，那么原始，纯朴。也许真是核冬天降临了，又一次大灾变，无人能逃脱，吸入充斥大剂量的毒素，不是窒息而死，便是全身的脏器被射线活生生地穿透，直至仅有的几簇鲜活的细胞被吞噬、融化。

他四肢抽搐着，惊惶地睁开眼，胸口一阵紧似一阵地发闷。伸出手指，从枕面上抖抖索索地摸出手表，表面已指向整十点。然而，楼外的天色依旧晦暗不明。这次是要起身了，方才醒过几次，但又在某种无名力量的驱使下一次次坠入到沼泽般的睡梦中，它像铁制的面具，死死地箍住了他。希翔近来时常这样，永远没有睡醒的时候。唉，人要堕落下去，真快，没有底线，往往是断崖式下坠。快元旦了，新的一年又要开始了。他却老了，活生生地老下去。前几天外出坐出租车，司机随口问你已退休了吧，他顿时噎住，死死盯视着后视镜，鬓角上方果然翻翘着几根白发，悲伤、恼恨的潮水在那一刻淹没了他：没想到这么快就老了。

这些天来，希翔精神崩溃的征兆越发明显。他完完全全失去了对自己的控制力，身体仿佛已在一场大火中焚烧，化作灰烬，而这堆幽幽发亮的骨骸将会是他回赠给大自然的唯一礼物。他每晚入睡前都要服用安定，早晨醒过来脸色苍白，下巴抽搐，仿佛全世界的重负、罪孽一瞬间向他覆压下来，他一下便瘫痪了，麻木，暗暗向往着死亡和虚无，只有大剂量的酒精才能舒缓高强度的焦虑和恐惧，才能暂时将他从沉沦其间的黑暗深渊里拯救出来。旅游日志的写作荒废了好长时间，写得太多太滥，素材早枯竭了，回想起来就像是前世里的往事。他负责的旅游丛书里"意大利卷"一直拖着没交稿，主要是"那不勒斯"那个章节写得实在不敢恭维，他几次想找些资料补充润色一番，甚至重写一遍；但每次坐到书桌前便泄了气，好似临到做爱却意外发现自己阳痿不举。刘伟强好多次打电话来催稿。刚打开手机就看到他催促的短信，有点不耐烦了。希翔羞愧地笑了笑，回复过了元旦交稿，一定。类似的允诺不止一次了，但他自己都不相信真会完成。

季希翔分明觉得自己已成了累赘，离废物仅一步之遥。刘伟强所在的公司已不满足于卖机票订旅馆推销各类自助游组团游，而是将触角伸得更广，它要与几个房地产大鳄合作，圈一大片地，方圆有几十公里，筹建全球旅游文化体验园：它不仅仅是造几幢供影视拍摄的楼宇布景，而是将各个地方（地中海、北欧、北美、南美、西亚）的街道、街区或者整个小镇乡村悉数复制出来，营造一个独特的氛围，让人不出国门，恍然踏上了异乡的土地，在市政厅、教堂前漫步，坐在街边咖啡馆的遮阳篷下任性地挥霍时光。总体规划已拟好，现正众筹资金拉投资拉赞助，当然更重要的是从当地政府手中套到地皮。刘伟强怂恿他将手头余钱投进去，到时可分上一杯羹。现在不投，到时就只能干瞪眼吃后悔药了。

其实没什么好后悔的，即便在这个年代，每个人的贪婪虚荣传染病般发作、一路高歌凯旋的年代。

他本来可以做点其他的事，像翻译一直牵挂于心的兰佩杜萨的《豹》。但它篇幅太长，要么就看看莱奥帕迪的《杂感录》吧，但试着译了几段便搁笔：

> 在人们的记忆中，过去比现在更加美好，正如未来，在人们的想象中，比现在要好得多。原因何在呢？因为在人们的观念里，唯一的现在有其真实具体的形态，是真实的唯一的体现；凡真实的，皆是丑陋的。

明晰，一针见血，愤世嫉俗：这在意大利算是难得的上品了，但与法国人相比，质地肌理上还差好几个等级，还没达到力透纸背的境地。但现在要希翔完成这样的工作，已是难上加难。他又返回到孩童时期，注意力能集中的时间不会超过二十分钟，外界的刺激源源不断地袭来，惊扰、摧折着脆弱的神经。而父亲家中发生的半夜劫案尤其让人感到惊恐：以前新闻报道中的事件，或是侦探推理小说中的情节，竟会如此突兀地降临到家人头上。

你能想象吗，丽丽，就是那个叔叔喜欢的丽丽，时常念叨着的丽丽，竟然将一伙强盗堂而皇之地引进了家里。当然，派出所的人说她并没有直接参与。但如果没有她，那伙人怎么会平白无故地找上门？肯定是作为内线呼应。作孽啊！还好，损失并不大，偷去了几款 Longines、Cartier 手表，几串 Bvlgari 金项链，还有一些首饰戒指发箍。此刻，它们仿佛又一次在他眼前熠熠闪烁，放射出宝石蓝、翡翠绿、红宝石等诸多鲜艳的光焰，像一场奢华绚烂的焰火晚会悄然临近尾声，即将隐没在深沉的夜幕之中。没几天三个案犯都被逮住，真相大白，其中一个就是丽丽的男朋友，她还骗父亲他们说是她表哥。书呆子，现在这世界上早已没有真的表哥了，表哥无非是一种委婉的代称罢了。父亲受了点惊吓——反正他早半死不活的了，叔叔则被暴打了一顿，脸部及肩背受了点轻伤。以后找年轻的保姆得倍加小心。

突然，房门外传来一阵嘈杂的喧响：钱阿姨和小俊叽叽咕咕说着什么，琳姗时而插进几句：叫你早点起来，到现在早饭还没吃完——一副气哼哼的腔调。钱阿姨打了几句圆场，琳姗的声音霎时变得尖厉起来：你看看，有其父必有其子，当爸的天天睡懒觉，快吃中饭了还不起来，你好指望儿子什么！喔，都十点半了。晚上全家要去吃喜酒，琳姗一个表妹结婚，一个三十岁的大龄剩女终于有了归宿，但希翔并不想去。还是快点起来吧：一切都是黏糊糊的，任何坚固的东西都溶解了，连同意志、节制、纪律。但他此时并不急着去客厅。琳姗刚将它重新布置了一番，长沙发换上了红白蓝三色竖形条纹罩布，散落在各个角落的小方茶几上搁放上了精巧的山水盆景，虬曲的枝条、凹凸有致的山石与不远处的仙人掌、绣球花遥相呼应、映衬，而一大盆紫色的蝴蝶兰摆放在桌面上，沉浸在拂之不去的忧郁的氛围中，好像丰满的花朵内潜藏了众多调皮不安分的精灵，四处游走——它们近乎鲁莽地掠过维纳斯大理石雕像残损的臂膀，掠过落地灯悬垂着的玫瑰红色灯罩，纷纷涌向落地玻璃门外围竖着雪白栏杆的大阳台，直面飞流直下的阳光，敞亮，高远。

不管那几个打劫的怎么样，你只要有一丁点他们的蛮劲、勇气就好了！他们敢偷敢抢，敢于行动，而你却像只乌龟，待在原地一动也不动。连参加一次婚宴都犹豫再三——所以总是错失良机。你到底是怎么了，何必如此举棋不定，就连约辰樱出来也是三心二意的，没有一追到底的霸气。

说到底，现在是你行动的时候了。所有的后路都被堵死，没有破局的捷径。这世界上到处都在举行婚礼，皆大欢喜的，死不要脸的。没有人能长久得抵得住这喧嚣的巨浪的冲击。婚礼，父亲的婚礼，死到临头还不安分，还要在大家面前表演一番。对，快了，就在元旦之后，具体就是一月八日。今天是十二月二十八日。都是八字头的吉祥日子，大家都傻乎乎疯疯癫癫地赶着抱团结婚。骇人的丑闻，无以复加，别人遮盖都来不及，他还要趾高气扬地在光天化日之下炫耀。辰樱成了唯一的猎物。他必然得抓住她，紧紧抓住不放，在那狗屁的婚礼前一刻私奔出逃。尽管希翔知道那并不是奔向天堂，而是跌入比地狱更地狱的深渊。一定得把她夺过来，他没有退路，这是唯一的救命稻草，虽然他自己心底也隐隐觉得自己也不再那么爱她。他像一个患上了重度谵妄症的病人，现在是登台的时候了。他必须说服自己也说服对方，一切都会变好的。男人的好斗、好胜心一旦被激起，一定能把她夺过来。

一月八日，就剩十天了。全都疯了——他祈盼奇迹的出现。

刹那间，希翔发现他的灵魂已成为各种不同思绪搏击的战场，虚无主义与虔敬，愤世嫉俗与平和温存，禁欲与纵欲，直至肢体的静与动，起身与躺卧，像一股股方向色泽温度不同的水流，交汇聚集在他头脑中，冲撞、互掐、翻滚、纠缠。经常是前一个念头被后一个念头否决：两者展开了漫长的拉锯战，两个不同的声音交替轮流出现，一个瞅着另一个，互相盯梢，就像现在他准备坐起身穿衣，但还是想再躺一会。完全蜕变成了婴儿，坐起身，再躺下，反复再三。希翔最后倚靠在床架上，咬咬牙，下定决心，这次无论如何要起来了，不能再拖了。

没用的懦夫！难怪辰樱会一次次回绝你，她早把他看透了。

刚坐上雪白色奔驰车前排右侧的死亡之座，希翔便被琳姗浑身散溢而出的浓烈气味熏得昏昏欲睡：那股气味新鲜而陈腐，像是在粗劣的洗发水香水里羼进了迷迭香麝香，调配出匪夷所思的怪味，层次繁密庞杂，令人迷乱抓狂。好几次他抚摩着太阳穴，恶心得想呕吐，手指尖不时在右侧窗户按钮周围摩挲。好不容易才忍住了。他偷偷睨视着她，上身罩套着的柠檬黄羊毛衫质地柔滑平顺，肌理细密，迸射出一团金灿灿的光晕——平日里只有在教堂的圣母像前才得一见。窗外照例是一派冬日的萧瑟景象，直至开到郊外琳姗父母的别墅，阳光才从厚密的云层中吝啬地泻流出了几束疲弱的光焰，在欧式门廊前灰白色台阶上投下一束束尖长的细影，摇曳、跳动。

大半年不见，岳母那张略显肥硕的方脸上依旧浮现出诸多无法排遣的挑剔抱怨，而岳父则苍老了不少，几绺白发垂落到额头上。听琳姗说他一过元旦就要从董事长的位置上退下来了。他上了车，不停地搓着手，噘着嘴，时不时扯弄着深蓝色滑雪衫的袖口领口，嘀咕道到底不合身不舒服，还是那件黑大衣好。岳母眉头紧蹙，将了将红黄色滑雪衫的前襟，白了他一眼，这么冷的天，穿那件破大衣吃西北风啊？不是我触你霉头，不要出去吃趟喜酒，回来生肺炎，送掉半条命，谁吃得消？

小俊长时间埋头手机刷屏，偶尔抬起头，和外公外婆说上几句，一副若有所思的神情。上了半年学，他已对老师敬畏三分，在家里也不再胡乱撒野使性，目光里时常透出惊惶不宁的意味，仿佛愕然直面被撩开纱幕的成人世界，一步步碰触到它残酷的真相。似乎他执拗着想在黝黑的走道中寻找着暗门，以便突围而出。不过他还是想去麦当劳解馋，还是会从橱柜的深处翻出铁灰色的玩具手枪，号叫着向四周啪啪射击。

琳姗不疾不徐地往前开着车，街边繁密的枯枝，裹挟着昼夜不息的喧嚣，投下密匝、略显不规则的网状阴影，仿佛是一个技艺精湛的魔法师，甩手间变幻出新的形体，它们不断地损毁，又不断地生成新的形象、面影，踩踏起新的舞步。希翔突然间注意到，她左额上的那道疤痕（在意大利吵架时撞在大衣橱尖锐的边角上）已消隐无影——莫非去做了整容手术？然而，星星点点、肥厚的粉刺纷纷浮出表皮。霎时间，一大片荫翳涌过来，遮没了车前窗，过了半晌她才从暗影中脱颖而出，眼袋微微肿大，神色间带着几分疲惫，仿佛刚参加了一场彻夜狂约派对，但又不甘心立马退场，几分伤感、几分绝望从眉角嘴角汩汩渗出，穿过神经质抽动的肌肉，慢慢扩展到整个脸庞。近来他有点捉摸不透琳姗，她有时郁郁不欢，有时兴高采烈，全是没来的。希翔的脑海中浮现出一幅幅图画，不无惊心动魄的色泽，不脱男女间滥俗不堪的情事。或许她和会所里那个瑜伽老师真有故事，但已走到了头，或许打着擦边球，没开场就结束了……他无从证实，早先由忌妒生发而出的醋意早已退潮，现在更懒得去猜测、窥探。

在猝不及防降临的暮色中，大街上滚涌着绵长不绝的车流，尽是赶赴宴请聚会、一头扎进浮华花哨狂欢潮水中的人们。十字路口红绿灯下成群结队焦灼等候的行人自行车助动车，疾驶而过的亮着血红顶灯的警车，上上下下奔忙不停的快递员，购物中心大门口堆垒起的镶悬着五彩灯饰的城堡教堂凯旋门埃菲尔铁塔礼包礼盒模型：这一切酿造成了上海特有的色调和气息。不多久，奔驰车转入邻近主街的一条小路，在一幢粉红色的仿欧建筑（三角形门楣和正面一字排开的廊柱，都用白色泥浆粉刷一新）前停了下来：婚礼会所到了。他们一家人推门而入，搭乘电梯直上二楼；和饭店不同，这里的一切都散发出某种难言的傲慢，难以亲近，但又带有几分矫情做作，就像宴会厅门口印有新郎新娘头像和宾客座席名单的彩色海报牌，琳姗在公司做小财务的表妹和年过四十的大学教授、开着建筑事务所的新郎的婚配可谓天作之合，满足了人们千百年来郎才女貌的期许，与这儿的整体格调（带有殡仪馆洁净、严谨、一尘不染的风格）可谓熨帖无缝。

硕大的厅堂被二十张圆桌填塞得密密实实。希翔一家人向新人贺喜、合影后便循位就座，同桌大多是陌生人，犹如茫茫沙漠中苍老枯干的沙砾，面面相觑。长方形宽银幕上映现出精心编排好的新人相识相恋的故事，色彩绚烂瑰丽，画质肌理清晰无比，光鲜度和影院里相差无几，一时间吸引了众宾客的目光。希翔机械地搓着手掌，时代不同了，结次婚还得当一回演员，真是累。十天后父亲的婚礼也会是这等模样？一场婚礼预演着下一场婚礼。他脸上一阵阵发热，仿佛被绑在耻辱柱上示众。自己也是受虐狂，明明想好不来的，最终还是乖乖地来了。猛然间，他真想狠狠抽自己几个耳光——那样才痛快！

在闹哄哄吵嚷嚷的背景中，所有惯常的伪装面具仿佛一齐脱卸而下，露出了平庸、残损、衰老、无趣的真面目。琳姗和小俊瞅了会银幕，随后低头专注地刷屏。岳父岳母则不时起身，和过往的亲戚熟人招呼寒暄。突然间，希翔感到一种强烈的窒息感，心脏一阵抽搐，围桌而坐的人刹那间全成了随意捏弄而成的空心玩偶，飘浮游走在混浊的空气中。他定了定神，掏出手机，迅疾点戳着屏幕，给辰樱发去短信：你在家吗？今晚一定要见到你，我有话跟你说！求求你了！

短时间的暗场，一切都像木偶剧表演，一举一动由幕后扯拉着众多绳索的主人操控着。此刻，原先起伏沸腾的声浪也缓缓平息下来，轮番放映着新郎新娘影像照片（它们镶嵌在棕褐色的相框内，好似罗浮宫、大都会博物馆里雍容华贵的油画）和当天上门迎亲接亲欢闹场景的银幕也暗淡下来，换上喜庆的大红标志。婚礼的高潮到来了：当父亲挽着女儿的手，在众人的目光下将她郑重地交给新郎后，全场响起了掌声。在司仪洪亮而公式化嗓音的指示下，新人在乐队高奏的《婚礼进行曲》温馨柔美甜蜜的旋律中沿着厅堂中央临时搭筑的长条形台面往前走去，迈向幸福的乐园。杂乱的喧响又一次升腾而起，新娘似乎有点紧张，裸露的脖部在偾张的血脉的刺激下不时扭动，抹胸式纱裙细薄的裙幅翻翘而起，直至两人转过身来面对全场宾客，直至覆盖了整面银幕的绚烂多彩的烟花沉落到大地深处，背景转为深蓝底色，像是回到了晨曦初露的时刻，回到了宇宙创世的神奇时刻，一大片壮丽的光亮徜徉其间，各式图案（菱形三角形椭圆形）依次从空无中孕育而出，像攀缘植树铺天盖地地蔓伸膨胀，又聚合收拢，幻化出360度放射状的喷泉水帘（让人联想起大教堂透明的玻璃穹顶），殷红的花树，粉红的珊瑚球、海星星，最后定格在璀璨亮丽的摩天轮上。

谢天谢地，总算没有饿着肚子硬撑着听新郎新娘公式化甜腻腻

364

的互相表白、双方家长啰里啰唆的祝愿，没有硬撑着看他们俩呆萌矫情地切开那点着金灿灿的蜡烛的多层喜庆裱花大蛋糕，宾客们一起畅快无比地品尝花里胡哨的各式菜肴。咀嚼的声浪扑扑响起，盘绕在半空。希翔仿佛置身于一个弥漫着血腥味、兽性十足的场域，众多的生灵遭到无情的宰杀，经过一番精致烦琐的蒸煮烹煎炒焖腌烤熏之后被人细嚼慢咽，从食管坠入胃肠道，被吸取最后一丝精华后，其残渣臭烘烘地排出体外，完成了食物链上的一大轮转。希翔机械地吞咽着，睨视着周围的人：好久以来他已对食物失去了嗜好，甚至没有了饥饿感。

此刻，他不无焦灼地等候着辰樱的回音。十分钟，二十分钟——已过去了半小时，她还是沉默。她的话将决定他日后的命运，唯一的救命稻草。同时，他感到了站在深渊边上的眩晕和战栗。如果她下定决心，和他一同出走，生命中的新的一页将揭开。但他在为这一前景欣喜陶醉的同时，也感到了无法祛除的恐惧，对与一个陌生的女人建立亲密关系的忧虑。也许，在某个遥远的下午，在盛开的栗子树下，她会将目光投向另一个男人，走向地平线的另一端，而他将像一次性用品被抛置一旁。而自小母爱的残缺，更令他缺乏足够的信心。此时，手机低鸣了一下，是辰樱的回复：在家。你要来就来吧。

最后的判决。希翔长长嘘了一口气，仰靠在椅背上，望着粉白的天花板。

他低下头，瞧见岳父虎着脸，搁下筷子，久久地搓着脸膛、手掌。岳母转过身，厌恶地噘噘嘴，“老头子你做啥——为什么不吃了?""我是吃不下咽不下，胃口不好。""你这几天不是蛮好嘛，到底是哪个菜让你吃不舒服?"岳父伸出手指，抚了抚前额，"没有啥想吃的——吃力了，想早点回去睡觉。"岳母白了他一眼，"年纪不小了，作个啥? 蛮好吃的菜，你嘴巴不要一天比一天刁。明年你退下来，看你怎么办? 这副腔调我可侍候不了你!"岳父愣了愣，拍了拍手掌，"吃西北风去!"

不远处一阵喧嚷爆蹿而起，新郎新娘笑盈盈地过来敬酒。新娘换上了一件洋红色连衣长裙，希翔注意到她额头上浮漾着几颗饱满的汗珠。这一桌没有人为难他们戏弄他们，一切都进行得大大方方规规矩矩，过后大家默然落座。琳姗转过头，觑了眼正埋头玩着游戏的小俊。他歪着头，眯着眼，嘴角微微抽动，沉醉在莫名的幸福之中。过了一会他合上眼，忘乎所以地拍着双手。她气哼哼地将筷子往桌上一甩，伸出胳膊，一把夺过手机，往包袋中一塞，"你到底要玩到什么时候? 再这样下去，眼睛都要瞎了!"

小俊愣了半晌，猛地扑到琳姗怀里，狠命攥住包袋。琳姗几经挣扎，才将儿子推开。她瞪着眼，手指尖在他鼻梁上方点戳着，"越来越没有规矩，越来越无法无天，再这样下去要到外面去杀人放火了! ——你表现这么恶劣，罚你三天不许用手机!"

小俊噘着嘴，一副满不在乎的架势。不久，他稚嫩的神经崩溃了，竟呜呜哭泣起来。希翔方才一直处于梦游状态，儿子的哭声霎时将他拉回到现实当中。众人一下转过脸来，岳母起身忙把他拉到怀里，掏出手帕轻轻擦着滚淌的泪水，"哎，出来吃喜酒，就让他开开心心玩个够，有话好好说，抢他手机做什么?"

琳姗冷冷地扫了母亲一眼，"都是被你们惯坏的，弄得吃没有吃相，站没有站相。"

岳母皱了皱眉头，"道理大家都晓得的，他刚刚读一年级，不要太严厉了……"

琳姗坐直了身子，神情凛然，"好习惯要从小培养的，大了定了型更加不好弄了。他心思老是不集中，过几天还要考试，有得看好戏了！"

"真是忘本了——你是我从小带大的，从来没有怎么管，不是照样考上大学，没耽搁你什么！"岳母低下头，在小俊脸腮上亲了一下，"等会你先拿外婆的玩一会，以后再给你买新款的——我不相信小孩子将来会怎么差，你现在这么急吼吼做啥？"

岳父不耐烦地摆了摆手，抱怨空气太闷，起身走到场外过道里，点上一支软中华烟。希翔随即跟了出去，他和岳父虽说不上亲近，却很同情他：一个即将从显赫位置上退下来的男人，日后如何和老太婆打发沉寂无趣的漫长时光！每个人都局囿在自己的角色之中，锁闭在面具之下，以及长年累月铸就的孤独之中。他们或自鸣得意，或自怨自艾，偶尔也挤挨在一起，抱团取暖；但好景不长，他们受不了对方扎人的尖刺，又一次躲得远远的。

希翔和岳父匆匆聊了几句，便踅回到桌旁，以与朋友聚会为由早早告辞退场。他快步走出会所大门，仿佛刚从狱中逃脱，贪婪地吸吮着蜂拥而来的凛冽而清新的空气。一阵细密的雨珠洒下来，他急忙将羽绒服肩背上垂着的帽子拉起罩上。沿街一排排香樟树在路面上投下晦暗斑驳的阴影，左右前后都是陌生的街区，高楼一幢幢拔地而起，汇聚成混凝土浩浩荡荡的海洋，苍茫无涯，像在一个个寄生在城市表皮上的癌肿。不多久，雨水停歇下来。他仰起头，望着苍灰色的天穹，然而在晦暗混沌的天光中捕捉不到丝毫星辰的踪迹。拐过一个街心花园，一个年老的流浪汉蜷缩在灌木丛旁，正专注地凝视着几个中年男女在老式录音机的伴奏下风风火火地跳着交谊舞。希翔收住脚步，观望了一会，一簇簇常春藤攀垂在简易的灰白色水泥栅架上，后方几幢二十多层商务楼玻璃幕墙内外零星亮着灯火。他漠然地努了努嘴，继续往前走去，左顾右盼，看有没有空载的出租车驶过。那段路面凹凸不平，他绊了一下，差点跌倒。他勉力保持平衡，站在僻静的路口，等了好久才扬召到一辆出租车。一坐到松软的坐垫上，命运的鼓声便在心头怦怦响起。此刻，希翔已别无选择，只有像奔赴前线的勇士，听从命运的召唤。

出租车沿着内环高架疾速往南行进，在驶过环线四分之一路程后下到地面，没多久希翔便下了车，再一次钻入阴冷的夜幕之中，又有几颗雨珠滴落到他脸上、额头上，洒落在树枝上、路面上。拐到一个街角，他便来到一个半新不旧的小区门口。狭长、逼仄的绿地环绕着三四幢二十多层的高楼，他瞅了一眼灰泥零星剥落的外墙，走到靠里的一幢，门厅里的感应灯霎时间亮闪起来。这一刻，他感到一股模糊，但又雄浑有力的浪潮在体内涌动，它们接近了某个临界点，一切都将蜕变，都将脱胎换骨，孕育出新的勇气、新的渴望。他就是要她，要带她离开这鬼地方，逃得远远的，逃到地平线的另一头。与此同时，一股相逆而行的暗流悄然蠢动着，它用喑哑的声音告诫他快放手，别再折腾了——关键是要一切顺其自然。

那女人带来的只是灾祸，只是不着边际的妄念，只是近乎歇斯底里的心血来潮。然而，他还是按下了电梯十九层的按钮。

希翔并不是头一次来。他踮着脚，走出电梯轿厢，走向辰樱那幽闭在黑暗中的秘密花园。他是如此小心翼翼，唯恐撞到过道暗处堆放的杂物，更怕有老鼠仓皇间奔窜而出。

希翔的手指颤抖着，按响了门铃。伴随着一阵窸窣的脚步声，辰樱开了门。这是一套一室一厅的公寓，简洁明快的家具，涂抹成暗紫色的墙面，纵横穿梭的红黄蓝线条图案，营造出了近似洞穴般的诡秘氛围——单身女贵族的异度空间。一股浓郁的油漆味在鼻孔边萦回，与沉滞的空气里游走着的腐熟气息混合成一团。他走近几步，本能地伸出双臂，想搂抱她，却被轻轻推开。随后，她让他在和厨房连通的起居室的海蓝色圆沙发上坐下，端上了奶黄色的咖啡杯，肥厚的泡沫滚动着，从杯沿口溢流而下。

仿佛她早就预料到他要来，所以神色中并没有表露出多少惊讶。希翔的目光呆愣愣地尾随着她——她还是那么美！一件灰蓝底色、上面黑白花格纵横交错的羊毛衫，一条紧身暗紫色长裤：他近乎麻木的神经又一次被撼动了。她微微笑着，其间蕴含着诸多骄傲，诸多不屑，同时又洋溢着一种难以言表的天真和真挚，一种未被驯服的野性。美，美得令人发指。男人就该为这样的女人去拼抢，去搏命，走上赴汤蹈火的不归路。

辰樱坐到他正对面，默默盯视了他一会，伸出舌头，在嘴角边舔了舔，"你来做什么？"

希翔垂下头，又稍稍抬起，"你知道。"

沉甸甸的静寂。她搓着手掌，"我知道什么？"

他弯下腰，拉近了头部与她之间的距离，"跟我走，离开这地方。"

她的脸色瞬间变得煞白，像落入了冰窟窿。他趁势握住她的手，"答应我，和我一起走。"

辰樱猛然间瘫倒在沙发上，脑袋歪斜，浑身抽搐，"你——你为什么要这样折磨我……"她嘤嘤抽泣起来，希翔站在她身边，一时间竟然手足无措。过了一会，她坐起身，从茶几上抓过面纸，胡乱擦了擦，"对不起，我错了，我完全是错了！我以为自己是一个高明的演员，可以控制住局面，可以把老头子哄得团团转。这原本也是一本万利的买卖，我想用自己的青春和美貌换得财富，赢得一辈子的自由！等他一死，万事大吉！"她的眼眶中噙满了泪水，"但我错了，我高估了自己的能耐！我太聪明，反被人算了。我被剪除了翅膀，关进了笼子，什么都没有，像一个陪葬品。"她抬起头，在他脸上吻了一下，"还好有你！你真好，你真要我吗？我是这样一个坏女人！"

他的全身变得僵硬，仿佛在这致命的一刻化成了岩石。他咬着嘴唇，喘着粗气，点了点头。她紧紧抱住他，"好，我这样下决心了——跟你走！就这样，就这样……"她挺直腰板，仿佛也听见了冥冥中命运的召唤，坦然走向自己的归宿。

雨停了。他们俩相拥着，推开落地玻璃门，步入阴寒的阳台。夜幕下，黑暗的浓度不断攀高、厚度不断夯实，而在这除了钢筋混凝土、水泥、大理石、玻璃之外变得空无所有的城市里，虚渺的星光还是执拗地从暗沉沉的天穹中衍射而下，穿过稀稀落落的枯枝败叶，跌落到冰凉的栏杆上，爆迸出一束绚烂的光焰，将他们俩的脸膛映照得透亮。他们俩长久地搂抱着，忘记了寒冷，忘记了周围的世界，只有间或横贯而过的湿漉漉的微风悄然间应和着他们俩心脏沸腾不已的搏动，形成了和谐无比的共振。

二十一、图穷匕首见

　　已到了午后三四点钟光景，地中海畔温凉而灼热的阳光直射下来，季希翔闭上了眼睛。尽管气温只有十五度，但一束束晶亮的光焰舔触着他的额角、眼睑，以及裸露在袖口外的一小截胳膊，在慵懒的瞌睡中他觉得仿佛是躺倒在绚烂缤纷的万花筒里。

　　不一会，他睁开了眼，喝了一大口卡布奇诺咖啡，抓起搁在桌面上的相机，从取景框内不无贪婪地扫描着周围的景色。远处青紫色的海水平缓而呆滞地涌动着，临近这家餐厅下方狭长的沙滩时悄然变幻成了天蓝色。灰黄色的圣彼得城堡赫然耸立在海平面上，塔楼上飘扬着红底白色星月图案的旗帜，在波光粼粼的水面上投下了黑黝黝的阴影，骤然间撕裂成了林林总总的斑点，随后又疾速收拢聚合，波纹柔滑的肌体上的凹凸褶皱清晰可辨。他的镜头慢慢推移着，转向海湾的另一侧，逶迤起伏的斜坡上密匝的浅白色奶黄色房屋层层叠叠地铺展而开，营造出一派地中海特有的风情，诱惑着人们忘情地投入它的怀抱。

希翔吧嗒吧嗒掀按着快门，手指间享受着战马奔驰的快感，晕眩而自由。一头黑白双色野猫在桌边喵喵兜转，眼巴巴地望着盛放着点心的盆碟。他转过身，将镜头朝下瞄准，想抓拍它的媚态，不料它扭过头，甩甩尾巴，一溜烟地跑向邻桌。希翔羞恼地哼了声，好势利！来到博德鲁姆这个土耳其西南部的小城已有一星期了，还要去伊斯坦布尔，至于上海则是归期未定，所有的一切都悬浮在半空中，而一个喷嚏便可打破这脆弱的平衡。但这段时间他还是沉醉在罕有的幸福感中，幸福到了无可饶恕无可救药的境地。

希翔站起身，伸了个懒腰，走到露台边，趴伏在纹理粗糙的木栏杆上，辰樱的背影悄然跃入取镜框中。她沿着湿漉漉的沙滩往前行进，浓密的长发瀑布般飘垂落到深蓝色的风衣上，在略带寒意的海风中一团团一绺绺卷曲纠结的发丝在米黄色的珠片裙幅上晃荡摇曳。她走走停停，不时举起手机拍摄，好像要把四周围的美景悉数收藏到芯片里。恍惚间，希翔觉得她已成了一个精灵，在地中海畔游荡。如果精心打扮一番，大胆剥去所有的衣装，她真能摇身一变，成为波提切利的画作《维纳斯的诞生》中妖的女神了。此刻，她回过头，对着他招了招手。她迷离的笑靥在松软明媚的空气中散发着几许魔力，将他牢牢箍住：他又一次情不自禁地沉落到梦幻般的幸福之中。

希翔打了个哈欠，一阵疲惫侵袭过来，霎时麻痹了他的腿脚。皮肤上的汗毛感触得到空气里飘漾的凉意，到底是冬春之交，和三亚那边的热带海滩全然是两种味道。他带着辰樱，在瞿明的陪伴下，在老头子预订的婚礼前一天仓皇逃离上海，飞到海南，住到了瞿明前些年在三亚城郊买下的一幢三层别墅中。别墅建在半山腰，从卧室敞亮的落地窗望出去，越过山坡上青葱繁密的树林和散缀其间的艳红的三角梅，可以瞥见弯折的海滩的一角。沿着粗陋的石板台阶，五分钟就下到海滩边。那是一段荒僻的海滩，行人稀少，灼热的阳光流泻在空旷的海面上。他们一待就是三个多星期，好多次在早餐后，他和辰樱坐在阳台上的藤椅上，一边翻看杂志，一边品尝着刚冲泡好的大红袍；白天里手牵着手，在海滩上漫无目的地消磨上几个小时。有时后半夜醒来，索性起床，摸黑下山去看日出。他们默默地坐在沙滩上，灰暗的地平线尽头游走晃荡着一丝丝暗白的光点，凶险的波浪一次又一次地漫涌上来，又跌坠而下——勾画出宇宙深处洪荒野蛮的节律。每一天都过得那么简单，但又那么幸福，希翔暗中思忖，如果真有天堂，也不过是这副光景了。

瞿明待了两天就返回上海。他最近心境灰暗，工作不顺利，撞到了玻璃天花板上，短时间升迁无望；而一度黏得离不开的女友还时不时给他出难题添乱，三天两头跳槽，上周刚从丹麦领事馆辞职。临走前他拍了拍希翔的肩膀，暗暗觑视了站在一边的辰樱，苦笑了笑，好自为之，我祝福你们俩！

此时，辰樱掉转头，往回走着。她的步子不疾不缓，目光扫视着碧波荡漾的海水。她的脸上挂着一丝若有若无的微笑，依旧是那么魅惑而灿烂，当阳光移注到她身上，整个脸部在银白色的光焰里霎时间化为乌有，变成幽灵一般的存在。不一会，她从窄小的楼梯走回露台，稳稳当当地坐在了他的正对面。她用右手撑着脸部，嘴角向左皱蹙成一团。这种姿态希翔并不陌生，方才他就为她拍下了好多张。而当两人蜷缩在床上缠绵之际，她就用这只手不停地抚按着他的肌肤，胳膊环绕着脖颈，湿漉漉的嘴唇一次次锁住了他的舌头，引爆出跌宕起伏的陶醉。

两人抿着新点的蓝山咖啡，一时间相对无语。略带酸涩的芳香在桌角飘移萦回，希翔注意到她的眼圈四周蒙上了厚密的阴影，它沾染上了这座度假小城无处不在的慵懒气息，又夹杂着几许隐隐的失落。那只黑白猫慢悠悠地踱到桌脚下，歪斜着头，直愣愣地盯视着桌面上的动静。这些天他们俩在城外山上的 Ramada 宾馆垒筑起了两人的私密空间，将整个世界锁在门外，滤筛净了形形色色的流言蜚语、纷扰不息的是是非非、势利的白眼、虎视眈眈的贪婪，以及昼夜不息的焦虑。早餐时在宽大的室外平台上静静地俯瞰着下方微缩模型般铺展而开的白色小城，随后又去走访了被誉为古代世界七大奇迹之一的哈利加那苏斯陵墓，那是业已消失的古老世界一小片残缺不全的遗骸：他们俩沿着弯折的小径，在错落垒叠的乱石堆、历经沧桑但轮廓依旧清晰完好的排水沟渠旁徜徉了好一会。恍然间，昔日的生命在此显灵，无奈而悲戚地诉说着那湮没了的辉煌繁盛，它与当下的颓败荒凉形成了再鲜明不过的对照。渐渐地，当所有可被猎奇的目标都已他们俩消耗完毕，剩下的只是黏滞的腻烦和渐渐变得沉重的无聊了：这一切正从她深不可测的灵魂深处流溢而出，渗透到肌体的各个部位。

两人随意交谈了几句，明天就要动身去古城以弗所。希翔感到了几分轻松，总算要挪地方了，不仅可以摆脱这座小城的单调沉闷，而且可以减轻脑海中猝然泛冒出来的懊悔与自责。不出来蛮好的，实在是不该那么冲动的。它流淌在他的神经末梢间，好像被藏匿在一个封装得严严实实、一层层套嵌的黑匣子的最内层。辰樱请了一个月的假，再待下去就要续假了：如果他养得起她的话，就根本不是问题，辞职待在家里也不在话下。姐姐晓菁三天两头发来消息，全是有关老头病情的，时好时坏，好几次处于弥留状态（总算抢救回来了），还不时羼杂着责骂：好无耻！没见过这么不要脸的，这么不孝顺的，良心都被狗吃了！真有点烦！他抬起头，正好与辰樱四目相遇——他从她的脸上读到了同样的思绪。他顿时怅然若失，禁不住打了个寒噤。

天色渐渐变得昏暗下来，地平线尽头飘浮的大片云絮涂抹上了粉红的霓彩；城堡下方的海面变得灰蒙蒙、暗幽幽的，驶过那方水域的一艘游轮顷刻间沐浴在殷红的光焰中。希翔和辰樱双双走出咖啡馆，又一次穿行在周边熙来攘往的小巷中。这儿的一切都被涂抹得绚烂明丽，墙面、店招，玻璃橱窗中的杯盘碗盏、挂件首饰银器、木雕版画，林林总总汇聚成了缤纷多彩的巨型舞台，让人仿佛置身于一千零一夜般的童话王国之中。和刚到博德鲁姆那会一样，他们俩走在弯折的海滨道上，棕榈树在蔚蓝的天穹下轻柔地摇颤；码头边系满了大小不一的游船游艇，桅杆林立，遮没了大半的视野。一股海腥气扑鼻而来，摆放在店铺门口的数十个白色塑料盆中刚捕捞上来的鱼虾绝望地蹦跳蹿跃；不远处毗连着一块休憩的绿地，中间设有滑梯等儿童游乐设施。他们俩挽着手，刚在一尊黑色雕像(一个胖墩墩的男子歪着脑袋，忘情地吹着长笛)下方的椅面上坐下，几个身着黑色长袍的阿拉伯女子便走上前来，伸出双手乞讨，用口音浓重的英语嘀咕道我们是叙利亚难民，有的还掏出护照来，自证其言不虚。希翔皱了皱眉，掏出几枚硬币，匆匆塞到她们手中，扭头便走。

　　他们俩踅回到主干道上，沿着海滨往另一侧缓步前行。夜色慢慢增强着它的浓度，暗红嫩黄天蓝色的遮阳伞篷架设在沿海岸线一字排开的酒吧咖啡厅餐馆门口，三三两两的顾客散坐其下，看到他们走近，好几家店铺的侍者殷勤地上前揽客，辰樱摇了摇头，等会吧，现在没胃口。路的尽头毗邻着突隆而起的山脚，一幢多层的奶黄色楼房矗立在铁栅栏后面，楼身呈 15 度倾斜，像个醉酒后蹒跚而行的莽汉。不知从什么时候起，两人不再紧紧贴靠在一起，而是保持着两三寸的间距。一缕夕阳垂照在辰樱身上，在希翔的视网膜上激惹出一连串怪诞的幻象：在五彩的泡沫中，肢体霎时间分崩离析，融化在澄澈的空气中，而她略显疲惫的神情显得越发不可捉摸。辰樱变了。这几天，从怅惘，沮丧，到恼怒，负面情绪不断累积着，在暗夜里悄然发酵。而更要命的是，情欲也在慢慢枯竭(如果还不到骤然消失的境地)，缺乏源源不断的养分来支撑它，高潮从狂热的陶醉畅快衰减为习惯性的机械反射，神经在历经多次刺激后变得疲沓，直至麻木。好几次，他射精后毫无快感，甚至连有没有射出都无法确定，白白奉献了那么多！

　　两人默然掉转身，拖着疲惫的脚步懒懒地往回走。庞大的古堡建筑群蹲伏在苍灰色的海岸线上，如一条昏睡中的巨蛇。希翔思忖再三，提议再去找家饭店吃点海鲜，辰樱张开嘴，半吐舌头，踌躇了一会，最后还是点了点头。辰樱她是变了。病危中的父亲的脸又一次闪现，横亘在他们俩中间，既是难以逾越的障碍，又是永恒、无法祛除的诅咒，它附着在他们身上，如影随形。有时候，它如一具尸首，声息全无，随时可送入焚化炉；但几许残余的气息瞬时间便使近乎僵滞的脸部恢复了生机，刻毒、渴望报复的目光更是令他们俩脊梁骨上寒意森森。老头可谓出没无常，时而显形，时而隐身，甚至会在他们如痴如醉地搂抱在一起时爬上床榻，硬生生地插入躯体间的缝隙，色眯眯地窥视着他们的一举一动。每到那一刻，希翔便会屏住呼吸，冷汗直冒，欲念消弭得无影无踪。突然间，一股怒气在他心中萌生而出，它不断膨胀，奔涌翻滚，急切地寻觅着发泄的出口。都是这个妖精造的孽！他重重抓挠着头皮：当初他们俩离开上海时心境是多么不同啊！就像两个逃犯，沉溺在越轨的狂喜中，相依为命：那时有多么亢奋，触目所及的一切都是那么新鲜可亲，每一片树叶，每一滴露水都包蕴着一片新天地，一个桃花源。然而，此刻希翔发现自己从明丽的天空坠落到污浊的大地上了：如果遗产真被老头子全盘剥夺（他早先不是没想到这种可能），他还得一切从零起步，白手创业，或者厚着脸皮到姐姐公司中混口饭吃，而一旦离了婚还要到外面去租房，在房价暴涨之际转眼间就沦为贫民。直至此刻，他才不得不面对这一现实：一念之差，竟然就损失了这么多的财产。

辰樱变了。更要命的是，希翔自己也变了！这些天里，在飘飘然、近乎餍足的陶醉中，他也隐隐感到两人间蛰伏在肉身最幽秘里层细胞中的间隔、差异，以及由之引发的种种龃龉摩擦。不同的脾性，不同的做派，不同的节奏、气息，门不当户不对，加上乱伦的爱恋，都给他们间貌似甜蜜的关系蒙罩上了一层若有若无的阴霾。就像此刻，辰樱会无来由地长时间沉默，将两人间原本微小的间距放大到令人难堪的境地。更让人无法忍受的是，当他情意缠绵在床上等候她时，她会磨磨蹭蹭，有时干脆冷冰冰地将他推开，掉转背去。真是中了邪了！几家海鲜餐厅门口，三三两两的中国游客伫立观望，几个中年女子比画着手指，叽叽喳喳说个不停，旁边几个男子额头、脸部被晒得通红，不停地用毛巾擦着汗珠。辰樱见状连忙加快了脚步，一脸鄙夷的神情。

棕榈树影婆娑，他们俩先是并排走着，后来变成一前一后。希翔低下头，自己变形的身影与枝叶盘缠交错。这一刻，一阵揪心的孤独感袭上心头。他凝视着前方醒目的大幅竞选广告版（鲜红底色的国旗加上候选人的正面肖像），突然感到前所未有的恐慌。他模模糊糊地感到，自己的人生已彻底走上了歧途，一错再错，被这个女人引向深渊。他猛搓着手掌，但现在如何挣脱出来，如何才能自救？一股黑色的潮水盈满了心胸，他觉得自己活着毫无价值，就像地上的小爬虫，无聊无趣，几乎全是空白，有的也是溅泼上来的污泥。

前方映入眼帘的是一家悬着大红店招匾额的中餐馆，门面虽不大，黑色的飞檐营造出了些许东方的古风。希翔放慢了脚步，伸长脖子往店堂探视，出来这么多天，不知道辰樱是不是想吃几口中国菜了！猛然间，有人在他肩膀上重重地拍了几下，"老弟，你原来躲到这儿来逍遥了!"

希翔回转头,原来是姐夫童维超——真是见鬼,他怎么跑到这来了!他身边站着一男一女两个土耳其人,男的腰身肥厚,女的一头金发,好奇地打量着他和辰樱。辰樱一下僵站在原地,尴尬得半天说不出话来。童维超用余光瞟了她一眼,笑着对她招了招手,"千载难逢的机会,在异国他乡相聚,我们就到这家吃一顿。"他扭过头对两个外国同伴咕哝了几句,两人对他们挥了挥手,钻进停在一边的黑色丰田车,翩然离去。

他们仨默默推门而入。它开间不大,但后方却矗立着一根粗大的梁柱,中间还摆放着一排黑漆描金的屏风,正中央是小桥流水亭阁的图案,四周环绕着各式花草虫鸟。后方靠着墙面立着一张香案,金光熠熠的观音菩萨正满怀慈爱、笑容可掬地望着进进出出的顾客。尽管如此,希翔还是嗅闻到了一缕缕油烟味,既诱人,又散发着无可救药的肮脏与糜烂的气息。

三人挑了一张靠窗的长方桌坐下。童维超先是将厚厚的大红罩面的菜单送到辰樱面前,辰樱摇摇头,"你们随便吃什么,我都行。"他又将它移到希翔跟前,希翔摆了摆手,"还是你点吧!我们不挑食!"童维超眯着被鱼尾纹包围的鼠眼,一边点菜,一点说他如何受公司委派来土耳其这儿出差,土耳其人绝对不是省油的灯,软磨硬泡,好不容易草签订了协定,但很多细节还得反复讨价还价。累死人了!今天算是出来放风,明天就去伊斯坦布尔,从那儿飞回上海。他神情诡谲地扫视了他们俩一眼,原本粗黑的皮肤在昏黄的灯光下豁显出粗糙的纹理。

点完菜，童维超仰靠在深绿色椅面上，大半光秃的脑袋仿佛一方干涸的河滩，闪烁着空寂衰朽的光焰。他的肩背不自觉地弯曲着，说到兴奋处会伸出手指，抠抠鼻孔，辰樱忙低下头去。希翔打量着童维超尖瘦的脸，大脑神经时不时短路：像他这么活着，其实也蛮好的，省却了多少麻烦。

宫保鸡丁、松鼠鳜鱼、酸辣汤、香椒牛肉等菜盘连同葡萄酒纷纷端上桌面，浓酽的香气飘飘袅袅，萦回在半空，但希翔总感到其间羼杂着某种不洁的气息，仿佛有虫蝇在耳畔嗡嗡飞行。口舌的咀嚼，筷子的碰擦，节奏骤然加快的呼吸，在空气中游荡。他和辰樱似乎各怀鬼胎，达成了默契，避免直视对方，而她脸上的嫌恶渐渐变成了憎恨。恍然间时光倒流，往昔被埋葬了的岁月仿佛从坟墓中起死回生，鲜活如旧。但当你伸出手指，想将它们抓捏在手心里，不料幽灵般的图像又一下泡沫般陨灭，沉落到无边的黑洞之中。

吃过了大半，辰樱掏出手巾，擦了擦嘴角，"你们慢慢吃吧！我有点不舒服，想早点睡，先走一步了！"童维超先是愣了愣，连忙"嗯"了几声，希翔默然无语，颇为无奈地望着她起身，疾步走出店堂。

窗外夜色渐深，希翔觉得喉咙里有点干腻——大概菜里多加了味精，便向服务员要了一杯白开水。那个中等个子、皮肤黝黑的年轻人不无诧异地扫视了希翔一眼，不久便恭敬地端上了玻璃杯。店堂里客人走了一波又来一波，还有一个中国旅游团，老板娘（她来自国内，嫁给了当地人）笑嘻嘻地送往迎来，指挥着点菜上菜加菜结账，忙得几乎没有喘息的时间。辰樱走后，希翔和童维超一时间也相对无语，有一搭没一搭着嚼着剩菜。四周围不时爆出尖厉的笑声，飘浮在此起彼伏的喧嚷的水面上。

童维超挺直了腰板，凝视了希翔一会，嘴角浮上一丝诡秘的微笑，"这么多天不见，我们都以为你又到欧洲去了，要么又飞澳大利亚了，没想到会跑到土耳其来！"他咬了一口西瓜，暗红色的汁水沿着下巴滴淌到脖子上。希翔淡然一笑，"在欧洲待腻了，想换换口味——我这些年一直在编旅游书，这儿地处欧亚交界处，古罗马、拜占庭、奥斯曼各个年代历史文化资源叠加在一起，丰富得让人眼馋！"

又是一阵沉默。街面上三三两两的行人依次而过，脚步声窸窸窣窣，汇入远近零星闪烁的光焰之中。蹲伏在暗夜中的小城洗尽铅华，豁显出萧瑟荒寂的本相，人们纷纷沉入梦乡，睡眠暂时带来了遗忘，抚慰着众多焦灼缠绕的心灵。一股阴冷的气息聚拢过来，袭上身来，希翔不禁打了个寒战。童维超搓了搓手，"老弟，我们平时单独说话的机会不多，彼此算不上了解。自从你们逃开后，家里人自然是一下疯掉了。不过，要是你以为我今天遇到你，会来劝你马上回上海，那便大错特错了！"他眨了眨眼，嘴一噘，挤出个鬼脸。

希翔喝了一大口开水，低下头，避开对方的目光。童维超探出身子，"老弟，我还真羡慕你啊！你就在这儿待吧，待下去，能待多久就待多久，一直待到地老天荒。回去有什么好事呢？一地鸡毛，一锅烂粥。人活着就得有人的模样，一直规规矩矩，老老实实，有什么出息，什么奔头？我四十多了，半截身子都入土了。得抓紧时间，享受人生。这些年我的苦处你都不知道，不会知道，也不想知道。"

他喝下一大口酒，"谁让我的命不好，是个外地人，你们上海眼里的乡下人！这是一切麻烦的根源，你们都叫我是凤凰男！你姐姐的脾气你是知道的，但这么多年我受了多少窝囊气，像个嫁到豪门的小媳妇，处处看别人的眼色，一不当心便要犯错，而且你也不知道底线在哪里。"他搁下酒杯，捋了捋脸，"你姐姐人倒不算坏，也是沾上了上海人的势利眼，打心里看不起我。她大概觉得和我结婚让我狂赚了一把，心里一直不平衡，所以过些日子要搞出些花样来折腾。你想想，我一个大男人，忍气吞声的，不就像个乌龟吗？你不要身在福中不知福了，要是有个真心喜欢我的女人，我也想离开那个家，带着她跑出来，即便是逍遥上几天也好，也算不枉此生了！"

希翔抬起头，凝望着浓酽空旷的夜色。过了半晌，他往空杯中注满酒液，"来——再干上一杯，一醉方休！"

一片黑暗，屋里的灯全关上了，但还有一束隐隐的光亮，不知从哪个角落衍射出来的。辰樱在这间标房的松软的床面上翻来滚去，积聚起来的疲累从每个毛孔中汩汩涌流而出，将她推向深幽的梦乡，但弥漫在脑海中的亢奋如炉火的余烬冒着哔哔的火花，就像此刻不远处黝黑的海面上浮动着的磷光。她重重地叹着气，闭着眼帘，但眼前还是晃闪着万花筒般的画面，绚烂的晚霞，街面上散漫的灯火，琳琅缤纷的店铺，一会儿，它们全都沉没在海水中，在它的叹息、震颤和呜咽中化为乌有。然而，此刻笼罩她的则是沁入骨髓的孤独。

辰樱仰面躺着，望着灰暗的天花板。她舔了舔嘴唇，有点干。好想喝口水，希翔还不回来，真该死，就在她最需要他的时候。他真中了魔了，当时为什么不跟着她一起回来？一点不懂事，难道还要她死缠着他苦苦央求才成？他和童维超有什么好多谈的，即便有话，回上海说也不晚。难道希翔就不知道他是个什么货色？同那么猥琐的家伙混在一起，想想都恶心！一个死不要脸的老流氓，每次见到他，目光总是躲躲闪闪，像藏着一股妖孽气。他私下里时常窥视着她，尤其是她的胸部，她嗅得到他那贪婪、急不可耐的气息上下盘旋。此刻，她重重地甩着头，双手撑着床面爬起身，摇摇晃晃地走到柜子前，倒了一大杯水。清水哗哗流过喉咙，沉入肠胃，全身微微发颤。她咬着牙，有什么杂物沾着，便往地面上啐了一口，真不是个东西：你昏了头，没看准人，反正他不是你要的男人。

辰樱重新躺回到床上，手指抚摩前额，汗液洇湿了纤薄的指尖。她翻开手机，要不要打个电话过去？随即她将手机往枕角一扔，随他去，爱多晚回来就多晚回来，反正也拴不住他。这一刻，无法摆脱的悲剧性命运山崩似的压在她胸口，她半天喘不过气来。你能打包票他没有厌倦你吗？下午他一直闷闷的不开心，不就是再明确不过的信号吗？如果真能就此分手也好，她潜意识深处也对这种情欲冒险游戏厌倦了，暗自盼望着尽早能有个归宿。只是两个人都不好意思说出来，但躲躲闪闪的眼神泄露了这一秘密。

辰樱侧转身，合上眼，努力想让自己尽早入睡。也许真是走错了棋，和他踏上一条私奔出逃的不归路，人生在世几十年，关键的就那么几步。想得美，你以为老头子立马要咽气了，但他竟然还活着，还有精力修改遗嘱，会将你本应得到的财产一笔勾销。希翔他的那一份也会是这样，两个人瞬息间就沦为贫民了。钱也不是全部，她对老头还有着一份难以排遣的歉疚。它像空气，弥漫在她的周围，即便在床上和希翔搂抱在一起时它会霎时间显现，像个巨大的坟丘，不断地增高、膨胀，化为一座小型的长城。悔恨咬啮着她的心灵，难道她喝了迷魂汤，就这样傻这么脑残，即使你真喜欢希翔，就不能再耐心等上一阵子，就不能陪伴老头走完人生最后一段旅程？何况她渐渐地发觉其实这一点都不值得。

不知过了多久，洁净幽暗的走道上升起了若有若无的喧响，辰樱半睁开眼，盯视着黑暗中金灿灿发亮的门把手。嘎的一声，清脆利索，门面悠然开启了小半，希翔幽灵般地钻了进来。辰樱屏住了呼吸，合上了眼帘，刻意打着呼噜。一阵静寂。他开了灯，绚丽的光焰在她眼皮上一掠而过。随后他关了灯，放下包袋，一声不吭地进了卫生间，合上门，匆匆洗漱了一番。辰樱翻转身，脸朝着房门那侧，一片银白色的光焰衍射在地面上。她的心痒痒的。激越的水声戛然而止，她咬了咬下唇，又一次侧转身，扫视着驼灰色的窗帘。

希翔轻轻走出卫生间，走到床前。辰樱的心一下抽紧了，他那略带酒气的气息仿佛在她耳根处擦掠而过。就等着下一步，就等着他挪近，胳膊搭到胸口，将她紧紧搂住。然而，他摸黑脱了衣服，两腿跪伏在床面上，上身缓缓前探到她肩部上方，随即缩了回去，乖乖地钻进了被窝，好像重重地叹了一口气，什么亲昵的表示都没有。被短时间扰动了的宁静再次复归原位，喃喃哼唱着催眠曲。

这还是第一次。在辰樱的记忆中，两人一同在外过夜时，他还是头一次没在睡前搂抱她。

这一晚，辰樱没有忘记，也不会忘记。她起先感到了轻松，卸下了几乎是不可承受的负荷，谢天谢地，一切终于结束了，画上了休止符；随后是些许的惶惑，面对众多男人投射过来的别样、火辣辣的目光，她感到了一丝恐惧。她没有想到，至少是没有这样的体验：情欲会减弱，会退潮，龟缩到某个不起眼的暗角，甚至消失得无影无踪。悔恨经过几番发酵，变得愈加浓重，她现在也盘算着退路，如何体面地收场，即便老头一命呜呼，和希翔结婚的事她早就抛到了脑后：别再热昏头了，连和他一同旅行都成了一桩乏味、勉力完成的苦役。时强时弱的惶恐一路伴随着她，从古罗马城市以弗所空旷苍凉的圆形剧场（层层攀升的石阶旁满是茂盛的荒草和藤蔓），大理石图书馆残损、淡黄色的正立面，经过伊兹密尔，一路抵达伊斯坦布尔老城区的竞技场，在法老的方尖碑、蛇形青铜柱和君士坦丁大帝纪念碑周围盘桓。它还尾随着她，来到清晨寒意逼人的金角湾，踏上穿梭在博斯普鲁斯海峡中游船的甲板。

辰樱暗里地观察着希翔（她感觉得到对方也同样在观察她），细心地捕捉不忠、背叛的蛛丝马迹。他会不会真厌烦了，又喜欢上了别的女孩？见鬼了，一个月来他不是天天在她身边嘛，从哪里冒出来什么第三者啊！不管怎么样，他们的日程还是排得满满当当的，按计划游览了圣索菲亚大教堂、老皇宫和建在海岸边的欧洲风格的新皇宫，关键是她不知道他下一步如何打算。好几次她的眼神中充满着探究，但他转过身，沉默不语。

债有主，冤有头，辰樱实在沉不住气了。从那一晚后，她仿佛在跟一个陌生人游荡在异国的土地上，在伊斯坦布尔这样一座游走着成千上万幽灵的城市里闲逛。她累了，不仅仅是身体的疲惫，而且是那颗悬在半空中的心。她终于忍耐不住了，就像踏入蓝色清真寺宏阔、气势逼人的正殿，因为脱了鞋，一股浓得化不开的臭味海啸般地袭来，她一下几乎熏昏了，差点摔倒在地，四周铺天盖地的蓝色瓷砖、从天窗射入的阳光映染得绚丽的彩色窗户都无济于事。那天晚上他们上床后，她主动上去搂抱希翔，他也不推辞，但亲吻显得疲沓无力。她要和他谈一谈（他们俩好久没谈心了），她不能一直待在灰蒙蒙的暗影中。

"我们后天就回去吗?"

"嗯，是的。我明天再给航空公司打个电话确认一下。"

短暂的冷场。"哎，回上海之后你打算怎么做?"

希翔用眼角的余光瞟了她一眼，"你那边我住过去不太方便，也太小了。先去找中介，租套房子……"

"嗯……"

"再找律师，和琳姗谈离婚后财产分割的事。"

"会拖很长时间吗?"

希翔低下头，抚摩着下巴，"但愿费不了太长时间。反正我和她的婚姻已是名存实亡了。"

"不管怎么样，分割财产很麻烦——"

希翔噘噘嘴，"麻烦的事还多呢！"他又转过脸去，望着窗外漆黑的夜空，不时有车辆在临街的路面上驶过，发出吱吱嘎嘎的噪声。

前面是一个危险的雷区，没有排雷工具，他们俩小心翼翼地绕开了。辰樱又一次抱紧了他，想再一次闻闻他的气味。但他哼了一声，想挣脱开来。顿时，她沉下脸，"说老实话，你是不是不爱我了？"

一阵短暂的沉寂。他叹了口气，亲了亲她纷乱卷曲的头发，"你想到哪里去了——别胡思乱想了！"

她抓住他的手掌，用指尖重重地抠按着迂曲的纹线，"告诉我，你是不是真的不爱我了？"

希翔盯视了她一会，转过头，"我都不知说过多少遍了，你还是不相信我。我要一切都交给你了，你还要我怎么样？"

辰樱抽出手，轻轻抚着他的额头，"说过，是说过，没错，但我还是不放心！——你为什么不爱我了？"

希翔双手枕在脑后，眼神迷乱地望着白色天花板，室外的光焰窜进来，摇曳着舞动着，"不爱你了，不爱你了——哎，怎么说你都不听。你爱怎么想就怎么想吧！"

这等于是招认了。很好。辰樱心中近乎无端的猜测刹那间被证实了。傻瓜，他就不能安慰她几句，就是骗骗她也好！就当她在发嗲，哄上几句不就得了，干吗这么无情，生硬！恍然间她跌入了黑色的洞穴，烟气氤氲，五官浸润其间，昏昏沉沉，失去了所有的快感痛感痒感，即便戳上一刀，也是钝然无觉。以往她不知道绝望竟

388

会有如此锋利的触角。

夜色渐深，门窗紧闭，猩红色的厚窗帘像一道厚实的屏障，将喧嚣嘈杂的世界牢牢地挡在了外面。空气沉滞，没有一丝一毫的流动。辰樱凝望着洋红色的地毯，貌似华贵的仿古家具，仿佛变身成了苏丹后宫中失宠的妃子。她搓按着手背，透过卫生间半开的门，望着古铜色洗脸池上方的镜面。在那一刹那间，在微暗的灯光下，她看到了映射在镜面中的自己，短暂的一生瞬时间浮现出来，而此刻拿捏得住的只是生命焦黑的残骸。这辈子只是彻底的失败：她看到一个女人在看不见手的推动下一步步走向生命的终点。

希翔昏睡着。即便醒着，也不会多安慰自己。这么可怜，她沦落到了这种境地，成天躺在男人身上榨取赞美，安慰，直至怜悯。此刻，她就和这个男人困守在这个孤岛上，相互亲热、抚摩，渐渐生出嫌隙，厌弃，发酵出敌意，直至杀戮的躁动。

猛然间她感到浑身一阵燥热，便起身进了卫生间，踏入浴盆，久久地倚靠在嵌满白色瓷砖的墙面上，几条粗厚的深蓝色条纹横贯其间，一股绵薄的凉意渗入肌肤，她打了个寒战，赶紧拧大了热水龙头。此时，先前浓酽的绝望衰变成了伤感：快三十岁了。以前还觉得远在天边，说来就来了！随后四十，五十便飞奔而来。她从来没有像在这一刻感到时光的无情，在人的肌肤上擦掠而过，刻下无法祛除的烙印。在哗啦啦的水声中，她张大嘴巴，摆出一副听天由命的神情（那是不断挫败后无奈的结局），喷吐而出的气息娇弱而绵长，左右颤动，穿过走道，沿着楼梯逶迤而下，在洁净的大堂逗留片刻，便投身在这座一千多万人的大都会阴沉、深不可测的夜幕中了。

终于挨到了在伊斯坦布尔的最后一天，再遥不可及的日子（就像死神降临的那一刻）也会翩然而至。难得的好天气，连续几天的阴雨之后，阳光灿烂，暖意盎然。她恋恋不舍地扫视着客房，大堂，喧嚷的大街，穿梭而过的色彩鲜艳的公车，苍老古旧、濒于解体的城墙，暗暗地向它们一一道别。她在梳妆台前精心修饰了一番，随后换上了米黄色的衬衫，外面套上浅紫色的风衣。一切都很好，昨晚上还和希翔做了一次爱，好久没这么酣畅尽兴了，在那一刻，她觉得自己的身体已和对方粘连在一起，成了连体动物，再也无法分开。他们俩又一次手钩着手，发誓永远不分离。能和相爱的人在一起，好幸福！他的脸上也再次绽出了婴儿般的笑容，像吸足了母亲的奶水。晚上飞回上海，他们俩会有一个新的未来。会好的，一切都会好的。

他们将行李寄存在旅馆，叫了出租车，穿过密匝的车流，又一次来到竞技场，不远处蓝色清真寺六座宣礼塔耸峙在清亮明澈的苍穹下，默默地为他们祝福。快临近中午时分了，他们东拐西转，沿着起伏的小路徐徐前行，左侧一条陡直的斜坡直通寂寥的海边。不多久他们俩来到一个僻静的街角，在一家餐馆的露天座上就座。街对角开着一家古玩瓷器行，橱窗里层层叠叠的展品在阳光下熠熠闪亮，与相邻的花店门口摆放的五彩绚丽的鲜花相映生辉。时不时有三三两两的游客缓步而过。空气异常和暖，辰樱嚼着可口的牛排，慢慢沉浸在慵懒的幸福感之中。

辰樱抿了一口橙汁，不无羞涩地望着希翔，"这次土耳其之行太难忘了！下次再带我一起来吧！"

希翔眨了眨眼，仿佛从绵长的梦幻中苏醒，近乎勉强地笑了笑，"是吗！你还没玩过瘾？"

"还有那么多有意思的地方没去嘛！"辰樱嗔怪地望着他。

希翔猛地啜了几口红葡萄酒，连连"嗯"了几声；一束阳光落在他的额角上，但仍掩不住脸上蔓延开来的烦闷和不快。

真不好侍候！仿佛是受了感染，倏忽间她又一下被忧郁的阴云蒙罩住了。谢天谢地，反正快要结束了，等会再去逛一下地下水宫。

下行五十二级台阶，他们俩才进入那座浩大的地下水宫。刹那间辰樱觉得好似真到了狰狞可怖的阴曹地府，在数百根大理石柱间往返行进的游人则成了不安宁地游荡的幽灵冤魂，时刻寻觅着重返阳世的机会。一会儿，她慢慢适应过来，柔和朦胧的灯光使她躁动的心灵复归宁静。

在水池的西北角，游人纷纷在邪恶之神美杜莎倒置的头像前驻足观望。她的脸部在时光的磨蚀下已是绿锈斑斑，但目光里依旧透射着凶悍与敌意，能将暴露在前的一切化为石雕。希翔断断续续地给她讲述着古希腊流传下来的这段神话故事，辰樱吐了吐舌头：能变成石雕也好，那就能飞越在时间的波涛之上，亘古长存。

希翔依旧是长时间默然无语。他的脸部伴随着光影的变化呈现出不同的面目，她觉得他成了一个远古年代的巫师，正在向上苍祈祷，双目低垂，口中念念有词。尽管身子隐没在阴影中，但有一股幽暗的火焰在体内持久地燃烧。

不多久，游人变得稀疏下来。辰樱先是让他照了几张照，随后懒懒地趴伏在转角处的栏杆上，专注入迷地凝望着一排排一列列古老的科林斯石柱，而下方潺潺的水流，似乎在缓缓地注入她的体内，荡净那沾满尘垢的心灵。

背后响起窸窸窣窣的脚步声，猛地刹住，随后又逼近过来。辰樱回过头，希翔正朝他走来。那一瞬间，两人的目光交汇聚合，他侧过脸，她觉得他的目光怪异迷离，饱含着置人于死地的凶光，隐匿其后的则是滚烫的憎恶与仇恨。她心头一阵抽搐，照旧回过头，定下神来，凝视着水波上涌起的层层涟漪。

这一刻，辰樱是如此专注，如此入迷，似乎自己变成了一尾鱼，游弋在黝黑的水面下。来吧，来吧，快来吧：这一刻，她感到了死亡的召唤，并不冰冷，并不残酷，而是流溢着母腹中丰沛的羊水的温暖。来吧，快跳下来吧：在水池的另一头，几束微光在水面上轻轻掠过，不久便腾跃而起，在残损的柱身凹陷处生成了一团刺目的光焰，像节日的礼花，悄然为她祈福。这一诡谲的诱惑，她并不陌生，早在数百米之高的东方明珠塔上，站立在透明的玻璃地面往下观望柱身内部宏大繁复多层面的腹腔时，在隔着落地玻璃幕墙注视地面上微缩成玩具大小的葱绿的草坪时，它便涌满了全身的每个细胞。纵身一跃，投入它的怀抱，没有痛苦，没有没完没了的烦扰，剩下的只是解脱，只是宁静。

辰樱觉得他走近了，一步紧似一步，手开始伸向她。她的身子顿时僵直起来。还没等她回头，希翔的大手就紧紧扼住了她的喉咙，其逼势之猛，速度之快，只有在噩梦中才会出现。她本能地叫出声来，扭动上身，双手抓住他的脸，双腿往前死命踢蹬——一场动物求生的殊死搏斗，野蛮，原始。最终他的手指稍稍松弛开来，她趁势猛地一推。

就此一切都尘埃落定：希翔扑通摔倒在地面上，愕然地张大嘴，捋着多处渗流出血丝的脸部，凄楚地望着四周围聚拢过来的人群，望着几步之遥的辰樱。

二十二、曲终人不见

　　三月中旬，乍暖还寒时节。阴冷的天气里，季云林浑身上下还是感到了一阵阵燥热。

　　屋外阴霾沉沉，像硕大的裹尸布悬垂在半空，一股暖意在他筋骨间悄然游走。它仿佛从大地赤裸的母腹中蒸腾而起，泅入肌肤，霎时间他沉浸在难言的惬意之中，像在母胎的羊水中肆意翻转打滚——那个永远失去了的天堂。

　　最后一个春天。老天注定，云林此生此世注定不会再有第二个春天。几缕惨白的光焰在眼帘上蹦动，他伸出干涩枯黄的舌头，渴，还是渴。他想喝水。门外走道里爆出一阵阵喧哗，时高时低。已经是送早饭的时候了。他费力地扬了扬手，没人搭理。护工小刘不在，护士也不在。当你需要她们的时候，她们通通蒸发。他花的是哪辈子冤枉钱。他重重地"哼"了一声，秃了大半的脑袋在松软的白色枕面上焦躁地转动了几下，随后用红肿的手指重重摁下床头暗红色的金属按纽，紧急求救的信号从这间并不宽敞的特需病室发送到十米之远的护士站。

曾经多少次发誓，一旦病入膏肓无药可救时就乖乖地待在家里，顺其天命，也算求得个寿终正寝，不再受昂贵冰冷机械的无谓折腾；但事到临头还是来了，命悬一线之际，毕竟没有那么大的魄力，没有那么大的勇气。云林不止一次感到羞愧，但也为自己身上那种盘根错节、执拗而强健无比的求生本能而折服！

一个身材矮小的护士推门而入，她表情冷漠，僵直地站在床前，弯下腰问怎么不好。云林睁开眼，她嘴里呼出的气息瞬时间飘落在他脸腮上，混杂了牛奶、油条和水煮鸡蛋的气味。他厌恶地撇了撇嘴，用力吐出几个词，"水——要喝水！"

护士皱着眉头，在床头柜上匆匆端起半满的水杯，凑到他唇边。云林啜了一口，猛然间一阵剧烈的咳嗽袭来，胸口随即洇湿了一片。她愣了愣，随后乒乒乓乓一阵摸索，将一方白色毛巾铺展在他前胸，从碗里抓起白底粉红调羹，狠狠地戳到杯底，将水注满，再一勺勺往他口里送。

病室里渐渐明亮起来。不一会，护工小刘走了进来，见状忙向护士道谢：她趁着一大早洗头去了。云林呼吸平缓下来，额头隐隐发烫，要有更多的光才好。无论如何他想活，他要活，一定要好好活下去。活一天是一天，多活一天，让他们难受一天。他心有不甘，即便死了，在火化炉子中也会坐直起来，怒目金刚，像游荡的厉鬼。

云林合上了眼帘。就喝了几口水，顿觉全身无力。没有食欲，无法从外界汲取养料。头脑稍稍清醒之际，他感到体内蓄积的元气水一般地流泻而出，腹内空空荡荡，格外冷寂，化成了一具朽骨支撑着的空架子。从前想都没想到，一个再简单不过的肢体动作，会那么复杂、艰难，需要投入那么多的心力。即便付了那么多钱，护士还是会给你脸色看。到了这时，也只能任人摆布了。你就认命吧，是个十足的废物，唾弃的人渣！

　　小刘坐到床边，俯下腰，问云林还想吃点什么。他勉强挤出几分笑意，摇摇头。还是一点没有胃口，更准确地说是感觉不到。渐渐地他又沉入了半清醒半昏迷的恍惚境地，在生与死的交界面上徜徉踯躅。然而云林还是心有不甘，灵魂依旧被浓得化不开的怨毒浸染着。他无意识地捏紧了拳头，牙齿咬得咯咯作响：不能，他不能这样被人欺负、作践，不能忍受这样的羞辱，辰樱竟然在婚礼的前一天逃跑，这还不算，还与狗崽子私奔到了外国。他实在吞不下这口气；不能让他们这么无法无天，逍遥自在。混账东西，他要一刀将他们劈个两半！离婚，修改遗嘱，剥夺这对狗男女的所有权益，一分一毫都不留给他们，宁愿拿去喂狗，或者索性抛撒在马路上，随人们去哄抢，谁抢到谁有种。

　　算是命大，也是老天给的寿数还没用完，在最不堪最羞辱不过的震惊之后，云林一下垮掉了，立马进入了弥留状态。在 ICU 重症监护室里熬过了整整两星期，命悬一线，那根线没断，又一次折返回了阳世。但修改遗嘱（真该死，为什么当初非得去公证）却变得那么难，荆棘丛生，和晓菁相熟的卞律师曾将公证员带到病床前，但云林口齿不清，无法判定神志清醒，只得作罢——等病情稳定后再办。晓菁心急火燎的，比老头子还急。弟弟希翔应得的那份她倒并不在乎，关键不能让那死不要脸的妖婆子有空子好钻。她问卞律师能不能办份口头遗嘱。当然可以，卞律师捋了捋近乎光秃的头顶，耸了耸肩，但老头子话都说不清怎么弄，一串含混、轻重不匀的颤音——在法庭上百分之百会被判定为无效。

细密的灰尘悬浮在沉滞、潮湿的空气中，缓缓游走。云林嗅闻到了几分春天的气息。它零散，*丝丝缕缕*，在墙角的阴影里絮絮低语；但它与户外大团温馨的芳香遥相呼应。时间就这样流逝着，不紧不慢，一辈子就这样过去了，霎时间云林仿佛又变回成了婴儿，敞开发育尚不成熟的器官，贪婪地吮吸着纷纷扬扬的花香。他知道在清澈的溪流旁，一大簇玫瑰会投下凋落前最后的倩影。春天就是这么蛊惑人心，在新生的同时夹杂着腐皮烂肉的气息，柔滑的花骨在浓烈甜美的气息中让人眩晕，四肢酥软，无可挽回地坠落，解体，零落成泥，回归尘土，在月光斜照下的墓地里寻觅到最后的安息之地。

有什么东西在他脸上抚摩。"老爸，好点吗?"云林半睁开眼，晓菁来了。但这次她好像离得远远的，似乎坐在高高的云海上，话语的声音到了他耳畔被筛滤成嗡嗡的杂音。他只是点点头，机械地点点头。瞬时间她的脸贴近了，一会像在相机取镜框中调节焦距，往景深处退缩而去，成了一团模糊的暗影。一条汹涌的河流将他们俩阻隔开来，他们遥相伫立，默默注视着对方。云林一会儿觉得身轻如燕，一会儿硬邦邦的，背上系上了巨大的石块。他不是不知道，不是不明白，只要从她嘴唇的蠕动，口型的转换，便可猜到她的意思。她三番五次劝说他不能这样什么都不吃，一天天衰弱下去，得补点营养，得插个管子，也就是鼻饲。不要，坚决不要，她把他当成什么了，一头猪，一头牛，对猫狗都不忍心这样。一点没有尊严。更别提呼吸机了，要割开喉管，多活上几天，最多几星期。

然而，他灵魂深处的褶皱里不是还盘踞着怨恨的毒瘤吗？他不是还想多活几天，期待奇迹出现，开口说话，将那对粪土不如的狗男女剥夺干净吗？活，还是不活，这的确是个问题。

是这般柔情的你

给我一个梦想

徜徉在起伏的波浪中隐隐的荡漾

在你的臂弯

睡梦成真

转身波浪汹涌没红尘

残留水纹

空留遗恨

愿只愿他生

昨日的身影难相随

永生永世不离分

从 MP3 耳机中滚涌而出的《海上花》主题曲像一阵风，吹掠过

398

川乐的脸腮。他一路上反来覆去地听，虽然甄妮唱的粤语版听不太明白，但和张艾嘉寡淡无味的国语版相比，味道醇厚香浓多了。虽然平日里川乐更喜欢听巴赫、勃拉姆斯等人的古典音乐，但此刻那虽清浅，但又一往情深的旋律吸附了他的全部注意力。柔靡娇柔的声调，如一个个飞来的热吻。好长时间不到淮海路来了，他目光疲惫地扫过右侧车窗外繁华熙攘、底芯里空空洞洞的街道，高贵矜持、顾客稀少的店铺一字排开，正午时分懒洋洋的节奏。他噘了噘嘴，舔了舔被乐声熏得鼓胀起来的上唇，在临近复兴公园的那一站下了车。

仿佛是大病初愈，川乐摇摇晃晃往前走去。虽然只是三月下旬，但阳光已是如此刺眼，在青灰色路面上衍射出一串串金色的光焰，他不由得眯起了眼睛。然而，一走到法国梧桐树下方硕大的阴影里，暗黝黝阴森森的寒意便悄无声息地渗入肌骨。他漠然步入公园大门，绕过圆形喷水池，沿着法式下沉花坛往公园纵深处走去。川乐已记不起有多少天没出门了，自从那天夜晚父亲童维超将他从派出所领回后，他的生活轨线陡然翻转，犹如河流猝然间改道出海。

荷花池畔的水泥回廊里，三三两两的游人乐呵呵地围聚着下棋打牌，大多是退了休的中老年人；还有几个无所事事的闲人，目光呆愣愣地东张西望。川乐在转角处坐下，神情专注地打量着他们的一举一动。他麻痹的神经仿佛度过了漫长的冬眠期，慢慢苏醒过来。那天后半夜在外公家遭遇窃贼后，川乐的身体，连同紧张焦灼得快要迸裂的精神，顿时崩塌下来。连续一周的高烧，到医院打针吊点滴，他恍然在一个半清晰半模糊的梦境中奔走行进。寒热摧毁了他原本稚嫩的理智，他刹那间返回到童年，从早到晚像猫狗那样完全凭本能行事，吃喝拉撒：对，他就是爸妈的宠物，讨他们欢心，满足他们畸形的奢望和虚荣心。不读，川乐决意不再去学校。既然已经跑出来两天了，为什么不能一条路走到黑，不再回头！即便再昂贵的代价，也在所不惜。他的犟劲与晓菁坚韧强悍的意志狭路对撞，僵持对峙了好久。最后川乐重重地跺着脚，发出一阵阵近乎癫狂的咆哮，甚至不惜以上吊、跳楼相要挟（他不想活了，他想跳下去，他要上吊），才迫使母亲软化让步。她一脸惊恐，仿佛目睹了血腥的现场，无奈中同意向学校请一周假，让他在家里反省思过，彻底洗心革面。想到此，他的嘴角浮出一丝轻蔑的笑意。

川乐站起身，拐过临近的假山区，沿着宽敞的主干道漫无目的地游逛。这几天他过得浑浑噩噩，表情僵滞，机械地重复着几个简单的动作。好几次，他抓搔着头皮，抽打着自己的脸蛋：自己究竟是醒着还是依旧在做梦？高烧退潮后，体能大幅度萎缩，瞬间他变成了一个干瘪的小老头，只等跃跃欲试的荷尔蒙再一次充盈、涨满他的身躯。此刻，游人逐渐增多。蓝色的天空，葱绿的大草坪，鲜丽的花朵，营造出一派暖融融的春色，缓缓灌注到这片寒意尚未褪尽的园林之中。人们走出阴森森的楼房，急切地在阳光下舒展腰背，不无贪婪地吸吮着初春时节飘漾浮荡的缕缕馨香，成群结队地围聚在繁盛艳美的花树下，流连徜徉，好些还投入垂丝海棠丰满肥硕的花苞的环抱中拍照留影。几个花样年华的女孩自不待言，那几个中年女人，甚至老太婆也来凑热闹，长时间霸占着最佳取景位置，有点让人气不打一处来。他摇摇头，掏出银灰色的 Zippo 打火机，啪哒一下点亮了火，真想冲上去把这伙不识相的老女人通通烧成灰烬！

踅回到色彩缤纷的下沉式花坛，参天入云的香樟树在灰白的路面上投射下一片片阴影，明暗相衬，犬牙交错，川乐踩踏其上，不时狠命地跺着脚，似乎想痛快地将它们碾得粉碎。三只野猫从路边的灌木丛中鱼贯而出，前面并排行进的两只毛色一白一黑，尾随的那只则是黄中带白。它们蹲伏在路口，洋洋自得地甩动着尾巴。川乐蹑手蹑脚走近，白猫警觉地抬起头，双目与他对视了一秒钟，随即扭头逃窜而去，另外两只猫愣了半晌，惊惶地紧随而去。川乐搓着手掌，连猫都这么刁！他觉得有点疲累，便走到临近月季园的曲尺形绿廊下，懒懒地倚靠在木椅上。

他合上眼睛，眯了一会。一缕阳光垂落到额头上，不一会被翠绿嫩黄的枝叶筛滤掉了大半。他抬头凝望着顶棚下弯折成拱形的黑色支架，斜对面两个嬉笑的女孩引起了他的注意。她们与他年龄相仿，正捧着大号塑料杯装果汁饮料，恍然间他的心一下剧烈跳动起来：遇到倩怡了？他先是怯生生地垂下眼，随后又果敢地抬起头。松了一口气：只是脸型有点像，气质上差多了，但那目光却是那么撩人：它穿透一切假面，势不可当——这让他不由得想起莎莎。他吐了吐舌头，静静地望着她们俩。

那高个女孩披着蓝底白色碎花外衣，噘着嘴，手指不停地抚摩着黑色的 LV 小包上银光闪闪的拉链，不无鄙夷地扫视着过往的游人。猛然间，她伸了个懒腰，“真没劲——饭都没吃饱满！”

坐在一旁的矮个女孩正埋头刷屏发消息，抬起头，扯了扯垂落在海军服上的羊角辫，"姐，你要高兴，等会去吃哈根达斯！"

高个子女孩"嗯"了一声，"现在还早，吃不下……"

矮个女孩伸出双臂，抖甩了几下，倚在椅背上，"哎，好不容易溜出来一天，等会去看场电影吧！还可以吃杯爆米花。"

高个女孩哧哧笑着，"这么大了，还嘴馋，不怕吃成了大胖子？"

"去你的！"矮个女孩白了她一眼。

一阵沉默。阳光依旧灿烂，光焰的烈度却悄然衰减着。高个女孩从 LV 包中掏出洋红色的爱马士皮夹，急切翻找着什么。她时不时抬起头，正眼瞅着川乐，仿佛发出一声声召唤：来啊来啊，你过来啊！他扭过头，脸上一阵燥热。

突然，高个子女孩用胳膊肘戳了戳矮个女孩，"看，那老头好恶心，这么大年纪了，还盯着我们看——真想让他光头吃几个毛栗子才过瘾！"矮个女孩扭过头，一下爆笑起来，上身抖颤不停，"又是个老不要脸的！不要又是银样镴枪头，扒开裤裆，不知他的卵子能抖多久！"

川乐感到空气中有一股潮湿的气息在游动，像女人探伸过来的热辣辣的舌头。一瓣半边枯黄的银杏叶随风飘落下来，恰好落在了他摊开的手心里。大腿根部一阵骚动。他扬起头，正眼望着高个子女孩，霍地站起身来。他捏紧拳头，是该尝试一下了。只是试试而已。

黑暗中潜伏着莫名的光源。它在病室内勾勒出深浅不一的光感，悠然游动，不时打搅着希翔浮漾在意识浅表层面上的睡眠。低度的光晕，印染出了一大团荫翳，希翔恍然置身于一条曲折幽长的回廊，暗墨绿色的树荫碧森森地环绕四周。渐渐地，他感到一个黑影在移动，它身着一袭深黑长袍，从头到脚，面部只露出两只晶晶闪亮的眼睛，似男似女，呈中性态，或是雌雄同体。不多一会，下巴处竟然豁开了缺口，洁白的牙齿展露出来，望来令人心悸，如大雪飘落在焦黑色的火山灰上，灿烂的阳光衍射在乱石丛生的废墟堆里——绚烂之极的荒凉。

并不平静的夜晚。在轮廓界限形体消融殆尽的幽黑底色中，天穹和大地成了硕大的乐器，众多声响此起彼伏，由高到低，由远到近，如怨如慕，如泣如诉。那黑影突然间俯下身子，手指尖抚按在他额间，掠过眉毛，沿着鼻梁滑落到唇角。尽管肌肤的接触面只有一小片，但其光滑柔腻足于让希翔忘情地陶醉其间。

他猝然睁开眼，护士正抓起他袒露在外的手臂，轻轻推回到被面中。希翔顿时羞红了脸，慢慢合上眼睑。晨曦漫入了精神康复中心的这间双人病房中，在陈旧灰暗的水泥地面上投上了一簇斑驳的树影。护士中等个子，长着一张洋溢着柔情蜜意的圆脸，仿佛孩童时期无忧无虑的快乐永久镌刻在了深层肌理之中，散发着天使般的光辉。此刻，她忙着去照料靠窗的病人了，他双手双臂还箍着束缚带。

希翔伸了个懒腰，恍然打量着周围的一切，就像一具空空落落的躯体，等候着新的灵魂飘然入驻。他似乎想从有意无意清空了记忆的脑海中寻回若干蛛丝马迹。突然间，他想起了什么，沉重的羞愧使他抬不起头来。前些天他都干了些什么呀：全身上下穿着淡蓝色条纹衣裤，死命抓搔着头发，狂呼乱吼，疯狂地撞击墙面，甚至想扒开窗户，纵身一跃。就像那位病友，他的腿脚手臂上了好几天束缚带，强制注射氯硝西泮、阿普唑仑，一度还进行了电休克治疗，凛冽的电流从两侧的嗖嚅部位呼啸飞蹿而过，全身在衬垫的纱袋上方海浪般抽搐波动。神奇的是，好多天积蓄下来的盘错纠结的躁狂、愤怒、悲郁、敌意顿时烟消云散，他又渐渐恢复了平静。

护士踅转到他的床头。她动作利索地抽了一针筒血，并为他量了血压，亲切地问他感觉舒服不舒服。希翔点点头，豁开嘴笑了笑，久久回味着她的纤长的手指在他胳膊上滑擦而过的余温。她眨了眨眼，"今天等会张主任来查房，你表现好点哦！"在那一刻，他们俩的目光对接上了：多久熟悉的目光，希翔霎时间折返到了伊斯坦布尔幽秘的地下水宫，辰樱又一次伫立在他跟前，目光中满是惊惶，愤怒，敌意，鄙夷，以及一点点怜悯。

猛然间，邻床的病友高声号叫起来，四肢抽动，床板砰然轰响。希翔浑身起着鸡皮疙瘩，方才平和宁静的心情一下被凄厉的声响碾得粉碎。那声音的旋流源自心灵黑暗的深谷，沿途裹挟了密密匝匝的枯枝败叶杂碎残渣，在残损的神经分泌而出的催化剂的作用下疾速膨胀，从狭窄的口腔中轰然而出，震颤、击戳着绵软的空气。他感到一阵疲惫，合上了眼帘。扪心自问，自己当初发出的也是这么恐怖这么恶心的噪声？真是难以想象。

邻床的病友慢慢安静下来，窗外初春的阳光从来没有如此耀眼、洁净。一羽灰白色的鸽子在高大敞亮的窗玻璃外侧狭小的平台上踱着方步，撒娇似的挥动着翅膀，嘎嘎作响。困倦不断地递增攀升，希翔仿佛打了麻醉剂，脑神经软化松弛下来，又一次沉落到由成千上万繁密浓稠的声响、光晕、色彩、气息组缀而成的巨型网罩之中，纤细，柔密，而又坚实：琳姗、小俊、瞿明依次出现。前些天他们都来探望过，琳姗牵着小俊的手，在病床边枯坐了约莫半小时。她神情冷峻而平静，像中世纪画像中的圣母，宽容地接纳了大千世界的纷扰与血腥。也就在那一刻，他凝望着她略显憔悴的脸蛋，心中滋长出某种相依为命的纽带。在任性的小俊身上，两个原本素不相识的男女被神秘的丝线缀合在一起，各自祖先的血液在他正日长夜大的身躯内滚滚流过，滔滔不息，汇合相交，在强烈搏动的节律中吐故纳新，诉说着宇宙间最深刻最难以破解的秘密。而瞿明小心翼翼地避开雷区（连与女友分手也没提），先是乐呵呵地开足马力，滔滔不绝地说了半天奇闻八卦，随后与他长时间默然相视，眼角时不时闪烁出一丝嘲讽的余光。

父亲那边希翔这次回来后还没去探望过。只是听说两个多月来老头一直在生死的门槛上徘徊。一阵内疚，难以直视的羞愧，但他已沉静下来，林林总总的思虑纠结已筛滤殆尽，清明澄澈的心灵在春日的暖意中尽情享受着万物复苏的喜悦。他意识的屏幕逐渐变得模糊，往昔生活的零散的断片涌现在眼前：罗马万神殿硕大的穹顶，佛罗伦萨的亚诺河畔的夕阳，威尼斯的圣马可大教堂高达百米的钟楼……随后，一大片绿莹莹的海面涌现出来，一层肥厚的白色泡沫弥散开来，一个金发披肩的美人站立在硕大的贝壳上，翩然飘

405

流到岸边。那是地中海的早晨，美人的头发在空中飘飞，一束束，一簇簇，蛇一般蜿蜒弯折，构成了比例和谐的图案。她一脸懵懂的神情，脑袋微微歪斜，洋溢着初生的喜悦。风神吹送着她，花神殷勤地撒着蔷薇，季节女神则抖开缀满葡萄图案的红色披风，拱卫着新生的维纳斯。就在那一刻，她又变了脸，成了辰樱。希翔下意识地努了努嘴，他爱过她，将永远爱她。

一无所有。不是虚无，不是虚空，只是狭逼的容器，抽离剔除了所有的杂质。而季云林现在的房子就成了一座真空实验室，一间无菌病房，散发着一种优雅与和谐的光辉。

早已没有纷争，没有危机，没有狂热的感情，没有由爱恨情仇组合而成的闹哄哄的戏剧性场面，包括云林在内，大家都以心静如水的平静、宠辱不惊的从容承受着日常生活中所有的琐屑烦扰。就像好多年前那样，像他母亲去世前那样，亘古如此，也将永远如此。

早就习惯了这一切，从离开医院、放弃徒劳无益的治疗起，云林就习惯了这一切。把每一天当作生命中的最后一天，把每一天的阳光当成上苍意外的恩典。毕竟到了三月底，天气一天天和暖起来，澄明的空气中游动着沁人心脾的甜美气息。一大早，听着窗外咿呀轻快的鸟鸣，云林感到自己日趋衰弱的躯体竟然又奇迹般地变得强健起来，又能坦然应对外部世界滔滔不息的喧嚣争斗。前些天将人的心思浇得湿答答的绵绵不息的淫雨终于停歇下来，远近密匝的香樟树构筑而成的浓密的绿荫换上了鲜嫩、清朗的盛装，长久盘桓的华贵、凝重、倨傲的灰黑色的忧郁融化在了初春明媚绚丽的光焰之中。

云林轻轻咳了几下，一口浓痰涨满了口腔。楼道下方传来了清晰、时高时低、有条不紊的响动，沈阿姨带着刚来不久的刘阿姨（就四十来岁吧，还是年纪大一点稳当）按部就班地开始一天的劳作，清扫地面擦拭餐桌，将碗筷盆碟调羹安置其上。白粥疏淡的清香从底层的厨房里袅袅直上，飘浮到云林的鼻孔边。尽管好长时间无法正常进食，涎水还是从他舌面上漫流而过，从嘴角滑落到脖颈上。直至今日，他还怀恋着童年时的早餐，泡饭白粥酱瓜，大饼油条糍饭糕。就像难改的乡音，它们简朴，本色，塑造了他的口味癖好，熏香的面包馥郁醇厚的奶香肥腻的培根也难以重组、改换其根部的底色。

云林吃力地转过头，从枕边抓过一小沓卫生纸，将沾满腐败颗粒的痰液噗地吐了出来。他活了近七十年，到了弥留之际，时间的节点拐点弯折点扭曲点全由咳嗽吐痰来标示——一个狭逼僵硬无休止兜着圈的圆环，家里每日刻板单调的作息时间又给他增添了视死如归的宁静感。一切都很好，就这样一天天地消磨时间，可以设想，到了另一个世界，也和这边大同小异，无忧无虑，脱卸掉所有的重负，至少不用再为抵挡严寒和酷热劳神费心。

时光缓缓地倒转，肆意翻旋，从黝黑的潮水深处林林总总的碎片残屑蜂拥而来，像一组组朴素、简陋的黑白照片，回响着那个年代特有的嬉笑，带着恶作剧的狡黠，活力四溅，无拘无束。每当过年，对他们这帮顽童来说，是难得一遇的大展身手的绝好时机。一串串小鞭炮甩向半空，噼啪作响，云林和弟弟云亭趴在阳台转角上，幸灾乐祸地看着那串炮仗在邻居石老头的院子中炸开。石老头正弯腰拾掇着花盆杂物，突然间火花噬噬闪烁，砰地在他头顶心炸响。老头惊惶地抬起头，搓着遍布老年斑的手掌，对着云林哥俩发出一长串咒骂。哥俩忙转身躲到了屋里。此刻，整个弄堂里回响着高低不一的轰响，他们紧张地竖起耳朵，唯恐石老头跑上门告状。而到了下暴雨的时节，房屋的底层常常是一片汪洋，靠背椅、花花绿绿的洗脸盆(不是搪瓷便是塑料)，还有椭圆、正圆形的大红大绿的浴盆便飘浮在混浊的水面上；它们拐出大门，浩浩荡荡，在两侧简屋的墙面上东碰西撞，石头、泥巴以及其他油腻腻的污物在哗哗的水声中沉落到盆底。水流一路汹涌，最后涨漫到了井口凹凸不平的边沿上，三三两两的浴盆在此汇集，仿佛在举行一场五色斑斓的龙舟赛。井边那片空地本来是云林和小伙伴们玩斗鸡的场所，在高耸的老梧桐树下，他们不止一次地神情亢奋，齐声吆喝："鸡——鸡——鸡，啥人不上鸡，你妈老母鸡！"霎时间，他们单腿直立，另一条大腿抬拉而起，像拔出了闪耀着凛凛寒光的利剑，在尖厉的号角的召唤下，英武地向敌方疾冲而去。

等云林再次睁开眼睛，已经是午后了。社区医院的护士一天三次上门，注射葡萄糖液、白蛋白，测量血压，对此云林浑然不知。他全身轻飘飘的，体重日益减轻，好像原本肥厚的肌肉从骨骼上蝉蜕剥落下来，融化在空气中了；腿部则是大面积浮肿，脚底心则渗出了团团乌黑色斑块。云林不是不明白，他知道自己的生命已临近终点，体内器官正加速衰败，隐隐散发出腐朽的气息。但此刻他并不恐慌，淡漠和铁硬的从容牢牢地裹住了他。

此刻，沈阿姨推门而入，霎时间两人四目相对。云林一下流出了泪水，她忙上前抓起枕边的毛巾替他擦干。她抚摩着他的额头，"先生觉得舒服点吧？"

云林睁大双眼，点了点头，觑视着沈阿姨缀满皱纹和老年斑的手掌，它像枯槁松脆的树皮，一触即裂。他四十多年前就熟悉这双手了。他努了努嘴，"天气不错，推我出去走走吧！"

沈阿姨愣了愣，随后点点头。她利索地扶云林起身，就像她无数次扶他母亲一样，穿好外衣，将轮椅推到床边，扶他站直。他颤抖着，像风中的枯叶。不久，他稳稳当当地坐在了轮椅上，从电梯下到底楼，穿过空寂的起坐间（弟弟云亭午饭后不知死哪里去了），顺着坡道驶过乳白色的柱廊，来到门外。

温凉的空气里，一股寒意袭来，尽管裹着围巾，云林还是不禁打了个寒战。金色的阳光垂照到庭院里，草色一派青翠葱绿。轮椅出了大门，沿着洁净幽静的大道缓缓向前行进。黑色的铁蒺藜，盘绕其上的花叶图案，淡黄色的藩篱，风格各异的楼房，营造出恬美宁静的氛围。云林贪婪地吸吮着，想把周边的平和安详悉数揽入怀中。紧紧抓住这一刻！他深深地感谢上天，感谢这来自另一个世界意外的恩典，虽然他并不愿意就此甩手，踏入黑暗，辞别尘世。

一个五十多岁的中年男人牵着一头雪白色牧羊犬迎面走来。大白狗踱到轮椅边，伸出殷红色的舌头，专注地观察着云林，随后又举起爪子，搭在黑色的橡胶轮胎上。主人吆喝了一声，它惊惶回过头，恋恋不舍地离去。云林从狗的眼睛中读到了好奇，更有一丝生灵间惺惺相惜的暖意。也许,这是他最后一次出门兜风,还有多少未了的心愿?

前方不远处,便是高尔夫会所前的长方形喷水池,哗哗的水流奔腾不息,策马飞腾的海神雕像又一次映入眼帘。几缕鲜亮的阳光衍射过来,他的脸部有几处沉落在阴影中,而太阳穴、眉毛、鼻梁等处则是熠熠闪亮。其实,该卸下的都卸下吧,云林疲惫地合上了眼帘。

不知不觉间,阳光的强度衰减、萎弱下来,羼杂进大团的烟灰色,一时间天边云气氤氲。空气中分泌出丝丝缕缕的芳香,刺激着云林的鼻孔,悄然间将他引领到生命之初混沌未开的时光。突然间,一阵剧痛袭来,吞噬着瘫软的肚腹四肢,他勉强睁开眼,黑夜将要降临,白天将要终结。他的嘴角抽搐着:辰樱,你为什么不来看我?你知道我快死了,你还不过来?你好狠心!你过来,你来吧,我原谅你,宽恕你做的一切。我需要你,我想最后再见你一面。可怜可怜我,快过来,亲亲我,抱抱我,满足我最后的愿望吧。就过来看上一眼,我没有更多的要求。你来的话就带一朵玫瑰花,就放上一首小歌曲。花香乐声好伴我一路去天堂。

在那悲喜交集的瞬间,怨恨的毒刺已被拔除。希翔你也过来吧,我既往不咎,我宽恕你。我祝福你。

2012 年 5 月 4 日至 2016 年 6 月 26 日

于上海长宁路寓所

图书在版编目 (CIP) 数据

迷阳 / 王宏图著. — 北京：北京十月文艺出版社，
2018.4
ISBN 978-7-5302-1780-1

Ⅰ.①迷…　Ⅱ.①王…　Ⅲ.①长篇小说—中国—当代
Ⅳ.① I247.5

中国版本图书馆 CIP 数据核字 (2017) 第 322593 号

北京市优秀长篇小说创作出版扶持项目

迷阳
MIYANG
王宏图　著

出　　版　北京出版集团公司
　　　　　北京十月文艺出版社
地　　址　北京北三环中路 6 号
邮　　编　100120
网　　址　www.bph.com.cn
发　　行　新经典发行有限公司
　　　　　电话（010）68423599
经　　销　新华书店
印　　刷　三河市宏图印务有限公司
版　　次　2018 年 4 月第 1 版
　　　　　2018 年 4 月第 1 次印刷
开　　本　880 毫米 × 1230 毫米　1/32
印　　张　13.25
字　　数　273 千字
书　　号　ISBN 978-7-5302-1780-1
定　　价　45.00 元
质量监督电话　010-58572393
如有印装质量问题，由本社负责调换。